本书为2018年度国家社科基金一般项目“‘后理论’背景下的当代西方文论热点研究”（18BWW001）的结项成果，鉴定等级为良好。本书同时受到华中科技大学外国语学院学术出版基金资助

“后理论”背景下的当代西方文论热点研究

陈后亮 著

中国社会科学出版社

图书在版编目(CIP)数据

“后理论”背景下的当代西方文论热点研究/陈后亮著. —北京：中国社会科学出版社，2024. 5

ISBN 978-7-5227-3212-1

Ⅰ. ①后…　Ⅱ. ①陈…　Ⅲ. ①文学理论—西方国家—当代　Ⅳ. ①I0

中国国家版本馆 CIP 数据核字(2024)第 049201 号

出 版 人　赵剑英
责任编辑　陈肖静
责任校对　刘　娟
责任印制　戴　宽

出　　版　中国社会科学出版社
社　　址　北京鼓楼西大街甲 158 号
邮　　编　100720
网　　址　http://www.csspw.cn
发 行 部　010-84083685
门 市 部　010-84029450
经　　销　新华书店及其他书店

印　　刷　北京明恒达印务有限公司
装　　订　廊坊市广阳区广增装订厂
版　　次　2024 年 5 月第 1 版
印　　次　2024 年 5 月第 1 次印刷

开　　本　710×1000　1/16
印　　张　23
插　　页　2
字　　数　323 千字
定　　价　129.00 元

凡购买中国社会科学出版社图书，如有质量问题请与本社营销中心联系调换
电话：010-84083683

目　录

下篇　后现代主义与文学研究的伦理学转向

绪　论

早在2003年，伊格尔顿在其开启“后理论”学术争端的著作《理论之后》的开篇部分，就如此描述了理论在新千年的惨淡状况：

> 文化理论的黄金时代早已消失。雅克·拉康、列维—斯特劳斯、阿尔都塞、巴特和福柯的开创性著作远离我们有了几十年。R. 威廉斯、L. 依利格瑞、皮埃尔·布迪厄、朱丽娅·克莉斯蒂娃、雅克·德里达、H. 西克苏、F. 杰姆逊和E. 赛义德早期的开创性著作也成明日黄花。从那时起可与那些开山鼻祖的雄心大志和新颖独创相颉颃的著作寥寥无几。他们有些人已经倒下。命运使得罗兰·巴特丧生于巴黎的洗衣货车之下，让米歇尔·福柯感染了艾滋病，命运召回了拉康、威廉斯、布迪厄，并把路易·阿尔都塞因谋杀妻子打发进了精神病院。①

从那至今，又过了十几年，理论似乎变得愈加萧条，又有很多位曾经的理论中坚力量抽身离开了理论阵地。酷儿理论的开创者伊芙·塞奇威克（Eve K. Sedgwick）因患乳腺癌在2009年匆匆离世，耶鲁学派解构主义的最后一位代表哈罗德·布鲁姆也终于抵挡不住岁月的消

① ［英］伊格尔顿：《理论之后》，商正译，商务印书馆2009年版，第3页。

磨，于2019年作古。其他如斯坦利·费什、小亨利·路易斯·盖茨、斯蒂芬·格林布拉特等曾经的理论大师也几乎全都放弃了理论，转向修辞学、历史研究、经典研究或虚构写作等，并在很大程度上以不同方式反对此前的理论探究方式。这样的现象不禁让人怀疑：理论是否真的已经终结了？

在新近出版的《布鲁姆斯伯里文学与文化理论手册》（*The Bloomsbury Handbook of Literary and Cultural Theory*）一书导论部分，主编杰弗里·R. 迪里奥（Jeffrey R. Di Leo）对这个问题做出了响亮的否定问答。他认为："尽管理论的许多主要代表人物最近去世了，但理论不仅没有死亡，而且它今天正在进行某种'再创造'。说白了，理论的死亡是一种幻觉……"[①] 理论并不是死了，它只是改变了名字和存在形态。"现在的理论比20世纪任何时候都要强大。究其原因，并不一定是理论工作在文学批评等传统领域的深化或强化（虽然这里可能会有争论），而是理论工作的范围和领域的拓宽或扩大。"[②] 新千年以来，理论的跨学科特征越来越突出，它的影响已经渗透到几乎所有的人文科学、社会科学甚至是工程、自然科学领域。在建筑学、传播学、教育学、环境研究、法学、媒体研究、公共政策、体育科学、历史学、人类学、民族学、经济学、政治学、心理学、社会学、生物学、物理学、系统科学等领域，都能看到理论的影子。它已经不再仅仅是文学批评方法，而是成为一种思考方式，特别是对以往各个学科未经检验、看似自然的常识性知识、观念和前提假定进行批判性的审视，并指导更有自我反省意识的实践。然而，虽然现在在批评实践中使用理论的学者比以往任何时候都更多，但他们中只有一少部分人自认为是"理论家"。对他们来说，理论主要是一种批评工具或思考方式，而不再是

---

① Jeffrey R. Di Leo，"Introduction：Theory in the New Millennium"，in Jeffrey R. Di Leo，ed.，*The Bloomsbury Handbook of Literary and Cultural Theory*，London：Bloomsbury Academic，2019：1－14，pp. 6－7.

② Jeffrey R. Di Leo，"Introduction：Theory in the New Millennium"，p. 2.

某个思想集团、流派或身份标签。今天，把解构主义的思想方法运用到各自研究工作中的人多不胜数，但自称是解构主义者的人却少之又少，身上贴着“某某主义理论家”标签的人已经不多见，特别是随着老一辈理论家逐渐逝去，没有新一代理论家的递补，理论阵营就似乎门庭奚落。

自20世纪70年代以来，理论热的兴起主要是以一个又一个“主义”的出现为标志的，每一个“主义”就代表一个新的流派，也标志着理论的一个新进步。当然，由索绪尔开创的语言学转向是最基础性的理论引擎，各种“理论”基本都是在其启发下，把结构主义的语言学模式推广运用到各个领域，打破以往本质主义、现实主义观念范式的结果。在那个时候，接受某种理论通常意味着认同于某个政治立场，“一个人不仅是‘理论家’，而且是一个由‘主义’命名的特定理论小组的一个成员”[①]。不过对今天的大部分学者来说，是否把自己认定为归属于某个流派或立场的“理论家”已经没有必要，重要的是能够运用理论思考和解决新问题。

理论并没有死亡，只是改变了存在形态。罗伯特·塔利（Robert T. Tally，Jr.）也认为：“所谓的理论死亡，可部分或悖论地归因于理论的巨大成功。……理论变得规范化了……无疑已成为文学研究的一个普通方面，一种新的正统。”[②] 21世纪以来，把理论自觉地贯彻到研究和实践中的学者不仅要比以前多很多——无论是在文学研究界还是其他学科，完全不知道理论的人已经几乎不存在——而且，由于其多学科和跨学科的影响，人们所关注的对象和主题也更加多样化。除了文学、艺术、历史和哲学等传统人文话题，诸如新媒体、环境危机、大学体制、族裔身份、情感、全球化、生物政治、政治经济制度，甚至理论本身的制度化等主题也已成为理论界关注的主要对象。

---

① Jeffrey R. Di Leo，“Introduction：Theory in the New Millennium”，p. 4.

② Robert T. Tally Jr.，“Critique Unlimited”，in Jeffrey R. Di Leo ed.，*What's Wrong with Antitheory*? London：Bloomsbury Academic，2019：115－133，p. 118.

理论在今天不仅依然生机勃勃，而且在不断以各种方式成长壮大。学术会议、期刊论文、课堂教学、博客文章，以及各种新媒体如今都可以成为理论探讨的场所。今天使用理论的人们常常同时归属不同的关注和兴趣领域，不再仅仅归属于某个狭隘的身份标签，比如女权主义者、酷儿理论家、马克思主义者，而是可以同时运用不同的理论视角来关注不同话题。在迪里奥看来，21 世纪的理论与此前的一个主要区别是，20 世纪的理论工作更具有“排他性”①，“显得更为狭隘和教条化”，新千年的理论家虽然不再紧密团结，却也“更为多元和分散”②。此前，作为一个理论家，通常意味着至少要与一个理论流派紧密联系在一起，在学术立场特别是政治取向上要和同属一个流派的人志同道合，还要有共同尊奉的几位学术领袖和基础性理论经典文献。但这些在今天已经不太重要，今天的人们更在意的是理论的“实用”价值，而不是政治正确。人们更像是理论上的多元主义者，在各自的理论立场上越来越趋向多元化和宽容，没有人奢望要用自己的理论获得独有的阐释权威。

21 世纪以来，理论并没有死亡，然而对理论的厌烦情绪确实越来越普遍。正如迪里奥所说：“理论在学术界的诞生与反理论的诞生是在同一时间，它们的历史就像一枚硬币的两面密切联系。”③ 自现代批评理论出现的那一刻开始，对理论的抵制就已经开始，两者“互相依存”，彼此互相激发活力。当下理论热也正是因为理论前所未有的“茁壮、强健”④。只不过在过去的数十年间，理论始终能够在与反理论的对抗中占据上风，并在文学院系彻底站稳脚跟，仍然拒绝接受理论的研究者也不得不退至边缘。虽然传统自由人文主义模式的研究仍

---

① Jeffrey R. Di Leo，“Introduction：Theory in the New Millennium”，p. 8.

② Jeffrey R. Di Leo，“Introduction：Theory in the New Millennium”，p. 4.

③ Jeffrey R. Di Leo，“Down with Theory! Reflections on the Ends of Antitheory”，in Jeffrey R. Di Leo ed.，*What's Wrong with Antitheory*? London：Bloomsbury Academic，2019：92 – 113，p. 97.

④ Jeffrey R. Di Leo，“Introduction：Antitheory and its Discontents”，in Jeffrey R. Di Leo ed.，*What's Wrong with Antitheory*? *London*：*Bloomsbury Academic*，2019：1 – 23，p. 1.

然存在，但已经不再是主流。然而十多年来，随着人文学科陷入困境，理论热潮逐渐冷却，反对理论的声音骤然从四处响起。就像20世纪80年代曾经轰动一时的反理论运动一样，今天又有很多学者站出来表示反对理论，而且他们中的很多人还都是在理论的熏陶下成长起来的优秀学者。虽然当前的反理论运动看上去很热闹，实则并无新意，它和20世纪80年代的反理论运动一样，不过是借机表达对理论的不满，尤其是反对用过度政治化的批评实践伤害人们对文学的热爱和欣赏，宣称反对理论就是拯救文学，“让文学批评回归理智和理性”[①]。他们通过摆出反对理论的姿态，就似乎已证明自己是维护人文学科价值的英雄，就是在拯救文学。只要能把不受欢迎的理论驱逐出去，就可以让文学系摆脱目前的困境，重新获得政府和纳税人的信任和欣赏，恢复生机。

反理论阵营的立场尽管并不完全一致，但其共同特点是都主张抛弃政治先行的意识形态分析，回归对经典文学的文本细读。文森特·里奇（Vincent Leitch）戏称反理论者为“一群热爱文学的人”（I love literature crowd）[②]，他们全都厌恶批评理论对社会建构主义的执着，对以种族—阶级—性别分析为批判焦点的多元文化主义的偏执，以及对意识形态批判和解构经典的偏好。反理论者能够容忍理论的最大限度，就是像中世纪经院哲学家用信仰驯服理性一样去驯服理论，让理论充当文学文本欣赏的侍女，而不能让理论反过来凌驾于文学欣赏之上。

20世纪80年代的那次反理论运动与当时里根总统和撒切尔夫人上台后大力推行新自由主义政策有关，它对人文学科造成巨大消极影响，主要表现在人们对高等教育价值的理解越来越偏向于“粗俗、务

---

① Jeffrey R. Di Leo, “Introduction: Antitheory and its Discontents”, p. 2.

② Vincent Leitch, “Antitheory”, in Jeffrey R. Di Leo, ed., *The Bloomsbury Handbook of Literary and Cultural Theory*, *London*: *Bloomsbury Academic*, 2019: 343 - 353, p. 343.

实或职业化的看法"[①]。而当前新一轮的反理论运动同样也是在新自由主义势力不断升级的背景下发生的。在奥巴马总统任期内，美国教育部开始"以学生的学费投入和预期薪酬为基准来衡量大学价值"，而在特朗普总统上台后，这种倾向更加明显，"在所有层面都推行以获利为目的的教育。"[②] 在这种风气影响下，高等学校越来越被视为工厂，知识被想象为一种工业产品，需要被越来越高效地生产、传输和供给学生消费。教师的工作也被同样的逻辑低估、衡量、考核和评估。趁着欧美国家新自由主义势力的猖獗蔓延，反理论者很好地利用了当前西方社会整体偏向保守主义的政治风向以及人们普遍对过分"政治正确"的厌恶。他们彼此呼应，从不同方向攻击理论，共同捍卫作为文化遗产的文学经典和学术传统，维护一种常识性的现实主义语言和再现理论，抨击具有许多当代理论特征的文学研究的政治化。"其总的观点是保守的，其特点是怀念更早和更好的时代和方法。"[③]

在里奇看来，当前的反理论者都是"毫无感恩之心的继承人"[④]，因为他们都是在理论热潮时期成长起来的一代，曾在多方面受惠于理论学术的启蒙，但在学科遭遇危机的时刻，为了急于摆脱困境，却毫不犹豫地选择背叛理论。汤姆·埃尔斯（Tom Eyers）也指出，后批判者对理论的描绘完全是"漫画式的"[⑤]，理论绝非如他们所描绘的那样教条笨拙，拉康、德里达、福柯等人全都反对一种简单化的深度阅读模式，20 世纪后半期绝大多数理论家在思想上也都要比反理论者复杂得多，他们的分析也更深入、更有独创性。反理论者之所以想要驱逐理论，他们在政治和经济方面的考虑绝对大过在学术上的考虑。最典

---

① Robert T. Tally Jr.，"Critique Unlimited"，p. 122.

② Kenneth J. Saltman，"Antitheory，Positivism，and Critical Pedagogy"，in Jeffrey R. Di Leo ed.，*What's Wrong with Antitheory*? London：Bloomsbury Academic，2019：73 – 91，p. 75.

③ Vincent Leitch，"Antitheory"，p. 343.

④ Vincent Leitch，"Antitheory"，p. 344.

⑤ Tom Eyers，"（Anti）Theory's Resistances"，in Jeffrey R. Di Leo ed.，*What's Wrong with Antitheory*? London：Bloomsbury Academic，2019：220 – 234，p. 230.

型的代表就要数弗吉尼亚大学英文教授芮塔·菲尔斯基（Rita Felski）了。她长期担任理论批评的旗舰期刊《新文学史》的主编，如今却成为反理论呼声最高的后批判转向倡导者。而且就在当前大部分人文学术都难以获得研究资助的情况下，菲尔斯基居然从丹麦政府获得一笔总额高达420万美元的巨额研究基金资助，不免让人惊叹“反对批评（理论）特别有利可图”①。

正如本书反复强调的，思考反理论运动，必须把它置入新自由主义大学理念的日渐强化这一语境。里奇也在最近的文章中指出，当下反理论运动发生的语境正是“与极端自由放任的晚期资本主义主导经济模式相关的大学公司化”②。职业培训式的高等教育理念已被深深植入公众想象，它尤为强调学业效率和教育的工具性。由此导致的一个政治后果是“这个时代在政治上越来越玩世不恭、冷漠无情、麻木不仁”③。而批评理论的教育目标非但不是为社会培训更多驯服的、高效的劳动者，反倒以培养学生对资本主义体制的批判精神为主，并试图唤起他们改造现实的政治冲动。20世纪80年代兴起的各种理论流派的共同点就是致力于提出疑问，想要透过世界呈现在我们面前的样子看得更深、更透彻，“批评理论是颠覆性的，与其说是在政治行动上，不如说是在更加字面或词源学的意义上，即理论试图推翻或者颠覆现状。”④然而近年来，由于人文学科危机等多种因素，理论批评的价值和功能正被日益质疑，它正被质疑为一种缺少合法性的实践。它既不能为社会提供有效知识，又不能指导普通读者的阅读实践，还鼓动学生对社会现实不满，对整个文学批评构成损害。罗伯特·塔利尖锐指出：“当前文学批评领域的后批判和反理论趋势不过是向高等教育界

---

① Robert T. Tally Jr.，“Critique Unlimited”，p. 124.

② Vincent Leitch，“Antitheory”，p. 349.

③ Robin Goodman，“How Not to be Governed Like That：Theory Steams On”，in Jeffrey R. Di Leo ed.，*What's Wrong with Antitheory*? London：Bloomsbury Academic，2019：134 – 147，p. 134.

④ Robert T. Tally Jr.，“Critique Unlimited”，p. 116.

的新自由主义递交的一份更大的投降书的表征"①。这一判断非常准确。从根本上来说，反理论的诸多论调就是为了维护晚期资本主义社会现状。他们号召人们放弃理论，也就是放弃对资本主义的社会批判，转身成为新自由主义学术生产体制的驯服主体。

本书主要梳理了西方文学理论自20世纪80年代末以来的发展轨迹，分析了其中几个重要的理论争鸣议题，尤其是所谓"理论的终结""理论的体制化""后现代主义的死亡""后—后现代主义"以及"伦理批评转向"等，既对各个论题的内容进行了分析讨论，也对它们的理论价值进行了评价。由于这些新的理论发展与当下之间的时间距离较短，如何恰当地评价它们是一个挑战，同时还要正确看待国内与国外后理论研究之间的历史错位问题。我们究竟是否已经处于"后理论"时代？"理论之后"的理论研究还有没有价值？其实从某种意义上来说，西方的后理论是真正的"理论之后"，即20世纪60年代至80年代的理论热消退之后，此时的理论早已在西方学界被体制化和经典化。而中国的后理论实际上仍发生于"理论之中"，一方面是对西方理论的过度借鉴，但另一方面却又存在研究不充分、不深刻的矛盾。因此，本研究尽量避免简单重复西方理论家在后理论问题上的阐发，而是依据中国的理论实践经验，从我们的视角出发，深入反思近30年来西方理论走过的历程，从中总结值得借鉴的规律和创见，并为国内文学理论的研究和未来走向提供启发。

本研究通过综合考察国内外后理论话语指出，在所谓的后理论时代，正确的做法不是彻底放弃理论，而应对理论走过的历程进行回顾和检视，反思它的当下状况和未来发展。是倡导推进文化研究还是回归文本分析，是继续理论的政治化还是回归学术本位，这其实都是把理论进行下去的不同方式，都是在深化理论的反思行为、补偏救弊，让它更好地适应变化了的文学与社会现实。理论在过去几十年间又经

① Robert T. Tally Jr. , "Critique Unlimited", p. 116.

历了哪些新进展？哪些理论争鸣最值得我们关注？西方文论真的已经或将要终结了吗？西方理论的危机为中国文论国际化提供了哪些契机？中国文论在国际理论舞台上如何取得与其国际政治经济地位相匹配的位置？中国文论国际化到底是某些学者所说的建设中国特色话语的“民族焦虑”，还是顺应文化全球化大趋势的必然选择？所有这些都是非常值得关注的话题，也是本课题研究的理论和现实意义所在。

当前，由于有关“理论的终结”或“后现代主义的死亡”的论断不断出现，很多人便因此相信理论的黄金时代已经过去，我们正在进入，或者早已处于一个后理论时代。然而塞尔登在《当代文学理论导读》中也提醒我们，在没有完全确证之前，过度强调“后理论”的提法很可能“使‘理论的终结’之类的幻觉合法化”[①]。正是带着这种考虑，本研究重点检视了自20世纪80年代以来西方文学理论走过的轨迹，尤其是21世纪以来的诸多热点问题，以便为我们从整体上反思西方理论的当下处境及其未来发展走向提供启示。

本研究认为，不管理论指的是一般批评方法还是对批评的反思，它都不会一去不返或彻底终结，而只会随着历史社会语境的变化而不断调整姿态、变换样式。从理论在20世纪60年代末的兴起到20世纪80年代的鼎盛，都不仅仅是其自身内在逻辑发展的结果，更受外部语境的影响。20世纪90年代以来所谓理论的终结也同样是受到外部变化了的语境所影响，不能仅归罪于理论自身凌虚蹈空等问题。在今天这个从头到尾都以市场和效率为导向的环境下，如果人们再像新批评以及之前的一切自由人文主义者那样重提所谓文学研究的“无用之用”或“半自治性”肯定有害无益，高等教育的投资者和管理者不会有耐心容忍这样低效率的学科继续存在下去。另一方面，如果批评家们还想维持20世纪80年代那种与主流社会不合作的文化批判姿态也

① ［美］拉曼·塞尔登等：《当代文学理论导读》，刘象愚译，北京大学出版社2006年版，第12页。

已不可能，因为文化生产已经完全和市场逻辑重合，一切都已沦为商品经济的俘虏，不再有世外飞地，也不再有批判距离。其实真正陷入生存危机的并非仅是理论，而是整个人文学科。理论归根结底不过是人们谈论文学的一种方式。在一个文学活动被日益边缘化的功利主义社会，即便人们真能抛弃理论，也似乎很难有其他替代方式能够让文学重新回到公众生活的中心。但理论也永远不会消亡，只是它的存在方式又必将发生改变：不是作为批评方法，而是作为关于文学的思考方式。

上 篇

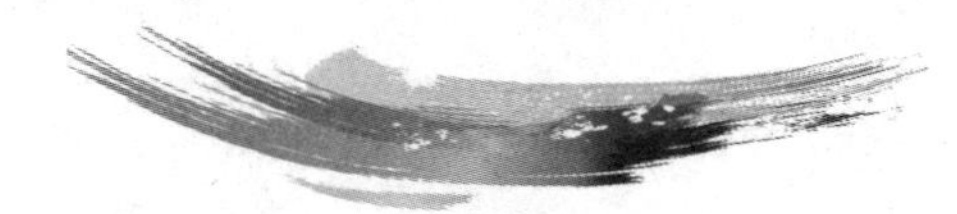

“后理论”背景下的当代西方文论：综述与反思

第一章 “将理论继续下去”

——近二十年来国内“后理论”研究状况综述

自20世纪80年代末以来，西方理论界陆续传出“理论的终结”或“后现代主义的死亡”等讯息，各种打着“后理论”或“反理论”旗号的评论之声此起彼伏，后理论时代似乎已成为对当前西方理论研究图景的最恰当描述。具有讽刺意味的是，虽然不再有重要的理论家或批评流派横空出世，但人们对理论的兴趣似乎并未减退，只不过现在关心的热点话题是理论的死亡。数不清的论文和专著批量涌现，各种为理论送终的学术会议也一个接着一个地召开。这种喧嚣热闹的场面似乎并不亚于20世纪60年代至80年代的理论巅峰期盛况。

这股后理论热也快速波及中国大陆。自改革开放以来，中国的文学理论研究一度唯西方理论马首是瞻。但凡在西方有些影响的名家或流派，一旦被引介到中国，都能得到很多关注。不过值得一提的是，受传播媒介以及研究规模等条件的影响，国内的理论热实际上发生在20世纪90年代，特别是在互联网出现和高校大规模扩招之后，这一点可以从学术出版的密集程度上看出来。也就是说，像“解构”“后现代”“理论”“德里达”“福柯”“文化研究”等这样的名字和术语成为大陆学界的常识，也不过就是近二十年的事情，而理论此时在西方已经开始失宠了。不过也有少数学术嗅觉敏锐的国内学者捕捉到西方理论动向。比如王宁教授早在1995年就率先发表《“非边缘化”和

“重建中心”——后现代主义之后的西方理论与思潮》一文，成为最早关注后理论话题的大陆学者之一。

进入21世纪以来，后理论研究迅速成为国内学界新的学术增长点。根据笔者在《中国知网》上查到的数据，以“理论的终结”“后理论”“理论之后”“反理论”等为主题检索，总数可以得到数百个结果。国内最具权威的学术期刊，比如《中国社会科学》《文学评论》《文艺研究》《哲学研究》《文艺理论研究》《外国文学评论》《学术月刊》等，都陆续刊发相关文章，其中《文学评论》和《文艺研究》还在近十年内连续发表十多篇文章，这种情况并不多见。即便在理论的鼎盛期，也很少有哪个流派或批评家得到这种厚待。国内最具影响的理论家，如王宁、周宪、王岳川、姚文放、阎嘉、陈晓明、周启超、王一川、金惠敏等都加入讨论，有的还把后理论当成最近几年的研究重点，并且提出很多真知灼见。与此同时，一些国外参与后理论话题讨论的重量级人物——比如乔纳桑·卡勒和文森特·利奇等——也被频繁邀请到国内讲学并接受访谈，他们的学术著作被翻译成中文，相关主题的国际性学术会议也在国内召开。比如2004年2月11日《中华读书报》举办“文学理论死了？”专题讨论，清华大学在2004年6月主办“批评探索：理论的终结？”国际研讨会，2009年11月浙江大学举办“后理论时代与文化研究”国际学术研讨会，2011年10月在对外经济贸易大学又召开了“后理论语境中的文学研究”国际学术研讨会等。

然而在另一方面，国内的后理论研究也暴露出一些问题。其中尤其值得注意的是它与国外后理论研究之间的历史错位。也就是说，西方的后理论是真正的“理论之后”，即20世纪60年代至80年代的理论热消退之后，此时的理论早已在西方学界被体制化和经典化。而中国的后理论实际上仍发生于“理论之中”。当少数研究者紧跟西方步伐并引领国内后理论研究的风气之先的时候，其实有相当多数的人还连伊格尔顿的《文学理论导论》都没有真正读懂，对什么是理论也没有弄清楚。这恐怕正是有学者发出如下感慨的原因所在：“（理论之后）在中国则仍然是一个西方理论的本土接受与本土应用问题，中国不会出现‘理论之后’，过去没有，现在没有，未来也很难有，因为我们其实一直处在理论缺失的状态中，当然，所谓的理论缺失是指那种真正的有原创性的思想启迪与穿透力的理论。我们根本没处在‘理论之后’，而是处在‘理论之中’。"[①] 更糟糕的是，很多人受学术创新能力所限，早已习惯了学术跟风。当他们发现居然还有比理论更前沿的话题时，便迫不及待地抛开手头上的理论入门读本，去追随那些先驱者的步伐。在这种情况下，就造成当前国内后理论研究成果繁多却良莠不齐的局面。正如有学者所批评的："深入的研究很少，有具体内容的论述也寥寥。"[②] 很多人只是跟随时尚、拾人牙慧，甚至只是把"后理论"当成一种全新的理论加以研究。因此，我们有必要梳理一下近二十年来国内有关后理论话题的研究成果，从中总结出值得重视的观点和创见，并为国内文学理论的研究和未来走向提供思路。[③]

一 如何诊断"理论的终结"？

无论是对国际还是国内后理论学界来说，2003 年都是一个具有标志性意义的年份。因为在这一年，西方理论界公认的巨擘之一特里·伊格尔顿出版了一部影响深远的著作，即《理论之后》。该书犹如一颗炸弹，在国内外理论界引发巨大震动。在此之前，国内关注"理论的终结"话题的还只是少数人，"后理论"更是鲜有所闻。但自此之后，国内以"后理论"为题的研究成果开始大量涌现，把《理论之后》列为参考文献的论文达到上千篇之多，以它为标题的文章也不下

---

① 段吉方：《文学研究走向"后理论时代"了吗？——"理论之后"问题的反思与批判》，《社会科学家》2011 年第 9 期。

② 徐亮：《后理论的谱系、创新与本色》，《广州大学学报》2019 年第 1 期。

③ "后理论""理论的终结"和"反理论"这三个问题往往是交织在一起的，要谈及后理论，就必然涉及对理论的抵制或继承问题。因此本文对后理论研究的梳理也兼及另外两个话题。另外由于当前国内相关研究很少有专著出现，因此本文也主要以考察期刊文章为主。

200 篇。可以说，它对中国的文学理论研究所起到的里程碑意义几乎不亚于他的那部《文学理论导论》。如何理解、回应或者评价伊格尔顿的这部《理论之后》便成为国内后理论研究的一个重要议题。[①]

伊格尔顿在《理论之后》的开篇即说：“文化理论的黄金时期早已消失。”[②] 接着他又用略带讽刺和调侃的语气列举出十多位渐渐退出历史舞台的理论大师以辅证他的论断。乍看上去，伊格尔顿似乎是在发布理论死亡的讣告，实则不然。在此有两个关键词需要留意，一个是“文化理论”，另一个是“黄金时期”。也就是说，作者的意思是：已然消失的只是文化理论的黄金时期，而不是理论已经彻底消失；它肯定仍将继续存在下去，而且可能还会活得很好，只不过会失去曾经备受尊崇的优势地位。

国内有少数读者误读了伊格尔顿。比如张箭飞认为：“伊格尔顿的《理论之后》一书敲响了理论的丧钟。”[③] 但大部分研究者都看出，伊格尔顿只是在批评后现代文化理论放弃政治批判、逃避现实的错误倾向，“他的真正目的是要通过反思来找到问题所在，找出问题是他接下来思考未来的前提。”[④] 正如他自己所思考的：“新的时代要求有什么样的新思维呢？”[⑤] 张伟和金惠敏等人也都试图改变《理论之后》给人造成的“理论已经终结”的错觉。前者指出：“宣扬理论终结完全是一个伪命题，这个伪命题的存在是建立在对伊格尔顿《理论之后》误读的基础上产生的，事实上，伊格尔顿《理论之后》注重的不

---

① 刘阳则提出了另一种很有启发性的观点，认为“国内文论界一般视伊格尔顿《理论之后》为‘后理论’的形式起点，但‘后理论’在学理上的重要奠基者仍是福柯”，“‘后理论’与‘理论’一样，可以说都是在福柯的启示下展开自身学理脉络的，或者说福柯同时启示了‘理论’与‘后理论’两代思想。”参见刘阳《福柯对“后理论”的学理奠基及其意义》，《杭州师范大学学报》2019 年第 2 期。

② ［英］伊格尔顿：《理论之后》，商正译，商务印书馆 2009 年版，第 3 页。

③ 张箭飞：《文化理论在西方的死亡》，《学术研究》2005 年第 9 期。

④ 尹庆红：《“理论之后”的理论——谈特里·伊格尔顿的〈理论之后〉》，《湖北大学学报》2008 年第 2 期。

⑤ ［英］伊格尔顿：《理论之后》，商正译，商务印书馆 2009 年版，第 4 页。

是所谓的理论的终结，而是理论发展到新时期对本身的一种反思，是理论在新时期的一种重构，这才是伊格尔顿的真实目的所在，更是其‘理论之后’说的题中应有之义。”① 后者则强调：“伊格尔顿决非一般地反对理论，而是通过‘理论之死’这种振聋发聩的形式唤醒人们对于后现代理论之局限的反思。”②

作为西方马克思主义批评的领军人物，伊格尔顿始终坚持把政治批评作为理论研究的优先方向。在他看来，理论的兴起与衰败都与政治因素息息相关。在20世纪60年代的复杂社会政治背景下，大学成为各种权力和意识形态斗争的场所，文学研究者往日相对封闭的学术话语被打破，“已经不再可能把文学是什么、如何阅读它或它可能起着怎样的社会作用这些问题都视为早已解决的东西了，也不再容易把学界的自由主义的中立态度作为理所当然的东西接受了。”③ 在这种情况下，形形色色的“理论”都可以被视为从不同角度对自由人文主义传统的反叛和攻击。解构主义和马克思主义在文学批评上的激进话语与激进社会革命相互配合，构成那个时代鲜明的文化政治景观。但从20世纪70年代之后，随着民族、阶级和社会矛盾缓和，政治斗争开始降温，于是文化战争也开始转移战场。“革命的岁月已经让位于后现代主义的时代，而‘革命’从此就只会是一个被严格地保留给广告的词儿了。新一代的文学研究者和理论家诞生了，他们为性问题着迷但对社会阶级感到厌倦，热衷于流行文化却无知于劳工历史，被异域他性所俘虏，但对帝国主义的活动过程却不甚熟悉。”④ 虽然后现代文化理论仍然打着政治批判的旗号，把革命阵地转移到身

① 张伟：《“理论之后”的理论建构》，《文艺评论》2011年第1期。

② 金惠敏：《理论没有“之后”——从伊格尔顿〈理论之后〉说起》，《外国文学》2009年第2期。

③ ［英］特雷·伊格尔顿：《二十世纪西方文学理论》，伍晓明译，北京大学出版社2007年版，第220页。

④ ［英］特雷·伊格尔顿：《二十世纪西方文学理论》，伍晓明译，北京大学出版社2007年版，第227—228页。

体和性的领域，实际上却"没有致力于解决那些足够敏锐的问题，以适应我们政治局势的要求"[①]。

沿着伊格尔顿的思路，国内很多学者也把理论的终结归因于政治因素。比如王晓群很早便指出："进入80年代后西方社会矛盾趋于缓和，消费主义日盛，理论渐渐失去不断创新和发展的动因，加之理论的制度化和学术化，其新鲜感和革命性逐渐消失，在社会和学术界的影响也日渐减弱。"[②] 其余学者，比如阎嘉、刘进、尹庆红、张箭飞、方钰等也都持相近看法。限于篇幅，我们不再详细引述他们的论点。[③] 他们普遍认为，自20世纪80年代以来，特别是随着全球化时代的到来以及9·11事件爆发，理论没有，或者说已经不能有效应对新的问题。它对新的阶级、文化和民族矛盾要么视而不见，要么束手无策，只是继续着以往的文化符号分析和批判工作，让理论演变成学院知识分子的智力游戏。理论不再是资本主义制度的异见者，反倒成了它的合谋者，自然免不了被抛弃的命运。

与上述这种政治先行的研究方法不同，还有的学者从其他方面分析了理论"退烧"的根源。在此，盛宁的观点最有代表性。他说："以'解构哲学'和文化研究为主力的理论热之所以会消退，这里面固然有所谓'政治斗争'的因素，但我看其中更多的则是由于自身的局限，由于客观环境的变化，特别是由于提出那些理论学说的理论大师们的离场而造成的。"[④] 除了后两点，盛宁尤其强调的是第一点，即理论所谓的"自身的缺陷"，也就是理论不具有指导具体批评实践的能力，"人们经过20年的探索才发现，理论其实是一个高高在上的假

---

① [英] 伊格尔顿：《理论之后》，商正译，商务印书馆2009年版，前言第1页。

② 王晓群：《理论的现状与未来》，《外国文学》2004年第6期。

③ 参见阎嘉《"理论之后"的理论与文学理论》，《厦门大学学报》2009年第1期；刘进《文学理论的基本品格和功能——对"文学理论危机"话题的一种理论回应》，《文艺理论研究》2005年第3期；方钰《论西方文化理论的困境及出路》，《哲学研究》2011年第3期；张箭飞《文化理论在西方的死亡》，《学术研究》2005年第9期；尹庆红《"理论之后"的理论——谈特里·伊格尔顿的〈理论之后〉》，《湖北大学学报》2008年第2期等。

④ 盛宁：《"理论热"的消退与文学理论研究的出路》，《南京大学学报》2007年第1期。

设，它是用来对你的批评实践所发掘出的意义给予解释，而并不是你懂得了一个理论，它就能使你对一个作品的理解产生多大的促进，它只不过是帮助你对自己的阐释活动、对批评行为的机理有了一种更自觉的认识，而它与你对一个作品本身的理解并没有太大的关系。”① 在盛宁看来，理论终结的原因非但不是因为它逃避政治，反倒是因为它太政治化了，“什么事情一旦政治化，那就成了非此即彼，你死我活，不共戴天。……把文学文本认定为统治阶级意识形态的喉舌，把文学批评作为为‘地位低下者’行使代言的使命，所有这一切都让人有一种似曾相识的感觉。”② 于是，“‘文化研究’取代了文学研究，把文学研究变成了又一个‘沉闷的社会学科’，使文学系变成了一潭学术死水。”③ 与盛宁看法相近，陈晓明也认为理论就是“一种元理论话语体系，……一种用来规范文学学科、文学批评和文学创作实践，并且解释全部文学基本原理的元理论体系”。④ 结合中国的具体语境，陈晓明认为这样的理论曾经发挥了一定的积极作用，在我们的创作和批评实践均不太成熟的时候，起到了规定和立法的作用。但自 20 世纪 80 年代以来，中国的文学创作和研究均走向成熟，呈现越来越开放的姿态，突破了理论设置的那些规范，理论再想去规约实践已然力不从心，“这种理论的使命已经结束”⑤。

二 回到一个元问题：什么是理论？

在当前国内后理论话语中，有一个最基本的问题始终没有得到彻底、明晰的回答，那就是到底何谓理论？或者说，理论与文学理论、批评理论、文化研究以及文化理论之间到底是什么关系？如果不把这

① 盛宁：《“理论热”的消退与文学理论研究的出路》，《南京大学学报》2007 年第 1 期。
② 盛宁：《对“理论热”消退后 美国文学研究的思考》，《文艺研究》2002 年第 6 期。
③ 盛宁：《对“理论热”消退后 美国文学研究的思考》，《文艺研究》2002 年第 6 期。
④ 陈晓明：《元理论的终结与批评的开始》，《中国社会科学》2004 年第 6 期。
⑤ 陈晓明：《元理论的终结与批评的开始》，《中国社会科学》2004 年第 6 期。

个问题搞清楚，那么有关理论是否已经终结、为何终结，或者是否需要被终结等问题的回答就会出现偏差和分歧，进而对后理论时代的理论生产做出不同的判断和预期。或许当前学界在理论终结话题上出现争端的根源就在于此。表面上大家都在谈论理论，但实际上他们真正所指的很可能并非一回事。

例如，上文提到的陈晓明所理解的理论实际上更接近前我们通常所说的文学原理，或者韦勒克在《文学理论》中所说的"一套问题、一系列概念、一些可资参考的观点和一些抽象的概括"[①]。类似的看法也在其他人那里可以被发现。他们都把理论等同于某种超越于创作或批评实践之上的话语，对各种实践活动起到指导和规约作用。理论与实践之间似乎就是上下级关系，"在相当长的时期内里，文学批评臣服于文学理论。"[②] 因此，作为当代最著名的批评家的陈晓明呼吁终结理论的使命也就不奇怪了。然而他所要终结的这种"理论"其实与国际大环境下的"理论"似乎并不完全一致。

虽然国际上也有很多学者对"理论"一词的使用比较随意，其具体内涵在不同语境下往往有所变化，但在以下两点上，人们还是基本可以达成共识。

首先，理论并非一个固定不变的范畴，它的内涵有一个历史演进的过程。早在20世纪60年代之前，理论基本上等同于文学理论或文学原理，即对文学活动的一般原理的归纳和概括，包括概念、策略和方法等。虽然它也偶尔涉及对社会历史语境的讨论，但总体来讲，这种文学理论还是以经典意义上的文学文本为关注重心。到了20世纪60年代以后，随着结构主义兴起和语言学转向，文学研究不再拘泥于探究文学文本中的意义，而是更关心意义在整个文化场域内被生产出来的过程和机制。用卡勒的话来说就是："理论意味着一套特殊的结

① ［美］韦勒克、沃伦：《文学理论》，刘象愚等译，生活·读书·新知三联书店1984年版，第32页。

② 陈晓明：《元理论的终结与批评的开始》，《中国社会科学》2004年第6期。

构主义理论，它可以解释不同种类的素材，它是理解语言、社会行为、文学、大众文化、有或者没有文字的社会，以及人类心理结构的关键。理论就是在结构主义语言学、人类学、马克思主义、符号学、精神分析和文学批评的背后发挥作用的一套具体的跨学科理论。”[①] 换句话说，20 世纪 60 年代的理论主要就是结构主义。而再到 20 世纪 70 年代之后，后结构主义又逐渐兴起，批评家不再仅仅关注于发掘文本中的意义，而是更关心意义生产的过程和机制。他们不再仅停留于结构主义模式的“对语言、修辞、符号及其他表意系统的分析”，而是“指向对社会文化和历史状况的批判”[②]。于是，融合了马克思主义左派思想的后结构主义又成为 20 世纪 70 年代理论的代名词。

虽然结构主义和后结构主义时常把目光投向更大范围的文化政治文本，但总的来讲，文学仍然是它们关注的中心。但在 20 世纪 80 年代以后，理论的边界开始大规模扩张。受到后结构主义和马克思主义双重启发的女权主义者、新历史主义者，以及后殖民主义者开始把批判的矛头重点指向文学以外的事物，包括性别、阶级、种族和身份等。理论家们冲破学科边界，自由地穿梭于哲学、人类学、社会学、文学、政治学等学科之间。此时的理论也就成了卡勒所说的“一系列没有界限的、评说天下万物的著作”[③]。此时的理论在英文中有两种表述，分别是大写的、单数的理论“Theory”和小写的、复数的理论“theories”。后者指的是受后结构主义影响的不同流派的集合，包括女权主义、后殖民主义、后结构主义、新历史主义等，而前者则更强调它们的共性，即对传统文化实践的批判和质疑。也正是他们创造了理论的黄金时期。进入 20 世纪 90 年代以来，理论又发生了所谓的文化转向。文化研究或者说文化理论成为最晚进阶段的理论的内涵。这一时期的

---

① Jonathan Culler, *The Literary in Theory*, Stanford: Stanford UP, 2007, p. 23.

② Gregory Castle, *The Blackwell Guide to Literary Theory*, Malden: Blackwell Publishing, 2007, p. 2.

③ [美] 乔纳桑 · 卡勒:《文学理论入门》，李平译，译林出版社 2008 年版，第 4 页。

文化理论有两个特征值得注意，一是对非文学文本投以前所未有的关注；二是重分析而轻批判。

其次，虽然理论的内涵在不断变化，但有一点却始终未变，那就是理论的自我反思性。按照伊格尔顿的观点，理论与实践之间并不存在对立的等级关系，而是相伴相生的、同一性的关系。人们在实践中总会遇到各种问题，于是我们便需要反思，也就有了理论。在这种意义上，"一切社会生活都是理论的"，"同样，所有的理论也都是真正的社会实践。"① "理论不过是人类对自我行为的回望，被迫形成一种全新的自我反射。"② 通过反思行为，我们对实践有了更清晰的认识，可以解决实践中的问题，甚至有时候可以动摇此前长期被坚持的原则和基础，并为未来的实践开创新的可能。从传统的文学理论到结构、后结构主义，再到后来的文化研究，理论走过的历程其实就是把这种对文学实践的反思不断深化的过程。它让我们对所有的文学实践有了前所未有的自觉意识，一切未经反思检验的前提、假设、原则和方法都难以被心安理得、若无其事地维系下去。这也正是美国学者考夫曼（David Kaufmann）所说的下面这段话的含义，他说："美国的理论在很大程度上并非要逃避和破坏实践，而是要通过各种松弛有别、但持之以恒的自我批判去修正文学研究的'错误'。通过从其他领域借鉴方法，理论试图把文学研究变成一门更具有自我意识的学科。"③

通过上述分析我们可以看出，理论从根本上来说就是一种关于文学实践的反思性话语实践。只要有文学实践——不管是创作还是批评——这种反思就不会停止，因为不断对自己的行为进行反思和调整也是人类文明不断前进的源泉。反思会打破成见、惯例、常识，带来新知识，但用不了多久，随着新知识不断泛化，它又积淀成常识，又

① Terry Eagleton, *The Significance of Theory*, Oxford: Basil Blackwell Ltd., 1990, p. 24.

② Terry Eagleton, *The Significance of Theory*, p. 27.

③ David Kaufmann, "The Profession of Theory", *PMLA*, 3 (1990): 519 - 530, p. 520.

需要进一步反思。但旧的知识也不会像一件破衣服那样被扔掉，而是像河床一样不断累积，充实着人类智慧，并且不时被重新翻倒出来激励新知识。认清这一点很重要，因为在当前有关理论终结的讨论中，我们切不可着急扔掉理论这件破衣服，而应该把它的反思精神继续下去。只不过现在不仅需要对文学创作和批评实践的反思，更需要对理论自身进行反思。

值得高兴的是，国内大部分研究者都注意到了把理论反思继续下去的重要性。王炎（2011）、王宁（2013）、张良丛（2013）、周宪（2008）、王晓群（2004）等人都认识到，理论在20世纪90年代以来的日益学术化、体制化和经典化是终结说出现的根源。[①] 理论不再构成对既有知识的反思和挑战，反倒失去了新鲜感和革命性。比如张良丛指出："后理论的出现并不是理论的终结，理论的危机。……理论的危机其实就是理论自身的转换。在新的文化语境中，20世纪的宏大理论已经失去了生存的土壤，因此理论需要调整自身，根据现存的现实状态加以改变。……理论的终结就是出现在我们面前的一种幻象，理论并没有过时，文学研究、文化研究离不开理论。理论不会消失，它只能根据现实情境，反思自己，更新话语系统。后理论就是理论自反的一种形态。"[②] 赖大仁（2015）和周启超（2009）等人则结合中国文论研究的实际情况，重点强调在后理论时代继续深化理论反思对中国文论建设的必要性。前者认为："'后理论'转向的一个重要特点就是'反理论'，这里的'反理论'不是反对理论或反掉理论，不是要消解和抛弃理论，而是注重批判性地反思理论。""如果说我们过去对于理论有过太多的迷信和盲从，如今实际上很多人又可能什么都不相信，什么都不当回事。但对于为什么相信和为什么不信，其实都没有经过理性

① 参见王炎《理论话语与美国学界》，《外国文学》2011年第1期；王宁《再论"后理论时代"的西方文论态势及走向》，《学术月刊》2013年第5期；张良丛《终结还是自反：理论之后的理论言说》，《贵州师范大学学报》2013年第5期；周宪《文学理论、理论与后理论》，《文学评论》2008年第5期；王晓群《理论的现状与未来》，《外国文学》2004年第3期。

② 张良丛：《终结还是自反：理论之后的理论言说》，《贵州师范大学学报》2013年第5期。

思考，没有经过批判性的质疑反思，于是表现出对什么样的理论观念都不置可否，导致由盲从而走向麻木。”[①] 后者则指出，“后理论”的前缀“后”的意义并不在于“批判、否定、区隔”，而在于“反思、承续、超越，”因此他呼吁：“不是告别理论，而是反思理论才是文论园地耕耘者的一分志业。”[②] 王宁在最近的一篇文章中也再次强调：“后理论主张的提出旨在说明，理论并没有死亡，它已经渗透在对文学和文化现象的经验研究中。它的作用不仅仅在于批判对象，同时也在于反思自身。”[③]

三 走向文化研究还是回归文本批评

自20世纪90年代以来，有关文化研究或者文化理论与文学理论的关系问题引发了很多争议。卡勒在他那本影响巨大的小书《文学理论入门》中曾专门开辟一章探讨这个问题。他说：“‘理论’就是理论，文化研究就是实践。文化研究就是被我们简称为‘理论’的理论所对应的实践。”“在广义上来说，文化研究就是去理解文化——尤其是现代世界的文化——的功能，包括文化生产是如何运行的，在一个由不同的群体、政府力量、媒体工业和跨国公司交织而成的世界里，个体和群体的不同文化身份是如何被建构和组织的等。因此，从原则上来说，文化研究涵括、覆盖着文学研究，它把文学作为一种特殊的文化实践来对待。”[④] 换句话说，文化研究就是把文学研究的方法应用于其他文化产品或现象。在卡勒看来，文化研究有两个最重要的理论

---

① 赖大仁：《“后理论”转向与当代文学理论研究》，《学术月刊》2015年第2期。

② 周启超：《在反思中深化文学理论研究——“后理论时代”文学研究的一个问题》，《江苏社会科学》2009年第6期。

③ 王宁：《“后理论时代”中国文论的国际化意义何在》，《社会科学报》2018年11月22日第6版。

④ Jonathan Culler, *Literary Theory: A Very Short Introduction*, Oxford: Oxford UP, 1997, pp. 43, 44.

源头，它们皆盛行于20世纪60年代。一是法国结构主义，二是英国的马克思主义文化批评，尤其是威廉斯和霍加特为文化研究所做出的奠基性工作。结构主义方法教会人们把文化实践视为另一种文本，去发掘文化实践背后的符码系统或意义生成机制，英国马克思主义则让人们注意到这些系统如何控制、引导或规训着我们的文化实践，并且去思考是否有可能从中寻找变革的可能。

在《文化批评、文学理论、后结构主义》一书中，利奇则重点讨论了后结构主义对文化研究的积极影响。在他看来，"文化研究的一个首要目的就是文化批判。"[①] 这包括调查和评判占据主导地位的对立的信念、范畴、实践和再现，去探究语言的、社会的、政治的、经济的、历史的、伦理的、宗教的、法学的、科学的、哲学的、教育的、家庭的，以及美学的话语和制度得以流行并被消费的原因、构成、结果以及方式等。

很多人对文学研究的文化转向持反对意见。一种比较普遍的看法是，文学批评家鲁莽地跨越了文学研究的学科边界，去涉及那些自己并不擅长的文化或社会科学领域，所研究出来的结果大多属于外行话，既没有太多的实际效果，还大大削弱了文学研究的价值，直接导致了理论的终结。卡勒对此很不赞同，他认为："文学表面上的衰退不过是一种假象，不管理论话语发端于哪里，它们通常都提醒我们去留意在各种话语中发挥作用的不同样式的文学性，从而也就以它们的方式重新肯定了文学的中心地位。"[②] 考夫曼同样肯定了文化转向对于文学理论的意义。他认为，理论的出现符合文学研究的专业化分工趋势，并且有助于巩固文学系在大学中的地位。通过生产出更多的流派、学术明星和专业知识，它极大拓展了学科范围。认为理论弱化了文学系地位的人们没有看到，对自由人文主义传统的坚持实际上也是文学研

---

① 参见 Vincent B. Leitch，*Cultural Criticism*，*Literary Theory*，*Poststructuralism*，New York：Columbia UP，1992，p. 8。

② Jonathan Culler，*The Literary in Theory*，Stanford：Stanford UP，2007，p. 5.

究者由于无法为社会提供有用产品而找到的借口。若不是理论让文学研究变得更有用，文学理论或许早就面临危机了。[①] 考夫曼还注意到文化理论的政治悖论，他说：“理论可以被看作让文学研究摆脱自我施加的神秘色彩的最后一丝努力，或者说，通过摆出一副明确的反人文主义理想的姿态，它可以巩固它看上去想要颠覆的文学系的重要性。”[②] 表面上来看，文化理论似乎有着激进的政治锋芒，但实际上却未必如此。通过揭示那些在看似正常、自然的日常文化实践背后隐藏的权力关系或利益网络，它挑战了占主导地位的文化和审美形式，并为人们改变在更大范围内的不平等结构创造条件。新马克思主义、女权主义、新历史主义、后殖民主义等都以各自方式对文学经典展开猛烈批判，其结果反倒愈加强化了那些文本的经典地位。它们表面上批判自由人文主义，实际上却和阿诺德一样，相信文学有益于我们的社会政治和知识生活。在不断预言激进变革的同时却又无限延宕它，这就是文化理论的政治悖论。而到了 20 世纪 90 年代之后，文化研究连这种表面上的政治锋芒也丧失殆尽，正如伊格尔顿所抨击的那样，“革命的岁月已经让位于后现代主义的时代，而‘革命’从此就只会是一个被严格地保留给广告的词了。新一代的文学研究者和理论家诞生了，他们为性问题着迷但对社会阶级却感到厌倦，热衷于流行文化但却无知于劳工历史，被异域他性所俘虏，但对帝国主义的活动过程却不甚熟悉。”[③]

综上所述，对于文学研究的文化转向，西方比较主流的批评家都持积极态度，对于文化研究的价值也比较肯定。很少有人把所谓的理论终结的原因归咎于文学研究的泛化，而是把它与理论本身的日益体制化、学术化，以及更大的政治社会政治环境联系起来，更很少有人

① 参见 David Kaufmann，“The Profession of Theory”，pp. 521－523。

② 参见 David Kaufmann，“The Profession of Theory”，pp. 521－523。

③ ［英］特雷·伊格尔顿：《二十世纪西方文学理论》，伍晓明译，北京大学出版社 2007 年版，第 227—228 页。

把回归文学文本当成文学研究的未来出路。而在以伊格尔顿为代表的左派理论家看来，让理论研究重新驶回正确的政治轨道是拯救理论的恰当途径。毕竟，“理论的用处问题首先是一个政治问题，而非知识问题。”“理论的必要性就在于保存革命的火种。”①

与国外情况比较接近，国内学界在文化研究与文学理论的关系问题上，也主要聚集在以下问题，即文学研究的文化转向到底是否应该？或者说文化转向是导致理论终结的罪魁祸首吗？围绕这个问题，国内学者可以粗略划分为四种立场。首先是反对文化研究的立场，以苏宏斌、汤拥华、张伟、盛宁等为主要代表。苏宏斌认为：“文化研究与文学理论和文学批评有着一种难以相容的异质性，它的出现并不是对文学研究的发展，在某种程度上甚至可能对文学研究造成难以弥补的伤害。……文化批评对于文学研究的最大危害在于，它只是把文学当作一个普通的文化现象，透视其所包含的意识形态机制和社会政治功能，这无异于抹杀了文学与其他文化形式的根本区别，因而也就取消了文学理论和文学批评赖以存在的基础。”② 张伟认为：“文学理论变成‘批评理论’，变成无边界的‘理论’以及无边界的‘文化批评’，文艺学扩界而无所不为，越位而无所不及，肆意入侵其他学科，认为所有学科的文本都具有文学性和修辞性，都可以被看作文学文本，于是文艺学开始远离文学，成为泛意识形态批评。……以文化批评取代文学批评抑或坚守纯粹的文学批评都不是最佳的选择。”③ 在汤拥华看来，文化研究的兴起导致了我们“对文学经验的疏离”，“我们越来越习惯于以电影、电视、广告、服饰等为对象做文化研究，似乎这些是更贴近现实的，却忘记了我们在这些领域中远不如在文学中那样老练，难以将理论所应有的复杂性演绎出来。”④

---

① Terry Eagleton, *The Significance of Theory*, pp. 32, 38.

② 苏宏斌：《文化研究的兴起与文学理论的未来》，《文艺研究》2005 年第 9 期。

③ 张伟：《“理论之后”的理论建构》，《文艺评论》2011 年第 1 期。

④ 汤拥华：《理论如何反思？——由伊格尔顿〈理论之后〉引出的思考》，《文艺理论研究》2009 年第 6 期。

另一方面，也有不少人是文化研究的支持者。比如李小海认为：“随着文学符号、文学文本的变化和文学实践活动范围的扩大，文学理论必然会扩大自己的研究领域，补充自己，完善自己，以适应大众文化、大众文学的需要。……文艺理论不仅应该一如既往地关注传统的文学样式，而且还应该关注一切文学的泛化形式以及其他各种包含着文学因素的新的文化形式。文学形式的多样化、大众化也必将导致文艺理论的多元化、大众化，文艺理论也必将走下传统纯理论和高雅文学理论的神坛，走向民众，融于大众文化理论之中。”① 2004 年，《中国社会科学》刊发了一组笔谈，作者均为中国当代最有影响的批评家，他们都对文学研究的文化转向表示肯定，其中陈晓明认为：“当代文学理论转向不可避免要向文化批评发展。…… 文化批评并没有消解理论，而是使文学理论找到了新的更有活力的资源。不管怎么说，当代社会正向着一个符号化的形态发展，符号化也意味着一切向文化象征领域转化，文化的力量比任何时代都强大，文化的功能也比任何时期都复杂。文学理论恰逢其时，它一旦不再故步自封，而以开放势态去迎接当代学术和文化的挑战，就可以大有作为。它可以通过对当代符号化的文化现实进行分析阐释来获得生命力。”孟繁华则指出：“文化研究打破了学科界限，不仅带来了研究视角和方法的革命，同时它也是学者职业‘自救’的有效途径。……无论西方文化研究的前景如何，在当代中国，文化研究应该是刚刚开始而不是结束。”②

第三种立场虽然没有明确反对或支持文化研究，却认为文学理论还是应该回归文学文本研究，这让他们更容易与持第一立场的人结成联盟。姚文放、周启超和杨彬彬等都把 20 世纪的文学理论发展史归结为“从文学理论到理论再到后理论”的演变历程。如果说第一次转折让文学理论偏离了文学经验的话，那么正在发生的第二次转折则意味

① 李小海：《后理论时代文艺理论变化的再思考》，《学术交流》2010 年第 9 期。

② 陈晓明、孟繁华等：《“文学理论建设与批评实践”笔谈》，《中国社会科学》2004 年第 6 期。

着文学的回归。姚文放认为，理论兴起的过程也就是文学理论衰退的过程，理论过多涉足文化政治实践，却严重忽视文学实践，最终“变成了不着边际、抽象沉闷的教条。它刻意与文学批评和作品阅读隔绝开来，偏好那种玄虚晦涩、令人望而生畏的论说文体，最终导致对于文学研究正业的偏离。”[①] 正是这些弊端引发后理论时代的批评反对。当然，绝大多数倡导文学回归的研究者都认识到，在经历了数十年的理论教谕之后，要想完全回到那个未经理论沾染的传真年代已不可能。如何寻求理论或文化研究与文学研究之间的有机融合才更可行。比如杨彬彬认为：“以‘理论热’为语境、在‘后结构时代’讨论回归文本，必然是另一层次和意义上的回归。至少在一定程度上，这里的‘文本’是接受了后结构主义诠释的‘文本’，也即是承认文本在‘作者意图’之外的被构建性，承认语境对文本意义的重要性，承认互文性；而不是回到由‘作者意图’决定其意义的文本，回到以作者视线为转移的研究，或者回到作者生平和时代背景研究。”[②] 张伟也指出：“以文化批评取代文学批评抑或坚守纯粹的文学批评都不是最佳的选择。……回归文学本体研究，回归‘文学性’的研究，这是文学理论研究的基石，但这并不意味着回到传统文论一元本质论的原点。……脱离文学的理论和脱离理论的文学都是不健全的。”[③] 张玉勤认为：“文学理论回归文学之维、文学性，这种回归既非全然否认‘文化理论’的价值，又非纯然回到俄国形式主义和现象学文论的‘文学性’，而是在新层次上的回归与超越。”[④] 王宁则认为，重返那种传统经典意义上的文学文本研究已不可能，“文学研究也只有与文化研究形成互动和互补的态势才有可能得到发展。那种认为文化研究的

---

① 姚文放：《从理论回归文学理论——以乔纳森·卡勒的“后理论”转向为例》，《文学评论》2013 年第 4 期。

② 杨彬彬：《“回归文本”——略论美国文学研究转向中的“理论”与“文本”》，《江苏社会科学》2009 年第 6 期。

③ 张伟：《“理论之后”的理论建构》，《文艺评论》2011 年第 1 期。

④ 张玉勤：《走向“后理论”时代的文学理论》，《广西社会科学》2010 年第 1 期。

崛起敲响了文学研究之丧钟的观点实在是不合时宜的。将文学研究置于一个更为广阔的（跨）文化语境倒是有可能使日益走向封闭和自恋的文学研究摆脱危机的境地。”①

反对回归文本研究的人持第四种立场。这个群体的规模相对较小。比如王炎认为：“据我观察，美国学界一直经典与理论并存，无论是现代经典还是古代传统，从未被‘后’理论取代过，所以无须回归。”② 刘进则异常坚定地倡导文学研究向文化研究进军。在他看来：“文学理论来自文学实践并指向文学实践，但又超越文学领域；文学理论家往往在文学之外的学科领域寻求思索、质疑文学的灵感，并通过文学介入、质疑更广阔的人类生存实践，或者说，文学理论是理论家由对文学或指向文学的思考而介入文学以外世界的途径。”“话语的实践性是文学理论的功能性品格，即文学理论作为一种话语，它可以来自文学，但不一定直接指向文学实践，而可能是指向更开阔的文化实践，同时，文学理论也可以不直接来自文学实践，而是来自更广阔的文化实践，却指向文学实践——文学理论作为话语，其与文学的实践性关联主要是为文学提供一种具有启发性的思路或框架。”③

虽然说支持文化研究的人往往也反对回归文本研究，反对文化研究的人则希望理论回归文学，但在文学研究是否应该保留政治和社会批判的问题上，这四个阵营经常会出现比较复杂的交叉重组现象。大部分反对文化研究、倡导回归文学的人都反对文学研究的政治化，其中尤以盛宁为代表。在他看来，“文化研究不是一个理论问题，也没有什么了不得的理论深度”。他非常反对“动辄就把文化问题政治化”。而是认为“文化研究应该和其他思想研究一样，它最基本的任务本应是在义理层面对各种文化现象的来龙去脉、成因和影响等，做

① 王宁：《“后理论时代”中国文论的国际化走向和理论建构》，《北京大学学报》2010 年第 3 期。

② 王炎：《理论话语与美国学界》，《外国文学》2011 年第 1 期。

③ 刘进：《文学理论的基本品格和功能——对“文学理论危机”话题的一种理论回应》，《文艺理论研究》2005 年第 3 期。

从里到外全方位的研究，而研究的目的，我想充其量只是起到一种‘智库’的作用，它和政府机构的文化决策并不是一回事”[①]。李西建虽然把“回归文学”视为后理论的表征之一，却也认为“后理论时代文学理论的知识生产则更多地转向文化政治，强调理论生产应承担公共领域内更多更大的社会责任。”[②] 而支持文化研究的人则希望保留理论的政治锋芒。比如贺绍俊认为理论转向文化研究的一个积极后果便是“越来越鲜明的社会批判性和现实针对性”，但由于特殊的社会历史原因，中国的文学研究者只是把理论作为新的文学研究方法接纳进来，但“这些理论所蕴含的社会批判性和现实针对性却在我们的移植过程中丧失殆尽”[③]。在他看来，中国的理论话语要想发挥更大的作用，就必须更有社会干预精神和责任伦理意识。周敏的看法和贺绍俊比较接近，他认为：“文化研究，就其传统和后来的实践看，存在着一个致命的缺陷，就是对‘理论’的忽视或丢弃，其严重的后果是文化研究对日常生活批判力量的丧失。”文化研究蜕变成文化产业研究，不是批判日常生活，反倒捍卫日常生活，“它将日常生活本体化、理想化和神圣化，最终的结果就是，它不再能够反思日常生活。”[④]

四　后理论时代的知识图景

如前所述，无论是在国际还是国内，绝大多数的研究者都认识到，理论从根本上来说就是一种不断反思、质疑、改变和更新当前实践的话语实践，因为我们需要在不断的反思和重建中获得进步，所以理论

① 盛宁：《走出“文化研究”的困境》，《文艺研究》2011 年第 7 期。

② 李西建、贺卫东：《理论之后：文学理论的知识图景与知识生产》，《陕西师范大学学报》2012 年第 2 期。

③ 陈晓明、孟繁华等：《“文学理论建设与批评实践”笔谈》，《中国社会科学》2004 年第 6 期。

④ 周敏：《从文化研究到文化理论——对文化研究的一个反思和期待》，《文学评论》2009 年第 2 期。

永远不可能彻底终结，而只会随实践情况的变化而调整自己存在的样态。虽然现在表面上看上去，理论已不再如从前那样受人追捧，比如理论家不再是耀眼的学术明星，研究生们也不再那么热切地对新理论翘首以盼，甚至以前专门从事理论研究的人也有了所谓的“逃离理论”[①] 的想法，以至于给人造成理论已死的假象，但实际上这何尝不是理论太过成功的表现？如今，纯粹的理论文章已经不受期刊审稿人的青睐，但完全忽视理论方法的所谓的文本批评恐怕也不容易受到欢迎。即便再怎么反感理论的人，也不敢对理论完全漠视。也就是说，理论已经从几十年前的时髦、前卫知识变成今天的专业基础知识，成了文学研究入门必备的技能和条件。也正是在这层意义上，凯勒斯和赫布里史特（Callus & Herbrechter）才做出如下比喻：“理论就像一种病毒。它已然、并将继续在全球范围传播。世界卫生组织感到既困惑又恐慌。至今仍没找到治疗方法。免疫系统无法抵抗它。隔离的办法也无效。抗体没用：凡是注射了理论疫苗的人，结果却都被理论侵染。……虽然到处都有警戒，处处宣称病毒已最终得到控制，但还是不断有新的传染中心出现。”[②] 而拉巴泰（Jean-Michel Rabaté）则把理论比作幽灵，“理论不会停止返回，至少是以改头换面的形式。……如果说理论变成了自己的幽灵，那它也是一个很惹眼的幽灵，总是不停地在我们古老的学术城堡里走动，并晃动着身上的锁链”[③]。

不论是把理论比作病毒还是幽灵，都是为了说明理论绝不是某种可被轻易抛弃的东西。它必定会长久，甚至永远与我们的文学活动相伴相随。在这种情况下，预言或展望理论在未来的发展趋势便成为后理论研究的又一热点话题。众所周知，在理论处于鼎盛的几十年间，各种不同的理论流派此起彼伏，人们常戏称之为“江山代有才人出，

---

① Nicholas Birns, *Theory after Theory: An Intellectual History of Literary Theory from 1950 to the Early Twenty-First Century*, Peterborough: Broadview Press, 2010, p. 300.

② Ivan Callus and Stefan Herbrechter, “Coda: Theory Reloaded”, in Ivan Callus and Stefan Herbrechter, eds, *Post-Theory*, *Culture*, *Criticism*, New York: Amsterdam, 2004, pp. 283 – 284.

③ Jean-Michel Rabate, *The Future of Theory*, Malden: Blackwell Publishers, 2002, p. 10.

各领风骚没几年”。结构主义、后结构主义、马克思主义、新历史主义、后殖民主义、精神分析、女权主义等都曾在不同的时刻成为最具影响的理论流派。那么在未来几年，是否还会延续这种趋势？是否会有新的流派成为主导范式？对此，国内主流看法比较统一，普遍认为未来不大可能再出现某种理论流派一枝独秀的局面，而是将进入一个群龙无首的多声部时代。

早在1995年，王宁就率先指出：“西方文论界和文论界进入了一个真正的多元共生的时代，这是一个没有主流的时代，一个多种话语相互竞争、并显示出某种‘杂糅共生’之特征和彼此沟通对话的时代。”[①] 在2013年的一篇文章中，王宁再次强调：“理论的‘黄金时代’虽不再来，但理论的多样格局和多元话语的共存却形成了后理论时代的特色。我认为，这就是后理论时代文学和文化理论在未来的发展走向。”[②] 于是，“多元共生”成为此后人们描述后理论时代的知识图景时频繁出现的关键词。而阎嘉则用了另外一个更形象的表述，他说：“在后现代的消费时代里，西方文学理论和批评的确已经告别了前现代和现代的语境与基本格局，脱离了‘树状的’和线性的发展脉络，摆脱了总有一种主导的思潮或理论支配着文学理论和批评的走向的惯性，而走向了一种‘马赛克主义’或‘非中心的游牧’状态。”[③]

虽然很难判断哪种理论范式会成为新的主导，但人们还是预测哪几种“主义”或“流派”有可能成为相对的主流。比如李点预言伦理批评“也许还能从‘理论之后’的废墟中凤凰再生，”成为“我们所能使用的最佳批评工具之一。”[④] 李长生青睐阿兰·巴丢，认为巴丢的思想特点是“对真理的普遍性的恪守、对同一性的倡导、对科学和理性主义的肯定、对语言转向和相对主义的批判以及对英美文化研究中

① 王宁：《“非边缘化”和“重建中心”——后现代主义之后的西方理论与思潮》，《国外文学》1995年第3期。

② 王宁：《“后理论时代”的理论风云：走向后人文主义》，《文艺理论研究》2013年第6期。

③ 阎嘉：《21世纪西方文学理论和批评的走向与问题》，《文艺理论研究》2007年第1期。

④ 李点：《理论之后：论当代文学研究中的伦理批评》，《文艺理论研究》2010年第6期。

差异政治的谴责”，这有可能让他成为“文化理论未来一种可能的向度。”① 陈太胜则更看好以伊格尔顿为代表的新形式主义，认为它将成为“后理论时代的文学研究的一种可能”②。朱立元等则认为新审美主义代表了“后理论”时代西方文论对后现代主义和文化研究“理论”的某种反拨，是“一种寻求重新回归文学、回归审美的探索性态势”，并且认为这种“新审美主义”将会成为后理论时代的一个“文学的焦点”③。程朝翔认为理论之后将是“哲学以形而上学和辩证法的形式登场”，即文学理论将“更多地走向哲学、包括文学哲学”④。王宁则最频繁地预估了未来理论走向。1995 年，他预计后殖民主义、女权主义和文化研究会成为后现代主义之后“西方文化界和理论界的最新走向”⑤，到了 2005 年，他又在这个名单上加上“流散写作和文学史的重新书写”，“全球化与文化的理论重构”，“生态批评与环境伦理学的建构”，以及“语像时代的来临和文学批评的图像转折”，认为它们代表着“后理论时代西方理论思潮的走向”⑥。2013 年，王宁再次把后人文主义补充为“理论在未来的一个发展方向”⑦。

塞尔登在《当代文学理论导读》一书中曾注意到西方理论在晚近的一个发展趋势，即“单数的、大写的‘理论’迅速地发展成了小写的、众多的‘理论’”⑧。受其启发，国内也有不少学者对理论的整体

---

① 李长生:《文化理论的限度与“理论之后”的超克》,《文艺理论研究》2011 年第 6 期。

② 陈太胜:《新形式主义：后理论时代文学研究的一种可能》,《文艺研究》2013 年第 5 期。

③ 朱立元、张蕴贤:《新审美主义初探—— 透视后理论时代西方文论的一个面相》,《学术月刊》2018 年第 1 期。

④ 程朝翔:《理论之后，哲学登场——西方文学理论发展新态势》,《外国文学评论》2014 年第 4 期。

⑤ 王宁:《“非边缘化”和“重建中心”——后现代主义之后的西方理论与思潮》,《国外文学》1995 年第 3 期。

⑥ 王宁:《“后理论时代”西方理论思潮的走向》,《外国文学》2005 年第 3 期。

⑦ 王宁:《“后理论时代”的理论风云：走向后人文主义》,《文艺理论研究》2013 年第 6 期。在最近发表的一篇文章中，王宁把“后人文主义”“性别研究”与“生态批评和动物研究”等理论思潮视为“理论的一些具有生命力的形态及其在未来的发展方向”。参见王宁《论“后理论”的三种形态》,《广州大学学报》2019 年第 2 期。

⑧ 塞尔登等:《当代文学理论导读》，外语教学与研究出版社 2004 年版，第 9 页。

发展态势作出评判。比如周宪认为理论在过去虽然对宏大叙事表示了极大的反叛和质疑，但悖谬的是，它在试图构筑包罗万象的理论帝国的过程中，也表现出明显的宏大叙事的特征或弊端，因此，“后理论的特征之一就是告别‘大理论’，不再雄心勃勃地创造某种解释一切的大叙事，转而进入了各种可能的‘小理论’探索。”“那些被大理论和文化研究所遮蔽的大问题，反倒可以在理论之后的小理论的视野中凸现出来。”[①] 李西建也认为：“大理论的消退与小写的、众多的‘理论’形态的孵化与生成是一个重要的转向。”[②] 王一川则指出：“‘理论之后’的理论已经从‘大理论’转变为‘小理论’，即从‘宏大叙事’转变为‘小叙事’。……所谓‘小理论’，是同以往那种志在容纳万有、恒定不变、独断自负的宏大理论模型相比较而言的，是指那些对具体文艺现象的个别性与普遍性相互缠绕方面加以具体分析的形态。”[③] 相比之下，赖大仁提出了比较折中的看法。他认为，正如我们这个时代存在多种多样的文学观一样，我们也应该“可以有不同的文学理论建构”，既应该欢迎那种“偏重于对某些特别值得关注的文学现象进行说明和阐释，有助于此类文学现象的认识和引导”的小理论，“也应该有某种与之相适应的大写的文学理论建构起来”[④]，以便更好地回应国家、民族和人类发展的时代大局。

五 西方文论的困境与中国文论的国际化机遇

特别值得注意的是，大部分中国学者在参与后理论话题讨论的时候，并没有一味把眼光放在西方世界，而是结合了很多中国具体的理论语境。毋庸置疑，在过去几十年间，我们大批量的引进西方理论话

① 周宪：《文学理论、理论与后理论》，《文学评论》2008 年第 5 期。
② 李西建、贺卫东：《理论之后：文学理论的知识图景与知识生产》，《陕西师范大学学报》2012 年第 2 期。
③ 王一川：《“理论之后”的中国文艺理论》，《学术月刊》2011 年第 11 期。
④ 赖大仁：《“后理论”转向与当代文学理论研究》，《学术月刊》2015 年第 2 期。

语资源，就如同我们在经济建设上引进外资一样，这极大丰富和促进了国内的文学理论研究和学科建设。随着理论在西方遭遇终结的危机，中国的文论工作者也趁机放缓了追逐戏仿的脚步，开始反思中国理论研究的未来前景。蒋承勇先生批评了国内学界借鉴西方理论时的“失度与失范”，并指出“其主要特点表现为重方法与观念的翻新和套用，轻理论与文本之切合；方法、观念与研究对象之间普遍呈‘两张皮’现象。这些弊端之产生无疑与所引进的某些西方理论与生俱来的缺陷有关，但更与理论运用者们简单套用、牵强附会的使用方式有关”①。前文提到的苏宏斌、姚文放、周启超、王一川、张伟等都批评了国内学界割裂理论与实践之间的关系的状况，认为国外理论建构在细致的批评实践上，抽丝剥茧、环环相扣，让人信服。相比之下，国内研究者却更喜欢空泛的评介、梳理或解析西方理论，就像描绘空中楼阁一样，严重忽视文学实践，使得中国的理论研究和文学批评几乎成为两个互不相关的学科。搞批评的人不理会理论，搞理论的人不擅长批评，这几乎成为普遍想象。因此，当国外的理论生产速度放缓以后，我们有必要也放缓跟踪步伐，好好消化我们引进的理论资源，让它们更好地服务中国文学实践。

民族性问题是中国文论工作者无法回避的一个焦点。王炎的看法是：“中国学者的眼睛不过在盯着国外潮流，并未深入到外国文学研究与中国学术之间的内在关系之中，或者说尚未建立明晰的研究主体性。”② 与之相似，王岳川也提出我们在审理西方文论的同时，必须“从中国身份立场”出发，“应力求弄清其思想文化‘语境’，追问这些问题是怎么来的：仅仅是西方的问题还是人类的共同问题？是国家民族的本土问题还是全球性的问题？是现代性文论问题还是后现代性文论问题？……不应照搬和移植西方文艺理论，而应在与西方文论参

① 蒋承勇：《“理论热”后理论的呼唤——现当代西方文论中国接受之再反思》，《浙江大学学报》2018 年第 1 期。

② 王炎：《理论话语与美国学界》，《外国文学》2011 年第 1 期。

照对比中，整理、分析、总结创新中国当代文艺理论，进而建设自己的当代文艺理论新体系。”①

实际上，近年来已有很多研究者越来越自觉地站在这种所谓的中国身份立场上参与后理论时代的话语争鸣。如果说在90年代之前的理论热潮中，我们因为臣服于西方理论的强势话语而患上所谓的“失语症”的话，那么在很多中国文论工作者看来，当前西方理论所面临的危机或许正为中国文论走向世界创造了契机。王晓群在2004年展望理论的现状与未来时就曾预言：“新理论很可能出现在世界各地，包括第三世界国家，因为边缘也是理论最活跃的地方。”② 而卡勒在2011年应邀来清华大学演讲时也认为，“我们现在正处在一个相互依存的世界里，我们需要去思考西方理论和其他地方的文学理论和文化理论之间的关系。”③ 在国际文学理论版图上，中国显然处于这种“第三世界”或“其他地方”。很多研究者相信，随着中国综合国力的不断提升，在全球经济政治版图上，中国已经跃居到全球第二的位置，那么它现在可以，也应该在国际文化版图上获得相匹配的地位。在这方面，王宁的声音最为响亮，他从齐泽克、斯皮瓦克以及霍米巴巴等著名理论家的成功经验中获得启发，认为：“‘后理论时代’的来临使原先被压抑在边缘的一些理论话语步入前台，也打破了西方中心主义一统天下的格局，使得来自小民族或非西方学者得以与西方乃至国际同行在同一层次进行平等的对话”④ “任何一种出自非西方的理论一旦被西方理论界‘发现’，就有可能从‘边缘’向中心运动，最后由一种带有本土特征的‘地方性’（local）理论逐渐发展演变成具有普遍意义的‘全球性’（global）理论。”⑤

在群龙无首的后理论时代，加速推进中国文论的国际化，其必要

① 王岳川：《“后理论时代”的西方文论症候》，《文艺研究》2009年第3期。
② 王晓群：《理论的现状与未来》，《外国文学》2004年第6期。
③ 乔那桑·卡勒：《当今的文学理论》，《外国文学评论》2012年第4期。
④ 王宁：《世界诗学的构想》，《中国社会科学》2015年第4期。
⑤ 王宁：《“后理论时代”中国文论的国际化》，《中国高校社会科学》2015年第1期。

性和重要意义不言而喻，关键是该如何实现这一目标？返回中国传统，从老祖宗那里讨回些传家宝，自然是很多人立马想到的首善之选。比如徐亮认为，“自柏拉图开始，西方思想一直把寻找真理作为始源性问题”。它是所有后世西方人文学科的起点，但也构成西方文论一个无法克服的原罪，因为从人出发去寻找真理根本不可能，会让西方思想家陷入无穷的形而上陷阱。相比之下，“中国古代的思想从不设置人与世界的二元结构，也从未把在此基础上的通达真理作为思想的主要任务。中国诗学因而也不需要背负这种形而上学重担”。这也就成为中国传统思想（包括文论在内）的先天优势，因此“能够为西方诗学困境的解除提供思路”①。恐怕这也正是王岳川认为“我们应更加关注并回望东方去发掘自己曾经虚无化的传统和经典的原因”②。

与徐亮和王岳川回望过去的姿态不同，王宁更强调从当下中国的话语资源中寻找中国文论国际化的动力。他先是看好以牟宗三、杜维明、成中英等海外华裔知识分子为代表的新儒家学派，认为他们已经克服了传统儒学专断、排他的思想模式，同时广泛吸收借鉴当代西方理论资源，因此“完全可以作为挑战‘西方中心主义’的全球化的另一股话语力量”③。近来他又非常重视由中国社会科学院副院长张江教授提出的“本体阐释”学说，认为他实现了文学的外部研究与内部研究的辩证统一，可以克服西方理论固有的“强制阐释”和“场外征用”的弊端。张江的“本体阐释”倡导“让文学理论回归文学的阐释，”“从文本出发而不是从理论出发，”符合当前国际学界的主流认识，特别是与卡勒最晚近对“理论的文学性”的倡导不谋而合，这说明“在讨论文学理论的基本问题时，已经接近并达到了可以与国际同行进行平等对话的认识高度”④。

---

① 徐亮：《理论之后与中国诗学的前景》，《文艺研究》2013 年第 5 期。

② 王岳川：《“后理论时代”的西方文论症候》，《文艺研究》2009 年第 3 期。

③ 王宁：《“后理论时代”中国文论的国际化走向和理论建构》，《北京大学学报》2010 年第 3 期。

④ 王宁：《“后理论时代”中国文论的国际化》，《北京大学学报》2010 年第 3 期。

结 语

本文围绕什么是理论、理论是否已经终结、如何克服文学研究或理论的危机、后理论时代的理论走向，以及中国文论的国际化这几个方面，综合考察了当前国内的后理论话语。通过上述分析我们可以看到，虽然“理论终结”的话题给常年从事理论研究的人们带来了几分惋惜，但更多的却好像是莫名的兴奋。自解构主义以来，似乎很少有哪个话题能引起这么多学界大腕的共同兴趣了，这本身就是一个有趣的理论现象。其实所有的参与者——不管是理论的粉丝还是反对者——都从心底里明白，不管理论指的是一般批评方法还是对批评的反思，它都不会一去不返或彻底终结，而只会随着历史社会语境的变化而不断调整姿态、变换样式。

伯恩斯说得好，“不管以何种方式进行，将理论继续下去都是重要的，即便在此过程中创造出的新理论已大不同于20世纪80年代至90年代的那些不同种类的高雅理论。”[①] 王宁先生也认为：“在当下的‘后理论时代’，理论的功能和作用虽然暴露出了自己的缺陷，但理论本身并没有死亡。”[②] 当前国内学界积极反思西方理论的缺陷与不足，也绝不意味着我们应当彻底放弃西方理论。正如蒋承勇先生指出的：“理论是重要的和必不可少，不能因为曾经的理论热之误而因噎废，轻视理论提升、理论应用和理论建。”[③] 是倡导推进文化研究还是回归文本分析，是继续理论的政治化还是回归学术本位，这其实都是把理论进行下去的不同方式，都是在深化理论的反思行为、补偏救弊，让它更好地适应变化了的文学与社会现实。未来在很长一段时间内是否

---

① Nicholas Birns, *Theory after Theory: An Intellectual History of Literary Theory from* 1950 *to the Early Twenty-First Century*, Peterborough: Broadview Press, 2010, p. 316.

② 王宁：《论“后理论”的三种形态》，《广州大学学报》2019年第2期。

③ 蒋承勇：《“理论热”后理论的呼唤——现当代西方文论中国接受之再反思》，《浙江大学学报》2018年第1期。

都不会再出现像解构主义那样的理论强音？多元共生的马赛克景观会维持多久？西方理论的危机是否意味着中国文论走上国际的契机？中国文论在国际理论舞台上能取得与其国际政治经济地位相匹配的位置吗？中国文论的国际化到底是顺应文化全球化的大趋势的必然选择，还是如某些学者所说的那样建设中国特色话语的“民族焦虑”?[①] 所有这些问题，恐怕都只有时间才能够检验回答。无论如何，至少在目前，还是让我们继续理论下去吧！因为“理论已死，理论永生!”[②]

① 刘进：《文学理论的基本品格和功能——对“文学理论危机”话题的一种理论回应》，《文艺理论研究》2005 年第 3 期

② Jane Elliott and Derek Attridge, *Theory After "Theory"*, London: Routledge, 2011, p. 14.

第二章　理论之争还是学术职业路线之争？

——回看二十世纪八十年代的美国反理论运动

20 世纪 60 年代至 80 年代是文学理论发展的黄金时代。各种学说井喷式地出现，理论话语严重泛滥增殖。正如乔纳森·卡勒所说：“‘理论’使文学研究的本质发生了根本变化。”[①] 文学研究者不再仅关注解释文学的性质并提出新方法，而是开始研究文学之外的著作，“这种意义上的理论已经不是一套为文学研究而设的方法，而是一系列没有界限的、评说天下万物的各种著作，从哲学殿堂里学术性最强的问题到人们以不断变化的方法评说和思考的身体问题，无所不容”[②]。理论家取代以往艺术家和批评家的地位，成为新的时代宠儿。他们在文学系站稳地盘，把文学课堂变成理论研讨班。他们拿着丰厚的研究资助，坐着舒适的商务飞机，穿梭于各种人头攒动的学术会议上，用晦涩花哨的语言卖弄最新鲜的理论。新来的学生对其玄奥的思想顶礼膜拜，年老的传统学者却因无法追上理论的步伐而自惭形秽。

然而这股理论热潮并没有让所有人都失去冷静，一些人很快嗅出了理论研究中暗伏的危机。比如丹尼尔·奥哈拉（Daniel O'Hara）便注意到：“美国传统上都是那种以实用主义为导向，有着知识上的怀

① ［美］乔纳桑·卡勒：《文学理论入门》，李平译，译林出版社 2008 年版，第 1 页。
② ［美］乔纳桑·卡勒：《文学理论入门》，李平译，译林出版社 2008 年版，第 4 页。

疑精神和社会意识的学者型批评家，而今天的理论研究实际上与这一传统存在彻底却又毫无益处的断裂。”[1] 斯皮瓦克（Gayatri Spivack）也认为理论研究代表了一种“非美国式的”阅读和思考风格[2]。既然如此，当人们对理论逐渐产生厌倦之时，自然会产生回到美国传统学问方式上去的愿望，而带有强烈实用主义印记的反理论思潮正是在这种背景下出现的。

作为一种土生土长的美国哲学，实用主义的确堪称美国人最典型的治学之道，它深深地扎根于美国人讲求实际、注重实效的民族性格和文化经验之中。虽然实用主义在理论形态上正式完备于 19 世纪末期，但它却是“自始至终贯穿于美国文化传统中的一种文化特征，一种深层的美国文化模式”[3]。从一定意义上来讲，理查德·罗蒂的新实用主义正是美国哲学回归传统的典型代表，而我们在本文将要讨论的反理论思潮也只有被置入这一语境中，才能得到更好的理解。

一 论战：理论是否该被抛弃了？

1982 年夏天，两位来自加州大学伯克利分校的青年学者史蒂芬·奈普（Steven Knapp，后来先后担任约翰斯·霍普金斯大学常务副校长和乔治·华盛顿大学校长）和沃尔特·麦克斯（Walter Michaels）在权威期刊《批评探索》（*Critical Inquiry*）上合作发表了《反对理论》（*Against Theory*）一文[4]，以一种非常确切的口吻宣称现有一切理论都是误导性的，整个理论大厦貌似巍峨堂皇，但其实是建立在虚空

---

① Daniel T. O'Hara, “Revisionary Madness: the Prospects of American Literary Theory at the Present Time”, in W. J. T., Mitchell ed., *Against Theory: Literary Studies and the New Pragmatism*, Chicago: The U of Chicago P., 1985: 31-47, p. 32.

② Gayatri C. Spivak, “Reading the World: Literary Studies in the 80s”, *College English*, 43.7 (1981): 671-679, p. 672.

③ 盛宁：《人文困惑与反思——西方后现代主义思潮批判》，生活·读书·新知三联书店 1997 年版，第 126 页。

④ 以下凡涉及两人作为共同作者发表的文章著述时，本文将把二人简称为“奈普—麦克斯”。

的基础之上，因而不堪一击。（至于这种虚空的基础原则是什么，我们会在下文详细谈及）。理论假定自己是一种凌驾于实践之上的元话语，但其实这完全是一种妄想的姿态。理论根本不能为我们提供可靠的文本阐释方法，不能带来任何实践效果。为了能够展开讨论，所有的理论都必须假定自身可以找到一块凌驾于实践之上，或超越于实践领域之外的自由的飞地以便立足，并貌似可以对实践发号施令、说三道四，但实际上这样的立足之地根本不存在。所以奈普和麦克斯二人响亮地喊出了“反对理论”的口号：“整个批评理论事业就是被误导的，因此应该被抛弃。”①

这篇战斗檄文般的文章一经发表立即在美国理论界引发巨大反响。眼见有人似乎要砸了他们的饭碗，理论家们自然要据理力争。在不到一个月的时间内，《批评探索》相继收到 7 篇回应文章，并且全部都是反驳奈普和麦克斯观点的，其中不乏像赫施（E. D. Hirsch）这样的理论大家。这些文章被集中发表在该刊 1983 年 6 月号上，形成理论与反理论两大阵营的第一次辩论高潮。此后两年多时间内又有多位重量级理论家加入这场争论，于是《批评探索》又在 1985 年 3 月号上同时发表了斯坦利·费什（Stanley Fish）的《后果》、理查德·罗蒂（Richard Rorty）的《没有原则的哲学》，以及奈普和麦克斯的《什么是实用主义?》等多篇文章，再加上其他理论家在各家刊物上前后发表的文章，由此也把这场反对理论的争辩推向第二次高潮。为了让读者更方便地了解这场辩论，《批评探索》杂志还在 1985 年专门把此前该刊发表过的 12 篇相关文章编纂成书再次出版，题为《反对理论：文学研究与新实用主义》（*Against Theory*：*Literary Studies and the New Pragmatism*），并由主编米切尔（W. J. T. Mitchell）撰写导言。

虽然在 1985 年 3 月发表费什、罗蒂和奈普—麦克斯等的文章时，

① Steven Knapp and Walter Michaels，“Against Theory”，*Critical Inquiry*，8.4（1982）：723－742，p. 724. 该文后又收入由 W. J. T. Mitchell 主编的论文集 *Against Theory*：*Literary Studies and the New Pragmatism*，本章以下凡出自同一出处的引文，将随文直接标出页码，不再另外加注。

《批评探索》的主编便已声称这三篇文章是围绕“反对理论”这一议题的“最后一轮讨论”[①]，但事情到此还远未结束，人们继续深化讨论的热情依然不减。1987 年 7 月，奈普—麦克斯又在《批评探索》上发表《反对理论》的姊妹篇《反对理论之二：诠释学与解构主义》（*Against Theory 2：Hermeneutics and Deconstruction*），决心对之前无暇顾及的诠释学和解构主义进行“彻底清算”。理论阵营与反理论阵营的争端由此进入第三次高潮。在此后的 10 多年时间内，又有多位批评家撰文与奈普—麦克斯商榷。其中最具影响的包括著名哲学家乔治·威尔逊（George M. Wilson）在 1992 年 7 月发表的《再谈理论：论言者之意、语言之意和文本之意》（*Again，Theory：On Speaker's Meaning，Linguistic Meaning，and the Meaning of a Text*），以及语言学家约翰·塞尔（John Searle）发表于 1994 年夏的《文学理论及其持异见者》（*Literary Theory and Its Discontents*）一文。而奈普—麦克斯二人自然又少不了多次撰文做出回应。

可以说，由奈普和麦克斯发起的这场争端的影响力之大、持续时间之久、参与人数之多在近几十年的美国学术界都实属罕见。之所以如此，我想还是因为反理论话语从根本上触及了理论家的利益，正像米切尔所指出的：“它挑战的不仅是一种思考和写作的方式，更是一种谋生的手段。如果奈普和麦克斯是对的，那么整整一代的学者们似乎就将失去工作了……”[②]

二　到底反对哪种“理论”？

奈普—麦克斯既然提出“反对理论”的口号，自然首先要澄清他们矛头所指的对象是什么，是泛指一切文学批评理论，还是专指某一

① W. J. T. Mitchell，“Editor's Preface”，*Critical Inquiry*，3（1985），p. 432.

② W. J. T. Mitchell，“Introduction”，in W. J. T.，Mitchell ed.，*Against Theory：Literary Studies and the New Pragmatism*，pp. 1 – 10，2.

流派？这正是他们在《反对理论》一文中开篇回答的第一个问题。他们说道："我们所说的理论指的是文学批评中的一种特殊行为/事业（project），它试图通过求助于一种对阐释行为的普遍解释来控制对个别文本的阐释。"[①] 在两人看来，当前形形色色的文学理论其实不过有两种形式。其一，有些人力图首先找到一些可以确保文本阐释的客观性和可靠性的方法，然后据此方法来破译文本。其二则完全相反，有些人由于发现我们根本不可能找到真正客观、可靠的阐释方法，进而认定根本不可能有正确的阐释。长久以来，人们在两种形式间不断摇摆。一会儿似乎找到了唯一的真理而欣喜若狂，成为唯我论者。另一会儿却又陷入彻底怀疑论、相对主义和虚无主义，否认文本意义。但实际上两种形式的理论都是筑基于同一个错误的假定，即文本意义（the meaning of a text）与作者意图并非同一事物。有人据此认定唯一正确的阐释只能是对作者原意的还原（比如解释学家赫施），另一些人则认定这是不可能的，因为作者已死或不在场，其意图无法还原，意义要么已经被固封于语言惯例之中，要么迷失在能指符号的游戏里。奈普—麦克斯坚决要纠正这一错误假定，他们坚持，甚至有点武断地认为：文本意义与作者意图从来就是同一的，根本不存在外乎作者意图的文本意义，求此即是求彼，舍此而求彼是完全错误的。

不过让人费解的是，在对理论给出这么一个大而化之的定义后，奈普—麦克斯却紧接着又把一些通常被人们视为标准文学理论的事物——比如叙事学、文体学和诗体学等——从他们所说的这种理论中排除了出去，因为这些"理论"在他们看来"其本质是经验主义的"（empirical），而非"理论性的"（theoretical），虽然它们也具有某种普遍性（generality），却"与个别作品的阐释没有直接关系"。[②] 很多人由此认为《反对理论》一文对理论的界定是存在问题的，它貌似反对一切理

① Steven Knapp and Walter Michaels, "Against Theory", p. 723.

② Steven Knapp and Walter Michaels, "Against Theory", p. 723.

论，但实际上却又把理论局限为“一种特殊的事业”，只是为自己设定了一个非常狭隘的攻击对象，从而也就大大减弱了自己立论的有效性。不过费什却不这么认为。在费什看来，奈普—麦克斯所反对的理论其实就是试图掌控批评实践的一种宏大计划。这有两层意思：其一，它试图站在一个高于或外在于实践的位置上来指导实践；其二，它试图通过价值中立来改造实践，用一种普遍视角取代偏狭的局部视角，而个人则必须使其形成于具体语境中的观念和信仰受这种普遍理性的制约。[①] 在反对理论者看来，这两种企图都是根本不可能实现的。

三 “理论”的盲点：文本意义与作者意图的同一性

每一位普通读者在面对一部文学作品时，不管它是一首现代诗还是一部传统小说，他最关心的问题往往首先是“它是谁写的?”，继而是“它表达了什么意思?”通常状况下，人们假定作品的意义与作者想要表达的东西没有区别。当有人问及《荒原》这首诗有什么意思时，他想知道的一般就是它的作者艾略特想要表达的意思。然而文学理论家们却不满足于这种常识性的判断。他们总是怀疑在文本意义与作者意图之间缺少某种同一性。上文已经说过，《反对理论》一文认为这种“缺失”正是“理论”的发端。在肯定文本意义与作者意图并不一致的前提下，有人把前者奉为文本阐释的合法对象，有人则坚持应该还原后者。诠释学家赫施似乎表现得与众不同。他率先把文本意义与作者意图等同起来，认为文本意义“就是、而且只能是作者意图，而非别的，”“是被说话人意图的特性一劳永逸地决定了的。”[②] 在他看来，文本意义就是作者意欲为之的东西，完全属于他的私人专利，

① Stanley Fish, “Consequences”, in W. J. T., Mitchell ed., *Against Theory: Literary Studies and the New Pragmatism*, pp. 106 – 131, 110. 有关费什的反理论主张，请参见后文《文学理论会产生什么后果？——斯坦利·费什的“理论无后果”说刍议》。

② 转引自 Steven Knapp and Walter Michaels, “Against Theory”, p. 725。

即便在他死后，读者也不得窃取或侵犯。而一切文本阐释都“必须重视对作者意图和态度的重构，以便形成理解文本意义的指导和标准”①。虽然他也认为这些指导和标准并不能确保我们准确地直达作者原意，却依旧坚持认为只有它们才构成一种真正客观的阐释方法，“一切正确的解释都基于对作者所指事物的再认识。”②

细心的读者或许可以从赫施的逻辑里面找到一丝破绽，即他一方面肯定文本意义就是作者意图，但同时却又声称把握文本意义的最好途径就是寻找作者意图。这正是奈普—麦克斯所着力批判的。他们质疑道："既然意图与意义早就是一回事，那很难看出对两者之一的找寻如何会为另一事物的找寻提供什么客观方法；寻找其中一个即是寻找另一个。既然承认文本意义与作者意图是同一的，这自然应该也意味着任何由此及彼的诉求都是无效的。"③ 赫施认为透过寻找作者原意即可把握文本意义，这只能说明他从根本上还是认为两者并不同一。

为了证明作者意图对准确阐释的必要性，赫施曾经举过一个例子：假如某人说了一句“My car ran out of gas”，从字面上来看它表达了两种意思，一是“我的汽车没油了”，二是“我乘坐的这节车厢冲出了毒雾”，因为按照惯例（词典解释），“car”既可以指“汽车”也可以指“列车车厢”，“gas”同样也至少有“汽油”和“毒气”两种意思。听者只有明白了说话人的真正意图时，才能理解这句话的意思。不过在奈普—麦克斯看来，这个例子非但不能证明赫施论点的可信性，反倒透露出他的一个缺陷，即“赫施正在设想一种意图尚未呈现之前的阐释瞬间”④。在这个瞬间，文本意义似乎完全受语言惯例摆弄，它飘忽难测，蕴含着各种不确定性。只有在添加了作者意图这一“定海神针”之后，文本意义才被固定下来。在这里，人们不仅要产生疑惑，

① 转引自 Steven Knapp and Walter Michaels, “Against Theory”, p. 725。

② ［美］E. D. 赫施：《解释的有效性》，王才勇译，生活·读书·新知三联书店 1991 年版，第 146 页。

③ Steven Knapp and Walter Michaels, “Against Theory”, p. 725.

④ Steven Knapp and Walter Michaels, “Against Theory”, p. 726.

既然赫施已经宣称"文本意义就是作者意指之意"[①]，为何前者的稳定性仍旧离不开后者的"增补"？奈普—麦克斯指出，赫施相信原来不确定的文本意义只有在被"增补"某种东西之后才能变得稳定下来，这是没错的，但他错在认为这种有待增补的东西就是作者意图。奈普—麦克斯强调："意图其实早就在场，使文本意义由不确定向确定转变的那一瞬间，被增补之物仅仅是有关意图的信息（information about the intention），而非意图本身。"[②] 在前面所举的例子中，如果我们知道说话人每天都开小汽车出行且从不乘坐火车，自然就会判断出他的意思是"我的汽车没油了"。如果事情相反，他当天乘坐了火车，而且在经过某段隧道时遭遇了恐怖袭击，那我们必然得出不同的意义。而所有帮助我们做出正确判断的东西都不是作者意图，而是与之相关的信息。

通过对赫施的上述分析，我们可以看到他从根本上还是认为文本意义与作者意图并不统一。语言惯例以及其他外部语境使得文本意义充满不确定性，其中飘荡着许多作者意图之外的意义。合格的阐释必须在非意图之意和作者本意之间做出选择。在奈普—麦克斯看来，其实这个选择也同样困扰着几乎所有其他理论家。但让奈普—麦克斯怀疑的是，这个选择是否真的存在？它是否原本就是个伪命题？换句话说，到底有没有可能存在一种非意图之意（intentionless meaning）？如果不存在，那么上述选择也就不存在，也就没必要枉费心思去做那么多理论探讨了。非意图之意是否存在也就成为《反对理论》一文着力解答的一个元问题。

四 非意图之意果真存在吗？

奈普—麦克斯对这个问题的回答非常干脆：绝不存在，因为"任

① ［美］E. D. 赫施：《解释的有效性》，王才勇译，生活·读书·新知三联书店 1991 年版，第34 页。

② Steven Knapp and Walter Michaels, "Against Theory", p. 726.

何意义都是意图之中的"[1]。为了证明这一点，他们在《反对理论》一文中举出了一个堪称经典的"波浪诗"例子。假如我们在海滩上散步时偶然发现沙滩上留下这么几行奇怪的字迹：

> A slumber did my spirit seal;
> I had no human fears:
> She seemed a thing that could not feel
> The touch of earthly years. [2]

我们或许很容易辨认出这些字迹的意思，甚至发现它们很像是一首抒情诗。此时不管我们是否知道它的原作者是谁，或许都不会太在意，可能就是某个人随手写着玩的。不过，假如就在我们驻足观看的时候，又一波浪潮涌上来，把这些字迹抹除了，然后在退潮之后留下另一组字迹：

> No motion has she now, no force;
> She neither hears nor sees;
> Rolled round in earth's diurnal course,
> With rocks, and stones, and trees.

看到这些，我们一定不会继续置之不理，而是必然试图为它们寻找某种解释。它们是出自某种纯粹的自然造化之功？或者大海具有了超自然之力，学会了吟诗？再或者是他的原作者华兹华斯的神灵在显圣？不管哪种解释，我们要么试图为这些字迹设想一个有意图的创作

---

① Steven Knapp and Walter Michaels, "Against Theory", p. 728.

② 转引自 Steven Knapp and Walter Michaels, "Against Theory", p. 727。这是英国浪漫主义诗人华兹华斯于1798年创作的一首著名抒情诗。全诗共分两个诗节，此处节选的是第一节，下文节选的是第二节。

主体，要么把它们当成纯粹机械力的无意义划痕。但在后一种情况下，我们也就不再把它当成文字了。就像在观看风景的时候，导游可能会指给游客看某些天然形成的象形石，并告诉人们一些动人的故事。游客或许会惊叹大自然的鬼斧神工，但大多数情况下只会一笑了之，不必当真，因为它们都只是碰巧在外形上像某些事物而已，绝不可能是某造物主有意为之的。

奈普—麦克斯强调，只要我们把沙滩上的字迹当成诗，那我们必定会把它设想为一位诗人有意为之的作品，不管这个诗人是人还是鬼神；而一旦我们知道它并非出自任何作者的任何意图，那我们也就不再把它当成诗了，而只是无意义的划痕。总而言之，是否有人有意为之是决定我们如何看待这些痕迹的关键。无人有意为之的字迹非但不是诗，连语言也算不上，只是划痕而已。换言之，不存在无意为之的意义。奈普—麦克斯认为，那些理论家正是由于相信无意图之意的存在，才纠缠于各种理论之中，也才误以为我们可以有多种阐释方法可供选择。不管如赫施这样的意图主义者还是如维姆萨特（W. K. Wimsatt）和比尔兹利（C. Bearsley）这样的反意图主义者，其实他们的区别并没有看上去那么大，因为他们同样迷信非意图之意的存在。从理论层面上来看，他们争得不可开交，水火不容，但从实际层面上来看，他们其实全都围绕着一个虚假的命题绕圈子。虽然双方都没有赢得决定性胜利，但这并不重要，因为就在他们凭空论战之际，理论大厦越筑越高。但在奈普—麦克斯看来，它不过是没有实在基础的空中楼阁。

五 对奈普—麦克斯的批评与反批评

在上一节我们曾谈到奈普—麦克斯对赫施的批评，但赫施也同样从他们身上发现了漏洞，即他们一方面认为文本意义必定总是“某位作者（an author）意欲为之的意义”，另一方面他们又说文本意义必定总是“它的作者”（its author）意欲为之的意义。赫施认为，这种悄然发生的“语意滑脱”（semantic slippage）值得重视，它实际上反映了奈普—麦克斯对“文本作者”（text-authorship）和“意义作者”（meaning-authorship）的混淆，而这两者实际上并非一回事。[①]“某位作者”绝不等同于“它的作者”，后者一般指的就是最初完成作品的那位独一无二的活生生的人，而前者则可以包括任何参与文本意义建构的人，比如原作者去世多年以后，对文本进行修订、增删的人，就像我们在今天读到的各种版本的《红楼梦》，它们都经过了多次加工，能说其中的意义都是曹雪芹的意图吗？赫施认为，混淆“某位作者”与“它的作者”也就意味着混淆“作者的意图”（What the author intends）与“作者的原本意图”（What the author intended）之间的区别，而这种区别对于非常讲究时态的英语语言来说却是至关重要的。奈普—麦克斯不至于看不到这一区别，更有可能的是他们认为这一区别没有多少意义。或许他们一直认为，在实践当中，作者的原本意图就是读者在阅读的当下所认定的作者意图。

另一位论者帕克（Hershel Parker）也对奈普—麦克斯提出质疑。他认为，我们有足够证据证明作者意图并非由原作者在作品完成的最后瞬间置入的，也并非在作品发表之际被法定赋予的，而是如约翰·杜威所说的那样，“意义是在文本的每一部分被写出的时刻注入文本之中的”[②]。作者在写作过程中往往并不顺畅，做不到一气呵成，每前进一步都必须反复琢磨怎样承上启下，不能让前后文在整体上出现衔接不当。即便如此，作者也难免时常失去对创作过程的控制，已经完成的部分作为整体会反过来对作者形成一种制约，迫使他放弃、改变或者重写某些既定意图。在意图受挫的情况下，作者所能做出的最好选择就是顺应文本态势，把失败的意图转变为一个出其

① E. D. Hirsch, “Against Theory?” in W. J. T. Mitchell ed., *Against Theory: Literary Studies and the New Pragmatism*, pp. 48 – 52.

② 转引自 Hershel Parker, “Lost Authority: Non-sense, Skewed Meanings, and Intentionless Meanings”, in W. J. T. Mitchell ed., *Against Theory: Literary Studies and the New Pragmatism*, pp. 72 – 79, 73。

不意的机遇，实现某个预期之外的结果。如此一来，整个创作过程可谓是迂回曲折、坎坷不平。虽然从整体来看，最终作品似乎很完美，但在细节之处必然残留着许多作者意图不连贯的“疤痕”抑或词不达意之处。与坚信文本意义即是作者意图的奈普—麦克斯不同，帕克认为在文本之中至少有无意图之意（intentionless meaning）、被扭曲的作者之意（skewed authorial meaning），以及无意义的语句等多重意义现象与作者意图并存。①

实用主义哲学家罗蒂（Richard Rorty）提出的看法也非常值得关注。奈普—麦克斯以波浪诗为例论证无人有意为之的符号根本算不上是语言，而罗蒂则认为任何事物或符号都可以被视为语言，甚至当作英语中的任意一句话来对待，前提是我们能够在这个事物或符号身上发现与那句话的句法和语义特点相似的属性。正如同我们只要把世界上存在的任何事物设想成一个合理的目的，就都可以把它当作“善的”来看待一样，我们同样也可以把“语言性”（linguisticality）赋予任何事物。去追问一个事物究竟在事实上能否被当作语言，就如同追问善到底是主观还是客观之物一样毫无意义。既然我们在波浪诗上发现了和华兹华斯的诗作一致的特点，那怎么就不可以视其为语言的佳作呢？②

面对众多质疑，奈普—麦克斯自然要据理力争。他们认为，其实大部分反对者也都相信没有作者意图就没有文本意义，但他们错在由此寄希望于透过作者意图来找寻意义的实践方法上。比如赫施就强调我们应该凭借历史档案和文献材料的帮助来探查作者意图进而得出意义。奈普—麦克斯认为，虽然说作者意图是阐释的必要客体对象，但这并不等于说档案材料或其他任何东西应该成为决定作者意图的证据。

---

① 参见 Hershel Parker，“Lost Authority：Non-sense，Skewed Meanings，and Intentionless Meanings”，pp. 74 – 78。

② Richard Rorty，“Philosophy without Principles”，in W. J. T. Mitchell ed.，*Against Theory：Literary Studies and the New Pragmatism*，pp. 132 – 138.

他们用多少带有些狡辩的语气说道:“意识到作者意图的必要性与知道什么应该被当作最有力的阐释证据之间没有联系。”[①] 赫施批评他们分不清“某位作者的意图”与“它的作者原意”之间的区别,而这其实也是绝大多数反对者共同的潜在看法,这似乎表明赫施认为这两者之间的区别亦即意味着对同一文本的两种不同阐释之间的区别。而事实上,它们意味的乃是对两个文本的两种不同阐释之间的区别。奈普—麦克斯承认自己的确认为没有必要在“某位作者的意图”和“它的作者原意”之间纠缠不休,那是因为在实际阅读的过程中,“任何阅读的对象都总是那位历史上的作者的意图”[②]。

为什么在赫施等人眼中的同一文本,在奈普—麦克斯看来却是两个文本?换句话说,对双方来讲,确定文本之独有“身份”的东西是什么?毫无疑问,奈普—麦克斯认为是作者意图,而且就是文本原作者的原原本本的意图。任何人只要篡改了作者意图,即便没有从物质层面上对之进行任何改动,他也算篡改了文本。而赫施等人则相信文本的身份是由一大堆标记的集合体(a collection of marks)确立的。“这个记号的集合体本身就已是一个文本,而且不管它是否表达了任何意图,它都早已有了某种意义。”[③] 这显然是一种标准的形式主义的观点。这在罗蒂那里已经得到最明显的体现。那么这种形式主义的理解能否成立?换句话说,文本可以拥有和作者意图不一样的意义吗?真的有可能存在“某位作者的意图”与“它的作者原意”之间的区别吗?下面我们举例说明。

假如有人突然喊了一声“Fire!”那么在通常状况下,他的意思应该是警告人们“着火了”。但也不排除其他可能,因为“fire”在英文中还有“开火、射击”之意。也有可能说话人此处要表达的是一个字

---

① Steven Knapp and Walter Michaels, “A Reply to Our Critics”, in W. J. T. Mitchell ed., *Against Theory: Literary Studies and the New Pragmatism*, pp. 95 – 105, 101.

② Steven Knapp and Walter Michaels, “A Reply to Our Critics”, p. 104.

③ Steven Knapp and Walter Michaels, “A Reply to Richard Rorty: What is Pramatism?” in W. J. T. Mitchell ed., *Against Theory: Literary Studies and the New Pragmatism*, pp. 139 – 146, 141.

典里没有、别人也不曾知道的意思。不管属于哪种情况，这一声喊叫（可被视为文本）的意义与他的意图都是同一的。“句子只会表达说话人的意图之意。”[①] 三种情况之间的区别并非不同种类的意义——比如言者之意与词语本意，或某位作者之意与它的作者原意——之间的区别，而只是纯粹经验层面上的意义的差别。奈普—麦克斯指出，“我们可以像罗蒂所说的那样把任何事物当成语言，但这并不等于说它们就是语言。”[②] 假如有一只鹦鹉喊了一句“着火了！”听者可以认为它说了一句人类语言，但我们会因此而去报火警吗？显然不会，原因就在于，虽然鹦鹉所说的这句话具有作为语言标记的全部特征，但唯独缺失说话者的意图，也就只能是无意义的标记而已。

六 先于言语行为的语言存在吗？

很多语言学家和理论家都相信，语言自身的意义是可以先于或独立于说话人的意图而存在的。当说话人的意图不在场时，他说出的话依旧可以单纯依据语言惯例而获得某种抽象的、飘忽不定的词语意义（linguistic meaning）。绝大多数词语在字典里面都有多种解释，那是根据人们在各种场合下经常使用的经验总结、提取出来的纯粹意义。所以言语行为理论家威尔逊便认为：“一句话的有语义价值的内容受语境决定。这些内容不仅仅有赖于这句话被表达出来的词语意义，更有赖于这一言语行为语境的可见特征（specifiable features）。”[③] 字面上完全一致的两句话表达的意思有可能完全不同。例如在汉语中，“你吃饭了吗？”这既可能是一句问候语，也可能是询问对方是否真的吃过饭。因此，说话人在某个场合下所表达的语词意思并不足以限定他的

① Steven Knapp and Walter Michaels, “A Reply to Richard Rorty: What is Pramatism?” p. 142.

② Steven Knapp and Walter Michaels, “A Reply to Richard Rorty: What is Pramatism?” p. 142.

③ George M. Wilson, “Again, Theory: On Speaker's Meaning, Linguistic Meaning, and the Meaning of a Text”, *Critical Inquiry*, 19. 1 (1992): 164 – 185, p. 174.

真实意图。

在威尔逊看来，语词的字面意义复杂多变，但不同的语境却可以对其加以约束和限定。比如在一个房间的三扇门上同时都贴上一张标示语“Out”。第一张指示“此门通向外面”，第二张提醒“屋内人员外出了”，第三张则警告“外人禁入”。威尔逊认为，三张标语实际上表达了同一个标准的字面语词意义，即“not in”，如何确定其具体含义，就要看贴标语的人具体的言外行为（illocutionary act）了。把这个例子放大到文学作品也是一样。我们要想理解文本之意，必须知道它所包含的那些语言既表达了字面意义，也承载着作者的特定言外形为。仅仅抓住前者而忽视后者是不对的，这样的理解非常浅陋，因为“一首诗或一部小说就是一段或多或少被扩展了的话语，而话语的结构和策略的意义超出其字词层面构成”[①]。

另一位语言学家朱尔（P. D. Juhl）的观点和威尔逊很接近。对朱尔来说，不带有任何意图的记号仍可被当作语词，只不过这些语词不能被当作话语。举例说明：当一只鹦鹉发出“水从天上倾倒下来”这样的声音时，我们仍旧可以理解这些词语的本意是“正在下雨”，但我们不会认为“鹦鹉说天上正在下雨”，因为后一种理解意味着一种话语或言语行为。而当我们面对一部文学作品的时候，却必须首先把它视为一个作者有意为之的作品或一种言语行为，以避免把它当作文字的随机组合。不难看出，朱尔和威尔逊等人的根本论点是一致的，即语言本身可以根据词典或语法书上的授权而保持自身意义，但这样的意义含混不清，需要说话人的意图方能固定下来。[②]

与上述两人相比，费什的看法截然相反。他认为语词不具有抽象的、稳定不变的、先于阐释而存在的、自足且确定的字面意义，

① George M. Wilson, “Again, Theory: On Speaker's Meaning, Linguistic Meaning, and the Meaning of a Text”, p. 182.

② 参见 Steven Knapp and Walter Michaels, “Against Theory”, p. 735。

> 句子意义不是其内部成分的意义的功能；换句话说，意义不能从形式上计算，不能从纸上的记号获取。或用最直接的方式来说，如果说字面意义就是指不管语境如何，也不管说话人和听者双方心里所想，都能被准确无误地表达的那种意义，并且由于其存在先于阐释，故此可以充当阐释的限定条件的话，那么根本没有这种所谓的字面意义。①

奈普—麦克斯正是继承了费什的观点，即词典当中记载的不过是在不同的言语行为中的习惯用法，而非抽象的、先于意图存在的诸种可能意义的集合。朱尔等只是认为没有意图的语词不能被当作言语行为，奈普—麦克斯则认为它们连语言也算不上。前者认为，确保我们可以正确阐释一句话（或一部文学作品）的方法是把它当成一种言语行为，因为言语行为所具有的意图性可以帮我们清楚语言内在固有的含混性，可问题是语言与言语行为之间的区分本身就是错误的。

只要我们参照一下保罗·德·曼（Paul de Man）的立场，这种错误就可以明显体现出来。德·曼指出，语言的物质状态（比如声音或书写记号）本身虽然没有意义，却早已是一个语言符号，或纯粹的能指。语言首先就是由这么一些无意义的符号构成的结构，或者纯粹能指的集合。意义不过是额外附加上去的东西，这种添加物非但不是语言的固有之物，反倒破坏了它的本来状态。意义与符号本身之间的不一致性并非是罕见的特例，而是语言自身的固有特性。这种特性必然导致文本意义的不确定性，也就导致阅读阐释的偏差。从语言最深层次的活动方式来看，任何语言都离不开修辞特性。换句话说，任何语言都是隐喻性的，必须依靠转义和形象来发挥作用。而隐喻自身又是无根据的、偶然的、虚构的，因此语言在实际运用

① 转引自 George M. Wilson，“Again，Theory：On Speaker's Meaning，Linguistic Meaning，and the Meaning of a Text”，p. 176。

中，最终完成的只不过是符号的相互替代过程，亦即能指链条的无限延伸。语言的这种修辞特征产生了一种自我破坏的力量，它使得语言丧失了严格的表意功能。德·曼认为，妄图运用包括言语行为在内的任何方法来约束变化不居的文本之意是行不通的，我们倒是应该坦然面对这一事实，即只要经过恰当阐释，任何文本都将揭示出其本质上的非表意性（nonsignification）。由于文本并非具有某个确定意义的统一体，因此也就谈不上可以通过什么可靠的阅读方法从中提取作为“纯粹自然客体”的意义。[①] 德·曼奉劝人们，面对不断进行自我解构的文本，我们除了与之配合进行一种解构游戏，几乎做不了什么，误读、误释是必然结果。

奈普—麦克斯认为，在表面上来看，赫施、威尔逊和德·曼存之间在根本对立，前两人坚持依靠添加作者意图来确保阐释的有效性，后者则坚持削减作者意图以还原文本的自我解构性。但从根本上来看，他们又是统一的，他们都把意图视为某种非本质的、可被加减之物。这正是奈普—麦克斯所不认同的。他们强调的是，对于意义来说，作者意图不是可被添加或去除之物，因为意义总是有意图的。对于语言来说，意图亦非可加减之物，因为语言就是由言语行为构成的。先于意图的意义不存在，先于言语行为的语言也不存在。

七　与诠释学和解构主义的论战

在语言学和文学理论界有一种很流行的看法，即语言规则或惯例能够给予文本一个无关乎作者意图的、独一无二的恒定意义。新批评派的维姆萨特和比尔兹利共同提出的“意图谬误说”堪称这一观点的集大成者。他们指出，“所谓意图就是作者内心的构思或计划”[②]，它

① 参见马新国《西方文论史》，高等教育出版社2002年版，第500—501页。

② 参见马新国《西方文论史》，高等教育出版社2002年版，第422页。

不能被等同于文本意义，作者的创作意图与文本批评毫无关系。要想获得一部作品的意义，读者只需要细读文本本身。作为语言结构和规则的产物，意义被永远封闭在文本之中，“精致的瓮”或“词语雕像”是对这种永恒意义的绝佳比喻。俄国形式主义和欧美新批评、结构主义都渴望寻找到一种精确可靠的科学阐释方法，来破解这个意义。从表面来看，诠释学和解构主义似乎是对上述看法的彻底反叛，两者都否定意义是被稳定封闭在语言结构中的事物。前者认为文本意义永远是相对的，不可能被作者意图所穷尽，而总是部分地由阐释者所处的历史、社会语境所决定。后者则强调意义的随机性和不确定性。但在奈普—麦克斯看来，虽然诠释学和解构主义不像一般的文学理论那样热衷于寻找一种普遍的阐释方法，但它们却同样否认文本意义是由作者意图决定的。在《反对理论之二》一文中，他们着力对这两种理论进行批驳。

奈普—麦克斯认为，诠释学和解构主义都倾向于相信文本可以表达作者意图以外的东西，文本的身份亦非由作者意图而定，不管作者意图如何，也不管读者怎样理解，文本都是一个拥有“自治身份”（autonomous identity）的事物。那么，什么东西可以构成文本的这种“自治身份”呢？一般认为是语言惯例，即语义和语法规则等。奈普—麦克斯却认为，“离开作者意图，任何确定文本身份的标准都不可能成立。”[①]

以诠释学家保罗·利科（Paul Ricoeur）的理论为例。利科认为“客观意义并非作者的主观意图”，而文本“则可以多种方式被解读”，由此便产生了解释的麻烦。但对利科乃至一般诠释学家而言，这个麻烦同时也是一个机遇，因为解释行为得以从作者意图的束缚下解放出来。他认为，对于读者的解释活动来说，作者的意图“常常不为我们所知，有时冗余，有时毫无意义，有时甚至危害到作品的字面意义”[②]。一旦摆脱了作者意图之后，文本便可以为自己创建一个“非心理学的、严格

① Steven Knapp and Walter Michaels, “Against Theory 2: Hermeneutics and Deconstruction”, *Critical Inquiry*, 1 (1987): 49-68, p. 50.

② 转引自 Steven Knapp and Walter Michaels, “Against Theory 2”, p. 50。

的语义空间,”而读者也可以在这个空间内解读文本。

利科认为,语言的“语义自治性”在活生生的口语中表现得尚不完全,而只有在写作中才得以充分显现。在日常口语中,说话人的主观意图与话语自身的意义相互重合,以至于理解他的意图与理解其话语本意并无二致。但在写作中则不然,作者意图与文本意义不再重合,文本也便得以逃脱出作者的视野,它现在的意义超出了作者写作时的本意。用伽达默尔的话来说就是,“被固定在写作之中的事物与它的作者和源头之间的偶然联系被切断。它也由此可以自由地建立新联系。”[①] 这也意味着进行诠释的契机。文本自己获得了生命,可以被不同人以不同方式解读出不同意义。伽达默尔骄傲地宣布:“文本的真正意义并不有赖于作者的偶然为之……因为它也总是部分取决于解释者的历史语境,因此也部分取决于历史客观进程的整体性。”[②]

初看上去,诠释学的观点与新批评的“意图谬误说”很接近,他们都强调作者意图不能决定文本意义。所不同的是,新批评认为文本意义既不受作者意图干扰,也不受读者及其他任何人干扰,它是恒定不变的。而诠释学则认为意义总是变化的、不断生成的。伽达默尔认为,解释就是过于与现在的一种“对话活动”,面对一个过去的文本,一方面读者倾听它就我们所关心的问题发问,另一方面我们也从自身语境出发向它提问。一切解释活动都是以这种双向交流为基础的。作品的部分意义是由解释者给定的,因为只有在解释交流中,意义才得以显现。比如只有以弗洛伊德的精神分析学说为参照,莎士比亚名作《哈姆莱特》中的俄狄浦斯情结之意才得以释放。由此出发,一个文本的意义永远是相对的,不可能被作者的意图所穷尽,而总是由阐释者所处的历史语境乃至全部的历史所决定。不同时代的解释者总是会根据自己处境的需要对文本做出新的解释。

---

① 转引自 Steven Knapp and Walter Michaels, “Against Theory 2”, p. 51。

② 转引自 Steven Knapp and Walter Michaels, “Against Theory 2”, p. 51。

伽达默尔试图用司法解释为例来说明自己的主张。他指出，法律总是由具体的立法者在一定历史情境中制定的，但它必须可以适用于其他不同的历史情境，否则它便不能被作为法律了。法官的职责就在于如何按照当下语境对僵死的法律条款做出权衡，以适用于不同案件裁决。每一宗案件都不可能与立法者的语境完全一致。法官作为法律的解释者，有权给出自己的裁量。比如法律规定“公园里禁止车辆通行”，那么在公园里骑自行车违法吗？推婴儿车可以吗？法官可以推断，原法律禁止的并非一切车辆，而只是禁止危及他人安全的车辆。骑自行车有可能伤害到别人，但婴儿车显然不会。这样他便有了自己的解读和判决。

然而在奈普—麦克斯看来，伽达默尔所举的例子完全没有说服力。这个例子显示的是：“法官并没打算超出立法者的意图，而只是在判断其意图究竟是什么”[①]，立法者所说的“车辆”就是“危险车辆”，法官只不过需要判断哪种车辆属于危险车辆就可以了。这种行为显然与伽达默尔所说的作为“意义的一部分”的解释活动存在很大差异。

解构主义是奈普—麦克斯所反对的最后一种“理论”。表面看上去，解构主义与他们存在相同之处，即都否认语言惯例——或德里达所说的语言符码（code）——可以决定文本的意义。德里达的一个重要观点即是意义不再取决于一个有限的语言规则系统，而是依赖于一个无限的语境。他说：“任何符号都不能独自制造或产生它的语境，更不能控制它，正是有了这种限定性，语境变化才是永远开放的，充满各种可能。”[②] 但实际上，两者之间存在巨大差异。在奈普—麦克斯看来，正因为意义离不开语境，我们才更需要用作者意图来确定意义。符号与意义之间的关联是任意的，同一个符号在不同语境中出现可以表达不同的意义。而在德里达看来，语境和语言规则一样都不能确定意义，因为语境的决定性因素是意图，而意图又是不充分的，“对意图本身及其内容来

---

① 转引自 Steven Knapp and Walter Michaels，“Against Theory 2”，p. 52。

② 转引自 Steven Knapp and Walter Michaels，“Against Theory 2”，p. 60。

说，发出言语的意图永远都不能完全在场。”[①] 也就是说，德里达与奈普—麦克斯的区别就在于承不承认作者意图对意义的决定性。

我们知道，德里达之所以否认意图的权威，关键原因就在于语言符号的“可复制性”（iterability），即任何符号都不能是作者的专利，必须能被不同的人在不同语境中——而且在不必了解和遵从作者意图的情况下——被识别、解读和运用，否则它就不能成为符号。“等到作者死后，在结构上不可读——或重写——的写作就不是写作。”[②] “符号的特点就是可读性，即使我们已无从知道它的产生时机，也无从了解它的作者一书写者当时的意图。”[③] 这正是德里达否认意图权威的原因。

在此需要指出的是，奈普—麦克斯强调作者意图决定意义，但他们并没有说作者意图就一定能被读者或听众准确理解。误读和误解总是可能的。但德里达所重视的并非这种情况。他看到的是符号一旦从作者口中或笔下流出，就进入了一种无限的漂流过程。任何人都可以随心所欲地摘取、引用和重复它，而不必管它的原初本意。每一个符号“都可以被打破与原有语境的关系，以一种无穷尽的方式产生无限的新语境”[④]。对德里达来说，任何文本都不受控于作者意图。事实上，德里达关心的并非作者意图与读者解读之间的差异。他真正感兴趣的是任何符号——从它出现的那一刻起——都不能被固定意义。换句话说，作者根本无法决定自己写作的意义。

奈普—麦克斯发现，德里达否认意图可以决定意义的主要原因就在于符号的可重写性原则，亦即语言规则或符码系统。虽然由于语境因素的无限性使得语言规则不可能单独决定符号的意义，但离开语言规则，任何意义又都不可能产生。语言规则虽然不是产生意义的充分条件，却是必要条件。任何符号都必须首先是符码系统或语言惯例的

① 转引自 Steven Knapp and Walter Michaels，“Against Theory 2”，p. 60。
② 转引自 Steven Knapp and Walter Michaels，“Against Theory 2”，p. 60。
③ 转引自 Steven Knapp and Walter Michaels，“Against Theory 2”，pp. 60－61。
④ 转引自 Steven Knapp and Walter Michaels，“Against Theory 2”，p. 61。

一部分，才能获得表意功能。这就等于说，任何符号在本质上都是一种语言习惯。作者不能置这种习惯于不顾，随心所欲地用它表达意义。

经过上述分析，奈普—麦克斯发现德里达有一条未明说的观点，那就是“语言从本质上来讲就是一种惯例”，“是惯例，而非作者，决定了作者做了什么；任何惯例符号都具有可复写性，这使其意义摆脱了作者控制。”[①] 对德里达来说，意图永远无法决定意义，因为仅仅使用一个书写或声音符号来再现某个意图还并非一个表意行为，这个符号还并不一定是一个能指，除非它事先已经具备了可复写性的特征，并隶属某个符码系统。作者不可能独创一个符号来表达自己的意图。然而对奈普—麦克斯来说，我们说出的话或写出的文本即便不属于任何现有符码系统，在原则上也是可以解读的；即便我们不遵守任何语言惯例，也可以成功地表达意义。遵循惯例只是把握意图的一种有效途径，却不会改变意义。

表面来看，诠释学和解构主义都反对以新批评的“意图谬误说”为代表的惯例主义，即语言惯例本身即可赋予文本独特的、不变的、不受作者控制的意义。但细察之下不难发现，两者仍然都没有彻底抛弃这种观点。不管是诠释学还是解构主义，都还部分地相信语言惯例能够给予文本某种特征，可以获得独立于作者意图之外的意义。奈普—麦克斯称之为弱惯例主义。与他们相反，奈普—麦克斯是彻底的反惯例主义者和坚定的意图主义者。

结 语

不同于第二次世界大战前后盛极一时，且带有右翼保守底色的英美新批评运动，20 世纪 80 年代之后兴起的批评理论大多带有强烈的左派政治色彩。以女权主义、后殖民主义和新马克思主义为代表，新一代的批评家试图重新将文学研究纳入社会重建和政治批判的规划中。

① 转引自 Steven Knapp and Walter Michaels，“Against Theory 2”，p. 62。

这一方面涉及对文学作品本身的政治意蕴的兴趣，比如文学在促进社会变革、颠覆权威或遏制社会能量方面的作用，以及它与性别压迫、种族主义、帝国主义或国家权力的共谋等。另一方面，也涉及对文学批评制度自身的意识形态批判，即文学学科隐含的政治取向，它与位居主导地位的文化和社会制度的关系等。不过正如卡勒所指出的，理论最核心的愿望是重建被新批评切断的内部研究与外部现实之间的关系，“希望找到一种方法，使对文学作品的讨论成为一种有效的政治行为”①。在新批评那里，为了使文学研究成为一门独立的学科，它被尽可能切断与一切外部事物的关系，“这些批评家只关心语言，因此割断了语言与真实的历史世界、与活生生的男人、女人的世界的联系。”② 但现在的人们则“更关切语言之外的现实世界”，“人们怀有寻求社会公正、谋求改善妇女和少数民族的处境、力争明白无误地理解无形中操纵我们意识形态的先决条件等等这样一些崇高的愿望。”③

必须指出的是，这种对政治议题的关切绝非如反理论者所说的“不务正业”。恰恰相反，它是出于对此前过度非政治化的新批评的纠偏，以及为新时代的文学研究寻找合法性的又一次积极尝试。从 20 世纪 50 年代开始，对新批评感到厌烦的人越来越多。正如詹姆斯·施罗德（James Schroeter）所说：“文学教授越来越对自己所做的事情缺乏信心，怀疑自己角色的价值，并且对文学作为一门研究曾经占据一席之地的传统框架失去了信心。”④ 特别是在 20 世纪 80 年代新自由主义思潮逐渐兴起的大背景下，文学研究究竟有什么用的问题再次成为迫切需要文学研究者回答的问题。卡勒在他那本影响深远的《结构主义诗

---

① Jonathan Culler, *Framing the Sign: Criticism and Its Institutions*, Norman: U of Oklahoma P, 1988, p. xiii.

② ［美］J. 希利斯·米勒：《重申解构主义》，郭英剑等译，中国社会科学出版社 1998 年版，第 218 页。

③ ［美］J. 希利斯·米勒：《重申解构主义》，郭英剑等译，中国社会科学出版社 1998 年版，第 218 页。

④ James Schroeter, “The Unseen Center: A Critique of Northrop Frye”, *College English*, 33. 5 (1972), p. 554.

学》前言部分也尖锐指出："如果（文学）批评在教育体系中的作用仅仅是阐释性的批评论文和专著的数量，那么，它则几乎没有说明这一行为本身的合理性。"[①] 因此，正如18世纪的批评家曾经在资产阶级公共领域的文化政治生活中发挥巨大作用，新一代的批评家也渴望再次参与改造资本主义的文化政治，从而确定自己的存在意义。他们拒绝孤立地关注文学文本，而是"把象征符号跟政治重新联系起来，通过话语和实践参与这个过程，使得被压抑的需求、利益和欲望可以获取那些能够将它们焊接成一个集体政治力量的文化形式"[②]。对于他们来说，"批评也是社会变革的工具"[③]，他们把社会政治目标与新的阅读方式相结合，挑战传统阅读策略，对其前提和结果进行批判性审视的同时，也创造出充满活力的文学教学和批评写作。正如米勒所说："人们已厌倦了在阅读上下功夫……（产生了）渴望文学研究能够起点什么作用，并且能在社会和历史上产生影响力的强烈愿望。"[④] 他们力图介入社会，让文学研究不再仅是象牙塔里的理智探讨，而是成为一种社会批判，这是对阿诺德意义上的诗歌作为生活批评的继承和改造。文学研究者在某种意义上要再度扮演公众导师的角色，发挥先锋政治的引领作用。

奈普、麦克斯和费什等人反对理论的主要理由是，他们认为理论根本不能产生它所宣称的后果，它既不会改进文本批评实践，更不能带来社会变革。文本并不含有一个固定的意义之核，因此也就没有唯一正确的权威解释。任何理论都不能保证其操作者按照设计好的方法得出预期后果。表面上来看，文学理论似乎在促进文本解读方面卓有成效，比如女性主义让我们"发现"了很多经典文本中暗含的性别政治等，但这种"发现"也不过是一种主题先行的阐释，是用预先设定

---

① ［美］乔那桑·卡勒：《结构主义诗学》，盛宁译，中国人民大学出版社2018年版，前言第1页。

② ［英］伊格尔顿：《批评的功能》，程佳译，西南师范大学出版社2018年版，第170页。

③ Jonathan Culler, *Framing the Sign*, p. 32.

④ ［美］J. 希利斯·米勒：《重申解构主义》，郭英剑等译，中国社会科学出版社1998年版，第218页。

好的框架去嵌套文本的结果。真正影响批评实践的是批评者的信念（接近于一般所说的意识形态），而非什么理论方法。任何一种理论都不可能真正改变批评者的信念，而只能是批评者的既有信念决定了他会选择何种理论。另一方面，由于理论研究已经变得高度学院化、制度化和精英化，成为少数人孤芳自赏的智力游戏，他们也就越来越失去影响并改造社会现实的能力。像苏珊·桑塔格、欧文·豪和莱昂内尔·特里林等这些传统批评家都曾是关注社会的公共知识分子，以各种方式积极影响社会生活。相比之下，今天的很多理论家们却只剩下"理论革命"的热情。尽管他们的很多理论听上去很有颠覆性，但实际上却只是囿于书斋内的学问，很少有直接干预现实的兴趣或能力。

在另一方面，我们也应看到奈普—麦克斯反理论的悖谬之处。虽然他们打着"反对理论"的旗号，批评理论与实践相脱离的现象，但他们却并未真正在推进文学批评实践上有多少作为。他们在前后十多篇论文中先后批驳了大量理论家和理论学派，却唯独没有一篇涉及真正的文学文本批评。恰如勒恩纳所指出的：

> 如果我们真得打算指出理论是多余的，那么就应该从反面实践的角度去证明它，即真正从实践上证明我们可以不用任何理论为基石去完成它。然而奈普—麦克斯非但没有进行实践，反倒竭力避免它，因为他们认定他们的诠释行为不会带来任何后果。当他们举例时——比如那首貌似波浪完成的华兹华斯的诗歌——也没能告诉我们任何有关这首诗歌本身的东西。[①]

而威尔逊则干脆说："奈普—麦克斯的文章在言辞上很激进，但一切仍然照旧，包括理论。"[②] 在很多人看来，"反对理论"的企划最终变成

---

① Laurence Lerner, "Literature Review: *Against Theory*: *Literary Studies and the New Pragmatism* by W. J. T. Mitchell", *Comparative Literature*, 40. 1 (1988): 69 – 73, p. 69.

② George Wilson, "Again, Theory: On Speaker's Meaning, Linguistic Meaning, and the Meaning of a Text", p. 185.

了另一种名叫"反理论"的新理论，这实在是出乎奈普—麦克斯的预料。

其实，理论支持者和反对者之间的争端并非如本文前半部分的梳理所展示的那样貌似是围绕"文本意义"与"作者意图"等基本问题的观点对错之争，而是有关文学研究这一学术职业的发展路线之争。在新的时代背景下，文学研究面临前所未有的挑战，究竟该以什么样的方式继续从事这一并不算久远的学术职业是新一代批评家焦虑之所在。用伊格尔顿的话来说，通常被视为给文学学科制造麻烦、带来存在合法性危机的种种现代批评理论，恰恰是"有关现代社会中英国文学研究之命运的各种对抗的意识形态策略"[①]，它们虽然路径不同，但殊途同归，都是在尝试回答一个问题，即："批评在我们这个时代……它还可以再次履行什么样的实质性社会功能。"[②] 是让文学批评更介入世界，从单一的"学术研究"变成更具现实指向的"批判"，还是坚守算不上悠久的新批评传统，继续让文学学术保持"不偏不倚"，这是关系这一门学术职业未来发展的一个关键选择。J. 希利斯·米勒在1986年就任美国现代语言协会（MLA）主席时以"理论的胜利"为题发表就职演讲。他相信，人们对理论的攻击越猛烈，反倒越是说明理论的胜利，"若不是因为它活跃且有威胁，也就不会受到攻击了"[③]。理论最大的贡献就在于它在一个关键的时刻为文学研究注入了新的活力。不可否认，文学研究在20世纪八九十年代的辉煌与理论的贡献密不可分。当然，理论的发展也并非没有偏颇，它的过度繁荣也的确给文学研究带来它的反对者所指责的诸多问题。特别是到了20世纪90年代末之后，随着所谓"后理论"时代的来临，更大规模的反理论运动也汹涌而至。

---

① ［英］特雷·伊格尔顿：《二十世纪西方文学理论》，伍晓明译，北京大学出版社2007年版，第201页。

② ［英］伊格尔顿：《批评的功能》，程佳译，西南师范大学出版社2018年版，第4页。

③ J. Hillis Miller, "Presidential Address 1986, The Triumph of Theory, the Resistance to Reading, and the Question of the Material Base", *PMLA*, 102.3 (1987), p. 286.

第三章　理论会终结吗？

——近三十年来理论危机话语回顾与展望

自20世纪80年代末以来，有关理论终结的话题逐渐成为学术界热议的焦点。以“理论的终结”或“理论之后”为主题的学术论文和专著不断出版，相关专题的学术会议也频繁召开。一方面，人们看到在过去几十年出现的理论大师纷纷退出历史舞台，也没有新的学术明星填补他们留下的空白。另一方面，随着所谓“新审美主义”“伦理学转向”“回归文本”等口号的出现，那些曾被理论压抑了几十年的传统话题又再度被人们提起，成为学术会议和期刊发表的关键词。似乎理论真的已经耗尽了它的生命力，正沦落为可有可无的边缘角色，随时有可能在人文学科被彻底剥夺剩下的可怜位置。理论真的已经终结了吗？答案肯定是否定的，否则人们就没有必要继续讨论理论终结的话题。但理论是否会在将来终结？这才是悬而未决的问题，也是人们真正关心的问题。因为理论的终结既意味着理论家事业的终结或转向，也意味着文学研究方式的某种调整。在彼得·巴瑞（Peter Barry）所著的《文学与文化理论入门》（*Beginning Theory: An Introduction to Literary and Cultural Theory*，2009年新修订版）一书中，他曾经以时间为轴，通过梳理在理论发展过程中具有里程碑意义的“十个关键事件”——包括重要学术会议的召开、代表性专著的出版以及引发公众关注的热点事件等——来讲述“一个有主题贯穿的叙述”，继而能够更清楚地描绘出“理论的轨迹”①。巴瑞的研究给了我们启示：如果我们以同样的方法回顾自理论陷入危机以来出现的重大文学“事件”，对种种反对理论、宣称理论已经是过去时的说法——本文统称之为“理论危机话语”——进行检视，或许有助于我们看清理论在当下的处境，并为我们反思理论乃至整个文学研究的未来提供启发。

一 序曲：20世纪80年代

在理论发展过程中，从来不乏尖锐的反对之声。其中最轰动一时的莫过于始于1982年、持续10余年的“反理论”运动。1982年夏天，两位来自加州大学伯克利分校的青年学者史蒂芬·奈普（Steven Knapp）和沃尔特·麦克斯（Walter Michaels）在权威期刊《批评探索》上合作发表《反对理论》（*Against Theory*）一文，以一种非常确切的口吻宣称“整个批评理论事业就是被误导的，因此应该被抛弃”②。这篇战斗檄文般的文章一经发表立即在美国理论界引发巨大反响。解释学家E.D.赫施、读者理论家斯坦利·费什、实用主义者理查德·罗蒂、哲学家乔治·威尔逊（George Wilson）以及语言学家约翰·塞尔（John Searle）等都纷纷撰文加入讨论，形成支持和反对理论的双方阵营，论辩前后延续十余年。可以说，由奈普和麦克斯发起的这场争端的影响力之大、持续时间之久、参与人数之多在近几十年的美国学术界都实属罕见。③

奈普、麦克斯和费什等人反对理论的主要理由是，他们认为理论根本不能产生它所宣称的后果，它既不会改进文本批评实践，更不能

---

① Peter Barry, *Beginning Theory: An Introduction to Literary and Cultural Theory*, Manchester: Manchester UP, 2009, p. 262.

② Steven Knapp and Walter Michaels, “Against Theory”, *Critical Inquiry*, 8.4 (1982): 723－742, p. 724.

③ 有关这次反理论争辩的详细情况，详见前文。也可参阅拙文《简评反理论思潮》，《中国社会科学报》2014年2月14日第B31版。

带来社会变革。文本并不含有一个固定的意义之核，因此也就没有唯一正确的权威解释。任何理论都不能保证其操作者按照设计好的方法得出预期后果。在这一点上，反理论者的批评也并非全无道理。但在另一方面，反理论运动也呈现悖谬之处。虽然他们打着“反对理论”的旗号，抨击理论与实践相脱离的现象，但他们却并未真正在推进文学批评实践上有多少作为。他们在前后十多篇论文中先后批驳了大量理论家和理论学派，却唯独没有一篇涉及真正的文学文本批评。故此威尔逊才不无嘲讽地说：“奈普和麦克斯的文章在言辞上很激进，但一切仍然照旧，包括理论。”[①] 也就是说，反理论运动并未真正对理论的事业产生多少副作用，反倒客观上更加助推了理论的知识生产。至少在双方论辩的十多年内，有十余篇重量级的文章都发表在《批评探索》上，使理论之争成为学术热点，这本身就是理论的胜利。对于人文研究来说，受关注的程度虽然未必是其成功与否的关键衡量指标，但至少能从一定程度上反映出其研究的价值。如果理论研究真的陷入死水微澜、无人问津的境况，那么或许这才真正是它的危机。

实际上，虽然反理论运动如火如荼，但20世纪80年代的理论家们并不相信理论真的会就此终结。1982年，就在反理论运动发起不久，解构大师保罗·德·曼便在《理论的抵抗》一文中乐观地宣称：“文学理论不会有死亡的危险，它只会继续繁荣，而且越受抵制越繁荣。”[②] 德·曼在此所说的理论主要是指解构主义。他认为，解构式阅读最大的功绩就是引导人们关注语言的修辞或隐喻维度，去注意语言作为不受控制的不透明中介对意义生成的塑造和干扰。在德·曼看来，理论之所以受到抵抗，就是因为它“扰乱了那些根深蒂固的意识形态，揭露了

---

① George Wilson, “Again, Theory: On Speaker’s Meaning, Linguistic Meaning, and the Meaning of a Text”, *Critical Inquiry*, 19.1 (1992): 164 – 185, p. 185.

② Paul de Man, *The Resistance to Theory*, Minneapolis: U of Minnesota P, 1986, p. 19. 该文最初以论文形式发表于 *Yale French Studies* 1982年第63卷。后与其他论文一起收入以 *The Resistance to Theory* 为题的论文集，内容也略有修改。本文参考了后文。

它们的运作秘密”[①]。不是解构主义摧毁了文学经典，而是因为语言的本性决定了经典和意义的不稳定性，它们始终在以人们意识不到的方式进行自我解构。抵抗理论就是拒绝把语言当作问题来思考，就是幼稚地坚持语言的透明性和稳定性，而这是注定不可能的。

J. 希利斯·米勒在 1986 年就任美国现代语言协会（MLA）主席时以“理论的胜利”为题发表就职演讲。这次演讲也曾被巴瑞视为理论走向辉煌顶点的“关键时刻”[②]。米勒的演说透露出对理论胜利的高度自信。在他看来，人们对理论的攻击越猛烈，反倒越是说明理论的胜利，“若不是因为它活跃且有威胁，也就不会受到攻击了”。[③] 他和德·曼一样乐观，认为当时正在发生的根本不是理论的终结，而只不过是理论的转向，即“从以语言学为导向的理论转向历史、文化、社会、政治、体制、阶级、性别、社会语境、制度化意义上的物质基础、生产条件、技术、分配以及文化制品的消费等等”[④]。这种转向的发生，正是得益于理论——米勒所指的也主要是解构主义——对人们的思想启蒙，即不再把意义视为内在于文本的固定之物，而是关注意义在世界“文本”中被建构、播撒和自我解构的方式和过程。

很有意思的是，就在米勒发表演说之后不久，来自挪威奥斯陆大学的英语教授斯泰恩·奥森（Stein Olsen）在剑桥大学出版社出版专著《文学理论的终结》（*The End of Literary Theory*），这算得上是第一部明确喊出“理论终结”口号的专著。作为一位非常典型的传统文学批评家，奥森反对包括新批评在内的一切现代批评理论，认为它们都是“化约式理论”[⑤]，在他看来，文学作品都是不可化约的有机整体，

① Paul de Man, *The Resistance to Theory*, Minneapolis: U of Minnesota P, 1986, p. 11.

② Peter Barry, *Beginning Theory: An Introduction to Literary and Cultural Theory*, Manchester: Manchester UP, 2009, p. 273.

③ J. Hillis Miller, “Presidential Address 1986. The Triumph of Theory, the Resistance to Reading, and the Question of the Material Base”, *PMLA*, 102.3 (1987): 281－291, p. 286.

④ J. Hillis Miller, “Presidential Address 1986”, p. 283.

⑤ Stein Olsen, *The End of Literary Theory*, Cambridge: Cambridge UP, 1987, p. 5.

我们只能在欣赏中把握其整体审美特征。然而颇有讽刺意味的是，通篇都在谈反对理论的这部著作，居然从头到尾都没有涉及文学文本分析，而只是用一个又一个的美学概念来反驳理论，以至于它本身就完全构成一个理论文本，只不过用“诗学”“美学”“整体”等传统概念作为替换而已。这似乎更印证了米勒和德·曼的预言：在经历理论的洗礼之后，一切单纯的反理论企图都是幼稚的，很难有实际效果。

二　20世纪90年代的理论幻象：终结还是转向?

就在解构批评家们对自己信心满满的时候，于1987年爆发出的有关保罗·德·曼与纳粹法西斯有染的政治丑闻给整个理论事业带来第一次沉重打击。德里达为了挽救解构主义而为德·曼做出的不恰当辩护更加剧了人们对理论的政治品格和道德操守的质疑。似乎理论大厦真有摇摇欲坠之势。然而事实上，这次事件只是加速消解了解构主义的话语霸权，使之尽快让位于其他更有活力的理论流派，并未对理论事业本身构成致命打击。正如巴瑞所指出的，即便没有德·曼的丑闻事件，人们对解构主义的兴趣也会丧失，因为解构主义从根本上来讲仍是一种关注语言、文本和文学性的形式主义理论。“在文学研究中，如果只把眼睛盯在语言上就像盯着太阳看一样，时间长了会伤眼睛。你很快就想把目光转向别的地方。”① 纵观整个20世纪90年代，虽然有关理论死亡的传言甚嚣尘上，试图秋后算账的声音也不绝于耳，人们对理论的未来仍抱有乐观态度。凡是宣称理论已终结的人，都只是简单把理论等同于源自法国、以解构主义为主的宏大理论，即所谓“大写的理论”（Theory）。正如乔纳桑·卡勒所说，这种大写的理论不同于任何关于某种事物或现象的具体理论，它既没有固定的研究

① Peter Barry, *Beginning Theory: An Introduction to Literary and Cultural Theory*, p. 274.

对象——文学、服饰、饮食、语言、体育等一切人类文化和生活实践都可以被拿来研究。它也没有固定的研究方法，哲学、人类学、心理学、语言学、临床医学等皆可拿来为我所用，构成一套“对语言、身份、话语以及生命本身进行反思的、让人兴奋的整体思想”[①]。这套理论在20世纪80年代不止流行于美国，在全世界其他各地也颇受欢迎，最主要原因在于，它在政治实践陷入低谷的后革命时期，为人们提供了一套宏大的新思想武器，声称可用来动摇甚至摧毁旧的政治体制赖以维系其统治的文化根基。

然而除了在用一种语言模式来解构经典文本方面显得游刃有余，法国理论在面对与人们生活更加密切相关的具体问题时却又显得大而无当、空洞无物。于是20世纪90年代以后的理论纷纷转向更加聚焦于文化实践的批评领域，不再沉溺于“对语言的本质、解释和知识的大规模思考”，而是迈向“更加具体化的路径”，把关注的焦点“从语言和隐喻转向历史、文化和身份等”[②]。也就是说，理论在整个20世纪90年代并没有死亡，而是悄然发生了变化。从以解构为主的大写的理论分化出在研究对象和关注范围方面更加具体的众多小理论（theories），比如新历史主义、后殖民主义、酷儿理论、身份研究、文化研究等。它们和之前的解构理论之间的关系完全不是断裂，而是继承和连续。解构主义所热衷的那套批评概念，如中心、边缘、在场、差异等，也正是它们运用最娴熟的理论武器。毫不夸张地说，解构主义塑造了整个20世纪90年代批评理论的思想轮廓，形形色色的小理论“都具有了一种共同的知识态度或批评气质”[③]，那就是对一切未经反思和检验的知识前提提出质疑，并取得多种思想突破。

换句话说，在整个20世纪90年代，理论经历的所谓死亡只是一种幻

① Jonathan Culler，“French Theory Revisited”，*Contemporary French and Francophone Studies*，18.1（2014）：4-13，p.11.

② Jeffrey Williams，“The Death of Deconstruction，the End of Theory，and Other Ominous Rumors”，*Narrative*，4.1（1996）：17-35，p.26.

③ Ian Hunter，“The History of Theory”，*Critical Inquiry*，33.1（2006）：78-112，p.81.

象。理论没有死，只是变得“更加多样化、传播得更广泛、更加跨学科”[①]。它已经几乎完全扩散并渗透到文学研究机构，成为人文学者必须掌握的基本素质。只需稍加留意一下在20世纪90年代至世纪之交，美国各个著名学术出版机构出版的学术著作中，理论研究仍有相当大的比重，且大多数仍透露出自信、乐观的语气。最有代表性的几部著作或论文集，比如伊格尔顿的《理论的意义》(*The Significance of Theory*，1990)、斯蒂芬·恩肖（Steven Earnshaw）的《文学理论的方向》(*The Direction of Literary Theory*，1996)、马丁·麦奎兰（Martin McQuillan）等人编著的《后理论：文化批评新方向》(*Post-Theory：New Directions in Criticism*，1999)、让—米歇尔·拉巴特（Jean-Michel Rabaté）的《理论的未来》(*The Future of Theory*，2002）等。但从题名上就可看出，他们讨论的并非理论的终结，而是在为理论的未来走向诊脉。尤其是拉巴特，他甚至在《理论的未来》一书结论部分预言了10种未来有可能成为主流的理论趋势，包括流散批评、生态批评、创伤研究等。另一个值得注意的现象是，理论真正在全世界范围内被广泛传播也正是在这一时期。几部最有影响的文学理论教科书也都是此时出版，且都是连续再版并被翻译成多种文字，销量惊人。比如彼得·巴瑞(Peter Barry）的《文学与文化理论入门》(1995年初版)、凯斯·格林和吉尔·乐比翰（Keith Green & Jill LeBihan）的《批评理论与实践教科书》(*Critical Theory and Practice：A Course Book*，1996年初版）和卡勒的《文学理论导读》(*Literary Theory：A Very Short Introduction*，1997年初版）等。另外，在20世纪60—80年代初版的几部理论导读，比如维尔福莱德·古尔灵（Wilfred Guerin）等人编著的《文学批评方法手册》(*A Handbook of Critical Approaches to Literature*，1960年初版)、罗曼·塞尔登（Roman Selden）的《当代文学理论导读》(*A Reader's Guide*

① Cary Wolfe, “Theory as a Research Programme”, in Jane Elliott and Derek Attridge, eds., *Theory after “Theory”*, London: Routledge, 2011, pp. 34-48, p. 34.

to Contemporary Literary Theory, 1985 年初版)、伊格尔顿的《文学理论导论》(*Literary Theory*: *An Introduction*, 1983 年初版)也都在 20 世纪 90 年代纷纷推出新版,并且在内容上也都有较大篇幅的增加。所有这些现象都说明,至少在 20 世纪 90 年代末,理论非但没有终结,而且依旧是最受欢迎的学术热点,只不过从内涵上来说,它已经不再是由解构主义一统天下的宏大理论范式,而是分化出新历史主义、后殖民主义、身份研究、酷儿理论等多种更具体的理论流派。用王宁先生的话来说:"西方文论界进入了一个真正的多元共生的时代,这是一个没有主流的时代,一个多种话语相互竞争、并显示出某种'杂糅共生'之特征和彼此沟通对话的时代。"[①]

三 2003 年:一个标志性年份

在所谓后理论话语的讨论中,2003 年是一个里程碑式的年份。因为在这一年有几起具有标志性意义的"事件"同时发生。其一是在 2003 年于英国召开的以一句噱头式的问话"理论之后还有生活吗?"(Is there life after theory?)为主题的学术会议。会后由米歇尔·培恩(Michael Payne)和约翰·斯凯德(John Schad)共同主编一部题为《理论·之后·生活》(*Life. After. Theory*)的论文集,内容主要是针对包括德里达在内的几位参会理论家的访谈。在前言部分,两位编者悲观地宣称:"文学理论——我们这个世界的思想——似乎已经来过,又走了。'崇高'理论的时刻已然结束。"[②] 同年,曾经在 1983 年以那部《文学理论导论》极大助推了理论事业发展的伊格尔顿却推出一部听上去像是敲响理论丧钟的名著《理论之后》(*After Theory*)。由于伊

① 王宁:《"非边缘化"和"重建中心"——后现代主义之后的西方理论与思潮》,《国外文学》1995 年第 3 期。类似观点也可参见王宁《"后理论时代"的理论风云:走向后人文主义》,《文艺理论研究》2013 年第 6 期。

② Michael Payne and John Schad, *Life. After. Theory*, London: Continuum, 2003, p. ix.

格尔顿在西方理论界的元老级地位，他的这部著作可谓一石激起千层浪。其实他的本意并非说理论已经死亡，而是说已然消失的只是文化理论的黄金时期，而不是理论已经彻底消失；它肯定仍将继续存在下去，而且可能还会活得很好，只不过会失去曾经备受尊崇的优势地位。但很多人还是被他开篇那句颇有讣告意味的判词“文化理论的黄金时期早已消失”[①] 以及具有历史分期意义的标题“理论之后”所误导，误以为理论真的已经成为过去式，我们已经处于理论大师离场后的真空时代。自此，“后理论”或“理论之后”正式借伊格尔顿之口成为学术关键词，以它为标题的学术出版物不断出现。就和当初的“理论”一词一样，在其内涵仍旧模糊不清的情况下，被迅速包装、复制、传播，成为又一个学术神话，俨然我们已经处在后理论时期是毋庸置疑的事实。

2003 年发生的另一个标志性事件，是在 4 月 11 日由《批评探索》杂志发起，以“理论的未来”为主题，召集全美二十余位顶级的理论家在芝加哥大学召开的一场号称“前所未有的头脑峰会”[②] 的学术会议。参会人员包括小亨利·路易斯·盖茨（Henry Louis Gatesm，Jr.）、霍米·巴巴、费什、弗雷德里克·詹姆逊等人。会议研讨计划持续 2 小时，超过 500 名听众聚集在会议大厅，还有更多晚来的人只能在外面收看电视直播。人们都想一睹这些世界理论家的风采，亲耳从他们口中得到指点，获得最新的理论动态，唯恐错过时机，又被新一轮的理论浪潮落在后面。然而让人意想不到的是，就在主持人宣布会议开

① ［英］伊格尔顿：《理论之后》，商正译，商务印书馆 2009 年版，第 3 页。

② Emily Eakin，“The Latest Theory Is that Theory Doesn't Matter”，*New York Times*，April 19，2003，pg. D9. 本节与此次会议相关的引文皆出自本文，以下注释略。在理论发展史上，曾经有很多次载入史册的重要会议。比如 1958 年在美国印第安纳大学召开的“文体学会议”（Conference on style）标志着结构主义方法以及所谓“语言学转向”的发生。1966 年在约翰·霍普金斯大学召开“批评与人文科学的语言”（The Languages of Criticism and the Sciences of Man）国际研讨会，宣告了结构主义的全盛和解构主义登陆美国。1986 年在英国思克莱德大学召开的“写作的语言学”研讨会（Linguistics of Writing）预示着解构主义已陷入四面楚歌境地。但从未有哪次会议像在芝加哥大学举办的这次会议一样高调开场却又草草收场。

始后，现场居然出现了长时间的冷场。直到一位学生用一个很犀利的提问打破局面。他的提问和之前的反理论者很接近，即理论究竟有什么用？几位理论家对这一问题的现场回答无疑都加剧了普通听众对理论的误解。来自伊利诺伊大学的桑德·吉尔曼（Sander Gilman）教授声称：“我认为大部分批评……都是有毒的药片。我认为我们不能轻易假定知识分子都有什么睿见。实际上，如果过去有关知识分子的记载都是可信的话，他们不但几乎从来都是错的，而且他们错误的观点还十分有破坏性和腐蚀性。”而费什的回答更延续了他一贯坚持的理论无后果立场，他说：“我想否认知识分子的工作有任何效果。我尤其想奉劝那些希望以此带来学术之外的效果的人们不要从事学术活动。”两个人对理论家形象的描述显然都很负面。在他们看来，理论家不过是卖弄学问的腐儒，往好了说是无用的，往坏了说是有害的。现场只有霍米·巴巴一人坚持为理论辩护，左派政治依旧是她最主要的辩护依据。她说：“这张会议桌旁围着这些人，那边还有那么多听众，这本身实际上就说明知识分子的工作还是有其位置和作用。……甚至一首诗也以隐晦的方式在深切诉说着我们所处的世界的生活。我们还有很多诗歌与政治对抗运动的紧密联系，这些诗实际上把人们召集到一起去做出反抗运动。”谈论理论已经成为知识分子在后革命时代仅剩下的、似乎有尊严的存在姿态了，至少让他们还能够幻想自己在参与政治实践，不仅是为了谋求自己在学术上的声望和成功，更为了追求实现对一切不公正制度下受压迫之人的正义和解放。不过，霍米·巴巴的辩词迅速就被随后发言的盖茨用一句更无情的发言遮盖：“我真得从未见过这种事。有色人种的解放从来不是因为解构主义或后结构主义。”

理论在政治上的无用成为这次会议上人们一致讨伐理论的理由。更有讽刺意味的是，以研讨理论为主题的这次研讨会，自始至终人们都聚焦于当时的热点时政话题，比如伊拉克战争、布什政府的执政能力、右翼媒体的抬头、左派势力的衰退等。真正的理论话题反倒无人问津。这似乎说明，理论一贯宣称自己是政治的，但真正涉及政治问题时，仅以理论的方式讨论似乎又远远不够。只有甩开理论，以更加简洁直接的方式讨论时政，才能掩饰其内心对自己政治无用性的担忧。有关这次会议的实况，记者艾米丽·伊肯（Emily Eakin）进行了报道，并以《最新的理论是理论无关紧要》（*The Latest Theory Is that Theory Doesn't Matter*）为题发表在《纽约时报》4月19日刊上，真正向普通大众第一次宣告了理论的破产，“理论无用”或“理论已死”等口号算是普及开来。坚持理论仍然能够繁荣的人也越来越没有自信，期待对理论的劣迹进行清算、还文学研究以清白的呼声却越来越高。自此，后理论时代才算真正来临。

有趣的是，2004年6月12—14日，由王宁教授发起并与《批评探索》杂志合作主办的以“理论的终结”（The Ends of Theory）为题的国际学术研讨会在清华大学召开。这次会议据称是“2003年芝加哥会议的延续，继续讨论理论和批评的未来”[①]。会后，王宁和《批评探索》主编米歇尔（W. J. T. Mitchell）合作发表文章《理论的终结：〈批评探索〉北京学术研讨会》，对会议内容进行综述。两位作者认为，芝加哥会议充分暴露了理论面对现实的无能，以至于让人们相信它行将就木，然而北京会议却让人们又看到了希望。“如果说理论（以及反讽、解构主义、后现代主义、马克思主义）被宣告自9·11恐袭之后甚至或许自1989年世界进入新秩序以来就已经或者即将死亡的话，那么它在2004年6月的北京看上去依然一如过去、充满生机。”[②] 不过两位作者也指出，这并非说在中国又出现了“伟大的理论突破或者了不起的思想”，而是说理论在中国变得更加“成熟务实”[③]，它启迪中国学者把这些外来理论本土语境化，激发新的问题

① W. J. T. Mitchell and Wang Ning, “The Ends of Theory: The Beijing Symposium on *Critical Inquiry*”, *Critical Inquiry*, 31.2 (2005): 265 - 270, p. 265.

② W. J. T. Mitchell and Wang Ning, “The Ends of Theory”, p. 267.

③ W. J. T. Mitchell and Wang Ning, “The Ends of Theory”, p. 269.

意识和研究方法并用于解释中国的文学和文化问题。不过在笔者看来，21世纪初理论在中国的“繁荣”只是暂时的，它在当时之所以能比西方的境况好一些，主要有两方面原因。首先，理论进入中国较晚，它与西方发展一直存在不同步现象，在西方已进入暮年的理论在当时的中国却仍处于成长普及阶段。国内学界很多人对理论还很陌生，虽然有一些反对声音，但大部分人对西方理论还是持欢迎态度[①]。其次，整个人文学术环境在当时的中国也处于繁荣期。虽然从20世纪90年代以来就有关于“人文精神失落”的大讨论，但那不过是处于社会转型期的知识分子们对未来境遇的焦虑，人文学科整体在当时的处境还没有那么糟糕。世纪之交能够有那么多引人关注的争鸣和热点[②]，这本身就说明了人文学术的繁荣。直到近十年来，随着功利主义、实用主义思想的全面渗透、电子信息时代的来临以及各种新媒体的出现，人文学科在中国才开始面临和西方类似的危机，在这样的大背景下，理论在中国也开始遭遇大衰退，各种反对理论的声音纷至沓来。“后（西方）理论”时代在中国也全面开启。

四 21世纪以来的批评焦点：理论的失效与体制化

虽然有自觉意识的文学理论直到20世纪中期才出现——勒内·韦勒克与奥斯汀·沃伦合写的《文学理论》（*Theory of Literature*，1949）被视为有史以来“第一部文学理论导读”[③]——但那种非自觉意义上的文学理论其实一直存在，几乎和文学创作与批评的历史一样久远，只不过以往的批评家尚不以理论家自居。他们大多自认为理论是辅助

① 有关国内学者当时对待西方理论，尤其是后现代主义和文化理论的态度，可参见陈晓明主编《后现代主义》，河南大学出版社2003年版。

② 有关世纪之交的国内人文学术热点，可参见陶东风《当代中国文艺思潮与文化热点》，北京大学出版社2008年版。

③ Steven Earnshaw, *The Direction of Literary Theory*, London: Macmillan, 1996, p. 2.

性的，有固定的思考对象，即文学，且后者也有其自身存在的价值和意义，不必听从理论的指导。批评家不过是文学活动场域中的辅助角色，这是他们长期给人留下的印象。然而从新批评开始，尤其是到了20世纪70年代的理论热潮时期，情况有了巨大改变。文学创作和批评都变得越来越专业化，现代主义先锋派、后现代实验派文学越来越晦涩难懂，离开批评家的阐释，普通读者往往变得茫然无措。批评家不再是文学活动场域中可有可无的边缘人，而是逐渐成为作家和读者之间的关键中介。他们甚至凭借手中掌握的批评武器以及在学术机构占据的有利话语地位，成了作家和读者共同的导师，变为整个文学活动场域中最大的权威。新批评时期的批评家还比较谨慎地把自己的视野限定在文本范围之内，通过刨除“作者意图”和“感受谬误”的文本细读，带领读者小心翼翼地发掘文本“有机体”中蕴含的永恒意义。他们总结出来的文学理论也不过是“一套问题、一系列概念、一些可资参考的观点和一些抽象的概括”。[①] 即，都是文学原理性的东西，只能起到非常宏观的总体指导作用，至多只是让读者清楚文学内部研究与外部研究的区别，并不指望这些理论能够对具体的批评实践起到多大的帮助。然而理论热时期的情形就大不相同了。批评家不再满足于文学场域内的荣耀，而是要走出文学课堂和大学院墙，成为一切文化领域的专家权威。他们不但要诠释文学，还要指点江山，对服装、电影、休闲、体育、疾病、性等一切人类活动和生活现象进行剖析，“去夺回丢给其他学科——尤其是在当今时代生产出那么多有用知识的自然科学——的权威。”[②] 就像当年的利维斯、白碧德、特里林等批评家一样，文学批评家渴望再度成为整个社会最有声望的公共发言人和价值评判。

---

① ［美］韦勒克、沃伦：《文学理论》，刘象愚等译，生活·读书·新知三联书店1984年版，第32页。

② John Rouse，“After Theory，the Next New Thing”，*College English*，66.4（2004）：452－465，p.460.

正如沃伦·布里希曼（Warren Breckman）[1] 所指出的，作为理论最重要源头的法国理论本身并非文学理论。德里达、巴尔特、拉康、福柯都是作为传统哲学（而非文学）批判改造者的形象出现，他们的思想具有突出的跨学科特性。但他们的学说漂洋过海来到大西洋彼岸的美国后，最初的落脚地却是在文学院系，其前所未有的跨学科属性一下子打开了原本局限于文本之内的批评家的视野。人文学者突然意识到，原来自己不但可以解释文学文本，而且还可以对世界上更多的事务发言，而且法国理论所带有的那种高度抽象、复杂的思想特征给人们一种幻象，即人们似乎掌握了一种能够破译更多秘密的更高级的思想武器，他们的学说不是一般的思想观点，甚至都超过了自然科学那些只描述一般具体自然规律的科学理论，而是一种大写的理论，是理论之理论。用本·洛克德（Ben Lockerd）的话来说，“他们把真理（Truth）的大写首字母T拿给了理论（Theory）”[2]，即理论成了真理的代言人。掌握理论的批评家们关注的不仅是文学文本意义，而是世界文本背后与人类所有文化活动相关的意义生产机制。他们的研究成果不但关乎文学价值的传承和递进，而且关乎整个人类社会不公正现状的改造和正义秩序的实现。

然而就在理论家们为自己无所不能的假象陶醉之时，它在实践效果上的无能却逐渐暴露出来。由于理论过度夸大自身的社会功能，抬高了公众对其实践效果的期待，失望的人们开始对其进行强烈的抨击。对理论实践效果的批评主要集中在两方面。首先是在文学批评方面。比较流行的看法是理论杀死了文学，让文学阅读变得无趣，文学作品成了“等待解剖的青蛙”[3]，大部分学生都是因为对文学的热爱而开始

① 参见 Warren Breckman，“Times of Theory：On Writing the History of French Theory”，*Journal of the History of Ideas*，71.3（2010）：339 - 361。

② Ben Lockerd，“The End of Literature”，July 29，2010. http：//www. imaginativeconservative. org/2010/07/end-of-literature. html.

③ Lorien Goodman，“Teaching Theory after Theory”，*Pacific Coast Philology*，42.1（2007）：110 - 120，p. 110.

学习文学，往往都抱着那种传统、朴素的文学观，相信文学作品蕴含着丰富的审美价值和道德内涵，作者以其新奇动人的方式教导读者有关自我和世界的真理。然而一旦踏入文学研究的大门，他们却发现不得不把兴趣转向抽象枯燥的理论。他们面对的不再是纯然淡泊的文学欣赏，而是一个“高度政治化，并且反文学的学术文化”①。要想在文学研究机构脱颖而出，他们必须暂时搁置对文学的那些不切实际的浪漫想法，同时在理论的指引下，对他们此前一切未经反思和检验的有关文学的假定提出质疑：文学、作者、读者、经典、意义、价值、真理、美……所有这些都不再是不证自明的透明概念，而是都成为需要被问题化的政治上可疑的对象。非但如此，当他们真得打算把理论当成破解文学作品的工具时，却又发现它除了打碎以往文学作为一个有审美价值的封闭实体的幻象，并不能给他们带来让人满意的批评实践。于是理论被比作让人讨厌的“磨坊”，它把文学作品当成“谷物”② 来加工，无论多么美好的作品，一旦经过理论的碾磨，也变得支离破碎面目全非。总之，很多人认为至少在文学批评层面，理论是弊大于利。就像大卫·布罗姆维奇（David Bromwich）所批评的那样，他们唯一的企图就是“以其他方式推行政治实践”，“他们给学生灌输（政治正确的）信仰，而不是让他们在政治领域做出正确行动。他们将生产出没读过最伟大作品却满脑子装着正确态度的英语专业学生，他们将成为对文学的意义、真理和美感的愉悦都一无所知的年轻教师和职业者。”③

对理论无用性的另一个指责来自政治实践。正如伊格尔顿曾指出的，比较主流的看法都是理论的兴起与1968年法国学生运动的失败有密切关联。它实际上是作为现实政治实践的替代品出现的。“后结构主义

① Lorien Goodman, “Teaching Theory after Theory”, p. 110.

② Ben Lockerd, “The End of Literature”, July 29, 2010. http://www.imaginativeconservative.org/2010/07/end-of-literature.html.

③ Ben Lockerd, “The End of Literature”, July 29, 2010.

是从兴奋与幻灭、解放与纵情、狂欢与灾难——这就是1968年——的混合中生产出来的。尽管无力打碎国家权力的种种结构，后结构主义发现还是有可能去颠覆语言的种种结构的。”① 通过解构作为西方整个传统统治结构基础的逻格斯中心主义，理论家们必将可以把革命的火种从语言引向社会现实。然而在经过近二十年的时间之后人们发现，理论许诺的那种政治诺言越来越像是一种欺世盗名的噱头，除了破坏了原有的有关真理和正义的共识基础，并衍生出各种各自为战的零碎身份政治、文化政治和性别政治，它并没有，也越来越没有希望带来真正意义上的政治变革，反倒日益演变为学者们维护自我职业地位的垄断话语资源，或者如布迪厄所说的那种“文化资本”。在招生规模和研究经费都不断缩减、人文学科日益边缘化的时代，人文学者也感受到前所未有的危机。正像科特·斯拜尔梅厄（Kurt Spellmeyer）所挖苦的那样：“理论成了有特权却正日益衰退的机构的特有话语，它关心的东西距离日常生活太过遥远，以致这些专家自身也有了危机感。为了论证其工作具有特权地位的合法性，这些专家必须说明他们的思想要比常识更高级、更包罗万象、更有穿透力，也更有活力。但理论虽然赢得了战斗，却输了战争，因为太偏离日常生活世界的话语会面临失去潜在的追随者和初学者的危险。他们在那些让人捉摸不透的话语中迷失了自己。”② 这也正是前文所述的费什对理论的实践效果不抱任何幻想的原因。理论和理论家一样，都已被现代大学教育机构严重收编和体制化。在就业市场和研究基金等多重因素的影响调控下，空留一丝仍在谈论政治的幻象，实质早已经沦为它假意批判的对象——消费资本主义社会——的一部分。

21世纪以来，人们对理论的最失望之处恰在于此。虽然它时常

① Terry Eagleton, *Literary Theory: An Introduction*, Beijing: Foreign Language Teaching and Research Press, 2004, p. 123.

② Kurt Spellmeyer, "After Theory: From Textuality to Attunement with the World", *College English*, 58.8 (1996): 893-913, p. 897.

还摆出一副关心自由、正义以及一切公共福祉的样子，但更多情况下却更关心自己的学术声望和职业前景，在知识经济时代，理论也和其他一切事物一样成为有交换价值的物品，“被塑造成商品或产品的样子，被拿去包装、交换和消费。”① 虽然并没有实际用途，但因其晦涩高深，难以接近，成为学者沽名钓誉的符号资本。自此，理论真的彻底失去他往日的荣光，甚至被某些激烈的批评者讽刺为文学教授们“自私自利的策略”②“通往成功的门票”“精英机构中的一些能够接触前沿知识的人群在更多人尚未涌入之前玩的进进出出的游戏”。③ 理论成了如此被众人唾弃的对象，真得到了生死存亡的时刻。

五　反思：理论的危机还是学科的危机?

在伊格尔顿那部经典的《文学理论导论》中，一个贯穿首尾的中心观点就是：“现代文学理论的历史乃是我们时代的政治和意识形态历史的一部分。从雪莱到霍兰德，文学理论一直就与种种政治信念和意识形态价值标准密不可分。与其说文学理论本身就有权作为理智探究的一个对象，还不如说它是由以观察我们时代的历史的一个特殊角度。”④ 不但一切文学活动都是政治的，根本不存在纯粹的、价值中立的创作和批评——这是理论最重要的发现之一——而且理论本身更是政治的，它与所处的时代背景和政治语境密切相关。从理论在 20 世纪 60 年代末的兴起到 80 年代的鼎盛，都不仅

---

① Patrick Ffrench, “The Fetishization of ‘Theory’ and the Prefixes ‘Post’ and ‘After’”, *Paragraph*, 29.3 (2006): 105 - 114, p. 109.

② Robert de Beaugrande, “Literature and Literary Theory: the Challenge Ahead”, *SPIEL: Siegener Periodicum zur empirischen Literaturwissenschaft*, 16 (1997): 40 - 44, p. 42.

③ Thomas Benton, “Life after the Death of Theory”, *Chronicle of Higher Education*, 51.34 (2005): C1 - C4, p. C2.

④ Terry Eagleton, *Literary Theory: An Introduction*, Beijing: Foreign Language Teaching and Research Press, 2004, pp. 169 - 170.

仅是其自身内在逻辑发展的结果，更受外部语境的影响，主要包括左派社会运动退潮、消费资本主义社会的来临、冷战意识形态、婴儿潮一代对教育和就业的影响等。20 世纪 90 年代以来所谓理论的终结也同样是受到外部变化了的语境所影响，不能仅归罪于理论自身凌虚蹈空等问题。

自 20 世纪 90 年代以来，资本主义又发展到一个新阶段，它非但没有像有些人预期的那样从晚期资本主义进入死亡的倒计时，反倒呈现前所未有的发达状态。尤其是在经历新千年的重大金融危机以后，虽然从表面上看，作为战后资本主义社会的基本组织原则的新自由主义有濒临破产的可能，但实际上它只是临时性地受到一些质疑和调整，美国政府出台的一些大规模经济救助计划并非意味着社会主义性质的政府干预的回头，反倒是为了进一步巩固新自由主义的主导地位。市场经济已全面渗透到社会经济和文化生活的各个方面，“一切由市场说了算”成了包括文化艺术在内的各个社会部门的指导原则。它其实并非对此前的生产组织方式的彻底放弃，相反却是一种强化升级，其目的都是最大可能的获取利润。资本主义在经济和文化上都发生了变化，然而批评家们却仍未找到新的方案来回应它。故此，就在很多人热衷讨论理论终结话题的时候，文森特·里奇（Vincent Leitch）倒是给出了一个更清醒的建议。他认为，学者们此刻最应关心的不是理论是否已经终结，而是“在未来的大学和学院里，文学和文化理论应该在何处栖身并继续从事研究”。[①] 毕竟，理论的终结在很大程度上首先也意味着理论家职业前途的终结，甚至是整个人文学科的灰暗前景。

在今天这个从头至尾都以市场和效率为导向的环境下，如果人们再像新批评以及之前的一切自由人文主义者那样重提所谓文学研究的“无

① 转引自 Jeffrey R. Di Leo，“Floods，Droughts，and the Future of Theory”，*American Book Review*，33.6（2012）：2–15，p. 2。

用之用”或“半自治性”肯定有害无益了，高等教育的投资者和捐助方不会有耐心容忍这样低效率的学科继续存在下去。[①] 另一方面，如果批评家们还想维持20世纪80年代那种与主流社会不合作的文化批判姿态也已不可能，因为文化生产已经完全和市场逻辑重合，一切都已沦为商品经济的俘虏，不再有世外飞地，也不再有批判距离。左派批评家们莫再以为可以用批评话语抵制文化主导并带来政治进步，因为在被强化了的新自由主义全球资本主义时代，这已经不再可能。“即便我们能够在理论中确定某种天真的、对主导经济律令的抵抗，这也不一定就能带来任何政治进步效果。”[②]

其实，真正陷入生存危机的并非仅是理论，而是整个人文学科。理论归根结底不过是人们谈论文学的一种方式。在一个文学活动被日益边缘化的功利主义社会，即便人们真能抛弃理论，也似乎很难有其他替代方式能够让文学重新回到公众生活的中心。美国作家史蒂芬·马切（Stephen Marche）最近在老牌文学杂志《泰晤士文学增刊》（*TLS*）上发表文章，讲述他不久前在芝加哥大学参加美国现代语言学会（MLA）2019年年会时的经历和感受。他所描述的会议惨淡景象很直观地反映了人文学科在当今美国“彻底且急剧的衰退现状”[③]，表示“绝望”（despair，desperate）的用词在文中多次出现。绝大多数人文专业博士生现在毕业后找不到学术性工作，不得不转行从事非学术性工作。而

① 实际上，国内学界当前围绕英语专业的存在价值问题展开的激烈争论也正源于此。参见蔡基刚《大学英语：如何避免“水课”成就“金课”》，《文汇报》2018年11月16日。该文随后以《英语专业是否是“对不起良心的专业”？复旦学者：“病得不轻”》为题在微信、微博等社交媒体和公众号被广泛传播，影响极大，并引发诸多学者回应。参见曲卫国2018年12月1日微博文章：《英语专业被蔡基刚莫名其妙地良心拷问之后》，https://weibo.com/u/1652118111?is_hot=1；阮炜：《何为英语专业?》，http://blog.sina.com.cn/ruanweiplato；另见新浪网转载《文汇报》2018年11月30日文章，《多所大学英语专业将被撤销，转型呼声高操作不容易》，http://sh.sina.com.cn/news/k/2018-11-30/detail-ihpevhcm4105522.shtml。

② Jeffrey Nealon, *Post-Postmodernism, or, The Cultural Logic of Just-in-Time Capitalism*, Stanford: Stanford UP, 2012, p. 179.

③ Stephen Marche, “Back in the MLA”, *TLS*, June 4, 2019, https://www.the-tls.co.uk/articles/public/back-in-the-mla/.

面临生源和经费麻烦的人文院系也不得不寻求转变，开设一些更能吸引学生、更有就业市场的非传统课程，比如创意写作、影视和传播等。他认为导致人文学科陷入今日困境的原因是多方面的，有社会经济不景气的因素，但更重要的是国民休闲和阅读时间的减少，以及无处不在的电子媒体。希利斯·米勒也在最近刚发表的一篇文章中不无悲观地坦承，"直到不久之前我还宣称文学研究有巨大价值，但在这个新的电子通信统治时代，我再也没有那么确信了。"[①] 各种电子游戏和社交媒体成为年轻人的新宠，他们用于文学阅读的时间越来越少。在功利主义盛行、信息技术高度发达的当今社会，文学原本所具有的三个最主要功能——功利实用、道德教诲和审美愉悦——都已经对大部分公众失效。借助无处不在的通信技术和信息网络，人们可以轻松便捷地获得各种所需的实用信息以及丰富多彩的愉悦方式，这些都不是阅读文学作品所能够比拟的。道德教诲更不会成为现代社会的人们留恋文学的主要理由。无论作家和批评家们怎么哀叹、惋惜抑或反抗挣扎，恐怕都很难重振日渐萎靡的文学。米勒和马切都建议，人文学者必须改变自己做研究的一贯方式，比如投其所好地关注年轻人喜欢的电子游戏和新媒介批评，或者关注与社会大众更直接相关的问题，比如全球变暖和环境危机等，以此重新唤起全社会对人文研究的兴趣，从而走出危机。但在笔者看来，这些都只是暂时补救措施，无法从根本上改变人文学术困境。在经济功利主义势不可当、电子娱乐媒体全面渗透的背景下，文学王国的版图恐怕还会继续萎缩。但文学也不会彻底消亡，它永远会被留下一小部分来充当这个日益丰盈却又越来越贫瘠的物质社会的点缀，成为人文精神资源仍未被彻底耗尽的符号象征。文学不会消亡，也就意味着理论不会消亡，它就像伊万·凯勒斯和斯迪凡·赫布里史特（Ivan Callus & Stefan Herbrechter）所说的"一种病毒"[②]，既然

① J. Hillis Miller，"Western Literary Theory in China"，*Modern Language Quarterly*，79.3（2019）：341－353，p. 351.

② Ivan Callus and Stefan Herbrechter，"Coda：Theory Reloaded"，in Ivan Callus and Stefan Herbrechter eds，*Post-Theory*，*Culture*，*Criticism*，New York：Amsterdam，2004，pp. 283－284.

已经感染，就必将永远伴随文学活动终生。

理论不会消亡，但理论的存在方式却又必将发生改变。其实，理论从一开始就不应被误解，它不是“可被普遍机械地运用于所有文本之上的一套工具、程序或方法”[①]，不能把它当成像灌香肠的机器一样，从这头塞进去文本，从另一头生产出新的解读。这种机械教条的运用与理论倡导的灵活思辨恰恰相悖。理论其实主要是一种思考方式，“它将永远不仅是‘文学理论’或者用来解读文本的‘方法论’”[②]。笔者在他文中也曾指出，“理论从根本上来说就是一种关于文学实践的反思性话语实践。只要有文学实践——不管是创作还是批评——这种反思就不会停止，因为不断对自己的行为进行反思和调整也是人类文明不断前进的源泉。反思会打破成见、惯例、常识，带来新知识，但用不了多久，随着新知识不断泛化，它又积淀成常识，又需要进一步反思。”[③]

没人可以否认，理论已经深刻影响了整个现代文学场域，无论是创作者还是批评家，都不大可能继续像传统人文主义者那样缺乏理论反思意识。从这方面来说，理论也是卓有效果的。理论虽然不可能再像鼎盛时期那样成为一统天下的中心话语，却必然会渗透在文学创作、阅读和批评教学的方方面面，并且它渗透得如此彻底，有时候甚至稀薄得不可见，以至于让人怀疑它是否已经真的不存在了。换句话说，当我们用“理论”意指20世纪80年代盛期时的那种宏大理论范式时，那么可以说它真的已经死了。但如果我们用“理论”指的是那种反省文学活动的思维方式，那么它必将永生。只是它存在的价值和意义却

① M. McQuillan, G. Macdonald, R. Purves and S. Thomson, “The Joy of Theory”, in M. McQuillan, G. Macdonald, R. Purves and S. Thomson, eds., *Post-Theory: New Directions in Criticism*, Beijing: Foreign Language Teaching and Research Press, 2018, p. xxvi.

② Jean-Michel Rabaté, *Crimes of the Future: Theory and its Global Reproduction*, New York: Bloomsbury, 2014, p. 30.

③ 陈后亮：《“将理论继续下去”——近二十年来国内“后理论”研究综述》，《四川大学学报》2017年第3期。

又是被打了问号的。无论如何期待，文学系内发生的阅读革命都不可能再波及教室之外，它甚至连文学研究者本身的信念以及走出教室后的行为都难以影响。因为文学和理论都将继续存在，批评家和理论家的事业也得以继续。在面积日渐缩小、与消费市场间的距离也几乎消失的域外飞地里，他们之所以还以一种貌似严格和紧要的方式谈论理论问题，或许正如佳亚特里·斯皮瓦克（Gayatri Spivak）所悲观地理解的那样，只是因为“争辩的结果会影响到我们是被雇佣还是被解聘”① 罢了。

---

① Gayatri Spivak, “From Haverstock Hill Flat to U. S. Classroom, What's Left of Theory”, in J. Butler, J. Guillory, and K. Thomas, eds., *What's Left of Theory?: New Work on the Politics of Literary Theory*, New York: Routledge, 2000, pp. 1－39, 1.

第四章 “理论的过去表明理论具有未来”

——“后理论”背景下的理论反思

大约自20世纪80年代末开始，有关“理论的终结”或“后现代主义的死亡”的论断不断出现。虽然在具体的时间节点上存在争议，但大多数人似乎都同意如下看法，即理论的黄金时代已经过去，我们正在进入，或者早已处于一个后理论时代。尤其是进入21世纪以来，无论是在国内还是国外，出现了大量以“后理论”为研究主题的论文、专著、文集以及学术会议等，成为理论热消退之后的又一个新的理论研究热点。其中的悖谬值得我们深思。或许正如凯勒斯和赫布里史特（Callus & Herbrechter）所诊断的那样：“‘后理论’这个术语常常清楚地显露出那些以各种方式在理论‘之后’继续前行的人毫不掩饰的欲望、焦虑、压抑和盲点。”①

对于曾经的理论支持者来说，他们感受更多的可能是失去理论的话语权威的焦虑，以及寻找新的理论未来方向的欲望，是借“后理论”之名来行“新理论”之实，比如近年不断有人预测谁会成为新的理论明星，哪些流派会主导未来等。而对于那些曾长期遭受理论压抑的反对者来说，他们感受更多的无疑是压抑释放后的愉悦，他们是以“后理论”之名行“反理论”之实，对过去几十年的理论统治来一次

---

① Ivan Callus and Stefan Herbrechter, “Coda: Theory Reloaded”, in Ivan Callus and Stefan Herbrechter eds., *Post-Theory*, *Culture*, *Criticism*, New York: Amsterdam, 2004, p. 4.

清算，并且尽可能恢复文学研究在理论之前的模样。不过无论对哪一方来说，或许都存在一些盲点，这些盲点导致双方都无法正确、客观地看待理论在当下的处境以及未来方向。正如塞尔登所提醒的那样，在我们没有完全澄清这些盲点之前，过度强调“后理论”的提法很可能“使‘理论的终结’之类的幻觉合法化。”①

正是带着这种考虑，本文才打算重新检视理论在过去几十年间走过的轨迹，并且重点关注以下几个问题：首先，理论的跨学科性；其次，理论的政治性及其与体制的关系；再次，理论的效果问题；最后，理论的学术化以及文学批评的公共职责。我们对这几个问题似乎早有一些心照不宣的共识或假定，但实际上始终缺乏透彻的分析。

一 理论的跨学科性

任何涉及“理论的终结”的话题，都必须先明确一点，那就是我们所说的“理论”并非一个有着固定所指的概念。它的内涵在不同的历史时间段都有所变化。在20世纪50年代之前，人们很少把“文学”与“理论”分开来说，或者说那个时候的理论就是文学理论，而且主要就是以新批评为主的传统文学批评的原则、方法和策略等。按照新批评的代表人物韦勒克和沃伦的观点，文学理论就是对“文学的原理、文学的范畴和判断标准等类问题的研究”②，它是对批评实践的提炼和归纳，其目的是指导和改进实践，尤其是更好地服务于经典文本的解释工作。但是从20世纪60年代开始，随着结构主义的兴起，特别是在语言学转向的大背景下，文学理论开始出现很多显著的变化。在整个结构主义语言学模式调控下的人类学、符号学、心理分析、社

① ［美］拉曼·塞尔登等：《当代文学理论导读》，刘象愚译，北京大学出版社2006年版，第12页。

② ［美］韦勒克、沃伦：《文学理论》，刘象愚等译，生活·读书·新知三联书店1984年版，第31页。

会学，以及马克思主义等学科话语逐渐与文学话语交叉渗透，形成一整套前所未有的跨学科理论话语。这正是詹姆逊把结构主义看成理论的第一个阶段的原因所在。[①] 从现在开始，理论不再等同于文学理论，它开始广泛的借鉴跨学科话语资源，不管是语言学、心理学、哲学、神话还是社会学，皆可为我所用。虽然经典文学还是人们关注的重心，但像罗兰·巴尔特那样，运用结构主义方法去研究服装、神话乃至各种文本和文化实践的做法流行开来，文化研究的雏形日渐呈现。而且，即便是研究经典文学作品，人们的视角和兴趣点也发生了变化，不再仅关注意义的发掘，而更关注意义的生产过程，其中既有叙事学的路子，去找出文本背后的表意结构，也有人逐渐向后结构主义靠拢，更加关注文本与语境之间的互动关系。

到了 20 世纪 70 年代，随着后结构主义转向的发生，理论又进入詹姆逊所说的第二个阶段，即后结构主义阶段。结构主义阶段的理论还谨慎维系者它与批评实践之间的关系，而后结构主义阶段的理论则如利奇所说的那样，“打破了理论与实践之间的传统区分，认为理论也是一种实践模式，并没有超越实践之外的特权。它既不高于实践，也不先于实践。”[②] 在德里达、福柯、拉康和阿尔都塞等后结构主义大师的带动下，理论完全漫出文学研究的边界，“这种意义上的理论已经不是一套为文学研究而设的方法，而是一系列没有界限的、评说天下万物的各种著作，从哲学殿堂里学术性最强的问题到人们以不断变化的方法评说和思考的身体问题，无所不容。”[③] 它的视野不再局限于经典文学文本，而是包括身体、性别、身份、阶级和种族等在内的“最广义的文化”[④]。这也正是伊格尔顿把理论称为文化理论的原因。

---

① 参见弗雷德里克·詹姆逊《理论的征状还是理论的征兆?》，载王晓群编译《理论的帝国》，中国社会科学出版社 2004 年版，第 20—28 页。

② Vincent B. Leitch, *Cultural Criticism*, *Literary Theory*, *Poststructuralism*, New York: Columbia UP, 1992, p. xiii.

③ ［美］乔纳桑·卡勒:《文学理论入门》，李平译，译林出版社 2008 年版，第 4 页。

④ Jonathan Culler, *Literary Theory: A Very Short Introduction*, Oxford: Oxford UP, 1997, p. 43.

女性主义、新历史主义、后殖民主义、后现代主义等诸多流派实际上不过是后结构主义展示的不同面向。无论是在研究方法还是研究对象和内容上，理论的跨学科性已充分显现出来。

与传统文学理论相比，跨学科性无疑是文化理论最显著的特征，也是让传统文学研究者最不能接受的一点。在众多反对声音中，费什和布斯的观点最有代表性。费什讨厌的是理论的“大而无当”，所谓的跨学科性根本就是“不切实际的想法”，因为“只有把精力集中在一个有限的范围内才有机会把事情做得最好，才能使我们对那些我们不能直接面对，甚至避免直接面对的读者讲出有力量的话。”文学研究者还是在文学领域最有发言权。当他们偏离了文学轨道而上升到很大的问题时，他们得出的只能是“实际上无实质内容的理论”[①]。布斯则反感理论故弄玄虚。他讥讽理论家，特别是功底并不扎实的青年学者对别的学科知识生搬硬套、一知半解，写出来的东西艰深晦涩、佶屈聱牙，好像是“多音节内分泌失调的废物”，让他感到“全然不知所云和厌恶”[②]。这两个人的批评代表了当前相当一部分人对理论的看法，概括起来就是：理论让文学研究走上了跨学科的歧路，变得既没有趣味也没有实际意义，终将为人们所弃。回归文学自然成为人们为濒临死亡的理论开出的最常见药方。

其实，文学研究日渐衰落的原因有很多，其中最主要的应当是社会语境的变迁。正如伊格尔顿所揭示的那样，英国文学的兴起源自英国的文化工作者们要在全民之中塑造一种民族想象、以便配合帝国事业的需要，这样的使命到了20世纪末显然已经不再重要。在全世界都被经济效率至上的工具理性控制的今天，文学研究因为不能为社会带来更多实用产品而遭到冷落。因此，把文学研究的衰退归咎于理论的流行是失之偏颇的。此外，理论也并非刻意摆出一副故作高深的样子，

① 斯坦利·费什：《理论的希望》，载王晓群编译《理论的帝国》，第86、87页。
② 韦恩·布斯：《致所有关心批评未来的人》，载王晓群编译《理论的帝国》，第150页。

它们之所以偏好使用，甚至独创一些蹩脚的术语，主要是因为现有术语不足以表达那些新思想，或者说，如果采用现有熟悉的术语，读者又会很容易陷入以前的思维，所以才不得不创造一些生词。试想一下，还有什么词汇能比德里达的“异延”、德勒兹的“块茎”、福柯的“全景敞视监狱”等更好地表达他们各自的想法？可见，跨学科性绝非让文学研究今不如昔的罪魁祸首。相反，正是由于有了理论，才让文学研究从一门相对单纯的人文学科成为包罗万象的理论，评说天下万物，以更直接的方式参与社会实践。正因如此，才有学者适时地提醒人们在批评理论的跨学科倾向时，“我们同样不能因噎废食，由于理论热时期犯了场外征用之错，就忽视甚至否定跨学科研究，随意诟病跨学科知识、理论和方法在文学理论建构与文学批评中的运用。这种画地为牢式的自我封闭思维也是万万要不得的”①。

二 理论的政治性

理论的政治取向及其与资本主义体制之间的关系无疑是人们关心的另一个焦点话题。以马修·阿诺德为代表的传统自由人文主义文学批评一直以一副价值中立的面孔示人，他们把康德的审美无功利原则贯彻发挥，似乎他们的工作只是“超然无执地喜欢让思想在任何主题上自由游戏、不为他图”。去发掘和传播“世界上已被知道和已被想到的最好的东西，即完全无关实际、脱离政治和一切类似事物的东西”②。后来的英美新批评更是把这种文学研究的非政治性贯彻到极致。而从 20 世纪 60 年代开始的一波又一波理论热潮不断揭开了文学批评的“非政治性”面纱。特别是在后结构主义和新马克思主义学说的带动下，

① 蒋承勇：《“理论热”后理论的呼唤——现当代西方文论中国接受之再反思》，《浙江大学学报》2018 年第 1 期。

② Matthew Arnold, “The Function of Criticism at the Present Time”, in Matthew Arnold, *Essays in Criticism*, London: MaCmillan and Com., 1865, p. 17, 1.

人们对审美活动中的权力交织和意识形态运作投以前所未有的关注。审美活动自此不再被视为无关乎历史和政治、只关心普遍永恒价值的活动，而总是暗含着对某种社会秩序的肯定和支持，同时也就遮蔽甚至压抑了特定群体的利益关切。正如拉巴特（Jean-Michel Rebaté）所说的：“我想证明的一点就是，理论从来不是‘超然世外的沉思’，即便在有关泰勒斯的那个著名逸闻中——由于他仰望星空而跌入水坑——理论被描绘成一种荒唐的抽象思考，对身边发生的意外毫无觉察。但我们不要忘了，泰勒斯并非仅是一个观察天空的哲学家，他同时还是一名有政治抱负的政治家。”①

在意识到自己的政治不纯洁性之后，理论便开始显示出锐利的政治锋芒。一方面，解构主义、女权主义、新历史主义和后殖民主义等理论都不再仅满足于对文学意义的发掘，更要去揭示隐含在既定性别、种族、阶级和身份等级背后的权力结构；另一方面，它们也表现出积极的政治干预倾向，让理论和文学研究成为更广阔的左翼社会政治运动的一部分，通过“指向对社会、文化和历史状况的批判”，来“启发和引导社会政治运动”②。在20世纪60年代至80年代的理论热时期，也刚好是美国国内政治运动的高潮期，理论与政治实践可谓配合默契、相得益彰。然而随着冷战结束和经济全球化时代的到来，美国及整个西方国家的国内矛盾趋于缓和，社会政治运动逐渐停歇，右翼保守势力持续抬头，特别是9·11恐怖事件爆发以后，左翼政治运动进入最低谷。理论的政治规划以失败告终，不免让很多对它曾经满怀期待的人大失所望，更不消说早就不满于文学研究政治化的那些右翼批评家了。

伊格尔顿曾经是政治批评最积极的倡导者，而他也对理论的政治失败感受最强烈。在他看来，“理论的用处首先是一个政治问题而非

① Jean-Michel Rabaté, *The Future of Theory*, Malden: Blackwell Publishers, 2002, p. 2.

② Gregory Castle, *The Blackwell Guide to Literary Theory*, Malden: Blackwell Publishing, 2007, p. 2.

知识问题”①。而“正统文化理论没有致力于解决那些足够敏锐的问题，以适应我们政治局势的要求”②。自20世纪80年代以来，理论越来越对那些有关性、身体和疾病等的文化政治着迷，却对涉及平等、幸福、正义和伦理等的社会现实政治失去了兴趣。尽管它给人们提供了一大批革命性的观念、术语和方法，“但它总的说来却似乎没有什么兴趣去谈论种种具体的政治问题”。文化研究成为政治斗争缺席后的替代品，而理论则成为“在日趋竞争的知识环境中积累可贵的‘文化资本’的一种方式。”③

确实，理论的体制化和学术化是让它失去发展活力和对公众吸引力的重要原因，它不再是资本主义体制公开的异见者，反倒被它吸纳为文学研究的一个分支，或者说仅仅保留了一种表面上的文化批判的姿态，实际上却暗地里肯定着现有制度。一方面，这也是社会发展的后果。自20世纪90年代以来，政府不断削减对人文学科的经费支持，而各种企业资本力量乘虚而入。学术与资本之间的合作关系日益加深，企业自然希望大学培养更多顺从听话的高效技能人才，而非对现行制度充满怀疑精神的反对者。于是大学文科的社会监督和批判功能下降，仅剩下的一点政治锋芒也成为点缀，用以彰显现行体制的政治自由和包容。这在很多人看来是很危险的，它意味着资本的力量不再遭遇抵制，也就不会有现实政治变革的可能。然而在另一方面，理论以前与体制之间的对抗关系是否也被人们夸大了？它果真如其口号上宣传的那样与其势不两立吗？考夫曼（David Kaufmann）就曾以詹姆逊、莫伊、霍曼斯等理论家为例证明，这些人虽然表面上批判了自由人文主义，但实际上也以潜在的方式“重复着阿诺德的基本工作”，因为他们在本质上都反对商品逻辑对

---

① Terry Eagleton, *The Significance of Theory*, Oxford: Basil Blackwell Ltd., 1990, p. 32.

② ［英］伊格尔顿：《理论之后》，商正译，商务印书馆2009年版，前言。

③ ［英］特雷·伊格尔顿：《二十世纪西方文学理论》，伍晓明译，北京大学出版社2007年版，第232、242页。

文学研究的侵蚀，也都相信“文学依然可以给我们的社会和知识生活带来重要启示”。所以他们才“预言激进变革的同时，又推延了它”。[①] 也就是说，理论的政治其实更多停留在书本里、教室里，在理论与政治实践之间始终存在一堵墙。

费什向来反对政治批评，但他也认为政治并非完全不能进入文学研究，只是我们不应该按着“即刻参与政治行动那种方式来认真对待它们”[②]。费什的观点当然带有其一贯的右翼保守色彩，却也说出了理论研究的政治化的乌托邦色彩，即理论的政治只有被加上了括号，它才有可能产生实际效果。我们不应该期待一篇后结构主义的理论文章能成为政治革命的檄文。正如考夫曼所说的，“如果从学术到公共领域有一个直接的通道，如果一篇巴尔扎克的马克思主义解读可以引发罢工或革命，那就不会有马克思主义的阅读被允许出现。”[③] 然而我们却不能由此否定理论的政治规划。如果它与体制的“同谋性批判”(complicitous critique)[④] 是其无法摆脱的政治原罪，那么尽可能地利用好这种关系也就成了最好的选择。用理论来唤醒人们对现实不公正秩序的认识就足够了。“理论的必要性就在于保存革命火种”[⑤]，而不在于像以前妄想的那样带来现实变革。

三 理论的效果

在理论热兴起以前，传统的文学研究得以立足的几个基本假定是：

---

① David Kaufmann, "The Profession of Theory", *PMLA*, 105.3 (1990): 519－530, p.524, p.527.

② 斯坦利·费什:《理论的希望》，载王晓群编译《理论的帝国》，第89页。

③ David Kaufmann, "The Profession of Theory", p.527.

④ “同谋性批判”是加拿大著名后现代理论家琳达·哈钦（Linda Hutcheon）提出的一个重要范畴，用来形容后现代主义充满悖论的复杂政治取向，即后现代主义在批判当前体制的同时，也与它抱持着一种同谋关系。有关这方面的更多讨论，请参见 Linda Hutcheon, *A Poetics of Postmodernism: History, Theory, Fiction*, New York: Routledge, 1988, pp.201－221。也可参见拙著《事实、文本与再现——琳达·哈钦的后现代主义诗学研究》，山东大学出版社2011年版，第108—130页。

⑤ Terry Eagleton, *The Significance of Theory*, Oxford: Basil Blackwell Ltd., 1990, p.38.

一、文学是有价值的，它凝聚着作家的思想精华，是为人类做出的精神探索；二、我们有关文学的知识，不管是它的历史背景、作家生平，以及各种解读也都是有价值的；三、好的文学应该被奉为经典并传之于后人，传播文明的精神；四、文学研究家和文学教育可以让人成为更好的人，从而有益于社会。虽然形式主义和新批评的兴起把一切文本之外的因素都从文学研究的工作日程中清理出去，但它在其余几个方面还是延续了这种自由人文主义的文学研究传统。这种保守的批评方法无疑与冷战时期的政治氛围相契合，它可以让文学工作者们心无旁骛地躲在书斋内细读文本。而在卡勒看来，“理论最普遍的效果之一……便是打破了这种安全感。”① “它涉及对文学研究中最基本的前提或假设提出质疑，对任何没有结论却可能一直被认为是理所当然的事情提出质疑。”②

传统上，人们对文学理论的理解是“一些普遍原则外加一套术语、区分和范畴，被用来识别和分析文学作品，此外还包括用来评价那些作品及其作者的一些批评准则（标准或规范）”③。在这种理解模式中，文学理论似乎是某种外在于批评实践的“元话语”，具有先天的优越性，而自20世纪60年代之后的理论则不再坚持这种优势地位。理论不再以指导实践为目的，而是把精力放在反身自省上，去反思一切与文学研究相关的前提、假定、原理和规则等。正如考夫曼所说：“美国的理论在很大程度上并非要逃避和破坏实践，而是要通过各种松弛有别、但持之以恒的自我批判去修正文学研究的‘错误’。通过从其他领域借鉴方法，理论试图把文学研究变成一门更具有自我意识的学科。”④

在过去30多年的理论热潮中，文学研究的方方面面都开始被不断

---

① Jonathan Culler, *The Literary in Theory*, Stanford: Stanford UP, 2007, p. 80.

② ［美］乔纳桑·卡勒：《文学理论入门》，李平译，译林出版社2008年版，第5页。

③ M. H. Abrams, *A Glossary of Literary Terms*, Beijing: Foreign Language Teaching and Research Press, 2004, p. 50.

④ David Kaufmann, “The Profession of Theory”, p. 520.

深化反思，那些隐含在常见方法背后的潜在逻辑也陆续被曝光、检视。比如文学经典是如何被建构的？为何要研究经典？文学研究以何种方式维系着现有体制？意义是怎样被生产出来的？这种生产过程主要依靠挖掘还是建构？文学传播的是普遍价值吗？还是带有阶级、性别或种族的倾向？如此等等。塞尔登总结认为，理论给文学研究带来的两点最大的改变就是：一、文学阅读不再天真；二、丰富了我们的文学思考。[①]

理论极大地改变了文学研究的整体面貌。早在20世纪60年代之前，美国的文学研究者对欧洲的哲学家几乎一无所知，也不期待能从他们那里得到什么启发。但自从德里达携解构主义抵达美国之后，一批又一批的欧洲哲学思想被源源不断地输送到美国理论前线。理论研究也迅速在人文学科站稳脚跟，成为最受追捧的热门职业。理论也成为研究生们必须钻研的核心课程，能不能娴熟地运用理论则成为他们在未来就业市场成功的关键。但从20世纪90年代以后，随着理论热的消退，人们对它的厌倦也逐渐产生。很多追随理论的年轻人发现理论最多只能教会他们一些大而无当的抽象概念，却无法有效地改进文本批评实践，更无法保证他们能在毕业后获得就业优势。与此同时，那些仍然健在的传统文学研究者也悄然掌控了人文学系的话语权。在被理论压制了几十年后，他们终于等来反击的机会。他们激烈批判理论搅乱了文学研究的秩序，掏空了它的价值，对实践毫无益处，因此应该被清理出去。

以费什、奈普和麦克斯（Knapp & Michaels）等新实用主义者为代表的“反理论”派正是在这种背景下产生的。在他们看来，理论根本就是没用的，既不能改进批评实践，也不会产生社会变革。[②] 于是人

---

① 参见塞尔登等《当代文学理论导读》，第5页。

② 参见 Steven Knapp and Walter Michaels, “Against Theory”, *Critical Inquiry*, 8.4 (1982): 723 – 742; Stanley Fish, “Consequences”, in W. J. T. Mitchell ed., *Against Theory: Literary Studies and the New Pragmatism*, Ed. Chicago: The U of Chicago P, 1985, pp. 106 – 131。

们似乎产生了这样一种认识，即理论严重误导了实践，只有放弃理论，回归到未受理论影响的传统批评套路上去，才是文学研究的未来出路。这未免又有些矫枉过正了。塞尔登曾指出，理论与实践之间是“相互印证、相互改变的辩证关系”，“不管两者发生怎样明显的分离，它们之间的对话一直在进行。文学/批评理论的功能是揭示和争论关于文学形式、身份属性的种种假说，阐明批评模式所依据并由批评过程规定和证实的美学、道德和社会价值的内在标准”①。也就是说，理论的首要价值就在于其反思功能，可以让我们对所从事的事业有更多自省意识，避免盲目偏执地沿着自以为是的道路前进。其次，过于简单化的理论应用正是给理论带来坏名声的根源。米切尔对此颇有感慨，他说：“理论可能不会即刻起作用，但是过一段时间它将会起很大的作用。……文学、语言、文化和艺术的理论，像其他任何领域的理论一样，需要很长时间才能逐步渗透到实际应用中。……对人们的阅读、写作、思考和行为方式产生巨大的影响。”② 理论能否继续在人文学系存在下去，可能就要看我们能否在这两个问题上达成共识了。

四 理论的学术化与文学研究的公共职责

凯勒斯和赫布里史特曾指出，当前人们有关“理论的终结”的种种讨论“都必须被置入理论的体制化这一历史语境中理解，尤其是在英美学界”③。可以说，理论在很长一段时间内都扮演着现有体制——不管是政治、经济、文化还是教育方面的体制——的异见者的角色，它总是试图改变现有不公正的秩序，为那些被排斥、压抑

① 塞尔登等：《当代文学理论导读》，外语教学与研究出版社 2004 年版，第 11 页。

② W. J. T. 米切尔：《媒介理论：2003 年〈批评探索〉研讨会前言》，载王晓群编译《理论的帝国》，第 9 页。

③ Ivan Callus and Stefan Herbrechter，“Coda：Theory Reloaded”，p. 8.

的边缘人群——如少数族、女性、被殖民者、同性恋等——提供话语支持，并争取平等机会。换句话说，理论始终抱有强烈、清晰的精英姿态，除了少数专家，就连文学系的研究生们也对那些艰深晦涩的理论著述望而却步，更不用说理论家们渴望去解放的普罗大众了。理论演变成了一种纯粹的学术研究，批评家们在象牙塔内的工作进行得如火如荼，宣称要改造阅读、改变世界，而象牙塔外的民众却对里面的事情既无所知也不关心。理论研究也就成了哈鲁图尼安所谴责的理论家个人获取文化资本的途径，“由于理论已经在文化研究中耗尽了自己，并在学院范围内起着提高阐释世界的专业效率的作用，所以也就除去了其改变世界的任何可能性。”[①] 口号喊得越响，越能博得圈内人的眼球，理论家成为学术明星的机会也就越大。理论的体制化与学术的私人化倾向相互叠合。它与资本主义体制之间的暧昧关系也就建立起来。与此同时，由于它故步自封，切断了与社会公众的联系，它的存在的合法性根基便受到动摇。政府不断削减投入，文学研究成为可有可无的文化点缀，不过是彰显着言论自由的招贴而已。

进入21世纪以来，人们对这种状况愈加不满。于是很多人便想回到曾经的光辉岁月，让文学研究再度成为公众瞩目的活动，以便发挥更多实际的公共职能，为建构某种更好的公共生活秩序做出贡献。文学研究者不应只想着在那些所谓的权威期刊上发表术语堆砌、晦涩难懂的理论文章，而应该像当年的纽约知识分子批评家一样，把重心放在更直接影响大众阅读的公共写作上，比如在报纸上发表书评、随笔和杂文等，让文学研究更直接地触及公共生活。但正如伯恩斯（Nicholas Birns）所证明的，人们对纽约知识分子的怀旧更多是出于对理论无能的失望和不满。纽约知识分子们实际上并不像

① 哈里·哈鲁图尼安：《理论的帝国：对批评理论使命的反思》，载王晓群编译《理论的帝国》，第44页。

人们想象的那样曾经有那么大的公共影响力，他们不过是"一群被边缘化的移民者"，"通晓世故、桀骜不逊，在大城市里讨生活的博学之士。"[1] 即便他们确实拥有较大的公共影响力，除了个人努力参与社会的意愿，更多地可能要归功于那个尚未被市场经济侵蚀的公共阅读。而在整个社会都已被商品逻辑控制的今天，那个想象中的阅读共同体已不复存在。单纯依靠文学研究者介入公共生活的一厢情愿的努力，恐怕已难以解救文学研究在当下的困境。

结 语

虽然当前有关"理论的终结"或"后理论"的论断不绝于耳，但很少有人相信理论会真的一去不返。在最有影响的几部后理论著述的结尾，作者们对理论的未来都仍抱有乐观的信心。比如，利奇认为："理论的过去表明理论具有未来。""理论并非是垂死的，恰恰相反，理论正在以新的病毒形式对其时代和场所做出反应……"[2] 凯勒斯和赫布里史特认为："理论就像一种病毒。它已然、并将继续在全球范围传播。世界卫生组织感到既困惑又恐慌。至今仍没找到治疗方法。免疫系统无法抵抗它。隔离的办法也无效。抗体没用：凡是注射了理论疫苗的人，结果却都被理论侵染。……虽然到处都有警戒，处处宣称病毒已最终得到控制，但还是不断有新的传染中心出现。"[3] 卡勒指出："所有参与最近文学系的招聘委员会工作的人都会发现最明显的证据：理论没有死……到处都是理论。"[4] 伯恩斯强调："不管以何种方式进行，将理论继续下去都是重要的，即便在此过程中创造出的新理论已大不同于20世纪80年代至90年代的那些不

---

① Nicholas Birns, *Theory after Theory: An Intellectual History of Literary Theory from* 1950 *to the Early Twenty-First Century*, Peterborough: Broadview Press, 2010, pp. 21 – 22.

② 文森特·利奇：《理论的终结》，王晓群译，《国外理论动态》2006年第7期。

③ Ivan Callus and Stefan Herbrechter, "Coda: Theory Reloaded", pp. 283 – 284.

④ Jonathan Culler, *The Literary in Theory*, p. 2.

同种类的高雅理论。”[①] 还有人则高呼：“理论已死，理论永生！”[②]

实际上，当下一切有关理论终结的讨论都不是商量着如何埋葬理论，而是在思考如何把理论继续进行下去。王宁先生在最近的一篇文章中也指出：“在不少人看来，在当前这个‘后理论时代’理论已经衰落甚至死亡。但我认为，后理论主张的提出旨在说明，理论并没有死亡，它已经渗透在对文学和文化现象的经验研究中。”[③] 谁都不能否认，我们都已是理论的孩子，即便再怎么讨厌理论的人，也不可能对它的教诲充耳不闻。因为理论从最根本上来说就是人类对自我行为的一种反思，它是人类不断改进实践并继续向前的不竭动力。即便是喊出终结理论的最响亮口号的反理论者们，比如奈普和麦克斯，其实他们真正想终结的乃是此前人们做理论的方式。再像过去几十年那样无视文本、无视公众恐怕不行了。在兼顾社会文本的同时不忽视文学文本，在抽象思辨的同时不脱离具体实践和读者大众。只有这样，理论才有可能间接地带来它希望产生的那些在文学阅读和社会生活方面的改变，而这也正是理论在将来能否更好地存在下去的关键。

---

① Nicholas Birns, *Theory after Theory*, p. 316.

② Jane Elliott and Derek Attridge, *Theory After "Theory"*, London: Routledge, 2011, p. 14.

③ 王宁：《“后理论时代”中国文论的国际化意义何在》，《社会科学报》2018 年 11 月 22 日第 6 版。

第五章　文学理论会产生什么后果?

——斯坦利·费什的“理论无后果说”刍议

近半个多世纪以来，文学理论逐渐在文学研究和教学领域站稳脚跟。它不再是可有可无的角色，反倒喧宾夺主，占据主要席位。在不少人看来，懂不懂深奥的文学理论甚至成为衡量文学批评水准的标杆。人们相信，理论作为高度抽象的经验方法的归纳，可以成为打开文学密码的万能钥匙，帮助我们破解文本中一个又一个谜题，带领我们朝着“终极真理”步步趋近。然而在20世纪80年代文学理论如日中天之际，有着“文坛怪杰”之誉的美国理论家斯坦利·费什却突然抛出一个让所有从事理论工作的人们都很难接受的“理论无后果说”，其大致意思是说，文学理论对于我们具体的批评实践来说毫无指导意义，任何一种理论都不能使我们更接近作品中的终极意义或客观真理，因为作品本身并非超然独立于解释活动之外的客体，而是存在于解释行为的构建之中，作品中的一切——不管是语法、结构还是意义——都是解释活动的产物，它们是“事件”（event）而非“事实”（fact），作品之中其实什么都没有。不难看出，费什一方面抬高了批评家的地位，让其取代作者成为文本意义的创造者。另一方面，他也严重动摇了文学理论在人们心目中的崇高地位。倘若理论果真如其所说不会带来任何“后果”（consequence），那么我们继续从事文学理论研究的意义何在?

一 文学理论与普遍解释

按照韦勒克在其经典著作《文学理论》中的界定，所谓文学理论就是对“文学的原理、文学的范畴和判断标准等类问题的研究”，相反文学批评则是“对具体的文学艺术作品”的研究。两者相互包容，前者是在后者的实践基础上总结出的“一套问题、一系列概念、一些可资参考的观点和一些抽象的概括”[①]，这些理论反过来又会成为批评家头脑中先入为主的“信念”（belief），进而影响他对文学作品的解读。亚里士多德的《诗学》、布瓦洛的《诗的艺术》以及蒲柏的《论批评》等都可视为这类文学理论的代表。

韦勒克的观点非常有代表性，符合绝大多数人对文学理论的一般认识。[②] 然而费什却在这种一般认识上发现了重大缺陷：作为对经验的抽象概括，理论成了某种高于实践的“上层建筑”，它妄图以高高在上的外部姿态、用貌似中立的普遍视角来指导和改进实践。[③] 比如法国理论家安托万·孔帕尼翁就认为文学理论可以“对实践进行分析、描写，阐明它们的预设，总之就是对其进行批评”[④]。很多人之所以对理论趋之若鹜，就是因为迷信它可以为我们找到一种操作性强的批评方法，一旦付诸实践便可以稳妥地带来某些预期后果。有了这样

---

① ［美］韦勒克、沃伦：《文学理论》，刘象愚等译，生活·读书·新知三联书店 1984 年版，第 31—32 页。

② 类似的看法也出现在很多其他理论家那里，例如艾布拉姆斯认为文学理论就是“一些普遍原则外加一套术语、区分和范畴，被用来识别和分析文学作品，此外还包括用来评价那些作品及其作者的一些批评准则（标准或规范）”。参见 M. H. Abrams，*A Glossary of Literary Terms*，Beijing：Foreign Language Teaching and Research Press，2004，p. 50。而 Gregory Castle 也把文学理论理解为“指导批评实践所需的一些原则和概念，策略和方法”。参见 Gregory Castle，*The Blackwell Guide to Literary Theory*，Malden：Blackwell Publishing，2007，p. 2。

③ Stanley Fish，“Consequences”，*Against Theory*：*Literary Studies and the New Pragmatism*，Ed. W. J. T. Mitchell. Chicago：The U of Chicago P，1985，p. 110.

④ ［法］安托万·孔帕尼翁：《理论的幽灵——文学与常识》，吴泓缈、汪捷宇译，南京大学出版社 2011 年版，第 13 页。

的理论装备，批评者只要能够摆脱自己偏狭的语境因素和视角，就必然可以和其他运用同样方法的批评者得出相近结果。不难看出，费什对理论的理解与人们的常识存在差别，前者在外延上要比后者狭窄得多，并非所有文学理论教科书中收集的各种理论都可以符合他的界定。在费什看来，理论与非理论之间的区别基本上也就是解释学家 E. D. 赫什所说的“普遍解释学”与“局部解释学”之间的区别：“局部解释学包含的是粗略的经验而非规则……局部解释学可以……提供一些适用于大多数情况的模式和方法。而普遍解释学则强调在任何时候都准确可靠的原则……正是这一特征使得这种普遍解释学有资格被称作‘理论’。”[①] 赫什在这里所说的“普遍解释学”也就是指一种操作程序，只要你严格按照它规定的步骤进行，就“总会产生正确的结论”[②]。而局部解释学则只是某些人基于其在某一特殊领域的成功经验得出的对各种可能性后果的估量。换句话说，普遍解释学是一种明白清晰的指令，几乎不考虑具体操作环境中的变量，它要求人们“在某种情况下应该或只能这样做”。而局部解释则是一些仅凭经验总结出的粗略方法，尚未被理论定形，它会因为具体操作环境中的种种变量而产生预期之外的后果，它只告诉人们“在某种情况下可以这样做”。

美国著名语言学家诺姆·乔姆斯基的转换生成语法正是普遍解释学的代表。在乔姆斯基之前，人们普遍把语法理解为有限的语言现象的分类和整理等经验活动的结果。但乔姆斯基认为这种传统做法“只达到对具体例子归纳分类的地步，并没有达到在任何有意义的程度上对（语言的）生成规则加以系统而确切说明的阶段”[③]。他现在则要求人们开始把语法理解为每个语言主体所拥有的一套内在规则，这套规

① E. D. Hirsch, *The Aims of Interpretation*, Chicago: The U of Chicago P, 1976, p. 18.

② *The Aims of Interpretation*, Chicago: The U of Chicago P, 1976, p. 18.

③ ［美］诺姆·乔姆斯基:《句法理论的若干问题》，黄长著等译，中国社会科学出版社 1986 年版，第 3 页。

则虽然在数量上是有限的，却代表着该语言潜在的系统，可以让人们理解并制造出该语言允许实现的无数句子。语言学研究就是要发现这些规则，但这些规则却不可能仅仅通过经验总结获得。作为大陆理性主义的门徒，乔姆斯基认定语法规则并非人们从经验当中获取的，而是与生俱来的“理想的说话人—听话人固有的语言能力”[①]，并且与人的社会背景、生活习惯和受教育程度无关。语法就由这些抽象、普遍且亘古不变的规则构成。他说：“所谓生成语法就是指一套规则系统，该系统用某种明确的和精心设计的方法把结构描写分配给句子。”[②] 这即是说，人们在不同场合下说出的句子并非由自己自由组织的，而是由这套先天禀赋的规则系统安排完成的。他甚至设想在实际的语言运用场合中，理想的说话人和听话人可以不受任何主观情意状态的影响，先天的语言规则系统就可以决定一切。

在费什看来，乔姆斯基的转换生成语法也恰恰符合他对理论的一般界定。他说：“乔姆斯基的研究之所以说是‘理论的’，是因为他试图寻找的是一种方法、一种带有预先测定好的成分的秘方，只要严格按照那些明确指令来配伍这些成分……就会带来想要的后果。”[③] 这样做的代价是，实践者需要绝对信任和服从这种方法，并且放弃具体操作过程中的自由裁量权。简言之，费什所说的理论其实就是试图掌控实践的一种打算，它总想获得对文本的“普遍解释学”，“试图站在实践之外并构造一幅有关各种可能后果的抽象图景”[④]。这包括两层意思：其一，它试图站在一个高于或外在于实践的位置上来指导实践；其二，它试图通过价值中立来改造实践，用一种普遍视角取代偏狭的

① ［美］诺姆·乔姆斯基：《句法理论的若干问题》，黄长著等译，中国社会科学出版社 1986 年版，第 2 页。

② ［美］诺姆·乔姆斯基：《句法理论的若干问题》，黄长著等译，中国社会科学出版社 1986 年版，第 6 页。

③ Stanley Fish，“Consequences”，p. 110.

④ Stanley Fish，*Doing What Comes Naturally*：*Change*，*Rhetoric*，*and the Practice of Theory in Literary and Legal Studies*，Durham：Duke UP，1989，p. 325.

局部视角，而个人则必须使其形成于具体语境中的观念和信念受这种普遍理性的制约。[1] 费什的“理论无后果说”也正是针对这种理论，因为他认为这两种企图显然都是无法实现的，因为既不存在高于或外在于实践的“飞地”，批评者也做不到价值中立，任何看似超然的研究方法和视角其实早已被各种带有私利的价值判断预先污染。

有意思的是，对费什来说，一些常被人们理所当然地认定的“文学理论”其实并不算是理论，比如 E. M. 燕卜逊的含混类型论以及哈罗德·布鲁姆的诗的误读论。费什认为，它们从本质上都是“经验性的总结”[2]，虽然他们也声称要超越对具体文本的解读去发掘更多文本中的规律，但他们总结出的那些规律却与个别作品的解读没有直接关系。它们只能算是“对一种有效实践的模仿”[3]，是“非常笼统的哲学信念”[4]。我们有可能把这些规律当作法则，但这些法则既非一成不变也不具备预测能力。它们从一组有限的数据资料中采集出来，但可能仅对那些数据有效，也会随时间变化而需要被改写。

二　基础主义与反基础主义

看到这里，很多人原本紧张的神经或许会暂时放松下来。毕竟符合费什所说的这种理论只是极少数，而大多数文学理论仍旧是可以逍遥法外的，因为它们都没有以价值中立和普遍解释为目的。不过事情并没有这么简单。虽然大多数理论家并不奢望可以提出一种具备普遍解释力的理论，却都相信自己可以提供一个更优越的视角，让批评者更接近文本中的准确意义。人们一般认为，理论是对文本经验的描述，它或多或少反映出文本中的某些事实或真理。由于人们希望得到更充

① Stanley Fish, “Consequences”, p. 110.

② Stanley Fish, *Doing What Comes Naturally*, p. 325.

③ Stanley Fish, *Doing What Comes Naturally*, p. 326.

④ Stanley Fish, *Doing What Comes Naturally*, p. 328.

分的真理，所以我们才会不断提出更新的理论。随着我们对文本观测的深入，我们所得到的描述也越来越完美。与此同时，我们还可以不断改进我们的观测和描述方法，消除偏见，最终达成对文本唯一的、准确的解释，而文本自身也期待并召唤我们向它的“意义”之核不断逼近。

费什称具有上述立场的人为“基础主义者”（foundationalist），从哲学层面讲，其最大特点在于相信世界、自我或文本拥有内在的本性、意义或真理，那是一切是非对错的终极衡量标准。新批评是基础主义的典型代表，“它喜欢以自然科学的论证模式作为自己的理论模仿对象，试图用一种远离任何个别信念的证据或完全不带偏见的客观事实去佐证某一信念或解释的唯一正确性。”① 它相信批评主体可以清除任何偏见，用中立的眼光看待完全独立的文本客体，直至准确揭示出文本中那个稳固不变的意义实体。

作为美国新实用主义哲学的代表，费什所说的基础主义者其实和另一新实用主义哲学家理查德·罗蒂所说的“形而上学者”有着异曲同工之妙。罗蒂批评形而上学者“仍然固执于常识……尤其是下面这个俗见——相信在许许多多暂时的表象背后，可以发现一个永恒不变的实有”②。“形而上学家相信，外在的世界中存在着真实的本质，而我们有义务去发现这些本质，这些本质也倾向于协助我们去发现它们。”③ 与之相反，费什称自己的“立场”是反基础主义的。由于他没有为自己设定普遍解释者的地位，因此费什不认为自己的主张是某种“理论”，而只愿承认它不过是对实践的“重新描述”（redescription）④。基础主义者相信文本只有一种绝对正确的解释，理论之争就是围绕它

① Stanley Fish, *Is There A Text in This Class? The Authority of Interpretive Communities*, Cambridge, Mass.: Harvard UP, 1980, p. 365.

② ［美］罗蒂：《偶然、反讽与团结》，徐文瑞译，商务印书馆2005年版，第107页。

③ ［美］罗蒂：《偶然、反讽与团结》，徐文瑞译，商务印书馆2005年版，第108页。

④ 参见 Daryl J. Levinson, “The Consequences of Fish on the Consequences of Theory”, *Virginia Law Review*, 80.7 (1994): 1664-1665。

来进行的。而反基础主义者则认为任何理论都不过是对世界的不同描述或建构，没有任何一种理论更接近文本的本来面目，所谓更好的理论不过是更符合当下语境的、更有用的理论或重新描述。就像罗蒂所宣称的那样：“实在界的大部分根本无关乎我们对它的描述，人类的自我是由语汇的使用所创造出来的，而不是被语汇适切或不适切的表现出来……任何事物都可以用重新描述使其变得看起来是好的或是坏的、重要的或不重要的、有用的或无用的。”① 反基础主义者并不认为自己的重新描述比其他人的描述更接近实在真理，也否认自己接受了任何自身之外的力量。对他而言，没有任何中立的东西可以用来批评一种描述，回应一种重新描述的唯一途径就是提出另一种重新描述。我们没有一个终极标准可以用来对各种描述做出孰优孰劣的评价，正好比我们无法用一个标准来比较不同文明的优劣一样。

在费什看来，像解构主义、新马克思主义、女权主义、后殖民主义和新历史主义这些对传统理论所设定的真理、方法和价值标准持怀疑态度的理论均可归入反基础主义阵营。它们在策略上的共同性是“去证明基础主义理论用以对抗历史、惯例和局部实践的那些标准、规范和原则在任何情况下都不过是历史、惯例和局部实践的一种功能或延伸。”② 这即是说，基础主义者相信每种理论的评价标准在于其方法的客观性以及与真理的相符性，反基础主义者则根本否认这种可能性。费什认为，批评家所属的解释群体所处的历史语境决定了他解读文本的方式和角度，该语境由各种被所有群体成员共享的观念、信仰、利益关切、主观预设和工具范畴等因素编织而成，这有点接近罗蒂所谓的“终极语汇”，它是“每个人都随身携带着的一组语词，来为他们的行动、他们的信仰和他们的生命提供理据”③。由于思想本身亦不过是语言的运用，因此意义、真理和事实都不可能脱离特定的解释语

---

① ［美］罗蒂：《偶然、反讽与团结》，徐文瑞译，商务印书馆2005年版，第16页。

② Stanley Fish，“Consequences”，p. 112.

③ ［美］罗蒂：《偶然、反讽与团结》，徐文瑞译，商务印书馆2005年版，第105页。

境而存在，也就根本不存在未经解释的文本经验或本来面目。不管理论家如何努力探寻文本的内在结构，所获得的答案也不能告诉我们有关文本本质的任何知识，因为这种本质根本就不存在。

如果人们提出一种理论的最终目的不再是更精确的解释一个独立的文本，那么不同理论之间的竞争或选择就是没有意义的，正如罗蒂所说的那样：“由于没有任何超越语汇的东西可以用来作为选择语汇的判准，批评的工作就在于看看这张相片、瞧瞧那张相片，而不是拿这两张相片和原本比较一番。”① 大学课堂上的文学理论课一直给人这么一种印象，即通过不断积累阅读练习，学生们一定可以在阅读能力上不断突破。可现在费什却让老师们沮丧地发现，如果根本不存在对文本的唯一正解，那么我们该如何评价学生进步？如何有自信去传授他们阅读和批评的技巧？我们凭什么认为某种解释更优越？或者我们干脆反问费什，他有什么理由让我们相信他所说的就是对的呢？

费什当然清楚这一反问为他设计的陷阱，但他用一种绝对聪明并很有破坏力的回答轻松避开了。他辩称反基础主义并不要求取代基础主义成为“真理”，它连“理论”也不是。反基础主义只是一种信念，而不同信念之间只有差别没有对错。费什相信，理论——不管它是基础主义的还是反基础主义的——不会产生任何后果，能够产生后果的只是信念。即便一个人能够意识到自己的见解是受诸多因素（比如人生经历、教育背景、学术信念等）作用的结果，这依然丝毫不会影响到他对具体文学现象做出某种判断。我们总禁不住认为自己的观点比别人，或比以前的自己更高明，而别人总显得有其荒唐幼稚之处。每当我们的信念发生改变——比如从新批评者转变为后结构主义者——我们总会有某种进步感。但费什认为，这种进步感并非由于我们对某个独立的客体有了更清晰的把握，而完

① ［美］罗蒂：《偶然、反讽与团结》，徐文瑞译，商务印书馆2005年版，第115页。

全是源自我们对自我信念的坚定支持的必然结果，因为“相信某种解释既是相信它是一种更好的解释”①。

三　理论、信念与反思

如前所述，按照费什的看法，基础主义理论不会有任何后果。这比较容易理解，因为既不存在独立于解释之外的、可被用作检验标准的文本事实或意义，也不存在普遍有效的方法和视角。那么人们不禁要问，费什自己支持的这种反基础主义“理论”——更恰当的说法当然应该是“重新描述”——会有什么后果吗？它会不会像有些人担心的那样，让文学批评陷入虚无主义和相对主义的泥淖？或者像另一些人希望的那样，让人们由此从独断论的桎梏下解脱出来，谁也别再以真理捍卫者的姿态对别人指手画脚，转而用更包容的心态去欣赏他人的主张呢？

费什干脆地回答：两种后果都不会有。首先，担心反基础主义会导致相对主义和虚无主义是没有必要的，因为费什非但没有赋予批评主体绝对的自由，反倒让他被牢牢限定在其所属的解释群体和社会语境之中。他说：“反基础主义并未放松对主体的限制。相反，它只是揭示出主体总是早已被拴定在语境的基座上，这种语境是他的构成要素并且使他得以理性的行动。”② 读者总是处于某个有着共同信念和语言规则系统等制度性预设的“解释群体”之中，所谓独立的阐释者并不存在，我们根本不可能摆脱那些制度性预设的约束，也就不可能完全自由地形成和表达个人意见。其次，反基础主义也不会让人们变得更宽容，它不会散播“什么都行”的心态，因为它只是重新描述了一下我们一直以来别无选择的行为，即我们永远不可能率性妄为，而只

---

① Stanley Fish, *Is There A Text in This Class*? p. 364.

② Stanley Fish, “Consequences”, p. 113.

能依据那些内在构成我们的信念和意识结构的标准和规范来做事。对我们的信念来源有了更新的解释绝不意味着我们可以质疑，乃至自愿放弃它们。比如女权主义可以让一位传统男性批评家认识到自己的某些解读存在性别偏见，但不一定可以让他由此转变为真正的性别平等主义者。所以费什的结论是：“理论没有后果。基础主义理论没有后果是因为它的计划没法实现。反基础主义理论没有后果则是因为，作为一种关于我们的信念缘何而来的信念，它并未真正伤及那些信念。”①

费什批评基础主义理论家们错把理论当成超越于实践之上的东西，而事实上“理论也是一种实践形式，和任何实践一样根植于特定的历史和文化条件之中，而且和任何其他情形一样，它的引入能否带来改变？改变的程度如何？这些都无法被事先决定”②。换句话说，理论自身并没有“保证产生后果”的属性，后果的出现只是一种偶然事件，只有对理论的效果（effect）进行经验的和历史的调查才能够发现。虽然理论常被作为一种修辞用来说服别人并改变其观点，但这种后果不是必然的。一种理论在特定语境下的效用完全依赖于它与该语境之间是否存在能够被特定解释群体感知到的相关性。在这里我们不难发现绝大多数实用主义者们都坚持的共同信念，即，理论的“真实性”（或者说真理）就在于其有用性，一种理论在一种情况下可能有用；在另一种情况下，则可能无用。理论的被接受不是一个消极被动的过程，而是必须与人的生活联系起来，必须有利于人，能够为人们理解和开辟新生活而服务。因此，批评的核心问题也就不是如何解释文本的问题，而是怎样使用文本的问题。

费什认为，文学理论充其量只是对解释行为的描述，而不是解释行为本身，因此它不会带来任何实践后果。或许有人会认为这种说法过于违背常识：难道各种文学理论不是已经深刻改变了我们以往对文

① Stanley Fish, “Consequences”, p. 115.

② Stanley Fish, *Doing What Comes Naturally*, p. 156.

本的某些看法了吗？诸如女权主义、后结构主义和后殖民主义等理论不是早已彻底推翻了传统自由人文主义的批评传统了吗？这些后果难道不是理论造成的吗？然而费什却回应说：“它们一点也不是。这只能说明主题先行（thematizing）依然是文学批评的主要模式……在这种模式下，作品被发现是这种或那种考量的文学表达，不管它是经济的、政治的、军事的、性别的抑或其他。而这位主题先行的批评家由此得出的便是对文本的经济学、心理学、政治学抑或哲学的解读。”[①] 费什的回答虽然有点狡辩，但他也的确戳中了当前文学批评界在理论运用方面的软肋。自从文学理论在批评界盛行开来之后，“从某个角度解读某个作品”成为常见套路。很多人不注重文本细读，而是用预先设定的理论框架去生硬嵌套它，产出了大量的肤浅成果。如果说这就是理论的后果的话，其价值和意义值得怀疑。

在对过往理论家的错误做法进行批判之后，费什对待自己的主张显然态度极为谦卑。他说：“我的理论只是一个文学主张，对文学批评实践而言毫无指导性。也就是说，我所说的话并不要求你应该或反对按照某种特定方式从事文学批评。”[②] 他认为自己正在宣扬的东西丝毫不会影响人们在有关文学的本质和批评的方式等问题上的信念，进而也就不会改变他们的实践，因为真正影响批评实践的是信念，而非理论。

乔纳桑·卡勒曾经提出，理论是具有“反思性”（reflexive）的“思维的思维”，“是对文学或其他话语实践中意义生产范畴提出的探究”[③]。他认为我们可以通过理论反思来净化批评的工具和方法，从而为知识的生产提供更为可靠的依据。然而这在费什看来却无论如何也是不可能的，因为任何人也不可能仅通过反思就可以摆脱自身所处的各种利害关系，也就摆脱不了自己的信念，“一个人无法与他自身的信念和假设拉开距离，这就意味着对他来说，它们并不比其他人或自己之前

---

① Stanley Fish, “Consequences”, p. 124.

② Stanley Fish, *Is There A Text in This Class*? p. 370.

③ Jonathan Culler, *Literary Theory*: *A Very Short Introduction*, Oxford: Oxford UP, 1997, p. 15.

持有的信念和假设更有权威”①。按照实用主义的先驱皮尔斯的看法，所谓信念就是人们从外界接受或内在形成的关于世界的观念和看法，“不是意识的某种瞬息间的样态，它本质上是一种具有持久性的思想习惯”②。信念的形成是一个非常复杂漫长的不被察觉的过程，其最根本特征是对人的行为起着构成性和规范性作用。不同的文化、社会和历史经验决定了不同的信念，而不同的信念则带来不同的批评和解释。信念从根本上决定并构成我们的思想和行动，它们是前反思的，我们永远无法超越它们进行彻底的自我反思或否定，就好比我们永远无法直接看到自己的眼睛一样。费什说：“理论是意识的特殊成就，信念则是任何意识产生的前提。信念不是思想的对象，而是思想的凭借……理论是某种你可以拥有的对象——你可以在与之保持距离的情况下运用和持有它；而信念则拥有你，也就是说在信念和它导致的行为之间没有任何距离。”③ 即便理论家竭力对自己的信念做出反思，这种反思也只能是皮尔斯式的“怀疑”，即，怀疑并非在信念之外找一个立足点来全盘质疑信念，而是信念进行自我“新陈代谢”的中介，其中既有旧信念的丧失，又有新信念的养成。换言之，反思内在于信念的历史之中，所以它不会带来真正的改变；最终能够定义我们自身、并决定我们做出何种选择的东西是信念而非反思。

结　语

到此为止，我们终于可以对费什的“理论无后果说”得出一个比较清晰的轮廓了。他所谓的理论没有后果是有前提的，那便是，只要我们把文学理论当成某种高于实践、指导实践，并可以更准确解释文

① Stanley Fish, *Is There A Text in This Class?*, p. 361.

② ［美］查尔斯·皮尔斯：《皮尔斯文选》，涂纪亮编，涂纪亮、周兆平译，社会科学文献出版社 2006 年版，第 11 页。

③ Stanley Fish, “Consequences”, p. 116.

本意义的东西，那么这样的理论便不会产生人们期待的后果，原因在于："任何在你看来显而易见、不容置疑的东西，其实只有在你所处的特定群体或制度结构中才会如此。这意味着即便你听信了我的观点，你也永远不可能跳出这些群体或结构来思维和行动。一旦你停止进行对自身某些信念或假定的理论思考，你立即又会毫无保留地重返这些信念或假定之中。"① 反过来，只要我们不再把理论看得高于实践，而是认识到它也只是一种毫无特殊优越性的实践形式，那么它还是可以带来值得高兴的后果的，比如它深刻改变了文学理论在文学专业教学和研究活动中的地位，掀起了一轮又一轮的文学理论热，为很多从事理论工作的人们带来声誉和物质回报等。只是这一切后果均不会翻越学术的围墙，更不会像左派理论家们曾经设想的那样在政治层面上带来改变。

费什的"理论无后果说"正式出现在20世纪80年代，那正是希利斯·米勒所说的"理论的胜利"② 的年代。各种新奇理论如雨后春笋般层出不穷，对传统文学研究造成巨大冲击。有人对理论心生畏惧并坚决抵制，认为它内容枯燥晦涩，让一流的批评家退变为蹩脚的哲学家，操着从别处借来的半生不熟的术语笨拙地表演在文学课堂上。与一贯讲究以细腻的文本阅读为基础的实用批评相比，文学理论简直就是"非美国式的"③ 阅读和思考模式。而以解构主义为代表的后现代理论还对传统人文价值构成巨大危害，它们让玩世不恭的虚无主义精神弥漫在文学批评界。另有一些人则完全相反，他们奉理论若无所不能的神明，认为它不但可以改进我们的阅读和批评，还可以带来更积极地社会政治效应。他们号召："理论必须向人们表明，仅仅质疑、抵制、理解或是掌握文本都是不够的，理论家们应该期待寻求并验证在真正

---

① Stanley Fish, *Is There A Text in This Class*? p. 370.

② J. Hillis, Miller, "Presidential Address 1986: The Triumph of Theory, the Resistance to Reading, and the Question of the Material Base", *PMLA*, 102.3 (1987): 281-291, p. 283.

③ Gayatri C. Spivak, "Reading the World: Literary Studies in the 80s", *College English*, 43.7 (1981): 672-673, p. 672.

的社会集团之间（如学生、教师、系主任、政治家以及企业家等）引发后果。那些始于理论并终于理论的思想降低了理论的价值。”[①] 米勒甚至把拯救人文研究的神圣使命托付给了理论，认为“要想让文学避免被隔绝在唯美主义的有机形式之中从而失去对社会的任何有效作用，文学理论是唯一的解救办法”[②]。

与这两种反应不同，费什则告诉人们不必害怕理论会带来消极后果，怀疑主义和虚无主义可以作为理论探索的精神，却不可能摧毁生活中的一切信念，因为怀疑主义者自身终究离不开某种信念作为自己的立足地。另外，我们也不必期望理论可以带来多少积极后果，虽然它似乎在文学课堂上掀起了巨大波澜，但对窗外的商业资本主义社会而言却是无关痛痒，因为支撑后者的不是理论，而是日常生活的物质状况。他坦率直言：“在一个以理论生产为最要紧之事的语境下，如果某一理论战胜了其他竞争对手，这的确会带来巨大变化，因为这将彻底重新划分该语境中的权势对比。但在理论生产不过是众多生产部门其中之一的语境下，理论的影响却会被中和、稀释，有时甚至几乎让人毫无觉察。”[③] 费什的“理论无后果说”并不是要劝说人们放弃文学理论、重返理论之前的那个纯真年代，而是让人们重新审视理论究竟可以带来那些后果。他奉劝人们，只要我们在理论研究上不再纠结于真假对错问题，那么理论就还是值得做下去的。理论不会成为解释文本的万能钥匙，理论家不必好高骛远，而应该“收缩我们的抱负，把我们的主张限定在那些在学科意义上可被理解、可以实现的方面上”[④]。对费什来说，理论的世界就是一个各路理论家们尽情表演的舞台，你方唱罢我登场，轮番占据一个既无权又无责的“主角”地位。文学理论只能改变阅读却不能改进阅读，理论家可以谈论真理却不能

① Morton W. Bloomfield, “Literary Theory in the United States: A Survey”, *New Literary History*, 14.2 (1983): 409-451, p. 414.

② J. Hillis, Miller, “Presidential Address 1986”, p. 290.

③ Stanley Fish, *Doing What Comes Naturally*, p. 28.

④ Stanley Fish, “Theory's Hope”, *Critical Inquiry*, 30.2 (2004): 374-378, p. 374.

带来真理。场内热热闹闹，场外我行我素。曲终人散之后，大家起身离场，顺便不忘带走各自的酬劳。

不得不承认，费什的见解并非全无道理。经过大半个世纪的喧嚣，20 世纪 60 年代兴起的文学理论热潮逐渐退却，我们今天甚至不时听到各种关于理论终结的话语。[①] 现实似乎已经表明，理论并未在学术之外留下多少痕迹，社会似乎依然如故，真理仍旧遥不可及。即便如此，我们还是不愿意完全接受费什的主张，我们还是更愿意相信文学理论终究可以在我们迈向真理、改造现实的道路上发挥作用，否则文学理论岂不真的成为他所说的“超级犬儒主义的行为”?[②]

---

① 当然，所谓“理论的终结”并非指的是国内语境中的“文学理论”，而是特指 20 世纪后半期在北美语境中流行的“大写的理论”（Theory），这种理论通常被分为两类，一是作为文学批评的方法或依据的“肯定的理论”（亦即本文所说的“基础主义”），以英美新批评为代表；二是作为反思的“否定的理论”（亦即“反基础主义”），以后结构主义为代表。前者强调应用，后者则把理论视为更独立的“事业”。卡勒曾对这种“大写的理论”做过非常精彩的专论，在此不作赘述。而按照国内对“理论”的理解，任何思想和学术都不可能没有理论，因而也不可能终结。参见汤拥华《文学理论如何实用？——以美国新实用主义者对“理论”的批判为中心》，《文学评论》2012 年第 6 期；以及 Jonathan Culler，*Literary Theory*：*A Very Short Introduction*，Oxford：Oxford UP，1997，pp. 1 – 15。

② Stanley Fish，*Is There A Text in This Class*? p. 358.

第六章　理论缘何衰退？

——对理论发生的物质条件及制度因素的一种考察

英语单词“institution”可直译为“体制或机构”。《柯林斯英语词典》给出的解释是：“1. 一种重要的组织，比如大学、教会或银行等；2. 一种习俗或制度，往往因为已存在很长时间而被视为某个特定社会或群体的重要典型特征。”[①]《牛津英语词典》的释义是：“1. 出于宗教、教育、职业或社会目的而建立的组织（例如学术机构，教会、各种政府办事机构等）；2. 已确立的法律或者实践或者习俗等。”[②] 很明显，两种解释都十分接近，基本对应于汉语对这个单词的两种译法，即实体意义上的机构以及非实体意义上的体制。具体到文学批评领域，就包括文学批评活动赖以存在的各种物质条件和制度因素。在以往关于理论的研究中，人们往往忽略理论与这些物质条件的关系，似乎它们都是可有可无的，至多只是为理论活动的发生提供一个场所或舞台而已。但是史蒂文·康纳（Steven Connor）却提醒人们注意：“知识的结构及其制度、大学及其他高等教育机构、中学教育、出版界以及各种各样的文化生产场所，所有这些事物在20世纪后期的发展都与产生于这些制度和机构中的知识形式有着非常重要的关系，也与其他的知

---

① 参见 https：//www. collinsdictionary. com/zh/dictionary/english/institution。

② 参见 https：//www. oxfordlearnersdictionaries. com/definition/english/institution？ q = institution。

识和再现形式有着重要关系。”① 杰弗里·威廉斯（Jeffrey Williams）也强调说：“文学研究的发展从来都不是与市场因素无关的。实际上，它总是与市场纠缠在一起，并与很多复杂因素相关。换句话说，批评和理论的历史并非仅是思想发展史，并非仅是存在于知识分子沉思活动的发展，而且也是与各种体制性结构相关联：大学及其所面临的危机时刻，这包括职业关切、教学要求、出版经济以及各种历史因素的影响，比如20世纪60年代以后语境中的合法性的转变等。”② 格雷戈里·卡瑟尔（Gregory Castle）也指出，“即便某种理论看上去是‘非历史的’，但文学理论和文学一样，总是历史条件的产物，这些条件主要包括既有的观念语境、知识传统、学术惯例、社会政治关系和力量的复杂交织等，而大学是这些条件在今天最常集中出现的地方。”③ 也就是说，理论的发生和发展与西方学术体制所提供的物质条件有着密不可分的关系。某些发展看上去像是理论自身内在演变的结果，但实际上却可能是更多受到外界体制性要素变化所致。

因此，在理论已被频频诊断为已经终结的“后理论”时代，我们十分有必要对理论的兴衰与外部体制之间的这种“物质关系”进行回顾与梳理，这有利于我们对理论的当下困境做出更清晰的诊断。因为任何一个学科当发展到一定程度时，都需要不断反思和更新它对自身历史的认识，不断探究它与其他事物的关系，检视自己在社会和学术构成中的作用和位置，进而有可能会在未来改造自己的存在方式，以适应不同的社会功能。因此本文主要探讨的问题就是：理论在过去近百年来的发展与哪些物质因素相关？它是如何，并将怎样继续在变化着的体制语境中发挥作用，并会由此产生哪些效果？

---

① Steven Connor, *Postmodernist Culture: An Introduction to Theories of the Contemporary*, Malden: Blackwell Publishing Ltd., 1997, p. 5.

② Jeffrey Williams, "Packaging Theory", *College English*, 56.3 (1994): 280-299, p. 286.

③ Gregory Castle, *The Blackwell Guide to Literary Theory*, Malden: Blackwell, 2007, p. 10.

一 理论兴起的社会背景：多元构成的历史要素

文学研究在过去相当长的一段时期内都被人们视为一项与世无争、学术自治的纯粹事业。它研究的对象都是距离现实生活很遥远的虚构想象之物，研究结果也几乎不能对真实世界造成什么直接影响。但这种理解实际上是一种神话，正如伊格尔顿在《文学理论导论》中所得出的一个最重要的结论就是："文学是一种意识形态"，"它与种种社会权力问题有着最密切的关系"①。传统文学研究要比任何其他学科都更加深入广泛地参与了对主导意识形态和价值观念的维护和再生产。正因为如此，文学研究从来就不像它自我宣称的那样自由地独立于各种政治的、道德的和功利主义的考量之外，而总是被编入更宏大的社会规划之中，发挥着不可替代的作用。英国文学在19世纪的兴起就是为了替代已然衰败的宗教，继续承担意识形态教化任务，用文学中渗透的"英国性"把松散的英国社会重新黏合成紧密的共同体。而文学理论作为文学批评活动的伴生物，也和后者一样，"乃是我们时代的政治和意识形态的历史的一部分……一直就与种种政治信念和意识形态标准密不可分。"② 这倒不是说理论必然是所处时代政治意识形态的必然反映，而是说不同理论的出现总与那个时代特殊的制度性的批评实践密切相关。

至少在20世纪20年代之前，现代文学批评在它的发源地英国和美国都不是作为一种专门职业而存在，它在英国甚至更多地委身于技工学院，而非牛津剑桥等学术圣地。文学研究更多采用的不过是文学史的手法，包括编写传记、补缀释疑、普及文学知识等。但从20世纪20年代之后，文学批评开始成为一个更加专业化、学术化的活

① ［英］特雷·伊格尔顿：《二十世纪西方文学理论》，伍晓明译，北京大学出版社2007年版，第21页。

② ［英］特雷·伊格尔顿：《二十世纪西方文学理论》，伍晓明译，北京大学出版社2007年版，第196页。

动。以往那种面向公众的非学院派的、偏好历史考据的行为逐渐被专业化的学院派批评所取代。新批评正是在这样一个文学批评走向专业化的背景下诞生的。它所倡导的那种细腻、精巧的文本解读法使得文学批评只能为一少部分学术精英所掌握，他们逐渐垄断了文学知识的生产，成为新的知识权威。但是，正如乔纳桑·卡勒（Jonathan Culler）所指出的，新批评的崛起并非仅仅是一群有着保守主义情结的美国南方知识分子的精神创造，它也得益于当时特殊的社会语境。首先，在与苏联对抗的冷战时期意识形态背景下，新批评倡导的那种切断作家意图谬误与读者感受谬误、专注于文本细读的阅读观成为美国标榜自由主义的辅助工具。其次，到了第二次世界大战以后，随着大学招生规模的不断扩大，生源构成也变得日益复杂，有很多学生在此前未受过多少扎实、系统的文学教育，新批评倡导的那种只专注文本细读的教学方法尤其适用于这种新形势下的教学实践，因此得到大范围普及。[①] 到了20世纪50年代前后，新批评的几位主要倡导者都在美国大学获得终身教授职位，它的主要学术阵地，包括《南方评论》（*The Southern Review*）、《肯尼恩评论》（*Kenyon Review*）等也都得到充足的经费支持。除此之外，新批评的发展还受益于当时美国各个大学推行的暑期培训和通识教育课程，它们都把新批评作为标准的文学课教学方法加以推广。所有这些都表明，新批评作为主导批评方法在文学院系的学科体制中得以确立。

如果说在新批评之前文学批评的发展更多受到国家意识形态的影响的话，那么新批评之后的批评理论则更多受到市场化因素的影响。膨胀的招生规模、充裕的经费资助、繁荣的就业市场、活跃的学术出版、频繁的学术会议等，这些看上去无甚紧要的外部因素实际上都对理论的扩张起到非常重要的作用。因为就像威廉斯所指出的那样，

---

① 参见Jonathan Culler，*Framing the Sign*：*Criticism and Its Institutions*，Norman：U of Oklahoma P，1988，pp. 12 – 14。

"理论不仅仅是文学研究机构内部那些伟大的头脑相互切磋业务的经营知识领域，它也是一种被体制性流通和监管的知识。"[①] 如果没有这些学术外部因素的调节刺激与配合，仅仅作为批评家个人知识创见的理论是不可能成为公共学术话语并得到广泛传播的。说得更直接一些，市场因素的变化就是商品逻辑和金钱，无论批评家们愿不愿意承认，金钱对于理论的发展所起到的重要作用都不容忽视。

第二次世界大战以后的近三十年时间内，美国高等学校迎来前所未有的繁荣期，招生规模的不断攀升以及联邦政府高等教育投入的持续增加让大学获得稳定且充裕的经费支持，所有专业院系都能获得可观的运营资金，有充足能力去资助一些看上去没有太多实际效用的课程和学术活动。文学专业也由此获得空前发展机遇。以传统文学批评的挑战者姿态出现的理论才能顺利进入文学院系的课程设置，而没有遭受太多抵制。因为整个文学学科获得的经费蛋糕足够大，学生生源足够多，不会因为理论课程的介入而让原有坚持传统批评和授课模式的教师们损失利益。尽管新旧学派在研究内容和教学方法等方面会有分歧，但大家都可以在同一院系内部相安无事、和平共处，在各自范围内旁若无人地做自己喜欢的事情。

不过，20 世纪 70 年代的整体环境却是更有利于理论的发展。大部分学生们早已腻烦了沉闷、枯燥的传统文学研究范式，"新批评"早已不新，他们更愿意在课堂上学习那些让人耳目一新的更新的理论，更何况理论在政治上的革命性也让那些有着底层、少数族裔或者女性背景的学生们感受到了支持的力量。于是理论吸引的学生越来越多，反过来就有更多为理论教学和研究提供的就业机会，这进一步刺激了理论的学习热情以及经费投入，由此带来一系列连锁反应：

首先，由于有了经费支持，一大批专注于理论研究的标志性学术刊物涌现出来，比如《新文学史》(*New Literary History*) 在 1969 年得以创刊于弗吉尼亚大学，正是得益于英文系借该校百年校庆之机获得

① Jeffrey Williams，"Packaging Theory"，p. 284.

的经费拨款。这本期刊原本计划致力于文学史研究，不料却迅速成为理论研究的旗舰期刊。[①] 威廉斯指出，在1970年前后涌现的这一批学术期刊不同于当时主流期刊，后者更关注文学史、文本细读以及实证问题，这些新期刊则“转向了与文学研究相关的更大的概念，如语言、性别、阐释和社会等”[②]。它们“自觉地宣称……一种新的批评方式”[③]。在1980年之前，公认的学术权威期刊几乎没有理论期刊，但很快几乎所有的文学研究权威期刊都成了与理论相关的出版物，理论研究成了文学研究的主导范式。威廉斯指出，人们通常只是把期刊理解为像“货车”一样的东西，只会用来装载和传递运输理论，但实际上期刊的作用不容小觑。“如果说期刊发挥了主导作用是有点言过其实，但它们在创立和塑造学术场域的过程中发挥了作用。理论期刊以其庞大的数量和体制，不仅报道了理论的发展，而且创造了对理论的期待，就像博物馆中有一面特定尺寸和色彩的展览墙，它预期了某种写作形式。从时间上来说，理论期刊不仅是在事实发生之后收集材料，而且敦促了被称为理论的写作类型。”[④] 期刊发表激励了教师们的研究热情，促进了研究转向，“教授们更专注于研究而非教学，更关注学科而非校园，更投入研究生教育而非本科生教学。”[⑤] 与之相反，一些原本很有权威的学术刊物，比如《党派评论》《纽约书评》等，却因为抵制理论热潮，拒绝参与理论话题的讨论而丧失了很多学术影响力。

其次，专门鼓励文学理论研究的基金也变多起来，比如富布赖特

---

① 其他著名学术期刊，如康奈尔大学罗曼斯研究系的《变音符》（*Diacritics*，1970），威斯康辛州立大学的《要旨》（*Substance*，1971），纽约州立大学宾汉姆顿分校的《疆域2》（*Boundary 2*，1973），芝加哥大学的《批评探索》（*Critical Inquiry*，1974），以及一些专注于特定理论流派的学术期刊，比如《妇女研究》（*Women's Studies*，1974）、《妇女与文学》（*Women and Literature*，1972）、《法国研究》（*French Studies*，1973）等也都是在类似背景下创刊的。参见 Jonathan Culler, *Framing the Sign*: *Criticism and Its Institutions*, pp. 23 – 24。

② Jeffrey J. Williams, “The Rise of the Theory Journal”, *New Literary History*, 40.4 (2009): 683 – 702, p. 683.

③ Jeffrey J. Williams, “The Rise of the Theory Journal”, p. 683.

④ Jeffrey J. Williams, “The Rise of the Theory Journal”, p. 685.

⑤ Jeffrey J. Williams, “The Rise of the Theory Journal”, p. 692.

研究基金、洛克菲勒研究基金等。在第二次世界大战之前，大学里的学术研究大多都是从兴趣出发的自费行为，研究者们往往不愿意接受政府经费资助，因为担心这会左右学术自由。但从第二次世界大战之后，批评家们不再羞于从政府手里拿钱，基金制度的普及一步一步加剧了文学批评的职业化趋势。学者们把更多的精力从教学转移到申请经费和发表著作上，而是否有理论创新又经常成为能否成功申请到经费支持的关键要素。由此刺激了理论研究的热情。

再次，与理论相关的出版市场也蓬勃发展，出版社追随市场动向，把代表最新理论趋势的专著和教材以最快的速度推向市场，从中获利，于是适合教学的各种理论选集和教材如雨后春笋般出现。一方面，大量理论出版物的出现强化了人们对理论作为受人追捧的学术热潮的印象，另一方面也加速了理论的传播普及，使它更易于被接近、携带和研究学习。

最后，资金的充裕也使得专注于理论的学术会议得以召开。在理论发展过程中，几次具有里程碑意义的学术会议举办正是得益于此。比如1966年在美国约翰·霍普金斯大学召开的以“批评的语言与人类科学”（The Languages of Criticism and the Sciences of Man）为题的国际研讨会，德里达正是在这次会议上发表了著名演说《人文科学话语中的结构、符号与游戏》（*Structure, Sign, and Play in the Discourse of the Human Science*），标志着解构主义正式登陆美国。再比如1986年召开的美国现代语言协会年会，新当选的协会主席J. 希利斯·米勒在这次会议上发表了著名的就职演说《理论的胜利、阅读的抵抗以及物质基础问题》（*The Triumph of Theory, the Resistance to Reading, and the Question of the Material Base*），标志理论进入巅峰时刻。虽然这些事件也有一定的偶然性，但我们还是不得不说，如果没有这几次学术会议提供的契机，理论的传播或许不会那么迅速和广泛。

除了上述因素，“不发表就死亡”的学术生存法则也对理论的发展起到推波助澜作用，背负压力的年轻学者为了获得终身教职，不得不把更多实践用于学术写作而非阅读和教学上，他们最关注的问题不是能否得出正确的、更合理的解读，而是写出更有新意、更容易被期刊接受的文章，而要迎合这种学术体制的口味，最简单的办法就是关注理论本身或理论的进一步阐释运用，因为在这些方面做出创新总要比传统批评方法容易得多。因此，雷内·吉拉德（René Girard）才批评说："最近在理论方面的诸多发展更多是对大学体制生活之迫切情势的回应，而非与文学有任何关系。……理论的快速发展不过是终身教职体制的一个直接产物，它不止要求学术发展，更重视创新。"[①]

总而言之，理论的发展并非仅仅是理论家们的思想接力，它不仅产生在理论家的头脑中，也发生在现实的学术体制之内，受到诸多外部条件的影响。"理论总是被多元构成的历史关切和要素网所界定。"[②]虽然不能说这些影响都是绝对的，甚至说不清究竟谁是因谁是果，孰先孰后——比如是理论热带动了理论教材的出版还是反过来——但至少两者之间的互动却是我们在考虑理论从兴起到衰落过程中不可忽略的方面。它们绝不仅仅是理论发展过程中可有可无的背景，而是起到了重要的推动和刺激。在整个西方社会都在批驳传统、崇尚知识创新的时代背景下，理论的成功的的确确从市场和学术体制这里获得了很多正向推动力。正如卡勒所说的那样，关于文学是什么，以及如何正确阐释的问题，谁能回答得更好、更能推进思考，谁就会被奉为权威，"任何人只要能推进这些讨论，便会自动获得听众，成为最高职业回报的竞争者。"[③]

二　理论的体制化、市场化及其当下危机

理论在20世纪70年代前后的数十年间获得空前繁荣，并在整个20

① 转引自M. Keith Booker, "The Critical condition of Literary Theory", *Papers on Language and Literature*, 26.22（1990）：89－298, p.291。

② Jeffrey Williams, "Packaging Theory", p.290.

③ Stanley Fish, *Is There A Text in This Class? The Authority of Interpretive Communities*, Cambridge, Mass.：Harvard UP, 1980, p.371.

世纪80年代达到顶峰，不同的理论流派此起彼伏，与理论相关的课程、论文、专著、基金、学术讲座、会议和职位招聘都格外火热，形成让理论家们至今都十分怀念的理论热。但好景不长，从20世纪90年代以来，理论热快速降温，批驳理论的声音也越来越响亮。有关理论终结的说法逐渐扩散开来。由于看不到往常那种快速更迭的理论著述问世，很多人便认为理论已经死了，被排挤到学科体制的某个偏僻角落。但实际上，这不过是那些被理论压抑已久的、痛恨理论话语霸权的传统人文学者过早发出的欢呼而已。直到2014年，让—米歇尔·拉巴泰还劝告人们："人们断定理论的时代已然终结，但这却未被证实。在大部分美国大学，理论仍在被系统讲述，也没有迹象表明在未来这会有所改变。对理论的需求一直存在……"① 人们没有看到，与其说理论已死，不如说它获得了一种更隐蔽的存在。理论虽然不再是舞台上那种最活跃的、最受关注的表演者，而是把整个剧场的台前幕后的很多观众和从业者都调动起来，让大家都熟悉了理论的话语，以至于分辨不出谁是理论表演者，谁是旁观者。所以正像彼得·巴瑞（Peter Barry）所评价的："在属于理论的'瞬间'过去之后，不可避免地到来的是理论的'时间'。它已经不再仅仅是属于一小群忠实拥趸的关注对象，而是进入知识血脉，成为整个学科被想当然接受的一部分。在这一阶段，它已经褪去魅力光环，成为学习和教授这一事物的相当大一个群体的日常事务。"②

也就是说，理论并没有死，它只是扩散得越来越广泛和稀薄，这种扩散让那些不喜欢理论的人过早地宣布它的终结，但只要环顾主要的学术出版社和最新的出版目录，就会立即发现有关理论的知识生产依然很旺盛，以后现代主义、身份研究、文化理论、女权主义等为关键词，依然可以检索到大量最新被收藏的学术成果。在学科体制结构

① Jean-Michel Rabaté, *Crimes of the Future: Theory and its Global Reproduction*, New York: Bloomsbury, 2014, p. 16.

② Peter Barry, *Beginning Theory: An Introduction to Literary and Cultural Theory*, Manchester: Manchester UP, 2009, p. 1.

上也是如此。理论课程依旧不少，且已经成为文学批评的知识基础，专门为理论方向设置的工作职位虽然已经不多，但新职位的应聘者却一般都被假定能够承担理论课程教学。故此，克里斯提安·莫拉鲁（Christian Moraru）才在不久前指出，有关理论终结的报道都是“被过度夸大了的”，“理论在后理论时代实际很繁荣……理论并未随着伟大欧陆思想家的离去而离去。”[①]

就像很多理论家一再强调的那样，理论最根本的特征就是它不断地挑战常识，对有关文学和批评的各种基础假定进行反思和质疑，它始终是以挑战者的姿态面对被普遍接受的话语权威或体制力量，但是当它终于推翻了旧有的话语霸权，借助前文所说的各种外部条件和力量，被推举为新的权威的时候，它的危机也就到来了。正如凯瑞·奈尔森（Cary Nelson）所说：“理论话语与非理论话语之间的最大区别就在于它对阐释、方法和修辞实践的反思和自我意识”[②]，“当理论不再有危机，不再需要抗争以界定自我、标画出自我与其他理论的相似性和相异之处的时候，当它认为自己已扩张至它所面向的学科，它的理论假说看上去已不再仅是更优先的选择，而是不可避免的自动选择的时候，当它已被当作自然世界的一个给定部分、已经可以随意进入且无须刻意为之便可运用自如的时候，那么它也就再也不能称得上是理论了。”[③] 理论越来越收敛了它的批判锋芒，对自我的反思也逐渐被遗忘，以换来它在当今学术机构和学术体制中的稳定位置。那些曾经经历过理论热，并在理论之争中大显身手的学者，如今无一例外都在著名学术机构任职，被奉为最受尊重的批评家，就像曾经的第二次世界大战老兵一样，被经常邀请出来接受膜拜，尽管他们已失去真正的理论创造力。所以说，理论在当下真正的问题便是它的体制化，它形

---

① Christian Moraru, “Theory: The Mourning After”, *Journal of Modern Literature*, 39.3 (2016): 154, p. 155.

② Cary Nelson, “Against English: Theory and the Limits of the Discipline”, *Profession*, (1987): 46–52, p. 46.

③ Cary Nelson, “Against English: Theory and the Limits of the Discipline”, p. 47.

成了以自身为中心的一套规则和规范，我行我素，不受约束，失去了它在过去最根本的发展动力，即永不停歇的自我反思、自我批判能力。

在20世纪80年代，英美国家的文学研究已经完成范式转换，“从以（文本）批评为基础变成以理论为基础的学科，或者说批评工作的重心不再是文本细读，而是有关语言、性别、文化、社会以及阐释本身的理论思辨等。”[①] 理论甚至变成了考量一个文学研究者是否具备“职业信用”（professional credibility）[②] 的必要知识要素，只有擅长理论研究的人才有希望获得终身教职。在与传统批评对抗了数十年之后，理论获得了完胜，成为被广为接受的批评模式，一种精英工作的代名词。

如上一节所述，理论的兴起在很大程度上得益于以知识生产和学术创新为根本要务的现代高等教育发展理念。为了获得更高的学术声誉和学术排名，进而有更多的招生优势，文学院系的工作重点不再是像以前那样传承价值理念和培养学生，而是更重视学术研究。它也不得不和自然学科和社会科学一样竞争，不断催化科研产出，以适应现代学科知识生产的迫切要求，“理论市场及其转变、兴衰、声誉评价与就业市场、学科组织架构以及文学研究中的劳动分派有直接关系。”[③] 比较常见的做法就是教师被分为科研和教学两类人员进行管理，前一个承担了文学院系的主要教学职能，占人员大多数，主要从事基础性语言技能、修辞写作等课程教学，以保障文学院系能够生产出“有用的”产品——掌握了写作和语言技能的学生；后者则是少数有较高学术声望的文学教授，他们得以从繁重的教学活动中解放出来，专门从事创新型理论知识生产。虽然这些知识大多数看上去很无用，却可以为所在学科和院系赢得更好的学术声望，保证它们在与自然和

① Jeffrey Williams，“Packaging Theory”，p. 282.

② Bonnie TuSmith，“Opening up Theory”，*Modern Language Studies*，26.4（1996）：59－70，p. 60.

③ Jeffrey Williams，“The Death of Deconstruction，the End of Theory，and Other Ominous Rumors”，*Narrative*，4.1（1996）：17－35，p. 29.

社会科学相比较时，仍可以不落下风。但这种学科发展理念和分工模式的弊端也显而易见，虽然它在一段时间内给理论的兴盛创造了有利条件，也让理论自身陷入危机。理论家们越来越不受控制，他们醉心于挑战文化传统，沉迷于个人职业化的研究，变得日益偏狭激进虚无。理论成了很多人确立话语权威、争夺现实物质利益的手段。与其说他们关心的是谁的理论更有见地，不如说更关心谁的理论更有吸引力，更容易获得基金支持、受邀做演讲以及发表论文，总之“更有市场”。“他们往往只是为了研究而研究，不是那种深刻的、不带私心的对知识的追求，而是为了获得基金，让研究得以继续下去。”①

虽然很多理论在口头上还和以前一样激进，对传统充满质疑，对现实中的问题充满关切，但这只不过是引人关注的噱头，“批评家之间的争吵中越来越重要的不是理论分歧，而是由此产生的相关后果，即谁会被晋升、谁的文章可以发表、谁会受邀作报告等——总之一句话，文学研究也是一个体制。”② “理论成了保护他们职业地位的资源。”③ 这正是伊格尔顿在他于 1996 年为自己的《文学理论导论》修订版增写的后记中所慨叹的，理论终于没有逃脱资本主义的市场逻辑，虽然它曾激烈反叛，但最终还是作为后现代社会所提供的“更有诱惑力的商品之一”，成为“后现代市场的一个组成部分”，理论成了少数精英故作姿态的知识游戏，“一种在日趋竞争的知识环境中积累可贵文化资本的一种方式”。④ 当他们以身体政治、身份政治等花哨的文化符号作为旗号的时候，理论曾经许诺的那种社会现实改变则被拖延的遥遥无期。它在表面上或许并不公然支持资本主义，但在核心关切上却是对商品

---

① Martin McQuillan, etc., “The Joy of Theory”, in Martin McQuillan, etc., eds., *Post-theory: New Directions in Criticism*, Beijing: Foreign Languages Teaching and Research Press, 2018, p. xxviii.

② Wallace Martin, “Literary Theory in/vs. the Classroom”, *College Literature*, 9.3 (1982): 174 – 191, p. 175.

③ Kurt Spellmeyer, “After Theory: From Textuality to Attunement with the World”, *College English*, 58.8 (1996): 893 – 913, p. 897.

④ ［英］特雷·伊格尔顿：《二十世纪西方文学理论》，伍晓明译，北京大学出版社 2007 年版，第 242 页。

和效率之上逻辑的顶礼膜拜。

三　技术—职业化趋势与文学研究面临的挑战

其实，理论的衰退不过是理论过度职业化的一个表现，至少在少数前沿批评家那里，理论还没有衰退，依然在如火如荼地进行，只是已经难以引发广泛关注，成为少数人自娱自乐的学问。实际上从20世纪80年代末以降，不仅是理论研究陷入危机，它所赖以存身的整个人文学科都在面临不景气的境况。与之前相比，愿意选择文学专业的人越来越少，与之相对应的是拨给人文研究的经费也越来越少，教职变得越来越稀缺，文学院系的教职过度饱和，人文学科陷入了寒冬。但与历史上的其他时刻不同，人文学科获得财政经费支持的缩减并非因为经济不景气所致，而是因为经济效率至上的实用主义生产逻辑已经操纵了整个社会。威廉斯指出：“当前正在大学发生的事情不是经济下行的问题，这种问题就像天气一样会有好转的那一刻。事实上，如果你关注美联储可以发现，经济增长很平稳。而是公司协议的问题，是在当前全球资本力量影响深远的生活重构的问题。大学不再是远离世界经济力量决定的象牙塔，而是反映并且怂恿当前对公共领域进行重组的关键机构。”[①] 所有人在进入大学之时都开始关心自己所学专业将来有什么用，特别是能够用经济回报来衡量的用途，而且随着高等教育的普及，接受教育的主体已经不再是有中上层阶级背景的学生，来自移民家庭和工人阶级的孩子所占比重不断增加。他们上大学的目的往往更具有现实的功利需求，成为未来文学批评家的愿望或许并不迫切。[②]

---

① Jeffrey Williams, “The Politics of Pedagogy and the Uses of Theory”, *Review of Education, Pedagogy, and Cultural Studies*, 19. 2/3 (1997): 209 – 224, p. 211.

② 国内学者杨枫教授也指出：“应用是21世纪时代精神的特征之一，应用性成为大学合法性的基础和主旋律，高等外语教育的发展必须接受时代精神和大学理念的约束。目前，中国高等教育毛学率已经达到48.1%，即将进入普及化阶段，原985和部分211高校尚可坚持精英主义的教育理想，但就整个高等教育系统而言，应用转向将是不可逆转的事实。”杨枫：《高等外语教育的国家意识、跨学科精神及应用理念》，《当代外语研究》2019年第2期。

罗纳德·斯特瑞克兰德（Ronald Strickland）非常忧虑大学教育变得“日益技术—职业化的演变趋势”，“在一个只把培训不断增加的技术职业经理劳动力作为主要功能的大学中，传统的文学研究正快速演变为一个可被割舍的奢侈品。”① 而文学研究要想继续生存下去，就必须有效应对这种技术—职业化趋势提出的挑战，因为“对统一的传统人文学科来说，最严峻的阻力就是人们越来越重视技术职业教育”②。

必须看到，理论之所以在过去几十年获得大发展，理论家们被允许从事毫无实际用途的凌虚蹈空的理论生产，关键原因在于，在一个高等教育整体积极向上、繁荣宽松、生源和就业市场都不成问题的大背景下，文学专业根本不会被诘问它的存在和所为能给学生和社会带来哪些好处。也就是说，文学专业就像一个工厂一样，当它的原材料供应充足，又能生产出足够畅销的产品时，它就可以拿出一部分精力去生产一些花哨的奢侈品——理论；但是当它的原料供应紧张，它又不能生产出满足市场需要的有竞争力的产品时，首当其冲要受质疑的就是它是否还有必要继续生产那些华而不实的理论奢侈品。于是很多人便呼吁应当削减，甚至取消在理论研究方面的投入，“把更多精力放在修辞和写作领域”③，只有这样，文学院系才能“为未来的技术官僚精英提供精确且单一的语言能力，以满足其履行专门职责之需的任务”④。

这就是理论乃至整个文学研究面临的新形势。它越来越被迫回答自己的事业究竟能够给学生带来多少现实用处的难题，而且它被给予的思考和回答问题的时间也越来越短暂：在招生方面，愿意从事文学研究的研究生越来越少；就业方面，为写作和修辞等课程提供的就业

---

① Ronald Strickland, “Curriculum Mortis: A Manifesto for Structural Change”, *College Literature*, 21.1 (1994): 1－14, p. 2.

② Ronald Strickland, “Curriculum Mortis: A Manifesto for Structural Change”, p. 5.

③ Gerald Graff, *Professoring Literature: An Institutional History*, Chicago: The U of Chicago P, 2007, p. xvii.

④ John Guillory, *Cultural Capital: The Problem of Literary Canon Formation*, Chicago: The U of Chicago P, 1993, p. 264.

和晋升机会越来越多。1995年2月17日，《基督教科学箴言报》在报道美国全国州议会会议时所用的新闻标题是“‘不发表就死亡’变成‘不教课就死亡’：许多立法者希望州立大学的教授们多上点课，少做些研究”[①]。虽然所有教师都被要求把重心从研究转向教学，但是人文研究，特别是理论工作者所受到的压力更为紧迫。他们被要求从处于知识前沿的研究专家转变为能够加工更多学生产品的培训师。

结　语

当代批评家威廉斯曾对理论的发展与外部社会语境之间的关系做过非常准确的总结，他说：“理论不仅是由一些纪念碑或伟大思想构成的，并非仅发生在象牙塔内的纯粹精神领域。人们也并非在此过着一种抽象的精神活动。相反，它在很大程度上也是诸多职业力量和体制结构的一种功能。……那些体制性结构并非理论领域之外的限制条件或者阻力，就像人们常用纯理论眼光所看的那样。相反，它们是我们确立的社会形式，能让我们去做某种工作，这种工作在这里就被称作‘理论’。”[②] 理论的兴衰无不与这些众多的外部条件有着直接或者间接的关系。因为它曾经借助有利条件且能够回应、满足社会现实需要，所以在第二次世界大战以后获得快速发展并于20世纪80年代到达顶峰。而当它演变为高度个人职业化的行为、被纳入自我维护的稳定学科体制、不再有效回应外部现实语境时，理论潜在的合法性和必要性便受到质疑。

职业化的学术批评曾经是理论勃兴的一个有利条件，但在今天全世界都不可逆转地向着市场化、世俗化、商品化社会加速推进的时代，

① 原报道的英文标题为“‘Publish or Perish’ Becomes ‘Teach or Perish’: Many Legislators Want Professors at State Universities to Teach Longer Hours and Research Less”，参见Jeffrey Williams, “The Politics of Pedagogy and the Uses of Theory”, p. 211。

② Jeffrey Williams, “Packaging Theory”, p. 292.

从事理论工作的人文知识分子却也不得不思考转变其工作方式。理论研究曾经效果显著，它系统且深刻地改造了文学批评的面貌，让人文研究具有前所未有的学科自觉和反思意识，因此绝不应该被放弃。只是它的规模却有些超过了现实所需。既然追求技术效率至上的逻辑已经主导了整个社会，那么文学院系也需要向工厂企业一样改造自我，更合理的安排学科布局和劳动分工，把过剩的资源转移到更急需的领域，才能渡过难关化险为夷。换句话说，让理论批评继续朝着更加专业化、精英化的道路前进，成为更加少数人的事业，以更高的效率生产理论知识，保持它对世俗社会的分析、监督、批判、质疑和精神引领的能力，进而保持人文学科最有价值的、最具特异性的核心功能，同时让更多人分流到基础学科教育，从语言技能的提升到思维水平的提高等，为社会培养出更具实用技能的人才，以满足其社会功能。如此，文学院系方有可能渡过难关，在其中栖身的理论也才有可能继续存在下去。

第七章 “教学转向”与理论的未来

——兼及对文学理论教学方法的思考

一 理论的兴起与文学批评范式的转换

在以后结构主义、女性主义以及新马克思主义为代表的现代批评理论兴起之前，英美文学批评界一直为新批评派所垄断把持。这种从历史悠久的西方自由人文主义批评传统①发端的“新”批评方法倡导文学研究的“内部”路径优先于“外部”路径，批评家不应该急于把文学与外部现实世界联系起来，更无须从政治学、历史学、社会学等其他学科领域借鉴资源，他们只需要专注于文本之中高度自治的内部世界。虽然文学内容也不可避免地会涉及阶级、性别、政治和权力等，但它在更本质的层面上却只是关乎那些渗透着纯粹人性的永恒价值。因此，新批评者普遍认为：“文学批评的任务就是解读文本，做它与读者之间的中介。试图对阅读或者说文学的普遍本质做理论阐释，这对文学批评来说是没有多大作用的。如果硬要这么做，它只会让批评家陷入先入为主的观念之围，这会在他们和文本

① 有关自由人文主义批评的更详细讨论，可参见拙文《西方自由人文主义批评论略》，《学术界》2012 年第 9 期。

之间形成阻碍。"[①] 在理论热兴起之前，整个西方文学批评界就由这种基本共识和假定所主导，即文学研究和教学是与外部世界无关的纯粹学问，而且正因为如此，它才可以扮演民族精神和人文价值传承者的角色，把文明圣火不断传递下去。

然而，随着后结构主义等更"新"的批评理论的崛起，文学研究的"内部"和"外部"两种路径之间的矛盾变得越来越尖锐起来。以往文本中被人们忽视和压抑的语言、性别、阶级、身份、权力等话题越来越成为新一代文学批评家关注的焦点，"政治批评"取代以往的所谓"纯文学批评"成为新的热潮。不过，虽然这些新的批评方法在20世纪60—70年代特殊的革命氛围下发展得异常迅速，但它们要想进入仍旧由传统批评方法控制的学术堡垒，进入文学研究体制的核心话语阵地——大学文学院系的课堂——还是遭遇很大抵制，因为新旧批评方法之间的斗争实际也是学术资源、话语权力以及现实利益之间的斗争。于是在20世纪80年代初，所谓"理论战争"（Theory Wars）的说法流行开来。站在保守立场上的传统批评家们——他们都是在最悠久的学术机构中拥有终身教职的、最有威望的教授、主任或院长——担心理论倡导的那种跨学科的抽象思维方式和干瘪术语会让"有机的"文学批评变得枯燥乏味，因而对之坚决抵制。

在这场理论持久战中，发生在剑桥大学英文系的一次事件经常被人们提起。因为剑桥大学英文系是现代文学批评的发祥地，更是新批评的大本营，发生在这里的理论之战尤其具有象征意义。事件发生在1981年秋季，起因是一位名叫考林·迈克凯比（Colin MacCabe）的年轻讲师在结束五年聘期后却未能获得终身教职而面临被解聘的处境。实际上，迈克凯比真正受排斥的原因是他在教学中积极提倡理论方法，

① Peter Barry, *Beginning Theory: An Introduction to Literary and Cultural Theory*, Manchester: Manchester UP, 2009, pp. 19 – 20.

试图改变传统文学课堂授课内容。他的教学内容生动有趣，深受学生欢迎，却让保守力量反感。迈克凯比要被解聘的消息传开以后引发学生抗议，他们联合起来反对聘任委员会决议，经过媒体报道后争端进一步升级，引发校内外广泛关注，成为社会焦点事件。英文系内部也出现分歧，最后演变为有关文学到底应该如何被讲授和研究的公共话题，实际上也就是“理论派”和传统派之间的斗争。以雷蒙德·威廉斯和弗兰克·克默德（Frank Kermode）为代表的理论派支持继续聘任，而以克里斯托弗·里克斯（Christopher Ricks）为代表的传统派则坚决反对。事件经过《泰晤士报》报道后持续发酵，成为当年最具影响的学术事件。最终聘任委员会在学生的持续抗议下做出妥协，同意延聘迈克凯比一年，但后者并未接受这一结果，而是离开剑桥大学，接受格拉斯哥大学为他提供的一份终身教职。表面看上去，这次斗争的失败方是理论派，但实际不然。理论派至多只是输了一场局部战役，却赢得了整场战争。正如彼得·巴瑞（Peter Barry）所评价的：“从整体来看，理论从这一公共事件中受益很多：它看上去像是一位杰出的、有思想锋芒的年轻俊才受到反动保守势力威胁的事件。我们或许可以说，理论现在有了它的一个殉道士，并借此大大提升了自身的凝聚力和影响力。”①

当然，理论的最终获胜并非仅是由于这一个事件，同时还有众多其他社会和历史因素。第二次世界大战后快速的经济发展、宽松的财政支出和高等教育投入、快速膨胀的高校招生规模，以及对激进学术思想持欢迎态度的社会革命氛围等，这些都是客观有利条件。由此导致的结果就是，理论自20世纪80年代起不再是少数文学院系内外制造事端的“持异见者”，而是顺利进入各大学术机构的内部体制，稳稳占据学术阵地，不断著书立说，并在课堂上向学生们进行理论启蒙，将理论植入其文学心灵。可以说，理论在20世纪80年代之所以能够

① Peter Barry, *Beginning Theory*, p. 270.

取得快速发展，不仅是由于少数天才理论家的爆发式涌现，更得益于它在进入文学理论课堂后，利用更加便捷的学术话语权力，在广大学生中培养出自己的一批又一批接班人。大量文学理论选集和教科书的出现就间接说明了这一点。在此之前，没有人认为理论是文学研究的必然前提，认真研读文学作品被视为文学学习和批评研究的唯一正确路径。在发掘文学的价值之前，没有人想过还需要准备什么理论方法。虽然早在20世纪40年代末以来，新批评的两位主将韦勒克和沃伦就推出有“第一部文学理论导读书”[①] 之称的《文学理论》，但该书真正的意图不过是阐述文学研究的一些基础原理，是以针对具体文学作品的批评实践为基础总结而出的“一套问题、一系列概念、一些可资参考的观点和一些抽象的概括”[②]，进而厘清文学研究的内外之别，把不属于文学研究的外部因素清理出去。它并未保证有了这些原理性的理论方法，学生们就可以获得更准确的文学解读。然而20世纪80年代以后涌入文学课堂的“理论”就有很大不同了，它不再满足于充当文学批评的背景基础，而是要扮演一个更高级的角色，“理论再也不从属于实践，而是本身就成为一种即便不是最重要，也是非常重要的活动。”[③] 理论第一次高过了实践，不是对实践的概括总结，而是先于实践的指导性方法，并且以其咄咄逼人的气势让人们相信只有凭借理论才可以生产出更准确、更深刻的批评阐释。理论甚至变成了考量一个文学研究者是否具备“职业信用”（professional credibility）[④] 的必要知识要素，只有擅长理论研究的人才有希望获得终身教职。

20世纪80年代至90年代的现代批评理论在大学文学院系迅速扩充地盘，发展成为新的垄断性的学术话语。一大批影响巨大的理论选

---

① Steven Earnshaw, *The Direction of Literary Theory*, London: Macmillan, 1996, p. 2.

② ［美］韦勒克、沃伦：《文学理论》，刘象愚等译，生活·读书·新知三联书店1984年版，第32页。

③ Jeffrey Williams, “Packaging Theory”, *College English*, 56.3 (1994): 280 – 299, p. 282.

④ Bonnie TuSmith, “Opening up Theory”, *Modern Language Studies*, 26.4 (1996): 59 – 70, p. 60.

集和教材纷纷涌现。[①] 它们把20世纪60年代以来出现的各种理论流派以更加清晰的面目呈现给学生，以便于教学和传播，从而在文学研究活动中带来一场深刻的范式转换。“文学研究从以批评为基础变为以理论为基础的学科，或者说批评工作不再是‘文本细读’，而是有关语言、性别、文化、社会以及阐释本身的理论思辨。”[②] 至此，理论不再仅是在文学院系体制之外制造麻烦的持异见者，它终于抢班夺权，占领了最具权威的学术机构和文化堡垒，在学术职位聘任、研究经费申请、学术会议的召开，以及学术著作出版等方面都获得优势，成为“被广为接受的批评实践的模式”，“一种被完全许可的范式”[③]。

二 理论的体制化以及对理论的批评和抵制

不可否认，理论从一开始就具有一种先锋性质，原来是只属于一些对传统自由人文主义思想深怀不满的法国先锋哲学家，是他们借以向有着几千年历史的西方形而上学思想进行反抗的批判武器，但经过巴尔特、德里达、福柯和拉康等的引介后，在英美文学批评界迅速走俏，成为新一代文学批评者向那些早已让人腻烦的陈旧批评传统发起挑战的、可供借鉴的有效资源。这些有锋芒的批判武器一开始确实让人们眼界大开，不受限制的跨学科属性充分暴露了以往坚持的文学内部研究的狭隘和局限。在理论之镜的映衬下，以往那些未经反思的自

① 例如：*Critical Theory since* 1965（Hazard Adams and Leroy Searle，1986）；*Critical Theory since Plato*（Hazard Adams，1971）；*Twentieth-Century Literary Theory*：*An Introductory Anthology*（Vassilis Lambopoulos and David Miller，1987）；*Literary Theories in Praxis*（Shirley Staton，1987）；*Debating Texts*（Rick Rylance，1987）；*Modern Criticism and Theory*：*A Reader*（David Lodge，1987）；*Literary Criticism from Plato to the Present*（Raman Selden，1987）；*Twentieth-Century Literary Theory*（K. M. Newton，1987）；*The Critical Tradition*（David Richter，1989）；*Contemporary Critical Theory*（Dan Latimer，1989），*Contemporary Literary Criticism*：*Literary and Cultural Studies*（Robert Davis and Ronald Schleifer，1994）. Literary Criticism and Theory：The Greeks to the Present（Robert Davis and Laurie Finke，1989）and Modern Literary Theory：A Reader（Philip Rice and Patricia Waugh），参见 Jeffrey Williams，“Packaging Theory”，p. 282。

② Jeffrey Williams，“Packaging Theory”，p. 282.

③ Jeffrey Williams，“Packaging Theory”，p. 283.

由人文主义思想假定显得那样幼稚和不堪一击，人们迫不及待地要接受理论的启蒙，对自己在潜意识中被灌输的文学假定进行彻底的反思和清洗，成为被理论教化了的新一代批评家。然而理论先天具有的那种先锋气质及其思维方式似乎注定了它是一项更适合少数人参与的知识游戏，当更多的人试图涌入理论游戏的圈子，成为其中一员之后，他们却无奈地发现自己似乎只能充当疲于奔命的追随者，永远赶不上那些思想先锋的知识生产步伐，被他们囫囵吞下的、难以消化的理论新知识其实永远是理论先锋们抛弃的牙慧。少数追随者尚可紧跟理论先知的节奏，把尚有余温的新知识进行二次包装生产，成为理论宗教的护法和传教士，但更多的人却只是在让人望而生畏的理论大厦面前感到自行惭愧、不知所措。旧的批评手法显得幼稚浅薄，新的理论武器又过于高深莫测难以掌握。“理论成了文学研究中精英工作的代名词”[①]。于是和一切经由革命而攀上王权宝座的统治者一样，理论也必须做好准备，迎接越来越多的反叛者和批判者。

其实，对理论的反对声音从来就不曾停歇，即便在理论事业最如日中天的20世纪80年代，文学院系中仍然有相当多的人紧跟着传统文学批评的人文主义套路，对理论不屑一顾。只是在理论的声音大过一切的情况下，很多年轻学者似乎忘记了除了理论还可以有其他可行的文学研究路径。从理论登堂入室取得学术体制合法性的20世纪80年代开始，对理论进行激烈反对的声音也就接踵而至。反对者主要认为，理论严重破坏了文学研究的原有秩序和面貌，让文学研究失去活力和公共影响力，导致文学批评日益被边缘化，成为现代社会可有可无的东西，进而引发整个文学研究事业的生存危机。批评和抵制理论的声音主要集中于以下几个方面：

首先，很多批评者认为理论的跨学科属性让文学研究偏离了原有的、以文本为中心的正确轨道，研究者半生不熟地运用从其他学科借

① Jeffrey Williams，“Packaging Theory”，p. 283.

来的术语和方法，初看上去像是为文学研究开辟新天地，时间久了却让人觉得乏味。话语、差异、他者、性、身份、权力、在场、能指、去中心、不确定性等，这些理论的标志性语言符号充斥在文学研究领域，让批评家们言虚语玄、不着边际。确实，跨学科性是现代批评理论与传统文学研究最显著的区别，被乔纳桑·卡勒视为理论的第一个标志性特征，他说：“理论是一种思考和写作方式，其边界异常难以确定”，“理论在此意义上并非一套文学研究的方法，而是有关太阳底下一切事物的无限著述的整体，从最有技术性的哲学学术问题到人们谈论和思考与身体相关的变化方式。”[①] 理论的跨学科性是由其法国思想源头的遗传气质所决定。如前所述，法国理论并非文学理论，而是作为对传统哲学的批判性改造出现的，具有突出的跨学科边界特征。但最初被引介到美国却是在文学院系落脚。它原有的跨学科属性迅速扩大了长期受新批评束缚的人文研究的视野，由此带来新的问题：文学研究似乎至多不过是意识形态、历史或理论主题的演示，与其他任何文化实践没有太大区别了。理论在法国批评界最初并没有市场，只是被植入美国文学场域之后，才在这一块新土壤上意外获得无限生机，以至于有人认为美国人对法国理论的引入完全是一个“去语境化、错误挪用和大致对号入座的故事”[②]，甚至德里达本人也认为后结构主义“纯粹是一个美国概念……”，“不过是美国人的另一个词汇和概念”。[③]

理论就像是突然给文学院系的学生们打开了一座全新的图书馆，让他们被迫去阅读完全陌生的哲学、历史学、社会学和政治学等诸多领域的著作，在拓宽视野的同时，却也让他们迷失方向，本应该熟练掌握的文学经典被闲置一边，费尽力气借来的跨学科知识又一知半解。

---

① Jonathan Culler, *Literary Theory: A Very Short Introduction*, Oxford: Oxford UP, 1997, pp. 3 -4.

② Warren Breckman, “Times of Theory: On Writing the History of French Theory”, *Journal of the History of Ideas*, 71.3 (2010): 339 -361, p. 342.

③ 转引自 Warren Breckman, “Times of Theory: On Writing the History of French Theory”, p. 342。

更麻烦的是，理论原本只是一种对文学和批评活动本身进行反思的思考方式，但在具体的教学和批评实践中，却被错误推崇为一种优越于传统人文批评的工具方法，被普遍、机械的运用到所有文本上，一本又一本地把它们暴露为西方文字游戏的粗俗铭文。“灌香肠机”[①] “磨坊”[②] “曲奇压花模”[③]，这些都是常被人们用来形容那种化约式批评样式的隐喻，原本有机的文学“谷物”和“糕点”被他们用机械的蛮力粗暴加工、碾磨和压榨，制作成千篇一律的产品。

其次，正如伊格尔顿曾指出的那样，以解构主义为代表的批评理论实际“产生于特定的政治失败和幻灭”[④]，它是1968年法国学生运动失败后躲进书斋里找到的一种替代革命方案。“德里达显然不想仅仅发展一种新的阅读方法：对他来说，解构最终是一种政治实践，它试图摧毁特定思想体系及其背后的那一整个由种种政治结构和社会制度形成的系统借以维持自己势力的逻辑。”[⑤] 不仅是解构主义，女权主义、后殖民主义、新马克思主义、酷儿理论等无不具有突出的政治锋芒。它们都试图发掘出隐含于文本之中的不公正结构，进而为粉碎一切压迫性结构做好准备。支持理论的人认为，传统文学批评的那些基础性假定中都隐藏着不可告人的企图，他们宣称文学研究是超然无执的、非功利的价值中立行为。但实际上它们却是以最隐藏的方式维护着现有不公正体制，“它们合法化了权力结构的霸权并且再生和延伸了它”[⑥]。

---

① Martin McQuillan, etc., “The Joy of Theory”, in Martin McQuillan, etc., eds., *Post-theory: New Directions in Criticism*, Beijing: Foreign Languages Teaching and Research Press, 2018, p. xxvi.

② Ben Lockerd, “The End of Literature”, July 29, 2010. http://www.imaginativeconservative.org/2010/07/end-of-literature.html.

③ Gerald Graff and Jeffrey R. Di Leo, “Literary Theory and the Teaching of Literature: An Exchange”, *Symplokē*, 8.1/2 (2000): 113-128, p. 113.

④ ［英］特雷·伊格尔顿：《二十世纪西方文学理论》，伍晓明译，北京大学出版社2007年版，第140页。

⑤ ［英］特雷·伊格尔顿：《二十世纪西方文学理论》，伍晓明译，北京大学出版社2007年版，第145页。

⑥ William Spanos, “Theory in the Undergraduate English Curriculum: Towards an Interested Pedagogy”, *Boundary* 2, 16.2/3 (1989): 41-70, p. 45.

"传统文学研究要比任何其他学科都更多参与了对主导意识形态的同谋式再生产。"[①] 正如伊格尔顿所说，面对一个文学文本时，"学生们是被期待着把他们自己的特定身世暂时放到一边，而从某个无阶级、无性别、无种族、无利害的普遍主体的制高点上去判断它的。"[②] 这就是教导学生们学会对一切不公正的现象视而不见。它宣称中立的那些价值标准，"事实上与某些意识形态价值标准是密不可分的，而且它们最终是隐含着某种特定方式的政治。"[③] 正是由于这种认识，理论家们便把政治批评作为自己工作的一个最重要维度。

然而过度政治化的批评倾向也给文学研究带来很大危害。课堂成了理论导师们向学生进行政治鼓动的场所，政治正确也成为新的主导法则。大量的经典作家因为其作品中保守的政治不正确而饱受批评，甚至被排除在课堂教学内容之外，而很多不知名的小作家却因为其作品中蕴含的积极政治潜能而被发掘出来大加赞赏。因为政治正确的缘故，一位中世纪的英国女性玛格芮·坎普（Margery Kempe）写的日记甚至比乔叟的诗歌更值得研究；对德瓦卡（Cabeza de Vaca）和哈里特·雅各布斯（Harriet Jacobs）的关注竟然超过惠特曼、麦尔维尔、霍桑；对爱伦·坡和爱默生的重视度甚至不如玛格丽特·富勒（Margaret Fuller）。[④] 大卫·布罗姆维奇（David Brom-

---

① Ronald Strickland, "Curriculum Mortis: A Manifesto for Structural Change", *College Literature*, 21.1 (1994): 1 - 14, p. 293.

② ［英］特雷·伊格尔顿：《二十世纪西方文学理论》，伍晓明译，北京大学出版社2007年版，第220页。

③ ［英］特雷·伊格尔顿：《二十世纪西方文学理论》，伍晓明译，北京大学出版社2007年版，第210页。

④ 参见Ben Lockerd, "The End of Literature", July 29, 2010. http://www.imaginativeconservative.org/2010/07/end-of-literature.html；玛格芮·坎普（1373—1438）是一位中世纪英国基督教神秘主义者，因写了《玛格芮·坎普的传记》（*The Book of Margery Kempe*）而为人所熟知。这部传记被视为用英语写成的第一部传记作品。德瓦卡（1490—1560）是西班牙探险家，到过美洲地区，因为详细记录了他在美洲地区遇到的土著美洲人而常被视为人类学先驱。哈里特·雅各布斯（1813—1897）曾做过奴隶，后来从种植园逃脱并获得自由，成为一名美国黑人女作家、废奴运动代言人，她的自传《一位女黑奴生命中的故事》（*Incidents in the Life of a Slave Girl*）被视为第一部有关女黑奴为自由而抗争的故事。玛格丽特·富勒（1810—1850）是美国批评家、教育家和女作家，凭借《十九世纪的妇女》（*Woman in the Nineteenth Century*）一书而在美国文化史上占有重要地位。

wich）对此提出尖锐批评，认为政治优先的理论家们不过是些“原教旨主义者”。[①] 更让很多人对理论不满的是，如果说在初期理论确实是其激进严肃的政治锋芒而引人瞩目，并教会人们对此前批评立场的政治无意识保持足够的反思和质疑的话，那么到了20世纪90年代之后，理论的政治批评越来越成为一种花哨的表演。正如伊格尔顿所讥讽的那样，“革命的岁月已经让位于后现代主义的时代了，而‘革命’从此就只会是一个被严格地保留给广告的词了。新一代的文学研究者和理论家诞生了，他们为性问题着迷但对社会阶级却感到厌倦，热衷于流行文化却无知于劳工历史，被异域他性所俘虏，但对帝国主义的活动过程却不甚熟悉。”[②] 此外还有一点需要指出，当理论家们把课堂改造成政治斗争场所、把讲台当成政治布道的演讲台的时候，他们往往预示了台下的学生都是愿意并渴望被解放的受压迫者。他们表面上是要通过唤醒学生的政治觉悟，去夺取在性别、种族、阶级维度上被剥夺的权利，但实际上这种居高临下的强迫性思想灌输本身就是反民主的行为。即便如保罗·弗莱雷（Paulo Freire）那样意识到了这种灌输式政治启蒙教学弊端的人，认为真正的解放“不应该是由上而下施舍给受压迫者的，而应该是让受压迫者去争取自己的解放”，并由此倡导一种让学生自主获得“对世界的批判性感知”[③] 的能力，但他还是未能摆脱理论的一个错误的政治预设：即世界必然总是一个充满压迫的不公正结构，每一个人只要被唤醒，都会积极主动地投身于政治革命。政治至上的理论家们无法想象，或许更多的学生并不认为自己是受压迫者，也更没有被唤醒革命冲动的意愿。对他们来说，真正的解放或许就是像杰拉德·格拉夫（Gerald Graff）所说的那样，“在IBM公司找一份工作，赚很多钱，然后在环

---

① 转引自 Ben Lockerd，“The End of Literature”，July 29，2010。

② ［英］特雷·伊格尔顿：《二十世纪西方文学理论》，伍晓明译，北京大学出版社2007年版，第227—228页。

③ 参见 Gerald Graff，“Teaching Politically Without Political Correctness”，*The Radical Teacher*，58（2000）：26 - 30，p. 27。

境良好的教区购房安家”[1]。因此，理论的政治批评可以休矣。

再次，理论的精英化和职业化趋势是引发批判的又一个焦点。如果说20世纪80年代前后的理论还有着较为宏大的政治抱负的话，那么到了20世纪90年代以后，理论却越来越成为少数精英学者赖以维护自己的学术权威的话语手段，成了他们用来区隔自我和他人职业地位的文化资本。只有少数人才能掌握的玄奥理论确保了他们的特权身份，并强化其优越感，但由于它关心的东西过于曲高和寡，距离人们的常识和日常生活太过遥远，以至于这些专家自身也有了危机感。为了强化巩固其工作具有特权地位的合法性，他们必须确保不断生产出更高级、更有穿透力、更包罗万象的新知识，并由此为他们的专家文化不断涂抹永不褪色的神秘光晕。理论家被抬举为让人敬畏的学术权威，迷失的读者则成为理论王国统治下的属民。理论家打着政治正确的旗号处处宣称要为受压迫的人民谋求解放，但其实很多人真正关心的却是自己的职业前景和学术地位。理论不再是为公共谋求福祉的批判武器，而是成了少数文学教授们“自私自利的策略”[2]。他们用晦涩的术语、冷僻深奥的用典刻意制造出来的艰深效果，制造出最时髦的理论和批评模式，进而在众多理论家中胜出，成为最受追捧的明星学者。凯米尔·帕格利亚（Camille Paglia）对此十分犀利地批判道：“20世纪70年代的法国理论入侵与左派运动或者真正的政治没有什么关系，它完全是由老一套的、自由主义学者们假装憎恶的美国资本主义使然。由于婴儿潮之后的经济衰退和大学瘦身，引发就业市场不景气和经济恐慌，素来不以胆识闻名的知识分子们逃到男性权威和一言堂的保护伞之下；就在市场告诉知识分子们他们毫无用处、可以被抛开的时候，法国理论大师送给门徒们一套让人镇定的高深符码，让他们

① 参见 Gerald Graff，“Teaching Politically Without Political Correctness”，*The Radical Teacher*，58（2000）：26－30，p. 28。

② Robert de Beaugrande，“Literature and Literary Theory：the Challenge Ahead”，*SPIEL*：*Siegener Periodicum zur empirischen Literaturwissenschaft*，16. 1－2（1997）：40－44，p. 42.

感觉自己属于一个精英圈子，一个在知识上高人一等的集团。”[①] 看似高深玄奥的理论，在派格利亚看来不过是一些知识分子的“时尚和贪婪的面具”，对那些喜欢搞理论的人来说，它不过是“一种自信的诡计”，“一张通往成功的门票”[②]。在新的知识经济时代，理论知识也和其他一切事物一样有了交换价值，可以“被塑造成商品或产品形式，被拿去包装、交换和消费”[③]。伊格尔顿也认为文化理论是后现代社会所提供的“最有诱惑力的商品之一”，它本身就已经成为“后现代市场的一个组成部分”，“代表着一种在日趋竞争的知识环境中积累可贵的文化资本的一种方式”，“一种少数者的艺术形式，悠游戏谑、自我反讽、尽情享乐”。[④] 无论是在论文发表、著作出版还是申请基金等方面，理论语言都成了最受欢迎的硬通货。很多理论家们从事知识创新生产的主要驱动力也不再是为了满足外部实际需要，而是更多地源自自身的职业诉求和功利心驱动。总之，在很多人看来，理论已逐渐失去其作为政治批判武器的学术公信力，沦为少数人谋利的手段。文学院系再也不应该继续容忍这样的伪学术存在下去。

三 理论的未来：转向课堂教学？

自20世纪80年代末以来，对理论的声讨愈演愈烈。人们相信在没有理论以前曾经存在一种伟大的文学经典，关于什么是文学、如何讲授文学，以及文学有什么价值，这些问题的答案都是基于人们的共识且不言而喻。人们以真诚和友善的合作传承维护文化共同体。然而

---

① Camille Paglia, “Junk Bopnds and Corporate Raiders”, in Camille Paglia, *Sex, Art and American Culture*, New York: Random House, 1992, p. 241.

② Thomas Benton, “Life after the Death of Theory”, *The Chronical of Higher Education*, April 29, 2005, https://www.chronicle.com/article/Life-After-the-Death-of-Theory/44910/.

③ Patrick Ffrench, “The Fetishization of ‘Theory’ and the Prefixes ‘Post’ and ‘After’”, *Paragraph*, 29.3 (2006): 105–114, p. 109.

④ [英] 特雷·伊格尔顿：《二十世纪西方文学理论》，伍晓明译，北京大学出版社2007年版，第242页。

随着理论的兴起，这一切平静祥和的局面被打破，他们醉心于挑战传统、沉迷于个人职业化的研究，越来越偏狭激进、虚无主义、愤世嫉俗且不受控制，甚至有人预言："如果文学批评继续如此下去，将会毁掉文学研究，会清空美国人的头脑，或许会导致文明的衰退，或至少让我们所了解的这种人文教育终结"①。这种预言并非危言耸听。虽然理论在过去几十年间并非如反对者们批判的那样一无是处——必须承认理论在唤醒人们自觉的批评反思意识方面功绩显著——但它的确有越来越走向极端化的趋势。前面提到的三个最有争议的方面，即理论的跨学科属性、政治正确和职业化、精英化，无不是把原本积极合理的特征过度强化了的结果，也是对原来的理论使命的背叛。它不再能够有效地吸引和启迪年轻追随者，而只是让他们感到沮丧、气馁甚至是怀疑。曾经的理论大师们纷纷退场，年轻的追随者却又后继乏力。理论再也不是那个让所有人趋之若骛的明星事物，而是显得众叛亲离、前途黯淡。正是在这样的背景下，理论终结说的各种提法甚嚣尘上，属于理论的光辉时代似乎马上就要过去了。

当然理论不可能束手待毙。理论家们至少是出于保护自身职业前景的目的也会认真考虑理论如何转型或者调整方向才能摆脱危机。在反对理论的声音愈演愈烈的形势下，如果理论不能改变自身一直以来维系的形象或者在文学院系扮演的角色，那么它的未来处境将真的十分堪忧。在这样的背景形势下，有很多人认为理论摆脱危机的一个最迫切，也是最可行的途径就是转向教学。其实前面提到的理论最让人不满的三个方面——跨学科性、政治化和精英化——它们都有一个共同之处，那就是理论忽略了它所面对的学生们的现实基础和关切，一骑绝尘兀自钻入玄奥高深的先锋思想大厦，理论成了少数人应答唱和、自我营营的学术炫技，甩下一群难以望其项背的年轻追随者在后面凝眉蹙

① Jonathan Culler, *Framing the Sign: Criticism and Its Institutions*, Norman: The U of Oklahoma P, 1988, p. 41.

首、顿胸垂足，时间久了必然会四散而去，让理论成为无人捧场、后继无人的精英们自娱自乐的学术游戏。因此，理论必须从那些巍峨的思想大厦中走出来，更主动接触对其尚有一丝兴趣的学生和听众，培养更多年轻力量，才有可能把理论的思想圣火传递下去。正如托尼·品克尼(Toni Pinkney)所言："文学理论的未来不可避免要有一个教学维度，包括不断努力让这种艰深领域或能为本科生所接受。如果我们打不赢这场战斗，文学理论就根本不会有未来。"[①]

曾经以一部《反对自身的文学》享誉美国学界的批评家杰拉德·格拉夫也指出："近年来文学理论是出了名的反对教学。它们全都把文学和阐释搞得高深莫测，让大部分本科生茫然无措。"[②] 他呼吁未来的文学理论以及整个文学批评事业要想继续很好地存在下去，就必须把关注点重新转向教学。格拉夫还身体力行，几乎把全部的学生兴趣转移到修辞写作等基础教学。他在后来分别荣任美国中西部现代语言协会主席（MMLA，1994）和美国现代语言协会主席（MLA，2008），并在两次就职演讲中都把"转向教学"（pedagogical turn）作为自己的主题。他说："我对'理论的未来'的预测是，在下一个十年里，我们将看到理论的关注点将被明显重新转向教育和教学问题"[③]，"一种理论只有当它对教学的意义被发挥出来，才算得到充分阐发……理论运动的失败也激发了教学转向，以回应在其身后留下的那种偏狭独立，以及在政治上的无能为力感。"[④] 早在1987年，格拉夫就曾出版一部题为《讲授文学：一部学科体制史》（*Professing Literature: An Institutional History*）的专著，号召所有文学批评家都应该把工作重心从理论批评转向更基础性的课堂教学。在他看来，职业化文学学术研究的兴起既让文学院系在20世纪80年代之前获得空前繁荣，也导致它在当

① 转引自Steven Earnshaw, *The Direction of Literary Theory*, London: Macmillan, 1996, p. 110。

② Gerald Graff, "The Pedagogical Turn", *Journal of the Midwest Modern Language Association*, 27.1 (1994): 65-69, p. 65.

③ Gerald Graff, "The Pedagogical Turn", p. 65.

④ Gerald Graff, "The Pedagogical Turn", p. 66.

下的生存危机。20 世纪 80 年代之前的理论批评之所以能以爆发式的增长并顺利被学术体制接纳，主要得益于第二次世界大战后长期的经济上行趋势、婴儿潮一代带来的高效扩张，以及伴随着宽松教育投入和经费预算，借助所有这一切条件形成的宽松氛围，文学理论得以我行我素，即便与传统学术实力吵得不可开交，但依旧可以在同一个院系和平共处、相安无事。在教育蛋糕足够大的前提下，越来越多地获得属于自己的那一块。“在‘自己活也让别人活’的这种多元主义的观点下，传统主义者和年轻的造反派得以在各自的课程的私密空间里继续追寻互不相容的事情，而非公开对抗彼此的之间的歧见。”[①] 但是到了 20 世纪 90 年代之后，整个文学院系面临的形势又发生了巨大变化。技术优先、效率至上的市场逻辑主导一切，文学院系因为不能为社会提供足够有用的技术人才而受到理工院系的排挤倾轧。在整个教育经费投入普遍不断增加的大背景下，文学院系分到的经费蛋糕却越来越小。由此引发的就是文学院系内部不同学术力量之间的利益竞争和权力分配再调整。从事写作和语言技能基础课教学的教师主体与少数享有学术特权的研究型学者之间、支持传统人文学术的文学教授和青睐现代批评理论的学者之间都在发生越来越尖锐的争吵，甚至是倾向理论的批评家内部也因为理论立场的不同而变得势不两立。这都是因为从外部施加给整个文学院系的生存压力被传导至内部制造出的分化结果所致。在这样的背景下，理论家们如果再像以前的斯坦利·费什和斯皮瓦克那样高调地宣称理论唯一的作用就是给批评家本人带来职业回报、却不会在课堂以外产生任何实际后果，这恐怕是不行了。批评家必须向学生展示出理论是有效的，能够在多个层面上发挥作用，而不仅仅是理论家本人忽悠大众的智力游戏。这才是理论继续存在下去的关键。

---

① Gerald Graff, *Professoring Literature*, p. ix.

四 对几种常见理论教学方法的考察

理论必须重视教学，这已经成为理论家们的共识，但接下来的问题就是具体的教学方法了。到底应该如何讲授，才能把理论的精华传递给学生？实际上在过去几十年时间里，理论从未在课堂教学中缺席。在国内外绝大多数的文学院系教学大纲中，文学理论课程都是最重要的基础课或者必修课。但实际产生的效果却未必让人满意。原因就在于过去人们采用的教学方法与理论的根本特征是相互违背的。大卫·迈尔斯（David Myers）曾在文章中批驳了当前比较常见的三种理论教学方法，对我们很有启发。

第一种错误方法就是把理论当作书本知识来教授。“理论被当成各种理论流派。课堂上讲述的就是各种不同主张的主要内容……文学理论的思想被当作既定事实”，这种方法的优点是“便于组织教学大纲，承认理论作为一种历史运动的重要意义”①，其假定前提是理论必定得先成为一个客体知识对象，才能被学习。但迈尔斯认为这显然并非学习理论的最佳途径。“尽管理论家们喜欢谈论怎样解决问题，尽管其追随者的所作所为经常给人的印象就是最近理论的成就就是解决了某些问题，并终止了继续探究，但是用这种态度教授理论却是对理论的背叛，是把理论简化成被接受的知识。”② “这种态度是非理论的”③，“如果说文学理论从定义上来说有任何意义的话，那就是一切有关文学和文学标准的看法都是有待质疑的”④，学理论不等于背诵记忆理论家的话，“它还包括如何独立运用一种具体的探究方法”⑤。

① David Myers，“On the Teaching of Literary Theory”，*Philosophy and Literature*，18.2（1994）：326－336，p.326.

② David Myers，“On the Teaching of Literary Theory”，p.327.

③ David Myers，“On the Teaching of Literary Theory”，p.327.

④ David Myers，“On the Teaching of Literary Theory”，p.327.

⑤ David Myers，“On the Teaching of Literary Theory”，p.327.

第二种教学方法更普遍，那就是把理论当作具体的批评方法，可以说绝大多数人接触理论的最初动机就是如此，即相信一旦掌握了理论，便拥有了解读文本的有效工具，能够让他们的批评实践得到显著提升和改善。由此导致的一个很不好的后果便是大量生硬教条的理论术语在文学批评中泛滥，尤其是当学生对理论的掌握仍然处于一知半解的状态时。机械地套用理论框架只会让他们的文学研究显得笨拙僵硬。人们对理论的诸多误解也以此而来。对此，更有经验的理论家们早已提出批评。比如卡勒认为，“理论实际上不应该被理解为阐释方法的处方，而应该被理解为，当有关文学文本的本质、意义以及它们与其他话语、社会实践和人类主体之间的关系成为整体反思的对象后得出的一种话语。理论并不会给人一种批评方法，可以拿来运用于一部作品，得出几种意义，相反，文学作品能告诉我们什么往往关键取决于理论问题。”① 威廉·斯潘诺斯（William Spanos）也指出，仅仅强调理论能够被用来帮助学生掌握阐释技巧还远远不够，这遮蔽了理论真正强大的功能。它可以揭示貌似超然无执、无关政治的传统文学研究和制度性工具实际上都是在根本上有利益关切的，“它们合法化了权力结构的霸权并且再生和延伸了它。”② “理论教学不应该以教授阐释技巧为目的，而应该以激活‘批判意识’为目的。把学生——以及老师——从看不见的霸权话语实践的压迫下解放出来，摆脱那些被主导社会秩序历史地建构出来、却被想当然接受的观念思想。”③ 勒罗伊·塞尔（Leroy Searle）也认为最坏的理论实践就是把理论化约为“陈腐的档案文件和机械的批评工具箱”④。实际上，理论完全不同于自然科学或者社会科学中那些从实验观察或者实践活动中总结而出的、反过来指导具体实践的一般原理，

---

① Jonathan Culler, *Framing the Sign: Criticism and Its Institutions*, p. 22.

② William Spanos, “Theory in the Undergraduate English Curriculum”, p. 45.

③ William Spanos, “Theory in the Undergraduate English Curriculum”, p. 46.

④ Leroy Searle, “Literature Department and the Practice of Theory”, *MLN*, 121 (2006): 1237 - 1261, p. 1253.

它真正的精髓不是指导实践的方法论，而是对实践背后的基础假定进行根本性的反思和质疑的行为。与其说理论并不关心具体的文学批评实践，不如说它更关心实践背后的那些未被检测的假定。对此德·曼曾有过很好的论述，他认为，对理论最常见的抨击就是它误导了批评实践，但实际上“从理论上来说，关于理论的总体看法不应该始于实践考量，它应该关心这些问题，比如文学的定义、文学语言与非文学语言的差异，以及文学艺术与非语言艺术的区别等”[①]。理论在文学研究中崛起的一个原因便是它有效质疑了自由人文主义的阐释标准，揭示了貌似超然无执、无关政治的传统文学研究和制度工具实际上都是在根本上有利益关切的。它们合法化了不公正的权力结构的霸权并且维护、再生和延续了它。因此，理论教学不应该以教授阐释技巧为目的，而应该以激活学生的自我反思的批判意识为目的，把自我从那种看不见的霸权话语实践的压迫下解放出来，摆脱那些被主导社会秩序历史地建构出来的，却被想当然地接受的观念思想。如果以从总得出一套有用的阐释工具方法为目的而学习理论，就是把反思和质疑的根本任务丢到一边，这又返回了理论之前的老路上去。

第三种错误的理论教学方法则是把理论当成政治煽动工具。教师讲授理论的目的不仅是改变学生的文学观念，更企图唤醒他们对自我受压迫状况的认识，进而到课堂之外去争取更大的现实改变。迈尔斯认为这种方法最典型的代表就是保罗·弗莱雷（Paulo Freire）倡导的所谓“受压迫者的教学法”，他称之为“公开的列宁主义的方法”（openly Leninist），“理论教学必须告诉学生如何揭露任何文化操演背后的意识形态状况，进而赋予他们权力，引导他们把他们的新知识置入阶级斗争的语境中并且再政治化……消除理论与实践、学术探究与政

① Paul de Man, *The Resistance to Theory*, Minneapolis: U of Minnesota P, 1986, p. 4. 该文最初以论文形式发表于 *Yale French Studies* 1982 年第 63 卷。后与其他论文一起收入以 *The Resistance to Theory* 为题的论文集，内容也略有修改。本文参考是后文。

治鼓动之间的隔阂”[1] 实际上，这种教学方法是对第二种错误方法的过度纠正。理论不应该作为具体的批评方法，但也不应该成为政治斗争的工具。理论的长处在于揭示未经反思的观念背后隐含的权力关系和意识形态基础，它是一种持续深入、永不停歇的思想探究。把理论当作政治动员工具，其动机或许是好的，但在实践中未必可行。学生们有着复杂多元的背景立场，不一定就愿意接受理论家们自我认定的政治立场的合法性。总是把学生预设为期待被解放的、对自我实际状况无知的幼稚儿童，这种预设不但是错误的，也是幼稚的。格拉夫对此批评道：“要想超越当前阶段的教学转向，我认为我们需要比当前的（弗莱雷式的）赋权式教学法更坦诚地以学生为中心，后者硬要赋予学生以权力，不管他们愿不愿意。虽然这些赋权教学法声称重视开放对话……但他们从一开始就假定我们知道谁是压迫者、谁是被压迫者。”他们的教学实际上不过是自说自话，“是在向那些早已经皈依了的同事和学生布道”，他们太把自己当回事了，认为自己的工作很受欢迎，实际上却不然，他们不过是一个四面楚歌、处处受围困的小群体，只会在群体内部互相固化已有的政治主张，甚至制造内部分歧，却难以突出重围影响外部，其结果就是“未被说明的旁观者变得愤怒，愈加疏远，甚至更愿意接受保守的反面宣传”。[2]

五 思考一种更合理的理论教学方法

在对三种错误的理论教学方法进行总结后，接下来我们就需要思考究竟怎样才算是正确的教学方法，而这又关系到一个更根本的问题，即理论究竟是什么。正是对这一根本问题的不同理解，才导致人们产生不同的学习和教授理论的不同策略路径。如果把理论当成理论大师

① David Myers, “On the Teaching of Literary Theory”, p. 330.

② Gerald Graff, “The Pedagogical Turn”, p. 67.

们生产出来的高深知识，就会导致对理论的迷信和膜拜。如果把理论当成批评方法则会衍生出大量化约式的、教条主义的批评实践。实际上，这两种方法正是当前最普遍的，绝大多数文学理论教材都是把理论当成专门知识讲述，同时辅之以运用特定理论方法解读文本的实践案例，进而强化了学生对理论的迷信和误解，让很多人误以为自己研究能力不足的根本原因是缺乏理论功底。事实上，正如我们经常看到的，很多对现代批评理论一无所知的人，仅仅依靠自己敏锐的文本洞察力或者运用文献考据传等传统方法照样可以做出很有深度且饶有趣味的研究。罗伯特·德·波格朗德（Robert de Beaugrande）曾提到：“我的实践经验完全证实了我的假设，那就是，即便非专业人员所作的普通阅读也可以十分有趣，虽然从历史或者技术角度来看还有点怪异。”[①] 相反，运用一知半解的批评理论对文本进行化约式分析的粗劣解读也随处可见。把理论奉为知识或方法都会导致一种“教学威权主义”[②]，加剧了很多人对理论的反感和畏惧。理论本身成了教学对象，文本成了印证理论的边角材料，而不是把重心放在理论与文本之间的辩证关系上。这种教学不是创造性的，不能推进有关理论或文学的思考。

重视理论教学十分有必要，但理论本身却不应是教学目的。卡勒曾指出理论的两个最根本特征包括：“理论是对常识以及被当作自然之物的概念的批判”；“理论是反思式的，是关于思考的思考，是对我们用来理解事物（在文学和其他话语实践中）的范畴的探究”[③]。不同于自然科学中的一般原理，理论不是对批评实践的总结归纳，也非用于指导实践的方法，而是对实践本身以及实践背后的一系列未经检验的基础假定和常识进行反思和追问，把它们去自然化和去神秘化。理论和常识之间的关系又是动态的、辩证的。今天的理论用不了多久或许就会被沉积，固化成为常识，需要更进一步的反思和质疑。正如女

① Robert de Beaugrande，“Literature and Literary Theory：the Challenge Ahead”，p. 12.

② David Myers，David Myers，“On the Teaching of Literary Theory”，p. 328.

③ Jonathan Culler，*Literary Theory*：*A Very Short Introduction*，p. 15.

性主义批判了男权主义的性别压迫，后殖民女性主义和马克思女性主义进一步批判了女性主义对种族和阶级压迫的忽视，而最新的交错性理论又批判了以往一切理论对性别、种族和阶级等身份的割裂的理解一样[1]。正是在这一层意义上，伊格尔顿才说“理论归根结底始终都是某种自己打败自己的事业”[2]。因为一种理论的胜利往往意味着它被固化为新的知识权威，一种需要继续被探究和质疑的对象。笔者在他文中也曾指出：“理论从根本上来说就是一种关于文学实践的反思性话语实践。只要有文学实践——不管是创作还是批评——这种反思就不会停止，因为不断对自己的行为进行反思和调整也是人类文明不断前进的源泉。反思会打破成见、惯例、常识，带来新知识，但用不了多久，随着新知识不断泛化，它又积淀成常识，又需要进一步反思。但旧的知识也不会像一件破衣服那样被扔掉，而是像河床一样不断累积，充实着人类智慧，并且不时被重新翻倒出来激励新知识。”[3]

在现实教学活动中，往往有很多老师和学生都对理论课程心有畏惧，甚至是厌烦和抵制，以至于在很多人心目中留下的印象就是，理论都是艰深晦涩、枯燥乏味的。这在很大程度上就是由不正确的教学方法所致。事实上理论也可以充满趣味，只要不把理论奉为僵死的知识和机械教条的批评方法。理论从根本上来说是一种思考方式，“一种永不停歇的质疑，是对清晰答案的永不知足”[4]。要想让文学理论课程变得有趣味、有价值，老师和学生都必须自愿实践一种带有知识暴力的教学方法，自觉地让自己有关文学和批评的既往观念、信条和价值立场接受诘问，同时对理论本身的意识形态预设提出反诘问，这样

---

① 参见阿什利·博赫勒《交错性与马克思主义：批判性的历史书写》，李哲、贾彦艳译，《国外理论动态》2019 年第 1 期。

② ［英］特雷·伊格尔顿：《二十世纪西方文学理论》，伍晓明译，北京大学出版社 2007 年版，第 219 页。

③ 陈后亮：《“将理论继续下去”：近二十年来国内后理论研究综述》，《四川大学学报》2017 年第 2 期。

④ Warren Breckman, “Times of Theory: On Writing the History of French Theory”, *Journal of the History of Ideas*, 71.3 (2010): 339 – 361, p. 356.

便有可能产生一种新的批评意识，让自己的文学批评视野得到重塑。不仅是针对文学作品，也针对我们生活于其中的整个生活世界。理论教学的目的不是教会学生一种新的阅读方法，找到一个问题的答案，而更是为了帮助他反思过往的那些沉淀在无意识中的批评观念和关于世界、文本的基本预设，去发现更多的问题，思考可能的答案，如此他便可以察觉自己的知识盲点，那些曾被奉为圭臬的牢固知识的漏洞。同时也可以大大提高他在阅读文本时对细节的敏感度，很多在过去被忽视的、无甚意义的细节，在新的理论关照下就会突然变得很有问题，进而能够得出有意义的解读。

另一方面，理论的无穷尽的自我反思性也决定了没有任何一种具体的批评理论敢于宣称自己掌握了破解文本和世界意义的终极钥匙，也没有一种理论应被当作高于其他理论的权威。迷恋任何一种理论的可靠性都必然会带来新的盲点。恩绍曾指出：“（希望理论像科学理论一样有可靠的基础）这种愿望往好了说是错误的，往坏了说是愚蠢的。理论在艺术领域有其作用，但互相排斥的理论能够共存于同一话语领域却不能在他们之间作出孰优孰劣的评判，甚至也没有人愿意这么做，这个事实本身就说明理论在文学中的地位完全不同于科学理论。”[①] 这并非倡导相对主义，因为真正的理论从根本上否认有稳定不变的、不受外部条件制约的客观存在的意义。理论的根本性质决定了它总是更迷恋于戳破旧知识的漏洞而不是热衷于建构新的稳定体系。这也正是詹姆逊所说的理论与哲学的根本区别，哲学总是试图就一些根本性的问题给出终极答案，否则便不是哲学了。而理论恰恰是对一切终极答案的回避。[②] 因此最好的选择就是对各种理论兼收并蓄，让它们在彼此的诘问和反诘问中产生更多的洞见。黑瑟·约翰逊（Heather Johnson）称这种做法为“理论机会主义”“只要有启发帮助，各种理论皆可以拿来为我

① Steven Earnshaw, *The Direction of Literary Theory*, p. 111.

② 参见尼克·鲍姆巴赫、戴蒙·扬、珍妮弗·余《重访后现代主义——弗雷德里克·詹姆逊访谈录》，陈后亮译，《国外理论动态》2017年第2期。

所用”，“不同理论的选择也就是偏好和权宜之计的问题，学生根据具体文本或现象来选择使用哪种理论透镜，这就和他们选择专业是一样的，依据的不过是兴趣、功用以及为未来的投入，而非正确与否或是否正当的问题。”①

结　语

总而言之，理论不是用来记忆的知识或批评方法，而是有助于拓展思路、深化认识的思考方式。它也不是固定知识，而是一场永不停止的反思式斗争，是需要永远被重新思考的问题。学习理论意味着接受理论对自己旧有观念的质疑，同时也时刻准备着对理论本身进行批评式的反诘问。只有这样，理论才能在教学和批评实践中永远继续下去，且不断焕发活力。劳瑞恩·古德曼（Lorien Goodman）曾实验过一种理论教学方法，他在课堂一开始就要求学生思考什么是文学、什么是理论这些大问题，虽然也会研读各种“主义”，但课堂围绕的中心问题还是我们为什么读、怎么读、读什么这些根本问题。他认为自己的理论教学主要有目的：“1. 介绍学生了解文学理论与批评；2. 提升他们对文学语言的本质及其深度的理解；3. 让他们参与语言和意义生产的游戏；4. 探究文学在文化中的作用，进而反思文学场域中一切未经检验的假定、共识：何谓作者、文本、经典、意义……”，② 古德曼的教学实验对我们很有启发。理论在未来要想继续存在下去，就必须转变以往重研究轻教学的做法，从高居象牙塔尖的精英学问走入课堂，成为对学生们有益的思维训练。但理论的本质又决定了它不能被简化为僵化的知识或方法，而应被作为一种灵活的、充满自我意识的文学思考

① Heather Johnson，“Violating Pedagogy：Literary Theory in the Twenty-first Century College Classroom”，*The CEA Forum*，Summer/Fall（2015）：37 – 74，p. 43.

② Lorien Goodman，“Teaching Theory after Theory，Teaching Theory after Theory”，*Pacific Coast Philology*，42. 1（2007）：110 – 120，p. 116.

方式。把理论分解为批评方法，这看似能够让理论变得有效实用，实际上却会让它失去活力，很快就会遭到厌弃。只有像古德曼那样，“永远不是把理论作为目的本身，而是从文学中生产出意义的方式”①，理论才会有未来，从事理论工作的文学研究者也才会有未来。

① Lorien Goodman, “Teaching Theory after Theory, Teaching Theory after Theory”, *Pacific Coast Philology*, 42.1 (2007): 110－120, p.118.

第八章　再谈文学理论的功用

——关于西方文学理论教材编写理念的反思

自从职业化的文学批评在20世纪30年代英美国家的英文系逐渐兴起，到20世纪70年代以解构主义为代表的现代批评理论出现，在此期间的数十年时间内，新批评式的文本细读法被绝大多数人奉为理所当然、唯一正确的文学研究路径。虽然新批评从本质上来说也是一种文学批评理论，其背后是一整套有关文学是什么，以及文学研究的方法和目的等问题的理念，但在具体的批评实践中，它却并不要求批评者有清晰的理论自觉意识。它只是提倡文学批评应当区分内部和外部研究之别，排除作者创作意图和读者感受谬误的干扰，心无旁骛地专注于文本，从中得出尽可能接近原意的客观解读。但从20世纪70年代之后，随着各种批评理论迅速崛起，理论以前所未有的姿态强势进入文学批评，成为显著的在场。以至于到了20世纪80年代之后，文学研究出现了所谓的“范式转换”，“从以批评为基础变为以理论为基础的学科，或者说批评工作不再是‘文本细读’，而是有关语言、阐释本身、性别、文化和社会等的理论思辨”①，“理论成了被广为接受的批评实践的模式”“一种被完全许可的范式。”②

① Jeffrey Williams, “Packaging Theory”, *College English*, 56.3 (1994): 280-299, p.282.
② Jeffrey Williams, “Packaging Theory”, p.283.

由于理论对一切未经检验的、被想当然接受的观念和方法都提出质疑和反思，确实能够有效地提升文学批评的层次，显著深化人们对文学作品的解读，因而迅速普及开来，成为文学批评领域的“职业信用”（professional credibility）[①]。运用理论的研究成果容易发表，精通理论的批评家容易得到教职并获得晋升机会；相反，对理论一窍不通，仍旧坚持传统批评方法做出的研究却往往被质疑为不够新颖深刻。在这种情况下，学习理论成为准备从事文学批评的人们的必修课程。然而理论的深奥晦涩是众所周知，仅熟悉文学作品却对哲学、心理学、历史学、语言学、精神分析和政治经济学等跨学科知识缺乏了解的人，学起理论原著来未免感到力不从心。他们急需有一种深入浅出的文学理论教材，能够让他们在短时间内迅速对那些让人眼花缭乱的理论流派有全面认识，从中获得启发，并转化为指导批评实践的工具和方法。于是，文学理论教材编写的第一轮热潮也紧跟理论热出现。包括特里·伊格尔顿、乔纳桑·卡勒在内的很多著名理论家，以及劳特里奇（Routledge）、布莱克维尔（Blackwell）等著名学术出版社都加入文学理论教材编写和出版的热潮中。

我们甚至可以说，理论之所以在20世纪80年代取得那么广泛的影响，在相当程度上正是得益于大量高质量理论教材的推出。它们使得那些深奥的理论更容易被携带、讨论、学习和讲授，进而被大部分人接受。所以沃雷思·马丁（Wallace Martin）早在1982年就提出：“在批评史、学术史和教学史中，教科书都被值得单列一章进行研究，因为它们的内容和销量是最直接的证据，能够告诉我们教室里发生的事情。”[②] 这些教材并非删繁就简的二流读物，而是充当了普通读者与高深理论之间的重要桥梁，对理论的普及传播起到巨大作用。然而在另一方面，或许

① Bonnie TuSmith, “Opening up Theory”, *Modern Language Studies*, 26.4 (1996): 59 - 70, p. 60.

② Wallace Martin, “Literary Theory in/vs. the Classroom”, *College Literature*, 9.3 (1982): 174 - 191, p. 177.

也正是由于这些教科书在编写理念和方法上的不足之处，才影响了人们对理论的误读或者错误期待，为后来的理论危机埋下了伏笔。本文因此打算对过去几十年间被广泛采用的，同时也是最有影响的几部文学理论教材进行对比分析，特别是关注其编写方法和指导理念（而非具体编写内容），进而思考它们带来了哪些积极有益或不尽如人意的后果。因为理论的主阵地是在英美国家，因此本文也重点考虑在英美国家出版的理论教材，用中文以及其他语言编写的文论教材不在考察范围之内。

一 教材编写理念之一：把理论作为一种思考方式

在众多文学理论教科书中，特里·伊格尔顿的《文学理论导论》无疑是最有影响的一部。作为当今英国乃至全世界“最杰出的文学理论家、文化批评家和马克思主义理论家”[①]，伊格尔顿本人的学术生涯几乎与现代批评理论的发展历程平行甚至重合。他于20世纪80年代前后在西方理论界奠定自己的学术地位，彼时也正是理论最热的时期，他的成名在很大程度上也正是凭借他所撰写的这部理论教材在全世界范围内的广泛传播。其实在此之前，英美国家的文学院系并没有普遍采用的理论教材，理论课程也并不太受重视，人们要想学习理论，要么去读原著，要么就是运用极少数理论选集，比如哈扎德·亚当斯（Hazard Adams）在1971年出版的《柏拉图以来的批评理论》（*Critical Theory since Plato*）。这对大部分学生来说，显然会让他们感到有些茫然无措、无从下手。随着理论越来越成为文学专业学习的必修课程，人们急需一本理论导论性的入门读物，帮他们在理论的海洋中找到方向。伊格尔顿的这一本著作可谓应时而生。作为公认的第一部理论教科书，《文学理论导论》从一问世便引起巨大反响。在出版后的三五年时间内，先后有包括卡勒、米歇尔·瑞恩（Michael Ryan）、拉曼·

① 王宁：《导读》，载伊格尔顿《文学理论导论》，外语教学与研究出版社2004年版，第1页。

塞尔登（Raman Selden）和琳达·哈钦（Linda Hutcheon）等一流理论家在内的二十多位学者为其撰写书评，被称赞为“现有最好的文学理论导读”[1]，“伊格尔顿最好的著作”[2]。这部著作的发行量之大、传播之广、影响之巨，恐怕至今没有其他同类著作可以比拟，并且不断再版、重印，被翻译成几十种不同语言发行。近年来随着电子书籍的普及，发行量有所减少，但它的影响力却变得更大了。可以说凡是学习西方批评理论的人，鲜有没读过这部著作的。也正是因为这个原因，伊格尔顿在书中所采用的对待理论的基本观点、研究路径和批评态度深刻影响了很多学者，塑造了很多人对待理论的基本认识和元立场。

作为文学理论教材的开山之作，伊格尔顿的这部著作与此后的其他类似著作有一个很大不同。它虽然名为导论，实际上却如塞尔登所指出的：“并非通常意义上的文学理论导论”[3]，伊格尔顿并未假定他的读者都是零基础的初学者。虽然他的文风生动活泼，也尽可能清晰地梳理出每一种所讲述的理论流派的来龙去脉，但还是不免会让初学者感到十分困难。其实，伊格尔顿的写作意图与其说是帮助初学者深入浅出地领略理论王国的版图地貌，不如说是要从根本上破除他们对理论以及潜伏在他们的批评无意识中的文学观念的迷信和误解。他开篇第一个命题不是理论是什么，而是文学是什么。在对英国文学的兴起做系统深入的考察之后，他得出的结论是：“文学就是一种意识形态”，“它与种种社会权力问题有着最密切的关系”，英国文学在19世纪的兴起就是为了代替原来的宗教“继续承担意识形态任务”[4]。也就是说，文学研究从一开始就不是像它所宣称的那样超然无执，而是服

① Michael Ryan, “*Literary Theory*: *An Introduction* by Terry Eagleton (Book Review)”, *Substance*, 13.3/4 (1984): 134 – 136, p. 134.

② Jonathan Culler, “*Literary Theory*: *An Introduction* by Terry Eagleton (Book Review)”, *Poetics Today*, 5.1 (1984): 149 – 156, p. 149.

③ Raman Selden, “*Literary Theory*: *An Introduction by Terry Eagleton* (Book Review)”, *The Modern Language Review*, 80.2 (1985): 396 – 398, p. 396.

④ ［英］特雷·伊格尔顿：《二十世纪西方文学理论》，伍晓明译，北京大学出版社2007年版，第21、21、23页。伊格尔顿的英文原著标题直译应为《文学理论导论》。

务于一定的国家意图，受阶级意识形态所控，非但如此，新批评之后的每一种或激进或保守的批评理论都是某种意识形态的代理，尽管他们都以不同的面纱遮住本来面目。他说：“我从头至尾都在试图表明的就是，现代文学理论的历史乃是我们时代的政治和意识形态的历史的一部分。从雪莱到霍兰德，文学理论就一直与种种政治信念和意识形态价值标准密不可分。……与其说文学理论本身就有权作为理智探究的一个对象，还不如说它是由以观察我们时代的历史的一个特殊角度。”[①] 伊格尔顿并不谴责理论的意识形态本质，他只是反对理论和文学批评以各种方式逃避或掩盖对自己的政治立场或意识形态的认识，即那种缺少反思的盲目性。凡是期望从伊格尔顿这里获得具体批评方法的读者必然会失望而归，因为伊格尔顿从头到尾都不是把理论作为文本解读的工具方法来理解和讲述的。对他来说，文学理论从根本上来说不过是“对批评的批评反思”[②]，它让人们能够洞察一切有关文学的讨论在背后是如何涉及政治、性别、阶级等权力问题，也能够让人们自我检视，尽可能认识到自己的所作所为是受何种立场支配，并且服务于何种意图。

他的著作以“文学理论导论”为标题，最终却又解构了理论甚至文学本身。他告诉人们文学和理论都不过是幻觉，它们都不是具有某种本体论意义上的价值的事物，而不过是“种种意识形态的一个分支”[③]。既然如此，文学批评和理论也就不必遮遮掩掩，而只需公开承认其意识形态属性，直言不讳地袒露自己通过谈论文学而最终要达到的非文学目的，也就是走向他所倡导的政治批评。因此可以说，伊格尔顿的这部著作与其说是理论导论，不如说是对整个文学批评事业的批评性综述。他从未具体告诉读者这些理论可以有那些功用，如何帮助他们加深对作品

---

① ［英］特雷·伊格尔顿：《二十世纪西方文学理论》，伍晓明译，北京大学出版社 2007 年版，第 196 页。

② ［英］特雷·伊格尔顿：《二十世纪西方文学理论》，伍晓明译，北京大学出版社 2007 年版，第 199 页。

③ ［英］特雷·伊格尔顿：《二十世纪西方文学理论》，伍晓明译，北京大学出版社 2007 年版，第 206 页。

的理解，而是以宏阔而深邃的视角剖析了文学理论的非文学面目。他明确告诉读者，关于文学理论，“首先要问的并非对象是什么，或我们应该如何接近它，而是为何应该研究它”，“你在理论上选择与拒绝什么取决于你在实际上试图去做什么”。[①] 与众多的理论教材相比，伊格尔顿的这部导论没有把理论庸俗化为实用批评工具，而是始终把它作为反思文学批评活动本身的一种话语实践，这是其最突出的特征。但正如彼得·巴瑞（Peter Barry）所评价的那样，他的长处是“整体的能量、睿智和思想活力，以及对庞大思想体系整体的巧妙总结”，却“更能打动同行，并不适合寻求初始启蒙的学生”[②]。

由乔纳桑·卡勒撰写的《文学理论简论》（*Literary Theory*：*A Very Short Introduction*）是另外一部影响巨大的理论入门读物。这部著作被纳入牛津大学出版社的通识读本系列。正是因为以通识为目标，所以这部教材是一部只有130多页的小32开本小书，力求以最小的篇幅让最普通读者获得关于理论的最丰富信息。值得一提的是，该书出版时间是1997年，与伊格尔顿的《文学理论导论》问世时的语境不同，此时的理论热已经基本结束，对理论的质疑之声此起彼伏，理论的终结或后理论等说法已经甚嚣尘上。在这样的背景下，卡勒作为法国理论在美国最重要的传播者和研究者，他的著作就具有特殊意义。他必须以最简洁的语言告诉人们理论是什么，消除误解，以期待为理论的复苏注入活力。由于这部书的主要内容都是基于他在康奈尔大学文学理论导论课程讲稿，因此具有很强的实用性，特别适合读者对于20世纪诸多理论流派的基础性议题得出整体印象。他在前言部分特别提到自己力求避免一个做法，即像大多数文论教材一样，把“理论”呈现为不同的批评流派，“理论被当作一系列相互竞争的‘批评路径’，每一种都有其理论立场和旨归”[③]。即便

① ［英］特雷·伊格尔顿：《二十世纪西方文学理论》，伍晓明译，北京大学出版社2007年版，第213页。

② Peter Barry, *Beginning Theory*：*An Introduction to Literary and Cultural Theory*, Manchester：Manchester UP, 2009, p. 271.

③ Jonathan Culler, “Preface”, *Literary Theory*：*A Very Short Introduction*, Oxford：Oxford UP, 1997.

伊格尔顿的《文学理论导论》也是以这种框架写成的。卡勒认为这种写作方式过多强调了不同理论流派之间的差异，而没有看到它们“有很多共通之处”。因此他认为：“如果介绍理论，讨论其共同的问题和主张要好过考察理论流派。更好的做法是讨论那些重要的论题，这些论题并没有把不同流派彼此对立起来，却又能显示出彼此之间的显著分歧。”① 换句话说，卡勒认为真正重要的是作为一种思考方式的、不可数的“理论”，而非具体的、复数的、不同理论流派的集合。他在第一章中首先就要厘清“什么是理论”的问题。他给出的回答是从四个方面概括出理论的主要特征，包括“跨学科性”“分析性和思辨性”“对常识和自然观念的批判”以及“自我反思性”等。基于这一认识，他的重点就不是理论的工具性效用，而是围绕“什么是文学”“文学与文化研究”“语言、意义和阐释”“修辞、诗学和诗歌”“叙事”“操演性语言”“身份、认同与主体”七个议题，穿插讨论不同理论视角在这些问题上的看法和洞见，以及对常识的动摇。

紧随伊格尔顿之后，由拉曼·塞尔登（Raman Selden）撰写的《当代文学理论导论》（*A Reader's Guide to Contemporary Literary Theory*）是另一部极具影响的文学理论教材。该书于1985年初版问世以来，也是一版再版，发行量惊人，并在塞尔登去世以后，于1997年由彼得·威多森（Peter Widdowson）和彼得·布鲁克（Peter Brooker）两人合作补写了部分篇章，出了修订版。正如该书中国影印版导读周小仪先生所说：“他不像特里·伊格尔顿的《文学理论导论》那样深奥，也不像乔纳桑·卡勒的《文学理论简论》那样随便。它以全面、准确、可靠、流畅等诸多优点赢得了读者，自问世以来受到广泛欢迎。在同类教材中，它是再版次数最多的一本。”② 他没有像伊格尔顿和卡勒那样花费很大

① Jonathan Culler, “Preface”, *Literary Theory*: *A Very Short Introduction*, Oxford: Oxford UP, 1997.

② 参见周小仪为拉曼·塞尔登等《当代文学理论导读》（外语教学与研究出版社2004年影印版）所作的中文导读，第1页。

笔墨去批判性地剖析不同流派的洞见与偏见，而是充分考虑到大部分初学者的阅读期待，把写作重心定位于“对过去三十年间最具挑战性的、最有影响的理论趋势做一份简洁通览”[①]。为初学者提供“一张素描，作为基础指南”，更快速地熟悉20世纪文学理论的基本地貌。与伊格尔顿一样，塞尔登等人也没有把理论当作批评方法来讲述，但同时也认为理论学习会对文学批评有多方面的益处。大体说来，理论主要可以在两方面发挥作用。一是可以颠覆我们有关文学的幼稚理解，一切有关文学的话语都是有理论假定的；二是理论非但不会让我们的文学阅读变得枯燥乏味，反倒会“重新激活”我们与文本之间的关系。[②] 在对待文学批评的根本特征上，该书与伊格尔顿所持的观点很接近，即认为一切文学批评活动都是有理论支撑的，所有理论也都是有意识形态的。为了在最小的篇幅内涵盖最多的内容，该书有一个不可避免的缺陷，就是过于简化压缩了对不同理论流派的介绍，只能让读者浮光掠影的对最具代表性的理论家和论著有一个初步认识。好在作者在每一章后面都附上了足够详细的推荐书目，读者可以去顺藤摸瓜、按图索骥，更广泛深入地学习理论。

本节所论述的这三本理论导读都有一个共同特征，他们都没有把理论等同于文学批评方法，而是更强调理论的思辨性。它可以指导人们更好地理解和分析文本，但更重要的却是可以帮助人们对批评活动本身进行反思。这几本教材的优点是可以避免那种把理论化简为批评工具的庸俗方法，让理论保持活力，但缺点是让理论远离了实践，让那些真正借助这几本导论初次进入理论王国的大门的初学者感到理论就是只适合理论家的一种元批评话语，与文学批评实践的关系不大。人们期待另一种让理论更有操作性的教科书，可以帮助他们把理论实践作用。

---

① 塞尔登等：《当代文学理论导读》，外语教学与研究出版社2004年版，第3页。

② 塞尔登等：《当代文学理论导读》，外语教学与研究出版社2004年版，第4页。

二　编写理念之二：把理论作为一种批评方法

与上述三种更具有研究综述性质的教科书不同，还有一类理论教材应用非常广泛。它们不是把理论作为对实践的反思，而是当成更具有操作性的批评方法。这类教材的编著者们都清楚，对绝大多数普通读者来说，他们更关心的不是理论是什么，而是理论有什么用，如何让他们借助理论工具改进批评实践，写出更有深度的批评文章，获得更多的学术发表和职业晋升机会。这一类教材有很多，其中最有代表性的，也是最早出现的当属由威尔弗莱德·古尔灵（Wilfred Guerin）等人编写的《文学批评方法手册》。此书初版于20世纪60年代中期，当时主要介绍的还都是形式主义、新批评、精神分析等相对“传统的”批评方法。1999年修订后的第四版添加了有关1960年以后出现的、真正意义上的现代批评理论的内容。

在伊格尔顿等人的理论导读出现之前，这本教材的使用范围也非常广。正如该书标题所显示的，它所介绍的与其说是文学理论，不如说是“批评方法”，而且是便于上手操作、易于模仿的“手册”，具有十分鲜明的实用性。它所面对的主要都是文学专业的本科生，他们虽然上过很多文学课，却对当前20世纪中叶以来的诸多理论缺乏了解，而这些理论都是“最有启发性的批评技巧”①，所以本书的目的就是帮助学生提高文学分析能力，产生一种更加专业化、学术化的文学批评。为此，作者们在编写方法上开创了一种非常典型的理论教科书模式，即每一章的开头都是对某一种理论流派的简单综述介绍，然后是定义，再辅助以一篇批评范文，尤其是在不同章节运用不同理论方法视角反复解读剖析同一篇文本，以展示这些方法的有效性。它带给学生的总体印象就是，一种理论就是一种方法、一个套路、一条进入文本的路

① 古尔灵等：《文学批评方法手册》，外语教学与研究出版社2004年版，第ii页。

径，虽然作者也告诫读者不可过于操切的运用理论分析文本，但还是为日后那种庸俗泛滥的批评实践埋下伏笔。

彼得·巴瑞（Peter Barry）的《开始理论：文学与文化理论导读》（*Beginning Theory*：*An Introduction to Literary and Cultural Theory*）也很典型，它同样也把理论当成方法的。该书于1995年初版，后来也是屡次再版影响广泛。因为通俗易懂，对理论的介绍深入浅出，特别受理论初学者欢迎。该书内容包括了20世纪的绝大多数理论流派，对20世纪90年代以来的后理论话题也有涉及。作者在前言部分坦言，他的写作动机源自现实教学所需。他发现很多学生抱怨理论难学，或者抱怨自己头脑笨，学校又没有提供足够好的理论教学，导致理论成了让人望而生畏的少数人的游戏。但巴瑞认为，理论让人感到艰深的主要原因在于“那些理论被书写的形式”，“理论并非本质上就很难，文学理论中很少存在从内里来说就很复杂的思想，相反，被称为‘理论’的著作，大都是基于几十条思想，它们都不是太难。”① 真正难的不过是法语思维以及过于忠实于原文的英文翻译。他认为，理论要想有长远的未来，就必须被改造为适合本科教学。如果理论只是少数专家玩的精英知识游戏，那么注定就会被人们抛弃。因此他编写的这部教材就把目光定在教学实践上，为学生和教师提供一本“工作手册”（A workbook），“理论不只是明星们玩的游戏，观众也不只是观众，而应参与进来”②。它与之前的其他同类教材的最大区别就在于：“它们平均全面地涵盖了整个理论领域，却相对较少涉及具体实践应用……（它们都是）对理论的摘要复述而非导论，且往往大多是从哲学而非文学的角度出发。”③ 与之相反，巴瑞的这本书却不求全面，而是试图实现节奏变化，选择有重点的问题和关键论文进行细读。

巴瑞认为现有文学理论教材最大的问题就是不关心教与学，而对

① Peter Barry, *Beginning Theory*: *An Introduction to Literary and Cultural Theory*, p. 7.

② Peter Barry, *Beginning Theory*: *An Introduction to Literary and Cultural Theory*, p. 2.

③ Peter Barry, *Beginning Theory*: *An Introduction to Literary and Cultural Theory*, p. 2.

本科生来说这才是最重要的。因此，这本教材的目的就是成为“一部现实意义上的教学大纲”，而非“一本理想化了的教材”①。为了让学生更容易理解理论的意义，他在第一章特别论述了理论兴起之前的自由人文主义批评理念，这些理念实际上正是被人们普遍接受的基本共识和假定，它们就是未被说明的“理论”。人们从来没有去质疑它们，而是把它们当作确信无疑的基本前提而沉积在批评无意识中。而现代批评理论在一定程度上正是源自对这些未被阐明的自由人文主义批评观的反叛和纠正。如此一来，读者便可看到，理论不是凭空出现的新事物，而是与之前的东西之间存在关联。

该书的另一个独到之处是在第十四章专门以十次重要的文学理论“事件”为节点，把它们串联起来，粗线条地勾勒出理论在半个世纪内从初起到鼎盛再到衰退的全过程，让初学者得以历时性地通览理论的概貌，有助于破除那种把理论奉若不变真理的错误理解。从总体上来说，巴瑞的这一本教材最大的特点就是简洁明了，通俗易懂，尤其适合于本科教学。初版在 8 年内连续 9 次重印，2002 年修订版也连续 7 次印刷。但由此可不可避免地带来一个消极后果，即他对理论的过度简化让初学者误以为理论不过如此，容易促成一知半解却过度自信的理论乐观主义。比如他说，一切理论都可被归结为五个基本要点，即“政治无处不在；语言是建构性的；真理是有条件限制的；意义是偶然的；人的本质是一个神话”②。这虽然有助于帮助学生在最短时间内抓住理论的某些要害，但显然也容易招致对理论的本质主义的、绝对化的误解。与理论真正倡导的那种对知识的无穷尽反思精神相去甚远。

由凯斯·格林和吉尔·莱比含（Keith Green & Jill Lebihan）合作编写、劳特里奇出版社在 2001 年出版发行的《批评理论与实践教科书》（*Critical Theory and Practice: A Coursebook*）同样直接源自两位作

① Peter Barry, *Beginning Theory: An Introduction to Literary and Cultural Theory*, p. 4.

② Peter Barry, *Beginning Theory: An Introduction to Literary and Cultural Theory*, p. 35.

者的本科教学实践。他们发现，在20世纪80年代前后出现的大量理论和教科书中："老师和学生都很难找到一条连贯的路径"[①]，即不能有效地被运用于课堂教学。学生们真正需要的不是学习一套僵死的各种"主义"，而是有关如何阅读和评价理论的具体指导。为此该书在具体编写方法上和巴瑞很相似，即在每一章的开头部分先给出一个指导性评价，然后辅助以具体的批评实践案例，再提出大量开放式的问题和思考练习，以帮助读者更好地理解和掌握这些理论。此外，该教材并未像通常做法那样按照流派来划分章节，而是和卡勒的做法类似，以几个主要话题为焦点，包括"语言、语言学与语文学""文学的结构""文学与历史""主体性""心理分析与批评""阅读、写作与接受"、"女性主义、文学与批评""文化身份、文学与批评"等，来阐述不同理论在特定话题上的阐发力度。重心同样是引导学生如何运用理论工具来帮助文学批评。

最后一部值得一提的理论教材是2007年由格雷戈里·卡瑟尔（Gregory Castle）编写的《布莱克维尔文学理论指南》（*The Blackwell Guide to Literary Theory*），该书出版之时早已是所谓的后理论时代，但这绝不意味着理论已经没有学习的必要了，恰恰相反，理论已然成了从事文学研究的基础知识。包括本文在前面分析的这些教科书在内，各种文学理论教科书仍然有很多，不过两位著者认为以前的教科书都不够理想，它们"都把理论的本质问题，以及文学文本的本质问题复杂化了"[②]。在他们看来，理论不过是有关文学批评的"原理和概念"，是"用于指导批评实践的策略和方法"，因此该书的主要目的就是为教师和学生提供有关理论和批评实践的基础知识，"帮助学生、教师和普通读者从不同角度熟悉文学理论，包括它的历史和诸

① Keith Green and Jill LeBihan, *Critical Theory and Practice: A Coursebook*, New York: Routledge, 2001, p. xvi.

② Gregory Castle, *The Blackwell guide to Literary Theory*, Malden: Blackwell Publishing Ltd., 2007, p. 2.

多面相。”[1] 为了防止初学者把理论奉为绝对的知识权威，两位作者刻意在第一章用很大篇幅讲述理论的兴起过程，从而告诉人们文学理论的历史就是人们关于阅读和阐释观念如何变化的历史，以及为什么构成文学、什么是文学等观念的变化历史。文学理论和文学一样，总是历史条件的产物，这些条件包括，既有的观念语境、知识传统、学术惯例，社会政治关系和各种力量的复杂交织等。因此，“文学理论并不拥有关于文学本质意义和价值的绝对标准，它所拥有的只是一套被运用于文本阅读的原理和假定”[2]。归根结底，在本书两位作者看来，理论不是真理，不过是给读者提供的“研究工具”，能够有效助益于文本批评实践。在本书的最后部分，他们还给出了很多具体的批评案例，分别运用不同的理论解读同一部作品，比如运用后殖民主义、后现代主义和族裔研究之于萨曼·拉什迪的《午夜的孩子》；从批判理论、马克思主义和后现代主义角度解读塞缪尔·贝克特的《终局》；运用女权主义、精神分析和解构主义解读弗吉尼亚·伍尔夫的《到灯塔去》等，“以展示如何用不同理论得出不同结果的应用技巧”[3]。

与本文第一节讨论的几本教科书不同，本节提到的这四部教科书都是把理论作为批评工具来对待，具有突出的实用主义特征，其作者虽大多都不是像伊格尔顿和卡勒那样的一流理论家，却都是来自教学一线，熟悉学生和教师们的现实需求。他们编写的教材也就更有针对性，因此被广泛采用。影响面甚至超过前面三种。它们对于普及理论知识、提高普通本科生和研究生的理论修养，发挥了巨大作用。但其缺陷也十分明显。由于它们从根本上都是把理论视为批评工具，并且还都给出了非常具体的批评实践案例，这就很容易引发对理论的化简式的模仿运用，理论被化约为僵化的批评公式，

---

① Gregory Castle, *The Blackwell guide to Literary Theory*, Malden: Blackwell Publishing Ltd., 2007, p. 12.

② Gregory Castle, *The Blackwell guide to Literary Theory*, p. 10.

③ Gregory Castle, *The Blackwell guide to Literary Theory*, p. 12.

所谓的"灌香肠机"①"磨坊"②"曲奇压花模"③，这些都是常被人们用来形容那种化约式批评的隐喻，原本有机的文学"谷物"和"糕点"被他们用机械的蛮力粗暴加工、碾磨和压榨，制作成千篇一律的产品，很快就让人们失去了兴趣。

三 反思：对理论应当有何期待？

自从理论于20世纪80年代被广泛传播开来之后，文学专业的学生们就不得不去面对这样一个多少有些异质性的存在。各种新理论、新思潮不断涌现，它们让文学批评有了更好的反思意识和理论自觉，理论所提供的新思想、新视角也让整个人文学科焕发出无限活力，极大地促进了文学研究的方法创新和知识生产。21世纪以来，理论热逐渐消退，后理论时代被宣告来临。于是很多人便认为理论已然终结，无须再去了解和掌握那些已经过时了的东西。这显然是一种错误认识。理论热的消退有很多原因，既有它本身创新能力下降、需要调整节奏、整合资源、重新定位的原因，也有众多外部因素使然。但无论如何，理论热的退潮都不是因为它已经被时代证明是错误的。事实上，理论从来就不关心事物的对错问题，它更关心的是那些促使我们倾向于做出各种价值判断的背后的观念和假定。在后理论时代，我们需要做的工作非但不是抛弃理论，恰恰是要更好地学习和运用理论，因为它已经深深地植入当今文学研究的血脉，成为学科体制不可或缺的一部分。而要想学好理论，理论教科书的编写就是非常重要的事情。因为对大

① Martin McQuillan, etc., "The Joy of Theory", in Martin McQuillan, etc., eds., *Post-theory: New Directions in Criticism*, Beijing: Foreign Languages Teaching and Research Press, 2018, p. xxvi.

② Ben Lockerd, "The End of Literature", July 29, 2010. http://www.imaginativeconservative.org/2010/07/end-of-literature.html.

③ Gerald Graff and Jeffrey R. Di Leo, "Literary Theory and the Teaching of Literature: An Exchange", *Symplokē*, 8.1/2 (2000): 113–128, p. 113.

部分人来说，他们首先接触理论的途径很少是阅读理论原著，而是各种理论教材。一部好的教材能够让读者顺利进入理论的大门，并从中看到绚丽的风景，激起更多的兴趣和期待；相反，不恰当的教材则会让人们对理论产生误解或失望。可以说，理论之所以在后来会引起那么多批评，被认为是导致人文研究陷入危机的罪魁祸首，很大一部分原因就在于不当的理论教学方式。有人把理论当成高深莫测的思想知识，让大部分人感到望而却步。更多的人则会把理论化简为批评工具，当成改进批评实践的灵丹妙药，让学生认为得其一点便可化石成金。这两种讲述理论的方法都是值得商榷的。

通过本文分析可以看到，理论教科书的编写背后涉及有关理论的基本认识。理论究竟是什么，它又有哪些功用？对这些问题的不同看法决定了编写教材的不同路径选择。伊格尔顿和卡勒等人把理论视为一种与意识形态密切相关的话语实践，是对一切文学和文化事物现象进行关注的反思式批判活动，所以他们的教科书更强调的是理论的思辨性，是能够把我们从各种缺乏自觉的错误信念中解放出来的革命性话语。而巴瑞等人则把理论具体化为文学批评工具，是能够发挥实际效能的阐释技巧，掌握理论技巧越多，就越有可能得出创新的文本解读。虽然他们让理论成了大部分人易于接受的事物，增加了可操作性，却也为僵化教条的庸俗批评实践创造了可能。

文学理论不同于科学意义上的“理论”。科学理论大多是对实践经验的归纳和总结，其主要目的乃是服务于实践。文学理论虽然也不能脱离文学批评实践，却并非对实践活动的归纳概括，而是对它的反思甚至是批判。理论当然也应该对批评实践具有启发和指导作用，但其功能却绝非局限于此，而是为了能够让我们的文学研究活动更加具有自我意识。正如威廉·斯潘诺思（William Spanos）所说，仅仅强调理论能够被用来帮助学生掌握阐释技巧还远远不够，这遮蔽了理论真正强大的功能。它可以揭示貌似超然无执、无关政治的传统文学研究和制度性工具实际上都是在根本上有利益关切的，“它们合法化了权力结构的霸权并且再生和延伸了它”[1]。“理论教学不应该以教授阐释技巧为目的，而应该以激活‘批判意识’为目的。把学生——以及老师——从看不见的霸权话语实践的压迫下解放出来，摆脱那些被主导社会秩序历史地建构出来、却被想当然接受的观念思想。”[2] 史蒂文·恩绍（Steven Earnshaw）也认为：“从总体上来说，理论的思想前提是，它是一种逻辑练习。如果相信由之可以自然导出某些效果，理论也就搁浅了自己。”[3] 理论可以带给我们新颖的视角和更敏锐的洞察力，但这可能不是因为理论本身有多么大的工具性，而是因为它解放了我们此前的旧知识信念，可以让我们对文本中的诸多问题更加敏感。比如女性主义让我们更敏感地注意到男权结构，生态批评和动物研究让我们认识到人类中心主义，后殖民主义暴露了西方话语霸权等。

在面对理论之前，我们需要期待的不是它能够对我们带来多大帮助，而是需要准备好让自己的旧知识体系接受多么大的挑战。玛丽·克莱吉丝（Mary Klages）曾如此描述理论最初带给她的震惊，她说：“在我的知识生涯中，这是一个世界崩塌或者说世界观崩塌的时刻。我突然发现一个我一无所知的思想世界，一个思想领域，它揭示了文学如何运作，但我受到的英语专业教育确从未告诉我这些。……文学研究的老方法被这种称作‘理论’的新事物拓展和质疑。”[4] 海瑟·约翰逊（Heather Johnson）也认为“理论系统地摧毁了读者世界观的连贯性和稳定性，基础被动摇，让人感到震惊、困惑、怅然若失”[5]。这种感觉可能并不舒服，因为它让人感受到自己过往的无知，失去了让

① William Spanos, “Theory in the Undergraduate English Curriculum: Towards an Interested Pedagogy”, *Boundary* 2, 16. 2/3 (1989): 41 – 70, p. 45.

② William Spanos, “Theory in the Undergraduate English Curriculum”, p. 46.

③ Steven Earnshaw, *The Direction of Literary Theory*, London: Macmillan, 1996, p. 110.

④ Mary Klages, *Literary Theory: A Guide for the Perplexed*, New York: Continuum, 2007, p. 6.

⑤ Heather Johnson, “Violating Pedagogy: Literary Theory in the Twenty-first Century College Classroom”, *The CEA Forum*, Summer/Fall (2015): 37 – 74, pp. 57 – 58.

自己很舒服的旧知识世界，但同时它也更是一种知识解放和启蒙，让我们能够以更加被解放了的视角看穿文本内外的世界。

结　语

在对两种主要的教材编写理念进行分析比较，同时又讨论了文学理论的根本属性及其主要功能之后，我们对当代文学理论教材的编写也提出以下几点建议：首先，文学理论教材应当尽可能突出理论的思辨性，要把它作为一种生动活泼的思考方式，而非固化僵死的理论知识。其次，文学理论教材可以重视其对批评实践的指导性，甚至可以提供案例分析，但应该尽可能避免把工具化价值作为理论学习的主要意义。第三，在编写体例上，我们建议以经典理论著作的篇章选读为主，同时辅之以较为全面，且有一定深度的理论导读，这样有利于学生在对文学理论有一个总体性认识的基础上，再去细致深入地剖析具体理论文本，通过循序渐进做到见树又见林。最后，具体到中文语境下的西方文学理论教材编写工作，我们建议还要以我为主，要充分考量国内学界在西方文学理论教学、研究和教材编写等方面取得的成就和形成的传统，同时还要考虑学生受众的学术背景以及知识语境，在实事求是的原则下，适度融入中国文学理论的学术话语，真正让我们的西方文学理论教材既具有知识上的创新，又具有实践上的灵活适应性。当然，无论哪一种教材编写方式也都不可能做到尽善尽美。在具体的教学实践中同时使用多部教材，取长补短，也不失为一种合理的策略。

第九章 理论热的消退与英文系的未来

——从杜克大学英文系的一段往事谈起

杜克大学英文系在1985—1995年曾经盛极一时，在美国乃至全世界人文研究领域都享有极高声誉。在前后十多年的鼎盛期，它从各处招聘明星学者，特别是会聚了当时名震全美批评界的四位理论巨擘：读者批评理论家斯坦利·费什（1936— ）、后现代理论家弗兰克·伦屈夏（Frank Lentricchia，1940— ）、酷儿理论家伊芙·K.塞奇威克（1950—2009）以及非裔文学批评家小亨利·路易斯·盖茨（1950— ）[①]。尤其是在费什担任系主任期间，杜克英文系在全美各项学科排名中名列前茅，甚至一度排名第一，成为公认的文学研究和批评理论圣地。然而仅过十年之后，该系就经历了突然且迅速的坠落。1998年5月，由斯坦福大学的玛乔瑞·帕罗夫（Marjorie Perloff）等校外专家在对该系进行认真评估后给出的结果是：虽然该系仍不缺乏优秀师资，但整体而言它正在快速衰退，其学术水平和学生培养质量都已经不能算是美国顶尖。评估专家组在结论报告中尖锐指出了杜克英文系存在的问题，包括“缺乏明确使命；领导层和人事匮乏；士气极度低落；决策程序上有许多违规行为……从许多心怀不满的教师那里

---

① 当时杜克大学还有另外两位著名批评家，一位是新马克思主义批评代表人物弗雷德里克·詹姆逊，另一位是性别理论家托里·莫伊（Toril Moi）。不过这两人并不属于英文系（English Department），而是属于独立的文学系（Program in Literature）。

听到‘一连串的欺骗和口是心非’的抱怨”[①] 等。由于英文系深陷危机且积重难返，最后杜克大学管理层不得不以类似企业破产托管的方式，将该系交给一个由植物学家领头的执行委员会监管。该委员会负责监督寻找一位新的系主任和六位新教授，以补缺那些离开的席位，以图英文系重振雄风。

在费什到任后的短短5年间，他就率领英文系从一个死气沉沉的传统学术机构迅速攀升为引领风骚的全美第一理论重镇，但短暂辉煌了10年之后又快速衰退[②]。人们不禁要问，杜克大学英文系到底发生了什么？其中是否有值得我们借鉴的教训？可以说，杜克英文系的这段兴衰史极具标本意义，有许多地方值得后人回味，包括在文学批评和理论创新等学术规律方面的诸多启示。詹尼·司格特曾在《纽约时报》发表《内部纷争让学术天团解散》[③] 一文，通过采访当事人和亲历者等方式对杜克英文系的这段历史进行了回溯。随后不久，戴维·雅非又在被誉为“学术界的滚石唱片”“全美最热门、最具嬉皮士风格的学术出版物”[④]《通用语：学术生活评谭》[⑤] 杂志上发表《轰然倒地的院系：杜克英文系的倾圮》（“The Department That Fell to Earth：

---

① Qtd. in David Yaffe，“The Department That Fell to Earth：The Deflation of Duke English”，*Lingua Franca*：*The Review of Academic Life*，9.1（1999），http：//linguafranca. mirror. theinfo. org/9902/yaffe. html［2019－09－14］. 本章下文出自同一篇文章的引文，将随文标出该文简称“The Department”，不再另注。

② 应当承认，杜克英文系至今仍是美国最好的英文系之一，但它的综合影响力已大不如前。本文所谓的巨大“衰退”只是相对于它的鼎盛期而言。

③ Janny Scott，“Discord Turns Academe's Hot Team Cold”，*The New York Times*，Nov. 21，1998. Section A，p. 1. https：//www. nytimes. com/1998/11/21/arts/discord-turns-academe-s-hot-team-cold. html［2019－09－12］. 本章后文出自同一篇文章的引文，将随文标出该文简称“Discord”，不再另注。

④ Marjorie Garber，“Heyday”，*Symplokē*，27.1－2（2019）：433－441，p. 438.

⑤《通用语：学术生活评谭》（*Lingua Franca*：*The Review of Academic Life*）在20世纪90年代曾爆料了美国学术界的很多内幕消息，尤其是学者间的学术恩怨。它最招人眼球的一点就是经常刊登有关学术明星升迁跳槽等消息的报道。该杂志的创办者杰弗里·基蒂（Jeffrey Kittay）曾告诉《时代》杂志记者：“（学术界）表面看上去是一个很干净的领域，但实际上有很多为人不齿的活动。”该杂志还宣称可以告诉学者们“你想知道却不知道该问谁的一些消息。”参见 Marjorie Garber，“Heyday”，p. 438。

The Deflation of Duke English”，1999）一文，以非常讽刺刻薄的语气披露了杜克英文系很多不为人知的内部丑闻。下面本文就以这两篇文章所刊载的内容为主线，首先简要回顾杜克大学英文系的这段兴衰往事，继而从中思考理论研究在美国陷入危机的原因，以及在所谓“后批判转向”背景下英文系的未来。

一　杜克英文系的辉煌时刻：费什的理论帝国

20 世纪 80 年代初，在费什入职之前，杜克英文系是一座典型的传统人文学术堡垒，其成员大多是年事已高的白人男性，研究内容死气沉沉，以传统的作家传记考辨、作品内容阐释、美学主题研究为主，对各种新兴理论热潮无动于衷。正像司格特所揶揄的那样，“相对而言，这里未受改变他们领域的知识潮流的影响。这个部门似乎有成为一个老男孩俱乐部的危险。”（“Discord”）1984 年，为了提高英文系的学术声誉，杜克大学管理层决定投入大量资源改造英文系，将之推到研究型机构前列。他们首先从莱斯大学招聘来伦屈夏，后者于 20 世纪 60 年代从杜克大学获得博士学位，他在批评理论方面是一颗冉冉升起的学术新星，也是当时该校英文系最有名气的毕业生。1985 年，伦屈夏给杜克管理层提出重要人事建议，把时任约翰斯·霍普金斯大学英文系主任，且刚刚拒绝哥伦比亚大学英文系邀请的费什和汤普金斯夫妇一起招入英文系。此外，伦屈夏还建议学校从加州大学圣克鲁斯分校挖来弗雷德里克·詹姆逊担任独立于英文系之外的文学项目主任。事实证明，伦屈夏建议实施的这两次人事引进对提升整个杜克大学人文学术地位影响深远。就此，一个理论界的学术帝国拉开帷幕。

众所周知，费什是美国文坛 40 多年屹立不倒的风云人物，至今佳作不断、著作等身。而且费什也因为频繁介入各种热点事件、与人辩论不遑多让且喜欢在大众媒体露面而为公众所熟知。有人评价说：“他是一个偏激者，一个煽动者，一个争论家，一个随便主义者。对他来说,重要的是比赛,而不是真相。”[①] 他在担任杜克英文系主任期间,这种比较强势的处世风格也鲜明体现出来。他不但是一位优秀的理论家,更是一位非常成功的学术职业经理人,其最擅长的工作是发现和招拢学术新星。他在这方面所做的事情堪称学术界的传奇故事,短期内通过“金元手段”把一个四平八稳的传统英文系变成一支理论批评“梦之队”。1986—1988 年,他连续从其他一流大学引进多位重量级人物,包括:新实用主义文学理论家芭芭拉·史密斯(Barbara H. Smith,宾夕法尼亚大学)、酷儿理论的年轻主将米歇尔·莫恩(Michael Moon,约翰斯·霍普金斯大学)、未来公认的非裔批评理论领袖小亨利·路易斯·盖茨(康奈尔大学)以及酷儿理论最重要的创始人塞奇威克(马萨诸塞大学阿默斯特分校)。

费什的明星战略效果明显,杜克英文系的各项排名飞升,研究生申请数量也不断翻番。短短几年间,它成了最惹人注目的学术重镇、各种最时髦批评理论的温床。尤其塞奇威克在性别研究和酷儿理论方面的成就更让这里名噪一时同时又充满争议。随着费什率领英文系取得非凡成绩,他的能力广受赞誉,威望和权势也如日中天。1992 年 5 月 3 日,费什登上《纽约时报》人物专栏,被誉为“明星学者的缩影,新一代的超级明星”(“The Department”)。

但与此同时,费什的管理运营策略也招致很多批评。圈内圈外都视其为煽动者、破坏分子,同时他精心挑选来的学者大多为激进先锋理论家(以塞奇威克的酷儿理论为代表),也引起很多人不满。只不过慑于费什的权威,很多人并不敢公开表达反对意见。随着英文系对研究生的吸引力越来越大,费什的威望也越来越高,这掩盖了很多问题。1992 年,在费什的系主任任期即将结束之际,校外专家评估小组在对费什取得的成绩表示赞扬的同时也发出了警告,认为该系在过去

---

① Mark Bauerlein,“A Solitary Thinker”, May 15, 2011. *The Chronicle of Higher Education*, https://www.chronicle.com/article/A-Solitary-Thinker/127464 [2019-10-12].

几年把太多资源用于打造一流学者阵容，却忽略了其他事务，尤其英文系的大学职责。他们写道：

> 近年来，培养杰出教师和创造吸引他们的工作条件在英文系的工作议程上占了主导地位，却使教师职责等问题成为隐性问题。杜克大学在师资培养方面取得巨大成功……现在是时候把这一暂时被忽视的议程的其他部分作为一个优先事项来考虑了。如果在这一重要问题上不能取得进展，它可能会在不久的将来面临严重困难。（Qtd. in “The Department”）

评估小组还列举了很多问题所在，比如研究生课程设置混乱，很多老师常根据自己的学术喜好随意决定课堂讲授内容，学生经常抱怨从不同教师那里学到的是不协调的知识大杂烩等。另一方面，那些高薪聘请的学术明星只顾忙于各种理论创新，却对承担教学和人才培养任务缺少兴趣。非但如此，到了20世纪90年代中期，他们愈加偏离教学和研究本业，开始转向更加随意的个性写作和表达，包括写诗、出版个人回忆录等。而费什则忙于身兼数职，在英文系和法学院之间来回穿梭。

由于费什的学术帝国的新成员都是从别处挖来的学术明星，所以整个团队从一开始就缺乏共识基础或凝聚力，明星理论家各自为政的现象非常严重，特别是彼此对不同立场的“政治正确”的偏执式坚持更让他们互相难以包容。到了20世纪90年代中期，该系最活跃的人物是塞奇威克和莫恩，最炙手可热的学术是性别研究和酷儿理论。慕名而来的研究生只对这些时髦的学说心动，或者对寻找明星理论家做导师感兴趣。这对那些耕耘传统学术土壤的默默无闻的文学教授来说，未免会感觉受到忽视和排挤。于是，代表前沿理论的新成员和代表传统人文学术的老成员之间的矛盾开始日益激化。在费什担任系主任时，他的个人威望和领导艺术可以让这些矛盾暂时被压制，但当他卸任之后，积聚多年的矛盾终于爆发出来，并导致杜克英文系不可避免地走向衰落。

二 众鸟高飞：后费什时代的杜克英文系

费什在担任系主任6年后，于1992年卸任。此后，英文系教师们以是否对理论有热情为边界，尤其是沿着性别、身份和种族分界线，形成不同阵营和派系，彼此之间矛盾变得越来越明显，政治立场成了区分敌我的主要标准。在很多人看来，这个系已经变得“太偏重理论，尤其是酷儿理论和美国非裔理论”。（“Discord”）而学者之间在学术立场上的矛盾又转化为对内部话语权力和利益分配的争夺，表现在行政事务分担和经费获取等方面，就像司格特在文中所披露：“杜克大学的剧变让我们看到了一个学术部门的神秘世界，在这个世界里，40名成员之间复杂的思想、代际和个性差异导致了在招聘和任期、研究生招生以及部门任务和津贴分配等方面爆发的小冲突。”（“Discord”）

在1992年玛丽安娜·托格芙尼克（Marianna Torgovnick）接任系主任后，这种对立变得尤为激烈。托格芙尼克是20世纪英国小说研究领域的出色学者，又是费什的门生，这些都显示她是费什之后比较理想的接班人，可以延续费什的政策。然而出人意料，很多人批评她在工作能力和个人魅力上无法与费什相比，却又喜欢和费什一样独断专行，指责她偏袒故旧、任人唯亲、操纵系内会议甚至篡改会议记录。1998年的评估委员会指出：“对系主任……的不满是深刻和普遍的。”（“The Department”）虽然人们对托格芙尼克的批评很尖锐，但通常都是凭个人感觉做出的评判，很难给出确凿证据。事实上，她有些缺乏技巧的工作方法只是加剧了英文系状况的恶化，却非根本原因。当时的英文系副教授米歇尔·墨西斯（Michael V. Moses）就说：“我不认为所有问题都是她管理不善造成的，但她确实把一些原本需要多花些想象力才能办到的难事变成不可能办到的事，而且是丑事。”（Qtd. in “Discord”）例如，在托格芙尼克任职期间有很多人辞职离开，并非都是因为对她不满。费什在离职去往伊利诺伊大学之前早就表达过去意。

塞奇威克转投纽约城市大学的现实原因是她患有乳腺癌，很想和在纽约工作的丈夫生活在一起。还有其他一些涉及托格芙尼克在处理学院日常事务中独断擅权的指控，但大都是一些难以核实的琐碎事情，并不值得上纲上线。

不过有一点不容置疑，在托格芙尼克担任系主任期间，整个英文系的内部气氛越来越紧张，公开表达的派系恩怨日渐增多，以至于让塞奇威克感觉继续留下来就难以应对太多的敌意，她说："似乎有越来越多的反智主义和缺乏对理论、酷儿思想、非裔美国研究和教职员工的支持和尊重，在我看来，我非常尊敬的同事被边缘化了，我只是讨厌这样。"（Qtd. in "The Department"）塞奇威克的意思已经很清楚，即英文系有很多人非常排斥以酷儿理论为首的先锋理论。另一位酷儿理论家莫恩也声称英文系里的"同性恋恐惧症"和"反智主义"（Qtd. in "The Department"）是他决定离开的主要因素。

不过也有人给出相反看法，认为实际上并非英文系不包容塞奇威克等理论家，而是后者太苛求政治正确，排斥其他政治立场不同的人。比如 1991 年来到英文系的英国浪漫主义诗歌研究者托马斯·普法（Thomas Pfau）就认为："伊芙会把自己和莫恩、格德斯伯格等人描绘成某种形式的智力不宽容的殉道者。我认为这些人实际上对英文系应该是什么有一种排他性的、偏执的认识。"（Qtd. in "The Department"）塞奇威克当然不接受这种指责，她反驳称自己绝没有那么排斥异己，当年自己牵头引进的很多人都不是从事酷儿理论或性别研究的人，比如研究维多利亚时期的民族主义和犹太问题的伊瑞恩·塔克（Irene Tucker），研究中世纪宗教意识形态的大卫·埃尔斯（David Aers）等人。

在托格芙尼克掌管英文系的几年内，相互指责成了教授们之间的主旋律。喜欢时髦理论的人批评传统主义者是政治保守的反智主义，崇尚传统学术的人反过来指责理论研究不过是被欲望驱使下的权力争夺游戏。在这样的氛围下，离职就成为多数大牌学者的热门选择。当 1998 年外部评估委员会来进行每六年一次的例行评估时，他们很震惊地发现，昔日大牌学者云集的杜克大学英文系居然在如此短时间内就出走了这么多一流学者，包括费什和塞奇威克在内的五位教授都已经或即将离开：三位酷儿理论家——塞奇威克、莫恩和乔纳森·格德斯伯格（Jonathan Goldberg）——都已接受了其他大学的聘请，酷儿理论的主阵地从此不在杜克大学；费什的妻子、美国学研究者汤普金斯已辞去教职，改行在当地一家健康食品餐厅当了厨师；美国文学编辑凯茜·戴维森（Cathy N. Davidson）跳槽去了政府部门；中世纪专家李·派特森（Lee Patterson）和妻子安娜贝尔一起去了耶鲁大学；元老伦屈夏虽仍然留在杜克大学，却已离开英文系，改行成为艺术家。评估小组很悲观地认为：“似乎没有什么动力来补充正在减少的队伍。我们发现杜克大学英文系处于一种严重的衰弱状态；甚至比其内部的批评者意识到的还要衰弱，”（Qtd. in “The Department”）在专家组给出的结论报告中，英文系已经到了混乱不堪的地步，“基本教学服务变成一件随意、武断的事情”。（Qtd. in “The Department”）这份评估报告原本只是专家组提供给杜克大学的内部保密文件，不料却很快被意外泄露，由学生主办的报纸刊出，立即在全国范围内引起轩然大波，让费什帝国的倾圮成为街谈巷议的话题。更糟糕的是，费什偏又在这时给英文系雪上加霜，他在当年 7 月宣布和妻子汤普金斯将受聘于伊利诺伊大学，担任该校艺术与科学学院院长。自此，由费什亲手构建并创下骄人成绩的杜克英文系一蹶不振。虽然此后杜克大学又几番试图重建英文系，却再也无法恢复当年的辉煌。

三 由盛转衰：成败皆因理论？

实际上，从一定程度上来说，杜克英文系从盛转衰的这段历史就是费什一手操办的理论兴衰史。在戴维·雅非的文章中，一位从 1966 年起就一直在英文系工作的老杜克人维克多·斯特朗伯格（Victor Strandberg）教授如此评价费什的到来对英文系的改造：

> 费什到来之后，情况发生了巨变。我想说的是，我们原本是一个非常传统、中庸，甚至保守的英文系。原本没有什么令人兴奋之处，我可能是那种状况的一个典型代表。当费什和他的新兵来的时候，他们带来的是时髦的批评理论——读者反应理论、马克思主义、酷儿理论，都被认为是最前沿、最令人兴奋和最新的。当媒体关注它的时候，它引起大量关注，带来的结果是研究生教育的飞速发展。但在一阵强烈的兴奋之后，它消失了。（Qtd. in "The Department"）

他认为摩擦矛盾主要发生在不同理论派系之间，他们彼此好斗，互不宽容。"当伊芙说这个部门有矛盾时，我不认为她指的是像我这样的老人，我们或多或少都是静坐旁观。她说的是不同理论家之间的摩擦，这是可以理解的，因为理论想要有争议性和侵犯性，而重要人物之间存在着一种固有的对抗倾向。"（Qtd. in "The Department"）斯特朗伯格所说并非夸张，理论家对"政治正确"原则的坚持甚至到了可笑的程度，不同理论之间的互相排斥和敌意甚至超过与传统学术之间的关系，原本可以作为互相团结的价值基础的一些理论观念也被越来越细化、尖刻的先锋理论所瓦解。

费什的理论帝国陷入危机的消息经过司格特和雅非的详细报道后，引发全美学术界一片哗然，原本被费什这条"大鱼"搅得不得安宁的同行们不免有幸灾乐祸之嫌。但杜克英文系的坠落是一个非常值得深思的故事，它折射出 20 世纪 80—90 年代的美国学术界很常见的学术分歧：循规蹈矩的传统知识分子与标新立异的先锋理论家、"心无旁骛"的文学批评家对"不务正业"的文化研究者、激进左派对保守右派、名利双收的知名理论家对无私奉献于课堂教学的老师，等等。正因为这些问题的普遍性以及在杜克大学英文系表现的典型性，我们就非常有必要去深入反思其危机发生的根源。究竟是什么导致了费什理论帝国的倾圮，是理论自身的缘故，还是有其他决定性因素？

因为杜克大学英文系的黄金期正是以理论的繁荣为标志，很多人自然喜欢把英文系的衰退看作理论的失败，甚至在两者之间寻找一种简单的因果关系。但一手打造了这个理论帝国的费什并不这么看，他坚持认为自己最初引入理论来改造英文系的实验是成功的。他说："如果在学术界有什么东西能坚持12—13年……如果这个中心能坚持那么长时间，那么这才是值得惊奇的，而不是现在人员的流失。"(Qtd. in "The Department") 多少带着一些失意离去的塞奇威克也表示："我从这场火车事故般的经历中得到的感觉不是'哦，真是一场可怕的事故，'而是觉得那是一项真正的成就。"(Qtd. in "The Department")

1998年的那次外部专家评估意见认为，杜克英文系把主要精力投入到招揽学术明星、生产学术成果上，忽视了研究生培养和本科生教学，在课程设置上十分混乱随意，乃至于缺乏整体使命和长远规划。言下之意，英文系本末倒置，忘记了自己最应该干什么。但包括费什在内的许多人对评估委员会的结论并不认同，在他看来，如果说这真的是一个问题的话，那也绝不仅是杜克英文系的问题。他说："如果这个国家有哪个大学的英文、法文或文学系找到了新的使命感，并且给了它一个很好的配方，那么它的产品（毕业生）就会非常畅销，因为很多其他院系都会买入。但我自己也不知道有没有这样的系。因此，我认为缺乏明确使命的不只是（杜克）英文系，而是这一整个行业。"(Qtd. in "Discord")

确实，费什的话并非自我狡辩。杜克英文系的衰退其实不过是在整个人文学科衰退大背景下发生的一个小插曲，只是因为它在当时过于惹人注意，发生在它身上的故事也就更容易被视为"事故"。前文引述的普法，他在当年还是杜克大学一位未获终身教职的助理教授，也是一位对理论很不感兴趣的传统学者。他在雅非的文章中所说的那段话的背景是他刚刚与塞奇威克在工作聘用问题上发生争执，因此并不十分客观。普法现如今已是杜克大学英文和德文终身教授，同时也是神学院的一名教师。或许时间的间隔再加上身份的变化让他对那段往事有了更客观的认识，他在多年之后反思道："我认为杜克大学那个时代的剧变是文学研究正式进入长期衰老阶段（持续到今天）的一个拐点……我的预测是，文学将永远繁荣，但它在学院的作用将在未来几年继续缩小。在历史、文化人类学和其他阐释领域，同样的销蚀也可能发生。"①

伊格尔顿在1986年首版的《文学理论导论》结论中就曾深刻指出："文学研究领域中的现存危机从根本上来说是这一学科本身定义的危机。"② 20世纪80年代以来，随着以英国前首相撒切尔夫人和美国前总统里根为代表的新自由主义思潮的崛起，自第二次世界大战之后被西方社会长期奉行的凯恩斯福利国家经济模式被抛弃。"新自由主义的兴起从根本上改变了美国高等教育的面貌。"③ "人们越来越将高等教育视为一种企业或买卖。"④ 大学正在从过去一个用优雅智慧引领社会价值走向的精英知识机构逐渐演变成一个职业培训中心。越来越多的学生更倾向于选择市场就业导向的实用专业，以往新批评运动所倡导的那种以内部研究为主的文学教育模式显然无法满足新自由主义条件下的学生需要。

在新的社会政治经济形势下，大学英文学科面临自一战前后被稳固确立以来最大的挑战。第二次世界大战后长期的经济上行趋势、冷战意识形态背景、婴儿潮一代带来的人口红利和高校扩张，以及受惠于凯恩斯主义的宽松教育投入和经费预算——所有这些适宜英文系发展的社会条件都已一去不返。英文系迫切需要为自己的存在合法性——也就是文学研究的意义——寻求新的辩护。也正是在这样

① Qtd. in Nathan K. Hensley, "In this Dawn to be Alive: Versions of the 'Postcritical'", *ARCADE: Literature, the Humanities, & the World*, 2015. https://arcade.stanford.edu/content/dawn-be-alive-versions-%E2%80%9Cpostcritical%E2%80%9D-1999-2015 [2019-12-11].

② Terry Eagleton, *Literary Theory: An Introduction*, Beijing: Foreign Language Teaching and Research Press, 2004, p. 186.

③ Jeffrey R. Di Leo, *Corporate Humanities in Higher Education: Moving Beyond the Neoliberal Academy*, New York: Palgrave Macmillan, 2013, p. 1.

④ Jeffrey R. Di Leo, *Corporate Humanities in Higher Education*, p. 1.

的背景下，伊格尔顿早在1984年就先知先觉地对这个问题发出了严肃警告：“这个研究的意义何在？它打算研究给谁看、影响谁、另谁印象深刻？社会作为一个整体又赋予这种批评行为何种功能？……今天，批评行为仍在继续，而且完全还和以往一般自信，这一明显事实无疑表明：批评机构的危机要么没有引起足够的重视，要么被有意回避掉了。”[1] 如果说此前英文系的主要功能被视为一个传承公认的经典文化遗产、用道德价值和民族精神引领社会的优雅场所——这种说法虽然在效果上难以证明，但在冷战背景和宽松的凯恩斯福利国家制度下，并没有引起多少质疑——那么现在这种说法已经难以有说服力，它需要努力重新定义自己的社会功能。由此，各种时髦的理论热便应运而起。伊格尔顿转述伊丽莎白·布鲁斯（Elizabeth Bruss）的话并进一步评价说：“‘每当批评的功能本身受到质疑时，理论活动就会增加。’也就是说，理论不会在任何历史时刻都出现。只有在既可能又必要的时刻，当社会实践或知识实践的传统理论基础已经被打破，需要新的合法形式的时候，它才会诞生。”[2] 因此，理论热的兴起，完全可以理解为英文系在20世纪80年代为了摆脱合法性危机而做出的突围。费什把杜克英文系改造为新兴理论据点，正是这样一种尝试。

因为理论具有突出的跨学科性、社会批判性和文化政治冲动，更容易向公众展示其存在的价值，也就为文学研究“创造出某种时髦的新功能”[3]。但这样的尝试也必然招致守旧派学者的抵制。时年63岁的诗人、杜克大学英文教授詹姆斯·艾普尔怀特（James Applewhite）不满地说：“在后现代世界，一些从事文学研究的人正把文学作为影响社会变革的工具。我认为我们系的问题是，在新时期，一旦文学成为政治，那么政治就会导致争论，而不是共识。”（Qtd. in “Discord”）

① Terry Eagleton, *The Function of Criticism*, London: Verso, 1984, p. 7. 伊格尔顿在这里所谓的“批评机构”（critical institution）主要就是指英文系。

② Terry Eagleton, *The Function of Criticism*, p. 90.

③ Terry Eagleton, *The Function of Criticism*, p. 123.

当初建议把费什引进杜克的伦屈夏也公开批评费什，认为他对理论的偏袒是导致英文系衰退的主要原因，他说：

> 杜克原本有一套做法，即，卓越才干是选聘人才的基础考量，根本不考虑受聘人在意识形态方面是否是“自己人”。自打伊芙到了之后，这套做法被取代，人事选聘的基础变成了政治忠诚。费什曾经是最初那套做法的拥护者，但后来改换了模式，他在最初模式基础上建立的著名英文系实际上被破坏了。（Qtd. in “The Department”）

总之，在大部分人看来，杜克英文系之所以衰退，完全是因为费什麾下的战队太偏向理论所致。理论研究华而不实，破坏了学术风气，且因为过于讲求政治正确而造成英文系内部分裂，学者之间没有凝聚力，互相排斥争斗，最终导致人才流失，教务混乱，学科排名下滑。然而，理论真的需要为英文系的衰退负全责吗？人们在把矛头指向理论的时候，难道忘记了当初不正是因为理论的风头日盛，才让英文系从一个二流院系一跃成为全美最受关注的学术重镇？究竟该如何评价理论在这段历史中的作用？

四 清除害群之马：杜克英文系的倾圮与反理论运动

众所周知，到了20世纪80年代以后，理论在美国越来越向文化理论演化，左派政治色彩日渐浓厚。在后结构主义和新马克思主义的影响下，女权主义、新历史主义、性别研究以及后殖民主义等各种理论思潮都开始把批判的矛头重点指向文学以外的事物。文学阅读就是社会批判，是一种意识形态斗争。它可以把看似给定的自然事物去自然化，暴露各种文化制度、观念和规范的建构性，强调阅读和批评的政治潜能。理论家不再满足于对文本意义的发掘，更要去揭示隐含在既定性别、种族、阶级和身份等级背后的权力结构，继而表现出积极的政治干预倾向，试图让理论和文学研究成为更广阔的左派社会政治运动的一部分，通过“指向对社会、文化和历史状况的批判”，来“启发和引导社会政治运动”[①]。

在20世纪80年代特殊的社会历史背景下，这种具有“革命热情”的批评思潮特别具有号召力。各种被主流意识形态（白人、男性、资产阶级、新教徒、异性恋等）压抑和排斥的主体（女性、少数族裔、底层、同性恋等）——都渴望在理论的指引下获得解放。但在传统主义者看来，这却是一股歪风邪气，应被强力抵制。几乎与理论的兴起同步，反理论运动也紧随而至，并以史蒂芬·奈普和沃尔特·麦克斯合作发表的《反对理论》和《反对理论之二：诠释学与解构主义》两篇文章为标志，形成贯穿整个80年代的第一波反理论热潮。[②] 虽然对理论的抵制从未间断，但正如保罗·德·曼所说的那样，至少在90年代之前，理论的总体状况是“越受抵制越繁荣”[③]。不过自21世纪以来，尤其2008年金融危机之后，西方整个社会风气日趋保守，代表传统势力的文化价值观念又逐渐占了上风，表现在英文系内部就是老派作风的文学研究方式再度被提倡，反对理论的声音则越来越响亮。比如一位学者如此说道：

> 英文专业曾经是一个貌似轻浮实则严肃的事业……但今天，英文专业却越来越变成貌似严肃实则轻浮。它不再把我们的文学遗产视为维护共同文化价值观的必要条件。道德真理和客观美被解构，后现代的语言和文本方法强调政治意识形态、伦理

① Gregory Castle, *The Blackwell Guide to Literary Theory*, Malden: Blackwell Publishing, 2007, p. 2. 另外有关理论在20世纪80年代以后的左派政治色彩问题，也可参见前文第4章，特别是其中第二节“理论的政治性”。

② See Steven Knapp and Walter Michaels, “Against Theory”, *Critical Inquiry*, 8.4 (1982): 723–742; Steven Knapp and Walter Michaels, “Against Theory 2: Hermeneutics and Deconstruction”, *Critical Inquiry*, 13.1 (1987): 49–68; W. J. T. Mitchell, ed., *Against Theory: Literary Studies and the New Pragmatism*, Chicago: The U of Chicago P, 1985.

③ Paul de Man, *The Resistance to Theory*, Minneapolis: U of Minnesota P, 1986, p. 19.

> 相对主义和对美学、创作意图和语言传达意义能力的敌视……文学专业的学生越来越少，越来越不愿意理解复杂的书。文本的肤浅政治化取代了对文化的研究和投入……英文系必须重新把经过时间检验的经典放到优先位置……多关注思想，而不是意识形态。①

理论主要是一种思考方式，它可以有效地帮助读者深化对文本的理解，有时候就像一面透镜一样，借助它，往往可以让原本并没有什么特别之处的一些文本细节被折射出特殊“意义”。但由于理论常常被化简为带有特定政治色彩的批评工具或分析透镜，成为在文本分析中被滥用的批评方法或视角，于是引来更多的批评。上面那位批评者就对这种“主题先行”的做法做了进一步抨击：“理论透镜不是辅助，而是扭曲了读者视线……在现实世界中，镜片通过增强视力而不是通过改变所看到的文字来纠正错误视力，使弱视的眼睛看得更清楚。但是，通过女权主义的视角教育学生看待文学，不但没有纠正、反而扭曲了视觉，模糊了原文，使之符合女权主义的意识形态。”② 就像规模过度扩张的企业往往会导致产品质量下降、标准不统一一样，理论在 20 世纪 90 年代前后的全面胜利也确实带来很多负面后果，尤其是它对传统文化价值观念的意识形态批判甚至到了有些荒诞的地步，就像有位论者所说：

> 到了八九十年代，美国的每一个研究生都默契地认识到，文学和批评中的一切逻各斯中心主义、男性中心主义、霸权主义、极权、二元化、同一化、意识形态化、具体化、同质化或透明化

---

① Duke Pesta，“Three Ways Declining English，Departments Can Be Relevant Again”，*The James G. Martin Center for Academic Renewal*，Mar. 14，2018. https：//www. jamesgmartin. center/2018/03/three-ways-declining-english-departments-can-relevant/[2019－11－13].

② Duke Pesta，“Three Ways Declining English，Departments Can Be Relevant Again”.

> 的东西都是不好的，而任何异质的、碎片化的、不可判定的、越轨的、商谈的、杂糅的、颠覆性的、边缘化的、散漫的、分散的或去神秘化的东西都是好的。①

理论的锋芒在于其倡导批判性思维，让人们去反思一切看似正常、标准、自然、合法的事物和观念，去理解它们被建构的方式和秘密，探究里面是否含有隐蔽的压迫和不公，进而为实现更加正义的社会秩序寻找可能。但正如米歇尔·罗斯所忠告：“在一种人文文化中，聪明往往意味着要成为一个批判性的揭露者，我们的学生可能会变得太擅长展示事情的不合理之处。这种技能可能会削弱他们在阅读的书籍和生活的世界中发现或创造意义和方向的能力。”② 如果把这种批判性思维滥用，只是陶醉于打碎传统偶像带来的革命快感，却忘记了建构更美好社会的使命，就可能变成一种玩世不恭、自作聪明的游戏。这正是理论在20世纪末受到大范围抵制的一个非常重要原因。

作为理论的最重要堡垒之一，杜克大学英文系在20世纪90年代遭遇的危机也必须放在这一背景下来理解。甚至有学者认为，“杜克的故事就是整个英文学科所发生的变化的一个缩影或寓言”③。《通用语》之所以刊登雅非写的那篇带有明显讥讽语气的文章，把杜克英文系的“家丑”公之于众，目的就是清除害群之马，捣毁这个理论堡垒，因为很多人认为杜克英文系就是问题的一部分，它应该为那种坏的学术风气负责。

---

① Matthew Flaherty, “Post-critical Reading and the New Hegelianism”, *ARCADE*: *Literature*, *the Humanities*, *& the World*, 2015. https://arcade.stanford.edu/content/post-critical-reading-and-new-hegelianism [2019-11-10].

② Michael S. Roth, “Beyond Critical Thinking”, *The Chronicle of Higher Education*, Jan. 03, 2010. https://www.chronicle.com/article/Beyond-Critical-Thinking/63288 [2019-10-15].

③ Nathan K. Hensley, “In this Dawn to be Alive: Versions of the ‘Postcritical’”.

五　后批判转向与英文系的未来

杜克大学英文系的衰退不过是新自由主义导致的整个人文学科衰退的一个缩影或者征兆，对它的讽刺和挖苦也不过是自20世纪末以来逐渐升级的反理论运动以及所谓的“后批判转向”（post-critical turn）[①] 的先声。有不少英文系内部的人们都认为，英文系在今天之所以陷入困境，完全是因为理论在过去几十年间不务正业所致，导致全社会对文学研究失望和厌烦，破坏了它赖以存在的合法性根基。甚至有一些理论热时期的主要参与者也把英文系的式微归咎于理论，比如J. 希利斯·米勒如此说道：“文学行将消亡的最显著征兆之一，就是全世界的文学系的年轻教员，都在大批离开文学研究，转向理论、文化研究、后殖民研究、媒体研究（电影、电视等）、大众文化研究、女性研究、黑人研究等。他们写作、教学的方式常常接近社会科学，而不是接近传统意义上的人文学科。他们在写作和教学中常常把文学边缘化或者忽视文学。”[②] 后来他甚至干脆把“征兆”换成了“病因”，声称：“不可否认，文学理论促成了文学的死亡。”[③] 另外，在乔那桑·卡勒和伊格尔顿新世纪以来的部分著述中，也都或

---

① “后批判转向”号召学者们探索不以怀疑、否定和批判为目的的全新阅读方式，比如后批判阅读（postcritical reading）、表层阅读（surface reading）、远程阅读（distant reading）、情感阅读（affective reading）等，把文本视为对人有益的情感认同对象或知识来源，以替代以“症候式分析”为代表的“怀疑式阅读”（suspicious reading）方式，其实也就是反对理论在文学研究领域的主导地位。其代表人物包括芮塔·菲尔斯基（Rita Felski）、莎伦·马库斯（Sharon Marcus）、史蒂芬·贝斯特（Stephen M. Best）以及希瑟·拉夫（Heather Love）等。See Matthew Mullins, “Introduction to Focus: Postcritique”, *American Book Review*, 38.5 (2017): 3 – 4; Rita Felski, “Postcritical Reading”, *American Book Review*, 38.5 (2017): 4 – 5; Stephen Best and Sharon Marcus, “Surface Reading: An Introduction”, *Representations*, 108.1 (2009): 1 – 21; Heather Love, “Close but not Deep: Literary Ethics and the Descriptive Turn”, *New Literary History*, 41.2 (2010): 371 – 391. 另外，希利斯·米勒在《论文学》（*On Literature*，中文译名《文学死了吗?》）一书中倡导的“天真的阅读”（innocent reading）也可被视为一种非批判式阅读。国内已有学者关注后批判转向问题，可参阅但汉松《走向“后批判”：西方文学研究的未来之辩》，载《文艺理论研究》2021年第3期。

② ［美］J. 希利斯·米勒：《文学死了吗?》，秦立彦译，广西师范大学出版社2007年版，第18页。

③ ［美］J. 希利斯·米勒：《文学死了吗?》，秦立彦译，广西师范大学出版社2007年版，第53页。

多或少把以政治阐释为主的理论研究看作导致英文系陷入危机的重要帮凶，并把回归文学视为摆脱危机的有效途径。①

然而把英文系的困境主要归咎于理论的兴起并不公平，驱逐理论更不会带来英文系的复兴。正如哈尔·福斯特（Hal Foster）所说，对批评理论的抵制不过是整个社会价值取向日趋保守的折射，“在20世纪80年代和90年代的文化战争中，批评理论受到严重打击，但21世纪的情况更糟。在布什领导下，对肯定的要求几乎是完全的。今天，即使在大学和博物馆里，也没有多少批判的空间。在保守派评论员的打压下，大多数学者不再强调批判性思维对于参与公民事务的重要性。”② 在很多人看来，经过多年的政治批判，似乎所有的主流价值观念都被揭露为维护统治阶级的虚伪面纱，所有沉默的他者——女性、黑人、穷人、同性恋者、精神病人，甚至是动物、自然、物——都已被揭示为受压迫之物且亟须唤醒反抗意识，如果再继续批判下去，整个社会将再无团结的基础，所以批判和理论也就成了多余之物。

于是有人认为：“属于理论的时代已经结束。现在是属于方法的时代。”③ 如果说理论更关注文学研究的政治性和批判性，现在人们又和之前的实用主义批评一样关注批评方法的准确性和有效性，尤其是以数字人文为代表的新技术手段可能给文学研究带来的新突破，那些已被人们嫌弃了的笨拙的文献考据和信息梳理在大数据手段的帮助下

---

① 比如伊格尔顿在《文学事件》中部分收回了他早年在《批评与意识形态》中表达的立场，不再把政治批判性——“扰乱其赖以生存的意义形式的能力”——视为文学价值的唯一来源，而是又回到日常经验，强调文学作品在常识意义上的实用功能和道德价值。参见［英］伊格尔顿《文学事件》，阴志科译，河南大学出版社2017年版，第108页。卡勒也在《理论中的文学》中反省了自己早年在《文学理论简论》中对文学本身的忽视，批评了理论阐释的错误倾向，“有趣的作品总是被误读或转译为一种阐释的主张”，倡导“文学研究应该抛弃阐释学，走向诗学”，“弄清楚文学的工作原理。”参见［美］乔那桑·卡勒《理论中的文学》，徐亮等译，华东师范大学出版社2019年版，第202、203页。

② Hal Foster, “Post-Critical”, *The Brooklynrail: Critical Perspectives on Arts, Politics, and Culture*, Dec. 12, 2012. https://brooklynrail.org/2012/12/artseen/post-critical［2019－12－11］.

③ Gary Hall, “Has Critical Theory Run Out of Time for Data-Driven Scholarship?” in *Debates in the Digital Humanities*, 2012, https://dhdebates.gc.cuny.edu/read/untitled-88c11800-9446-469b-a3be3fdb36bfbd1e/sec-tion/1a9b138c-eb51-4f48-bcb8-039505f88ff8［2018－11－13］.

就变得异常容易。比如英国学者丹·科恩（Dan Cohen）和弗雷德·吉布斯（Fred Gibbs）运用数字技术手段，对维多利亚时代出版的所有英文书籍内容进行检索，目的是对比分析它们对“革命”一词的使用在法国大革命和1848年欧洲革命前后有什么不同。[①] 在信息技术手段的帮助下，这种研究实现了此前依靠人工阅读根本不可能完成的工作，其客观性和准确性似乎毋庸置疑。然而由于它的工作更多停留在分析和描述上，而非价值批判，其研究的意义又让人怀疑。就像加里·霍尔（Gary Hall）所尖锐批评的那样，所谓数字人文不过是“从事幼稚而肤浅的学术工作的借口”[②]。从根本上来说，反理论者的不满与其说来自人文学科外部，不如说来自内部；与其说是反理论之战，毋宁说是“理论内部为争夺体制主导权而发生的本地冲突”[③]。趁着新自由主义和保守主义浪潮，此前数十年间被理论驱赶到英文系边缘的传统主义者要发起一场反扑决战，夺回被理论长期占领的讲台和阵地，让文学研究重新回到理论热兴起之前的样子。

正如笔者在他文中曾经指出的：“真正陷入生存危机的并非仅是理论，而是整个人文学科。理论归根结底不过是人们谈论文学的一种方式。在一个文学活动被日益边缘化的功利主义社会，即便人们真能抛弃理论，也似乎很难有其他替代方式能够让文学重新回到公众生活

---

① 参见 Dan Cohen，“Searching for the Victorians.” October 4，2010. http：//www.dancohen.org/2010/10/04/searching-for-the-victorians/［2019－10－16］。

② Gary Hall，“Has Critical Theory Run Out of Time for Data-Driven Scholarship?” 当然，如此批评数字人文也不公平。杰西卡·普莱斯曼和丽莎·斯旺斯特朗在他们2013年主编的《数字人文季刊》专刊导言中自辩，数字人文“包含且支持文学阐释……它不仅是获取和访问有关文学体裁、文学史及其所促成的阅读和写作实践数据的一种手段……（也）不仅是为文学解释提供档案和数据集……（它）通过对美学、互文性和写作过程的重视来促进文学实践”，并且可以为文学批评带来新的启发。See Jessica Pressman and Lisa Swanstrom，“The Literary And/As the Digital Humanities”，*DHQ*：*Digital Humanities Quarterly*，7.1（2013），http：//digitalhumanities.org/dhq/vol/7/1/000154/000154.html.［2020－1－08］但数字人文背后折射的政治意蕴仍值得怀疑，可参阅约瑟夫·诺斯对弗兰克·莫莱蒂（Franco Moretti）的批判。Joseph North，*Literary Criticism*：*A Concise Political History*，Cambridge：Harvard UP，2017，pp. 109－116.

③ Jeffrey R. Di Leo，“Introduction：Antitheory and its Discontents”，in Jeffrey R. Di Leo ed.，*What's Wrong with Antitheory*? London：Bloomsbury Academic，2019：1－23，p. 22.

的中心。”[①] 人文学科在当今美国“彻底且急剧的衰退现状”[②] 让很多批评家倍感绝望，而其中尤其以英文系的日子最为惨淡。相当数量的文学专业博士生现在毕业后很难找到学术性工作，而面临生源和经费困境的英文系也不得不寻求突围，开设一些学术性不强，但更适合就业的非传统课程，比如创意写作、影视和传播等。希利斯·米勒在最近的一篇文章中悲观地坦承，“直到不久之前我还宣称文学研究有巨大价值，但在这个新的电子通信统治时代，我再也没有那么确信了。”[③] 由于各种电子游戏和社交媒体成为年轻人的新宠，文学在他们的生活中所占的分量越来越小。米勒还建议，文学研究要想重新唤起公众兴趣，就必须改变以往做研究的一贯方式，投其所好地关注年轻人喜欢的电子游戏和新媒体，或者关注与社会大众更直接相关的全球变暖和环境危机等问题。但这些充其量只是暂时的权宜之计，无法从根本上改变文学研究的生存困境。在经济功利主义势不可当、电子娱乐媒体全面渗透的背景下，英文系的未来状况估计更加不乐观。2001年，曾经热闹一时的《通用语》杂志也因为经费短缺而被迫停刊，这或许就是人文学科当下困境的一个生动反映：这里或许再也没有什么消息能够让人感兴趣。

费什在1998年的一次专访中表示：“如果有人能弄清楚英文系在21世纪应该做什么，那么所有人都会非常感激他。”[④] 事实上是，费什已对英文系的复兴不抱任何希望。当他被问及“是否还有可能扭转现代人文研究缓慢销蚀的现状？文学研究是否可能再次成为头版新闻？何种回应是可行的？”他的回答是：“我看不到任何回应……可能奏效。除了对大学进行根本性重组，让它回到过去。而现代大学的预算

① 陈后亮：《理论会终结吗?：近三十年来理论危机话语回顾与展望》，《文学评论》2019年第5期。

② Stephen Marche, “Back in the MLA”, *TLS*, June 7, 2019, Issue 6062, p. 17.

③ J. Hillis Miller, “Western Literary Theory in China”, *Modern Language Quarterly*, 79.3 (2019): 341-353, p. 351.

④ Qtd. in Nathan K. Hensley, “In this Dawn to be Alive: Versions of the ‘Postcritical’”.

问题使得这些（人文学科）系能够像以前那样蓬勃发展的可能性越来越小。我本人……看不到多少希望。”① 这既是对文学研究的未来所做的最悲观描述，同时也是他内心最无奈的感受。

然而对依旧有赖于在英文系内存身的文学研究者来说，更多的痛苦、愤怒和哀叹已经没有意义，更紧迫的任务是为它的存在寻找新的合法性。如前所述，并不是理论导致了英文系的合法性危机，相反，正是理论让英文系摆脱了20世纪80年代初的危机并走向辉煌。只是在20世纪90年代末以来，随着新自由主义思潮愈加势不可当，无处不在的市场功利主义和政治上的保守氛围让偏重政治批判的文学研究难以为继。毫无疑问，反对理论的人也都是深切关注英文系前途命运的人，他们提出的各种主张也都是为了真诚地拯救人文研究，让它能够重新焕发生机，为学者和学生的未来职业赢回价值和尊严。然而反理论者的策略不可能从根本上拯救英文系，因为他们的方向完全是错误的。正如文森特·里奇所说：“攻击理论帮不了忙。”② 反理论者把人文学科陷入危机的根源错误地归咎于理论的批判性，认为是理论与资本主义体制的不合作态度让它成为不受欢迎的敌人。只要人们放弃批判，把文学研究恢复到理论兴起之前的样子，就能够让英文系重振雄风，这种看法是幼稚的。罗宾·古德曼深刻指出：“不管菲尔斯基如何说，对文本的细读、纯描述和无须中介的体验并不能抵挡文学研究在市场文化面前的合法化危机。”③ 如果理论家宣布放弃批判，让人文研究重新变得温顺、服从，这或许会暂时缓解人文学科与商品逻辑主导的资本主义社会体制的矛盾关系，却几乎不可能从根本上让它恢复繁荣。

当前英文系遭遇困境的根源在于新自由主义的市场经济和商品逻

① Qtd. in Nathan K. Hensley, “In this Dawn to be Alive: Versions of the ‘Postcritical’”.

② Vincent Leitch, “Antitheory”, in Jeffrey R. Di Leo, ed., *The Bloomsbury Handbook of Literary and Cultural Theory*, London: Bloomsbury Academic, 2019: 343 - 353, p. 351.

③ Robin Goodman, “How Not to be Governed Like That: Theory Steams On”, in Jeffrey R. Di Leo ed., *What's Wrong with Antitheory*? London: Bloomsbury Academic, 2019: 134 - 148, p. 146.

辑已经完全统治了西方社会，人文学科也被当作与自然科学、工程科学一样的事物对待，被要求生产出能够直接用金钱衡量的社会效益。只要这种趋势不发生变化，人文学科的毕业生在就业市场上就很难有抗衡工具性学科毕业生的优势，就业市场信息的反馈就必然会进一步瓦解人们对选择和保留人文学科的信心。雅非在他的文章中也指出，即便在费什等众多明星学者离开之后、杜克英文系处于最低谷的时刻，它的毕业生在就业市场上表现依然抢眼，多数英文博士都能拿到终身教职，但这也不过是整个人文学科步入漫长寒冬前的最后一抹秋阳。杰弗里·迪·里奥最近非常无奈地谈道，近年来在美国现代语言协会（MLA）或美国比较文学协会（ACLA）的年会上，经常会看到只有那些介绍就业市场或终身职位命运的讲座才会吸引很多听众，而讨论乔叟等专题的会议室则乏人问津。[①] 这充分显示了英文系及其毕业生当下所面临的巨大生存焦虑。文学研究再合法化的难点在于，无论是坚持还是放弃批判，都不可能满足新自由主义的胃口。当然，出于伊格尔顿所谓的“害怕暴露资本主义的市侩本色”[②] 的原因，英文系也不可能被彻底关闭。但在新自由主义短期内不可能被遏止的前提下——特朗普败选绝不意味着保守主义就此退去，民主党重新上台也不代表人们会放弃市场功利主义——英文系在未来的生存空间必定会越来越小。它将彻底失去在过去曾经享有的无上光荣，从“所有学科中最核心的一门”被最终还原为“诸种学科之一”[③]。

---

① Jeffrey R. Di Leo, *Corporate Humanities in Higher Education*, p. 3. 费什当年离开杜克之后，以23万美元的“天价”年薪入职伊利诺伊大学芝加哥分校。而倡导“后批判”的前《新文学史》主编芮塔·菲尔斯基更是在2016年从丹麦政府获得约合420万美元的史上最高单项人文研究基金。这两个例子或许会让人们以为人文研究依旧可以“很值钱”，但这遮蔽了少数高光明星学者与每年近万普通毕业生之间的天壤之别。有关过去30年来美国人文学科毕业生的就业数据下滑情况，可参阅Scott Jaschik, “The Shrinking Humanities Job Market”, *The Inside Higher ED*, August 28, 2017. https://www.insidehighered.com/news/2017/08/28/more-humanities-phds-are-awarded-job-openings-are-disappearing［2019-09-20］。

② Terry Eagleton, *Literary Theory: An Introduction*, p. 174.

③ Terry Eagleton, *Literary Theory: An Introduction*, p. 28.

下　篇

后现代主义与文学研究的伦理学转向

第十章　后现代主义的制度化与后现代研究新趋势

——琳达·哈钦访谈录

琳达·哈钦现为加拿大多伦多大学英语系及比较文学研究中心荣誉退休教授,国际著名的后现代文学理论家，曾在2000年当选美洲现代语言协会第119任主席。作为后现代主义的积极辩护者，哈钦强调后现代主义绝不是非历史的、非政治的、玩弄拼贴游戏的文化大杂烩，而是以独特方式对原本隐含在文学、文化和历史文本中的话语—权力关系进行解码和重新编码，暴露出在任何文化实践下都暗藏着的意识形态潜文本和不公正的权力再生产机制，进而为更积极的政治实践创造条件。本次访谈以笔谈的形式完成于2012年3月至5月，讨论话题主要围绕后现代理论与实践在国内外的最新发展趋势进行。哈钦在访谈中认为后现代主义并未像有些人宣称的那样已然终结，而是进入了一个暂时可被称作“晚期后现代主义”的阶段，成为经典化和制度化了的反话语，被普遍接受并运用在当下的文化实践、艺术创作和教学研究之中。哈钦还谈及了数字信息技术对后现代主义的影响，讨论了历史书写元小说诞生的历史语境以及后现代主义在政治维度上与马克思主义、女权主义和后殖民主义的区别与联系等问题。

陈后亮：早在20世纪90年代初期，中国学者就开始了解您。从那时候起，您就成为中国学者眼中最重要的后现代主义理论家之一。如您所知，目前已经有您的四部著作被译成中文，[1] 它们都得到广泛而深入的研究，并深刻启发了中国学者。围绕您的反讽、戏仿、自恋叙事、历史书写元小说，以及后现代主义诗学等关键学说，出现了大量的期刊论文和学位论文。然而，自从20世纪90年代末以来，西方理论家们开始急切地宣布“后现代主义的死亡”或“理论的终结”，而恰恰是在这个时候，后现代主义开始成为最受中国学者关注的对象，不管是在学术界还是艺术创作领域都是如此，这种时间上的错位是很有意思的。您如何看待所谓的“后现代主义的死亡”[2]，或者说这是否是您自20世纪90年代末以来把学术研究的重心转移到歌剧、疾病和文化史的跨学科研究中去的原因？如果后现代主义真的已经死亡了，那么谁最有可能是它的终结者？是“9·11”恐怖袭击？全球金融危机？还是阿兰·科比（Alan Kirby）所谓的数字技术？[3]

哈钦：在过去的三四十年间，不只是后现代主义的定义，也包括它的历史，都成为饱受挑战的对象。如你所说，早在后现代主义刚诞生不久之时，就已经有人宣布它的死亡，但神奇的是，它似乎依然和我们在一起。重要的是，在20世纪的最后几十年间，后现代主义在学术界、出版界、电影行业、艺术馆、剧场、音乐厅，以及歌剧院等领域都差不多被成功地制度化（institutionalization）了。伴随这种成功的制度化而来的是，后现代主义已经被普遍化为（generalizing）一种一

---

① 到目前为止，哈钦已有四部著作被完整翻译成中文出版，分别是《加拿大后现代主义——加拿大现代英语小说研究》，赵伐、郭昌瑜译，重庆出版社1994年版；《后现代主义的政治》，刘自荃译，骆驼出版社1996年版；《后现代主义诗学：历史、理论和小说》，李杨、李锋译，南京大学出版社2009年版；以及《反讽之锋芒：反讽的理论与政见》，徐晓雯译，河南大学出版社2010年版。此外哈钦还有多篇文章散见于国内学者编辑出版的论文集中。

② 近十多年来，哈钦的学术兴趣主要集中于歌剧、医学和文化史之间的交叉研究上，已连续出版了《歌剧：欲望、疾病和死亡》（*Opera: Desire, Disease, Death*, 1996）、《身体的魅力：活生生的歌剧》（*Bodily Charm: Living Opera*, 2000）和《歌剧：死亡的艺术》（*Opera: The Art of Dying*, 2004）等几部著作。

③ See Alan Kirby, *Digimodernism: How New Technologies Dismantle the Postmodern and Reconfigure Our Culture*, New York: Continuum, 2009.

般性的、涵盖一切的反话语（counter-discourse）——不过颇具悖谬意义的是，这种反话语正在成为一种权威话语。这正是它为什么至今仍然活着的原因：它已经被经典化了（canonized），至少在西方世界是这样。因此，它已经丧失了许多实验性的、激进的锋芒，而这也正是让那些喜欢新奇和差异的人对它失去兴趣的原因。

说到这里，我们很可能正遇到某种不一样的事物、某种从我认为是“晚期”后现代主义阶段之中出现的事物：我不知道该如何称谓它，但它与我们正生活在其中的电子时代以及正在改变我们这个世界的信息技术有一定关系。比方说我们已经知道数字技术并非仅仅是一个平台。可以说，它正在改变像电影这样的事物被生产、销售和消费的整个环境。它也在改变我们在电影中讲故事的方式，因为它挑战了传统的电影叙事方式。我们现在拥有的是一个新的图形文本纲要、静止的和运功的图像、声音，以及一个光标或交互触屏。它们对于数字叙事的作用相当于交叉剪辑、跟焦连续拍摄、特写镜头对于那种突出运动图像和声音的叙事的作用——也就是（我们以前所知道的那种）电影。由于有了那些导航技术（触屏和鼠标等），这种新媒体——以一种个性化的，甚至个人化的方式——让我们直接投入其中。导航之与互动性相当于蒙太奇之于电影。当然，这也意味着电影中那种向前运用的时间力量正被数字媒体中的交互性的空间运动所代替。

换句话说，讲故事的传统每天都在发生变化。你知道现在已经出现“推文”（TwitLit）[1] 了吗？上个月，帕梅拉·考尔斯（Pamela Coles）[2]于24小时内在推特上写了一篇短篇小说，他是在社交媒体上的数百个好友的支持和鼓动下完成的，其中包括加拿大著名作家玛格丽特·阿特伍德（Margaret Atwood）。由互联网带来的这些改变很可能会改变现实世界。早期后现代主义打破了通俗和高雅艺术之间的壁垒，而晚期

① 即“Tweet Literature”（推特文学）的简称。

② Pamela Coles是琳达·哈钦指导过的一个墨西哥访问学者。

后现代主义则打破了不同“世界”之间的壁垒，比方说从《哈利·波特》系列小说中的虚构世界来到社会活动的现实世界。如果你打开“哈利·波特联盟”网站，你会在网页上读到以下内容：

> 你是否希望哈利·波特是真实的？在某种程度上是的。正如邓布利多的军队唤醒世人注意伏地魔的归来，为了争取小精灵和狼人的平等权利而斗争，并赋予它的成员以力量，我们也正在和国际非政府组织的成员伙伴们一起提醒人们注意全球变暖、贫困和种族屠杀。和伙伴们一起争取不分种族、性别和性取向的平等权利。鼓励我们的成员去增强他们的创造魔力，为把世界变得更美好而努力奋斗。加入我们的队伍吧，一起来把世界变成一个更安全、更加充满魔法的地方，让别人听到你的声音！①

这是晚期后现代主义还是某种新事物？只有时间能够回答这个问题。

关于你提到的第二个问题，我其实并没有放弃后现代主义研究，而只是继续前进到它的不同方面，尤其是它对反讽手法的运用，后来又重点关注了在各种后现代艺术形式中普遍存在的改编策略问题。我对歌剧的跨学科文化研究工作源自我在过去养成的其他兴趣，但我之前也写过有关后现代歌剧的东西，因此我对后现代主义的兴趣其实是在继续。

陈后亮：在您的上述回答中，您提到“后现代主义在学术界……被成功地制度化了”。后现代主义与现代主义之间存在着敌对却又合作的关系，但它与它的现代主义前辈们遭遇了同样的被终结的下场，即它们最终都在巅峰期被经典化了，这真是具有讽刺意味。我在此所说“终结”是阿瑟·丹托（Arthur Danto）所说的那种意义上的“终结”，即它已经结束了，但并没有死去。我们依然可以继续生产后现

① 参见网址 http：//thehpalliance. org/。

代文本，只是免不了发现它们已经不再吸引人了。先锋派、现代主义和后现代主义都遭遇到了相同的命运，因为现有体制可以在短期内容忍它们的震惊效果，但在长期内却会用制度化来麻醉它们。这是否意味着永远不可能有任何真正的反话语？

哈钦：后现代主义和它之前的现代主义一样都被制度化了，我也觉得这的确有讽刺意味，不过我也认为这是无法避免的。一旦有某种事物在存在了足够长的时间后得以被确立为某种经典——在学校里被教授、在大学里被研究等——那么就必然会出现对它的反动，以及对某种不同的新鲜事物的渴望。你提到了既定体制的力量，比如资本主义体制，它真得如你所说，拥有一种神奇的力量，几乎可以吸纳、接管和化解任何事物，让它们为自己服务。资本主义从来不需要太长时间就可以把任何激进的事物变得温和！很久以前，我们在西方就已经明白这一点了。因此必须有某种新事物用一种新的方式来挑战它。

陈后亮：您是否可以从总体上描述一下后现代主义在当今西方的最新发展状况？我的意思是说，是否每天仍有很多后现代主义的作品和评论被发表？您提到了后现代主义的“经典化”，这是否意味着后现代主义的方法和价值观已经（至少）在学术实践中被广泛接受和吸纳，还是说它仅仅被公认为一种既有的，却并不一定让人信服的学说？

哈钦：我认为每天都有人在创作后现代主义文学，尽管有些不同的新事物也已开始出现（主要是在新媒体领域）。和后现代理论一样，后现代文学也在大学里被研究。在视觉艺术、电影、音乐、电视等领域中的后现代主义同样如此。大学里都在教授它们，在这层意义上来说，后现代艺术和后现代研究都已经被经典化了。我以前说过的“亦此亦彼”（both/and）的包容性（inclusive）思维方式或许在我们的日常工作和思维中并未被确立，但它依旧有一定的影响。后现代理论和实践都被西方主流社会所吸纳，我认为原因在于它们确实让人信服：它们面对的是一代年轻的（以及年老的）听众，他们正在寻求关于身边世界的一种解释。面对种族和性别平等、流散移民、多元文化杂糅，以及现在的电子扩张的结果，这个世界正在向一些重大的社会变化妥协。下面我想请你告诉我在中国是否也存在这种状况？

陈后亮：后现代主义在中国发端于20世纪80年代，那是一个具有非常重要意义的特殊时间段。在文化大革命期间经历了整整十年的迫害与羞辱之后，中国的知识分子们终于重新获得了部分话语权，他们热切地在各种议题上发表意见，包括我们对历史的理解和叙述，历史与当今的关系等。除了众多其他的社会和意识形态因素以外，从西方学界刚刚传入的后现代历史学和新历史主义对整个中国学术界产生了巨大影响，他们开始重新反思、质疑，甚至是批判人们对历史的常识性理解。于是涌现出很多所谓的新历史小说，它在写作手法和主题上与历史书写元小说非常相似。乔纳桑·阿莱克（Jonathan Arac）、阿瑞夫·德里克（Arif Dirlik）以及其他一些学者在这方面都有出色研究。[①] 尽管它们还不成熟且充满实验性，但这些小说还是引发了激烈的争论群，特别是在它们对历史的滥用、对意识形态的可错性的揭示，以及帮助读者意识到潜伏在历史写作之下的话语机制等方面。

但到了20世纪90年代，情况发生了巨大变化，一部分原因在于政治气候发生了变化，另一部分原因在于快速发展的商业经济的沾染。在这样一个语境下，为了避免触及政治，知识分子们对于严肃而批判性地思考过去、现在和将来的话题不再有那么高的兴趣。由官方历史经典呈现的历史被小心维护着，而对过去（尤其是近代）历史的轻佻的戏仿或滥用则会受到严厉批判。

真正的后现代艺术逐渐退化，放弃了对整个社会的历史兴趣的控制，而后者却被文化掮客们出于享乐和商业利益的目的挪用。他们既没有勇气也没有智慧去挑战和质疑被制度化的历史思维，却更急切地利用各种有关遥远过去的非官方的文档、谣言、逸闻和想象，粗制滥

① 参见Jonathan Arac，“Chinese Postmodernism：Toward a Global Context”，*Boundary* 2，3（1997）：261－275；Arif Dirlik and Xudong Zhang，*Postmodernism and China*，Chicago：Duke UP，2000。

造大量的历史大杂烩。为了能够轻松稳妥地赚大钱，这样的文化产品与当下没有任何关联，也不触及任何敏感的社会议题。在这里，我们有必要指出一个很有意思的地方。由于汉语既没有冠词，也不区分大小写，所以“the History”与“a history”之间的差别在英语之中显而易见，但这种差别在汉语之中却被遮蔽了。这是否助长了中国读者对“真实历史”的感觉？

哈钦：非常感谢你让我了解了这么多有关中国的情况。你的问题很有趣，你所谈及的中国后现代主义对我非常有价值。你指出，政治警惕性和商业目的的混合是这种新类型小说的动机因素。我认为你的观点可能是正确的。而你谈到的有关汉语和英语的差异让我尤其感兴趣。我不清楚它是否强化了中国人的真正历史感（genuine historicity），或者它是否让人们很难想到别的：是否只能有一种历史？不管是哪种情形，说汉语的人和说英语的人对历史的理解肯定有很大不同，我说的不仅是两种语言，当然也包括两种文化。

陈后亮：是的，我同意您的看法。历史一直是中国艺术家们偏好的主题，作家和电影工作者尤其如此。早在20世纪80年代，他们还能对历史素材进行批判性的使用。但近年来，他们更感兴趣的是歪曲和滥用历史事实（当然是在那些历史文献中记载的事实），而非对事实的真实再现。不可否认的是，这种行为几乎没有显示出您的后现代主义诗学所期待的那种批判性的政治潜能。相反，它们看上去越来越像詹姆逊所抨击的那种文化大杂烩。您认为是什么导致了这种改变？是流行文化？商品经济？主导意识形态？或者别的事物？在西方情况如何？

哈钦：听到你对当代中国艺术家使用/滥用历史的情况所做的分析，我感到很有趣。我觉得西方的情况或许有所不同，下面我将试着做一下解释。然后你再告诉我关于中国艺术家的情况，如何？西方艺术家可以重写历史，但他们不会滥用或者歪曲历史，而是从不同视角下给出不同版本的历史，当然至少在某些人看来，这看上去就是在歪曲历史。

你知道，我不同意詹姆逊的观点，他认为资本主义商品化的胜利意味着他所谓的“真正历史感”的丧失，并导致——用他的话来说——对过去风格的“随意蚕食”（random cannibalization）。我认为像 E. L. 多克特罗（E. L. Doctorow）和托妮·莫里森（Toni Morrison）等作家所写的后现代小说都严肃地涉及了历史和历史性，并通过戏仿（悖谬性地）实现了这一点。当然，小说这种体裁从一开始就是悖谬性的，即它既是虚构又是现实，既向内看又向外看。它的后现代变体曾被我称为“历史书写元小说”，它更是悖谬性的：它意识到了自我的虚构性（因此它是元小说），但同时又直接触及历史记载以及书写或记载历史的行为本身（因此它又是历史书写）。正如在所有的后现代话语中一样，理论和创造实践在这里再次发生了重叠。

像美国的海登·怀特（Hayden White）、多米尼克·拉卡普拉（Dominick LaCapra），以及法国的保罗·韦纳（Paul Veyne）和德塞托（Michel de Certeau）等理论家也提出了和后现代小说中出现的同样的议题，这些议题都是事实，包括：第一，小说和历史书写拥有同一种叙事形式；第二，两者都使用语言来建构一个“世界”。新的历史书写作家常常拒绝隐藏在第三人称叙事声音背后以伪装一种虚假的客观性，相反，他们让人们注意任何历史叙述都难免存在意识形态定位。怀特让人们注意到历史学家的“叙事活动”，并且在诺斯罗普·弗莱的帮助下，他把历史与文学联系起来，也由此极大地惹恼了他的历史学家同行们。直到后来他的洞见成为经典，至少在某些地方如此。

从 19 世纪继承下来的西方现代历史学的实证主义和经验主义假定也从其他方向遭受到攻击，尤其是来自各种后结构主义理论的攻击。根据这种理论，历史学家通过叙述行为或情节编排把历史事件（events）变成历史事实（facts），也就是说，它们是被建构成事实的。

在我看来，后现代主义绝不是非历史的，相反它对历史很着迷，尽管詹姆逊持相反观点。不过，由于后结构主义和后现代主义一起挑战了我们西方关于总体性和连贯统一体、逻辑和理性、再现和事实等方面的假定，后现代主义所关注的那种“历史”并不是那种单一的、中立的，或者客观的、被假定属于现代性的经验历史的（大写的）事实。而这可能正是中西方艺术家的不同之处，不过也可能不是。西方的后现代主义对于利奥塔所说的宏大叙事并不感兴趣，却更感兴趣于历史的“小叙事”，那些在现代范式中从未被讲述的故事。传统上，历史是胜利者的故事——帝王、将军、外交官、政治家，换句话说，只有那些赢得了战斗的人才有讲故事的权利。但对后现代主义来说，要讲述的却是农民、妇女、被殖民者，以及失败者的故事。我们正远离安布罗斯·比尔斯（Ambrose Bierce，1842—1913）在其 1911 年的名著《魔鬼辞典》（*Devil's Dictionary*）中用讽刺的语气所定义的那种历史，他说：“历史，一个名词，主要都是由统治者——通常都是些无赖和愚蠢的士兵——完成的有关不重要事件的错误记载。”

这话听上去有点玩世不恭，但随着后现代转向的到来，在历史学科中的确发生了一些改变：就连官方保存的传统文档本身也开始被认真审视。文献是怎样变成“档案”的？哪些文献不会成为档案？更不会被研究，或成为历史叙事的一部分被流传下去？在西方，很多社会运动——包括北美的民权运动和世界其他地方的去殖民化运动——也确实促使人们去反思历史和历史书写学。

正是在这种语境下，后现代小说开始有意识地，并且带有挑衅意味地去模糊在历史与小说、文献记录与自我反省式书写、严肃写作与游戏之间貌似寻常的边界。是否中国作者们也在这么做？在 19 世纪，沃尔特·司各特（Walter Scott）的小说从真实历史事件中寻找其合法性和权威。但相反，今天的西方后现代历史书写元小说的作家们展示了历史书写和小说都是同样的人为建构物，或同样的人类表意系统。两者都是用文本化的方式演绎过去。后现代小说既对自身的虚构性带有一种自恋型的自我反思，同时又批判性地关注真实历史世界。如此一来，他们便走上前台，挑战这些话语未被公认的意识形态和惯例，要求我们去质疑那些被我们用来再现自我和再现世界的过程。因此，它让我们更加意识到我们用哪些方式理解我们各自的文化经验并从中建构出秩序。中国的作家们是否也同样在做这些事情？

陈后亮： 我认为中国的作家们现在，以及将来都要比他们的西方同行更不幸（当然在另外一层意思上或许也是更幸运），因为在这里有一个巨大的商业市场。无论是对文化生产者还是消费者来说，这个市场都被证明始终是一个无法战胜的力量。从表面上来看，大部分后现代修辞技巧（比如反讽、戏仿、喻指和引用等）都被应用在大量文化实践中，但真正的后现代精神——即它对有关真实、历史、身份、性别以及其他事物的传统思维进行或隐或现的质疑——却难觅踪迹。因此，我们经常可以听见中国国内以及国外的批评家们对当代中国艺术表达的不满。或许，中国的商业市场只是生出了大众文化这个孝子，却扼杀了包括后现代主义在内的逆子。

哈钦： 似乎中国跳过了后现代主义具有挑战性的、论辩性的部分，直接来到其妥协性的、商品化的部分！

陈后亮： 有一个问题总是困扰着我：假如有一位普通读者，他的脑子里面充满了传统的现实主义历史观，也从未接受过来自后现代历史书写理论的教导，那么他怎样才能理解在后现代主义小说在“歪曲历史”的表相背后的真实意图？事实上，我经常看到两种典型的反应：有些人非常恼火这样的做法，认为它们是不负责任的谎言，还有一些人则只是把它们当成简单的历史想象。在我看来，大部分对历史的戏仿性书写虽然确实质疑了普通读者对某些历史事实的固有认识，却最终无法带来它所期待的那种对历史的批判性思维。

哈钦： 你说得不错，这里总是有一个接受方的问题，对后现代主义来说（过去和现在）也一直如此。这正是它在很多情况下，用非常尖锐、直接的反讽和戏仿对历史进行批判性挑战的原因之一，因为假如它的方式太隐晦，人们或许就会忽略它的批判性。反讽的前提假定是要有一个能够理解和领会反讽意图的“阐释的群体”。毕竟，使用反讽的人们是言在此而意在彼，这也正是反讽的定义。如果你没有恰当的语境或恰当信息，你就会误解反讽。如果你不了解历史小说家们戏仿的对象，即那些官方版本的历史，那么你也就无法领会那些戏仿的意义，而是会把它们当成轻松的想象，或是你所说的对历史不负责任的歪曲。对反讽和戏仿来说，这一直是，也永远是一个问题。有些人能够它的某些颠覆性内涵，在这种情况下，戏仿者就显得不守规矩，也就面临被惩罚的危险。另一些人无法领会它，但这种误解也会让戏仿者出于相对安全的状况。戏仿者的命运将由他所处的社会文化而定。

陈后亮：在我看来，政治潜力是你所认为的那种真正的后现代主义的最重要属性。对吗？您现在还这么认为吗？您如何看待乔纳桑·路易斯伯格（Jonathan Loesberg）所谓的当今“审美的回归”（return to aesthetics）？我们的文学研究真的已经厌恶政治了吗？

哈钦：我认为，任何之前出现的事物都不可避免地会受到后来事物的反叛。我还认为，即便是回归审美也仍然是一种政治态度——一种对政治的拒绝。至少在意识形态的意义上，我们不可能完全逃避政治。在西方，“身份政治”（比如女权主义、怪异理论、种族研究等）的兴起意味着政治已经充分走上前台。不过后现代主义更愿意脚踩两边：它对抗但又利用权力系统。

当然，早在20世纪80年代和90年代，当时的政治对抗话语对待后现代主义是非常紧张的：女权主义者和后殖民主义者明白，他们和后现代主义一样，都关注被边缘化的、中心之外的群体，都关注特殊、杂糅（而非普遍、纯粹）之物。他们都想要解构和摧毁占据主导地位的文化假定。但与身份政治相关联的这些对抗话语又担心他们自身的干预性、对抗性工作——或者说社会政治议程——会被吸纳到后现代主义这个一般范畴之中。它们非常怀疑后现代主义，因为后者明显缺少一个有关政治代理的理论，并且它的“亦此亦彼”的包容性思维方式又衍生出骑墙政治倾向。女权主义者率先批评了后现代主义的同谋式批判，即它只是试图解构文化基石，却从不提供建设性的重构意见。

恰如从塞拉·本哈比（Seyla Benhabib）所说："后现代主义对那些标准型的主张、制度性的正义和政治斗争都持无限怀疑和颠覆性的态度。单就这一点来讲，后现代主义的确让人耳目一新。但它也会让人失去行动的能力。"① 其他人则进一步批评后现代主义理论，认为它作为一种对抗性话语，它在质疑真理、去自然化和去神秘化方面的价值被它自身的成功——即后现代主义的制度化——抵消了。后现代主义有意选择开放式的结尾，它青睐"亦此亦彼"的思维方式，却又无法提供解决方案，所有这些所带来的危险就是会让被压迫的人们失去行动能力。正如后殖民理论家们在20世纪90年代所坚持的，在一个后现代世界里，我们很难抵达（在道德和意识形态上具有坚实价值的）行动目的，因为这些价值在这里没有根基，也没有什么乌托邦可能性不会受到讥讽。

今天的后现代主义将何去何从？在21世纪的西方，一切证据都表明，后现代主义如果还是仅仅关注边缘和差异，并把它作为去神秘化过程的一部分，这样已经远远不够了，尽管这种关注可被视为走向行动的关键第一步。其他一些理论——包括世界主义对后种族、后国家的关注，以及环境主义的迫切主张——也从不同方向对后现代主义发起挑战。尽管如此，还是有一些理论家——比如伊丽莎白·迪兹·厄马丝（Elizabeth Deeds Ermarth）——不断提醒我们注意仍然潜伏在她所谓的后现代性"更加慷慨的冲动"（generous impulses of postmodernity）之中的积极政治潜力。她说："现代性文化通过对统一性、合理性和非矛盾性的追寻来不断压制政治选择。后现代状况重新开启了这些选择。后现代性承认甚至凸显不可避免的矛盾，以及不可调和的差异。"②

---

① Seyla Benhabib, *Situating the Self: Gender, Community, and Postmodernism in Contemporary Ethics*, New York: Routledge, 1992, p. 15.

② Elizabeth Deeds Ermarth, "Agency in the Discursive Condition", *History and Theory*, 4 (2001): 34 – 58, p. 42.

陈后亮：很多人都曾把您与新左派理论家进行比较。[①] 您一致倡导政治性的文学研究，我感觉这与伊格尔顿和詹姆逊等左派理论家比较接近，后两者都以其政治性的文学研究而闻名于世。可否请您解释一些后现代主义与马克思主义之间的本质差异？当然我也很清楚，对后现代主义来说，根本不存在“本质”这种事物。有些评论家认为早在后现代主义之前，马克思主义就已经对自由人文主义展开过批判。而且我们也不难发现，很多后现代主义者都明显受到来自马克思主义的影响，尽管很多后现代主义者对马克思主义的遗产不屑一顾。

哈钦：马克思主义的确在很大程度上开创了人们对西方政治、历史和艺术中的资本主义霸权的反思，而且确如你所说，后现代主义和马克思主义都对自由人文主义提出了相近似的批判。但我们需要注意的是，后现代主义并不像马克思主义那样，把阶级当成核心议题，而是扩展了政治的范畴，使其含括性别和种族等方面。但两者都同样关注位于中心之外的事物。法国哲学家利奥塔把后现代定义为对元叙事的怀疑，或者对宏大叙事——比如马克思主义的解放叙事——的不信任，而这也正是后现代主义的反普世化目标与马克思主义立场的分歧所在。

---

① 参见 Brian McHale，“Review：Postmodernism，or the Anxiety of Master Narratives”，*Diacritics*，1（1992）；Hamid Shirvani，“Postmodernism：Decentering，Simulacrum and Parody”，*American Quarterly*，1994（2）；John Duvall，“Troping History：Modernist Residue in Frederic Jameson's Pastiche and Linda Hutcheon's Parody”，*Style*，3（1999）；Thomas Carmichael，“Postmodernism and History：Complicitous Critique and the Political Unconscious”，in John N. Duvall，ed.，*Productive Postmodernism：Consuming Histories and Cultural Studie*，New York：State U of New York P，2002。

第十一章　为改编正名

——再论琳达·哈钦的后现代文化改编理论

琳达·哈钦（Linda Hutcheon）是继诺斯罗普·弗莱（Northrop Frye）之后最有国际声望的加拿大文学理论家，以后现代主义研究的两部奠基性著作《后现代主义诗学：历史·理论·小说》（1988）和《后现代主义的政治》（1989）享誉国际文学批评界。自21世纪以来，哈钦的理论研究越来越表现出明显的跨学科转向，她不在把目光仅仅集中在文学领域，而是广泛涉及文学之外的文化领域，尤其是文学与影视、歌剧，甚至是医学等领域的互动关系，并陆续与其丈夫米歇尔·哈钦（Michael Hutcheon）医生合作出版了《歌剧：欲望、疾病、死亡》（*Opera*：*Desire*，*Disease*，*Death*，1996）、《身体魅力：鲜活的歌剧》（*Bodily Charm*：*Living Opera*，2000）、《歌剧：死亡的艺术》（*Opera*：*The Art of Dying*，2004）、《最后四首歌：威尔第、斯特劳斯、梅西安、布里顿作品中的衰老与创造性》（*Four Last Songs*：*Aging and Creativity in Verdi*，*Strauss*，*Messiaen*，*and Britten*，2015）等多部新作。但21世纪以来，哈钦最具影响的著作当推《改编理论》（*A Theory of Adaptation*，2006）。该书由著名的劳特里奇出版社首次出版，一经问世便在学术界引起广泛关注。有多位学者在包括《文学/电影季刊》（*Literature/Film Quarterly*）、《文本与表演季刊》（*Text and Performance Quarterly*）、《比较文学研究》（*Comparative Literature Studies*）等著名刊物发表书评介绍，认为哈钦“通过批判性通览整个改编过程，弥补了比较改编理论研究……为评价改编提供了全新的方法”[1]，并且称赞它“是学习电影改编的学生必不可少的一部著作。”[2]“对任何研究改编理论——无论哪种媒介的改编——的人来说，这都是一部基础读本。”[3]

相比于哈钦的后现代主义文学理论，她的改编理论在国内研究仍有进一步探究的空间。目前仅有两篇期刊文章有相关论述，分别是李杨的《自主、变化、推陈出新——琳达·哈钦论文学作品的改编》（《外国文学》2008 年第 2 期）和田王晋建的《沉浸在另一个世界——琳达·哈钦改编理论研究》（《当代文坛》2015 年第 5 期）。两者皆从整体上对哈钦的改编理论做了初步介绍，并高度评价了哈钦的理论贡献。本文认为，哈钦的改编研究是对其后现代文学理论的延续，因此我们在讨论她的改编理论的时候，就必须注意到它与其前期著述的内在谱系。另外，哈钦的改编研究又绝不仅局限于文学改编，而是把影视、戏剧、电脑游戏、主题公园等各个领域的改编实践统统纳入视野，是一种广义的文化改编，而非狭义上的文学改编，因此必须把它纳入 20 世纪末以降的文化研究转向的大背景下进行分析，才能更好地评估哈钦的改编理论价值，这正是本文的意图所在。

一　作为一种文化实践的改编艺术

“改编”一词对应于英语中的“adaptation”，从英文字面上来看，它应该至少包含三层意思。首先是作为动词“adapt”的名词形式，可指一般意义上的“适应（行为或者过程）”；其次是艺术改编行为，即

① William Whittington，“Review：A Theory of Adaptation”，*Comparative Literature Studies*，45. 3（2008）：404 – 405，p. 404.

② Thomas Leitch，“Review：A Theory of Adaptation”，*Literature/Film Quarterly*，35. 3（2007）：249 – 251，p. 250.

③ Dianne F. Sadoff，“Review：A Theory of Adaptation”，*University of Toronto Quarterly*，78. 1（2009）：172 – 173，p. 173.

把文学作品改编成影视剧等；最后是生物学意义上的适应新环境。其中尤为值得关注的是，第一和第三个意思都指向一种非静态的“变化”或者“过程”的内涵，只有第二条解释仅指向静态的结果，即被改编完成的作品。这也正是早期改编研究者的普遍看法。

改编行为在历史上古已有之，把小说搬上戏剧舞台，或者把文学名著改编为适合儿童阅读的作品等，这都十分常见。随着电影和电视剧的出现，从文学转变为影视剧成为最普遍的改编行为，而且奠定了人们对改编的基本认识，即改编就是把文学作品“转码”“翻译”为影视剧。批评家们对改编现象的研究要远远落后于改编实践。直到20世纪六七十年代，随着理论热的兴起，再加上影视改编的盛行，改编才总算有了一个“卑微的发端”[1]。早期改编研究主要关注莎士比亚戏剧如何被搬上荧幕，较有代表性的著作包括罗伯特·鲍尔（Robert Ball）的《无声电影中的莎士比亚》（*Shakespeare on Silent Film*，1968）、罗杰·曼维尔（Roger Manvell）的《莎士比亚与电影》（*Shakespeare and the film*，1971）、查尔斯·艾克特（Charles Eckert）的《莎剧电影聚焦》（*Focus on Shakespearean Films*，1972）、彼得·莫里斯（Peter Morris）的《电影中的莎士比亚》（*Shakespeare on Film*，1972）等。他们的研究重点也就是比较“原作”或者“源文本”与改编作之间的符合程度，“忠实”自然就成为衡量改编成功与否的首要标准。而且似乎在很多人看来，原作具有不容置疑的权威和原创性，改编作充其量只是对它的模仿而出的派生物，必定是次要的、不完美的。哈钦却坚决否定这种研究偏见。在她看来，改编不再仅仅是以忠实服从原作为旨归的副产品，而是有着相当程度自主性的创作活动。“改编和模仿、喻指、戏仿、拼贴和引用等一样，都是从艺术衍生艺术的流行创作方式。”[2] 这个创作的过程要比结果更值得关注。包括什么人

---

① Kevin J. Wetmore Jr.，“Adaptation”，*Theatre Journal*，66.4（2014）：620 - 631，p.625.

② Linda Hutcheon，“On the Art of Adaptation”，*Daedalus*，133.2（2004）：108 - 121，p.109.

（who）、为了什么目的（what）、在什么语境下（where，when）、用了什么媒介手段（what，how）进行了改编等。这些都是她关注的问题，并且哈钦也不再像前人那样仅仅局限于文学与电影之间的改编研究，而是把研究对象扩展到所有社会文化领域中的改编实践。她说："我感兴趣的是改编行为本身，而并非一定是任何具体媒介或艺术体裁的改编"①。如今盛行的把文学或影视作品改编成电脑游戏，或主题公园（如迪士尼乐园）和影视改编同样值得关注。

在哈钦看来，不同媒介之间并无高低贵贱之分，她反对把文学默认为最高级的艺术形式，把语言文字看作最完美的艺术表现媒介，这显然是受黑格尔美学思想的影响，因为黑格尔曾把诗或者语言艺术看作"最丰富、最无拘碍的一种艺术"，"是绝对真实的精神的艺术，把精神作为精神来表现的艺术"②，而音乐、舞蹈、绘画、雕刻和建筑等艺术门类则因为这样那样的不足，尤其是对物质媒介的依赖而被黑格尔放入艺术等级分类的下层。这或许是后来德里达的逻格斯中心主义或语言中心主义的具体表现。文学创作和欣赏几乎全凭想象，可以不受具体物质上的局限，而电影、舞蹈等其他艺术却要受到技术手法等物质因素影响，不可能完全传达出文学中的艺术效果。于是，就像有论者所指出的那样，"在根深蒂固的文字至上和文学精英主义的观念下，文学与电影，二者之间就形成了一种充满等级的二元对立关系。文学原著特别是经典作品成为至高无上的源泉和中心，是被奉为圭臬的'模本'，而改编是二流的、派生的、文化上次等的复制品。"③ 哈钦对此种看法提出质疑，她认为艺术媒介没有高低："一方面，没有哪种媒介专门适合于做一种事情而不能用于干别的事情；另一方面，各种媒介（正如体裁一样）都有不同的表达形式，这可以让它比别的

---

① Linda Hutcheon, *A Theory of Adaptation*, New York: Routledge, 2006, p. xiv.

② 李醒尘：《西方美学史教程》，北京大学出版社 1994 年版，第 273 页。

③ 毛凌滢：《美国改编研究的历史沿革与当代发展》，《现代传播》2013 年第 9 期。

媒介更适合做某种事情。”[①] 文学利用语言文字虽然可以让想象力得到充分施展，但影视或舞蹈表演等却能给观众带来远超乎文字阅读的直接感官体验。演员的一个眼神和动作便已超越文学中的千言万语。不同艺术媒介都有各种长处，文学不应该享有特殊地位。由此，哈钦关注的便不再是某种具体媒介的改编，尤其是从文学到影视的改编，而是广义上的、作为一种文化实践的改编行为。她的假定是，不管任何媒介形式的改编——把小说改编成电影或者把电影改编成游戏或主题公园——它们都有某些共同特征，这才是哈钦改编研究的关注重点。

哈钦倡导从“三个不同但相互关联的角度”[②] 来分析改编现象。首先，从完成结果来看，它是一个有形式的实体作品，比如一部改编自小说的电影，是在媒介、体裁、语境等方面对被改编作品的大幅度“转码”（transcoding），以另一种艺术语言对故事内容进行重新编码，而且不一定以准确的语义转换为目的。其次，从改编的过程角度来看，它还包括对被改编作的重新阐释和再创造，也可以视之为有意识的“挪用”或“篡夺”。在这里我们可以明显看到哈钦的后现代戏仿理论的影子。她曾经为戏仿手法做辩护，认为它既非单纯的“戏”，也不是靠抄袭来以假乱真的“仿”，而是一种“保持批判距离的重复行为，使得作品能够以反讽语气显示寓于相似性正中心的差异”[③]。再次，哈钦还延续了自后现代主义诗学研究以来一贯的对接受方的重视，认为从接受者角度来看，改编也是与被改编作品的大范围互文关联。改编作与被改编作都不是封闭的静止独立空间，而是彼此存在互文关系，接受者只有对被改编作事先了解，才能更充分理解改编作的创作意图，进而释放其中的意义张力。

---

① Linda Hutcheon，“On the Art of Adaptation”，p. 109.

② Linda Hutcheon，*A Theory of Adaptation*，p. 7.

③ 陈后亮：《事实、文本与再现——琳达·哈钦的后现代主义诗学研究》，山东大学出版社2011年版，第62页。

二　改编理论与后现代主义诗学之间的“共同线索”

在《改编理论》的序言部分，哈钦从三个方面阐述了她的改编理论与此前的后现代主义诗学研究的“共同线索”（xii）。首先是关注互文性，即“文本之间的对话关系，而且绝不仅是一个形而上学的问题”（xiii）。受后结构主义影响，哈钦很少说“作品”，而更愿意说“文本”，即便是影视、戏剧演出和主题游乐园，这些改编作品都可以被视为广义上的文本。作品往往意味着静止的、完成的、封闭的事物，而文本则是开放的、永远与其他文本存在指涉、互文关系。由此文本的意义也就不是某个作者或者改编者所能控制的，创作和接受的经验语境都会影响意义的生产。由于接受语境是因时因地因人而变化的，所以改编文本的意义也就是不固定的。创作和接受语境之间的对话关系要比单纯的艺术形式上的互文关系更让哈钦重视。

其次，哈钦还一如既往地有一个“去等级化的强烈冲动，挑战人们以往对后现代主义、戏仿、改编等文化实践的或明或暗的负面评价”（xiii）。在一次访谈中，哈钦如此谈到她把目光转向改编研究的起因，或者说她一贯的后现代文学/文化研究旨趣的出发点，她说：“我似乎总是对别人不喜欢的东西——那些被认为寄生的、次等的事物——我不清楚替这些处于劣势地位的事物辩护是否是出于一种冲动，但对我而言，这是从我开始认识到自己喜爱戏仿的那一刻开始。当人们诋毁它时，我想那简直不公平。……改编研究是出于特别的兴趣……改编已经陪伴了我们很长一段时间……它是我们用来讲述故事的最重要的想象模式……因此为什么要贬低它呢？”[①] 正如笔者在别处指出的，特定的出身和成长经历影响了哈钦的学术气质，“少数族裔、工人阶级出身和

① 转引自田王晋健《沉浸在另一个世界——琳达·哈钦改编理论研究》，《当代文坛》2015年第5期。

女性身份，这些因素都导致她对边缘与差异、性别与政治以及颠覆和反叛等的强烈关注。”[①] 当以詹姆逊等人为代表的理论家对后现代主义提出猛烈批判的时候，她却以其独特的“后现代主义的问题学”为后现代主义的戏仿、反讽以及批判式同谋的矛盾政治取向做辩护，成为肯定后现代文化的代表性理论家，为我们正确评价后现代艺术的积极文化和政治意蕴提供了很好的理论视角。改编研究也正是肇始于这种对弱者和边缘的关注兴趣。

再次，在研究方法上，哈钦还像以前一样，“从实践中获得理论”（xii），不仅关注从文学到电影的改编，而是囊括“尽可能广泛的文化实践”（xii），跨越不同的艺术媒介，运用比较的视野，从多种文本案例中挖掘理论内涵。在整部著作中，被哈钦提及的改编案例数不胜数，参考文献有上千条。她时而是形式主义的符号学家，时而是解构主义者，时而又变成女性主义和后殖民主义者，通过细致的文本实践分析，梳理出理论精要，中心目的还是服务于“去等级化”的意图，但她绝不是理论先行，把理论强加于实践分析上。她重视改编实践，但又不囿于具体的文本分析，而是能够跳出细节，最终概括出“在理论问题上的普遍启示”（xiii）。所以相比较于之前的改编研究，哈钦的理论是最具备理论高度的，这正如其专著标题所显示的那样。英文标题“A Theory of Adaptation”的字面意思就是“一种改编理论”。正如她之前的《后现代主义诗学》（*A Poetics of Postmodernism*）一样，之所以要加上不定冠词“a”而非定冠词“the”，正是为了凸显这种理论的建构性，强调自己给出的只是有关改编的“一种说法”，从而避免自己的理论被人当成一种有关改编的“宏大叙事”。

除了哈钦自述的上述三点，她的改编研究还有一点能够显示出她与之前后现代理论的联系，那就是对一些基本语汇的沿用。虽然她没

---

① 陈后亮：《事实、文本与再现——琳达·哈钦的后现代主义诗学研究》，山东大学出版社2011年版，第2页。

有直接采用她的后现代主义诗学的关键词，如反讽、戏仿和同谋式批判等，但是当她强调改编是对被改编作品的一种“有差异的重复”①，“既是挪用又是拯救、既是阐释旧事物又是创造新事物的双重过程”②的时候，显然是她曾反复强调的后现代艺术通过反讽和戏仿手法的“双重编码”“双重言说”功能来实现对其他文本“既使用又滥用”“既沿袭又妄用”“既效仿又质疑”等策略的回响，其最终目的还是肯定改编作为一种积极文化实践的地位，而不仅是被改编作品的附属物。

三　把改编当作改编研究

“把改编当作改编来研究”③，这是哈钦提出来的一个看似莫名其妙的命题。这当然并非无意义的同义反复，而是她针对前人研究的不足而给出的纠正措施。在她看来，此前的绝大多数改编研究从出发点就是错的，即他们都不是把改编作视为独立作品来研究，而且由于预先假定了被改编作品的权威性，改编作品从一开始就成了无法与原作看齐的复制品，这就像早期的翻译研究普遍强调源文本的神圣性而轻视翻译过程中的创造性一样。哈钦想要带给人们的新观念是：改编并非一次注定无法完美的“翻译”尝试或者模仿复制，而是“对此前作品的有意公开延伸和重访”④，真正的改编不是本雅明所贬斥的那种毫无韵味的机械复制，相反却会让作品更加有韵味。比如20世纪80年代至90年代我国电影工作者对中国古典四大名著的改编一样，成功的改编甚至让不喜欢原著的人在看过影视作品后重新去阅读原著。无论是小说还是影视剧，其“韵味”在改编过程中反倒都被增加了。

“把改编当改编”还意味着对改编行为的艺术原创性和合法性的

① Linda Hutcheon, *A Theory of Adaptation*, p. 4.
② Linda Hutcheon, *A Theory of Adaptation*, p. 20.
③ Linda Hutcheon, *A Theory of Adaptation*, p. xiv.
④ Linda Hutcheon, *A Theory of Adaptation*, p. xiv.

肯定。以前人们贬低它，就是因为总把它视为对原作的寄生、二次加工，尤其是那些仅出于获利目的而粗制滥造的商业影视剧改编。而哈钦则坚决否认这一点。她反复强调，对原作的忠实与否不应该成为评价改编优劣的标准，因为这种偏见的隐含前提是“改编者的意图就是复制被改编文本”[①]。而事实上改编者的意图有很多，既有可能是出于艺术目的而向原作者致敬，也有可能是出于商业目的而对原作的一次商业挪用，还有可能是受文化、社会甚至政治因素影响而有意通过改编来消解原作美学或政治价值，比如周星驰电影《大话西游》系列对《西游记》的改编。值得指出的是，最受哈钦重视的恰恰是后面两种改编实践，尤其是改编者出于文化政治考量而有意通过改编来对原作的文化权威地位发起挑战的情形，一如她青睐后现代小说通过戏仿来实现对经典作品意义的颠覆和重构一样。即便那些纯粹出于商业目的而进行的影视或电脑游戏改编，哈钦也没有提出特别批评，或许她认为人们有权利以任何方式与被改编作品发生意义关系，这与其一贯的反精英文化、反知识权威姿态是相符的。

众所周知，自后结构主义以来，有关文本原创性、自治性和封闭性的神话早已经被打破。每一个文本都被视为与其他各种显在或隐蔽的文本发生关联，充满了相互之间的回响、指涉和引用。对于改编来说更是如此。因为一般来说改编者都会公开承认自己是对其他文本的改编，被改编作品也就必然地嵌入到改编文本中去，因此可以说改编作品就是一种双重叠合的文本，成功的改编往往不会让自己被原作完全遮蔽，成为别人的影子。而对那些不成功的改编来说，失败的原因也许并不是不够忠实于源文本，而是在于改编的过程中缺少创造性，尤其缺少对原作语境和当下接受语境的关照，即不能让它变成自己的、有一定独立价值的作品。对观众来说，如果想要充分理解改编的魅力，最好应该是一位“知情人”（knowing），他不需要像专业批

---

① Linda Hutcheon, *A Theory of Adaptation*, p. 7.

评家那样博学高深，但至少应该了解被改编文本与改编文本之间的互文关系，只有这样，才能把改编作当作改编作来欣赏。试想一下，假如观众对古典名著《西游记》没有任何了解，也没有看过经典电视剧《西游记》，他如何可能看懂周星驰改编版的《大话西游》？理想的知情人不单单要知道被改编作品，最好还要了解创作和改编活动所处的文化社会语境，否则也很难准确地把握改编。就像《大话西游》在20世纪90年代初的第一批观众无法认同周星驰的改编一样。知情观众了解改编作与被改编作之间的互文关系，能够自觉的弥补两者之间的叙事空白或者看出两者之间的差异，进而容易看懂两者之间或批评或致敬的对话关系。当然“知情人”只是一个理想化的说法，完美的知情人并不存在。一般改编作品所期待的知情人只需要是那种“有一定鉴赏力的、世故通达的人”[①] 便已经足够。知情观众和不知情观众肯定有不一样的期待和需求。哈钦认为，最成功的改编应该既能满足知情观众，也不会让不知情观众无法欣赏。

四 对语境的重视

卡米拉·埃利奥特（Kamilla Elliott）在《重新思考改编研究中的形式—文化和文本—语境二分法》（*Rethinking Formal-Cultural and Textual-Contextual Divides in Adaptation Studies*）一文中曾指出[②]，自20世纪中叶开始改编研究逐渐被纳入文学批评视野以来，便一直存在着两条相互对抗、此消彼长的研究路径。一条是形式唯美主义的路径，主要受到新批评的影响，注重在审美表达形式上对被改编文本和改编文本作对比分析。在后结构主义，尤其是叙事学影响下，这种路径试图找出改编行为背后的“普通语法”，科学、客观地解释改编规

---

① Linda Hutcheon, *A Theory of Adaptation*, p. 120.

② 参见 Kamilla Elliott, “Rethinking Formal-Cultural and Textual-Contextual Divides in Adaptation Studies”, *Literature Film Quarterly*, 42.4 (2014): 576–593。

律，就像文学批评中的形式主义和新批评一样，这种改编研究更注重发掘文本细节，拒绝关注文本之外的事物，更反对把它与社会政治因素想联系。直到20世纪90年代，这种研究路径始终都占主导地位。另一条则是语境—文化研究路径，它反对把改编当作与世无关的独立、封闭作品来看待，而是重视改编发生的政治、文化和历史等一系列社会语境对它的影响。实际上，早在1949年，芝加哥大学的莱斯特·埃什姆（Lester Asheim）便在其博士学位论文中“优先考虑了来自产业、观众和文化对改编的影响，而非形式因素”[①]。到了20世纪80年代，达德利·安德鲁（Dudley Andrew）也呼吁改编研究应该进行“社会学转向”[②]，只是在形式主义盛行的年代，这些研究都处于边缘，没有产生足够大的影响。直到1986年，有两部著作几乎同时出版，标志着语境—文化研究路径的真正兴起，一本是黛博拉·卡特迈尔（Deborah Cartmell）和伊麦尔达·威尔汉（Imelda Whelehan）合编的《捣碎小说：消解跨越文学与媒介分野的文化》（*Pulping Fictions: Consuming Culture across the Literature/Media Divide*），另一本则是布莱恩·麦克法兰（Brian McFarlane）的《从小说到电影：改编理论导论》（*Novel to Film: An Introduction to the Theory of Adaptation*）。两者都挑战了当时盛行的美学形式主义的研究方法，反对其背后隐藏的文化精英主义的保守姿态。在后结构主义、女权主义、后殖民主义、文化研究等后现代思潮的影响下，它们都有一个明显的左派政治倾向，质疑形式主义方法试图达到客观主义的科学方法论，认为改编研究的重点应该是改编者当下语境的影响，文化和政治问题要比美学形式问题更让他们感兴趣。

正如文学研究中的形式主义到了20世纪晚期逐渐被文化政治研究

① Kamilla Elliott, "Rethinking Formal-Cultural and Textual-Contextual Divides in Adaptation Studies", p. 577.

② 转引自 Kamilla Elliott, "Rethinking Formal-Cultural and Textual-Contextual Divides in Adaptation Studies", p. 577。

所替代一样，改编研究的文化—语境主义也在世纪之交慢慢占据主导。放在这个大背景下来看，哈钦的改编理论既是对自己后现代主义诗学的承续，也是对这一大趋势的回应，她指出："改编作和被改编作一样，都受语境限定——时间、地点、社会和文化等——它并非存在真空中。"[①] 而且对改编活动来说，"接受语境与创作语境同等重要"[②]，因为"在改编作与被改编作的生产和接受语境之间存在对话"[③]。同样的改编行为，在不同的接受语境下，即便是针对同一批接受者，产生的效果也可能会完全不同。前面举过的周星驰系列电影的改编就是一例。当他的《大话西游》系列在 20 世纪 90 年代末刚在中国大陆推出时，绝大部分观众表示看不懂，因为彼时的观众仍然对后现代艺术改编不习惯，几乎仍然是以是否忠实于原著来衡量改编作品的优劣，自然无法容忍电影中对《西游记》原著的肆意改编。但是到了 21 世纪的第一个十年，随着后现代思潮的涌入、社会文化的变迁，以及电影娱乐市场的发展变化，观众也变得越来越成熟。早已熟悉了各种对经典的戏仿和解构，也就能够理解周星驰电影改编的意义。等到 2015 年再次推出《西游降魔篇》的时候，观众再也不会为其中的大胆改编而错愕。这正是哈钦所说的"语境决定意义"[④] 这一命题的典型体现。

为了更形象地说明语境对改编的影响，哈钦还借用了生物进化论的观点。正如那些更能适应环境变化的物种才能在自然选择中胜出一样，只有那些能够适应新的文化语境的故事才能长久流传。在文化选择的竞赛中胜出，而改编在此过程中就发挥着非常重要的作用。如果改编者一味追求对原作的忠实，忽视当下语境因素，其结果很可能事与愿违。"改编就是故事进化以适应新时代、新环境的方式。"[⑤] 这在跨文化、跨语言改编的情形下尤为突出。莎士比亚的经典剧作《哈姆

① Linda Hutcheon, *A Theory of Adaptation*, p. 142.
② Linda Hutcheon, *A Theory of Adaptation*, p. 149.
③ Linda Hutcheon, *A Theory of Adaptation*, p. 149.
④ Linda Hutcheon, *A Theory of Adaptation*, p. 145.
⑤ Linda Hutcheon, *A Theory of Adaptation*, p. 176.

莱特》之所以能够长盛不衰，一个非常重要的原因就是众多改编者都会参照改编语境替换其中的很多要素，包括服装、人物、语言甚至情节等。不同时代和语境下的观众总能够从改编中获得能够与他们的现实生活经验发生关联的新意义、新体验。就像安恩·霍伊（Ann Howey）所说的："改编的成功与否不在于他是否忠实于传统或源头，而在于它是否能在一个不同的语境下复制那个传统的关键特征。"① 弗朗西斯科·卡赛提（Francesco Casetti）也指出："只关注形式问题的研究不能让人信服……从源文本到改编文本，这并非仅仅是一个形式变化问题，还有更深层次的事情在发生：源文本和衍生改编文本完全占据不同的历史和世界方位。因此当我们说改编、转换、重写等时，我们不应该仅关注这些文本的结构——形式和内容——还要关注文本和语境之间的对话。很显然，改编主要是文本的再语境化现象。"②

结　语

自20世纪90年代以来，改编艺术空前繁荣。从百老汇的舞台到好莱坞的荧幕，几乎有半数以上的剧目都是源自改编。不只是把文学改编成影视剧和戏剧演出等传统改编行为，还出现了仿真电脑游戏等全新媒介的改编。与之相对应的是改编研究的快速发展。20世纪以前的改编研究主要还是隶属电影研究的下属领域，但21世纪以来，改编逐渐取代"文学与电影研究"，正式成为一个主流的学术研究领域。2008年美国荧幕文学学会（Association of Literature on Screen）也正式改名为改编研究学会（Association of Adaptation Studies）。原计划出版的会刊《荧幕文学杂志》（*The Journal of Literature on Screen*）也改名为

① Ann Howey, "Arthur and Adaptation", *Arthuriana*, 25.4 (2015): 36 – 50, p. 45.

② Francesco Casetti, "Adaptation and Mis-adaptation: Film, Literature and social Discourse", in Robert Stam and Alessandra Raengo, eds., *A Companion to Literature and Film*, London: Blackwell, 2004, pp. 81 – 91, p. 83.

《改编》(*Adaptation*)。这说明，改编"已经从一个不太光彩的术语……变得相当值得尊敬"[1]。但是，由于受传统形式主义研究路径的影响，很多人仍旧反对把改编研究语境化、政治化。非常巧合的是，就在哈钦《改编理论》出版的同一年，琳达·凯尔（Linda Cahir）也出版著作《从文学到电影：理论与实践路径》(*Literature into Film*：*Theory and Practical Approaches*)，其论调恰好与哈钦相反。她非常讨厌改编研究的文化政治视角，认为"翻译"要比"改编"更能准确把握同一个故事文本在不同媒介语言间的转换。她说："改编意味着改变一部作品的结构和功能，以便让它能够更好地适应新环境，并在那里留存和繁衍下去。……而'翻译'与之不同，它是把一个文本从一种语言移入另一种语言的过程，而非生存和生殖过程。"[2] 这说明正如在文学研究领域一样，形式主义的研究方法依旧有一定影响力，虽然已经不是主流，却永远不会退出历史舞台。

紧跟哈钦的脚步之后，朱力·桑德斯（Julie Sanders）的《改编与盗用》(*Adaptation and Appropriation*，2006)、特里西亚·霍普敦（Tricia Hopton）和亚当斯·艾特肯森（Adam Atkinson)，等人合编的《变化的口袋：改编与文化转变》(*Pockets of Change*：*Adaptation and Cultural Transition*，2011）等人也都推出自己的改编研究著作，他们均和哈钦一样，对改编研究此前流行的忠实原则提出质疑，倡导转向对语境和互文性的关注。我们不能不说，这一鲜明的"理论"转向能够发生，既有时代的因素，更有哈钦的贡献，就像国内学者所说的那样："《改编理论》的学术意义不止于挑战，不止于其解构了人们习以为常的改编作机械、单纯拷贝被改编作的形象，构成对传统的思维方式和理念的冲击与颠覆，更在于其打开了新的视野，展宽了对改编的评价维度，

---

① Paul Edwards，"Adaptation Two Theories"，*Text and Performance Quarterly*，27.4（2007)：369 - 377，p. 369.

② Linda Cahir，*Literature into Film*：*Theory and Practical Approaches*，Jefferson：McFarland，2006，p. 14.

调整了对改编的认识方略，发现了它具有的独立、创造性以及在表现、讲述世界与人生方面的价值和作用，其在形成过程中错综复杂的主客观因素（改编者、观众、赞助商、审查机构、改编的时代、地域、文化语境、技术要求等）对其的影响、操控，促使人们从不同、立体的视野公正、客观地解读改编作品，从更广的意义看，对于人们正确、全面、深入认识艺术作品的本质及产生过程亦具有启迪作用。”① 当然，我们也需要看到，如果说形式主义无视改编和接受语境的做法并不恰当的话，哈钦倡导的文化—语境方法在发掘改编的文化政治意义方面卓有成效的同时，也有轻视具体分析的倾向，可谓矫枉过正。因此，正像一位书评人所说的那样，哈钦的改编理论“如果再有一些案例分析则更好”②。如何能把形式主义和语境主义两种方法相融合，将是未来改编研究突破的课题。

① 李杨：《自主、变化、推陈出新——琳达·哈钦论文学作品的改编》，《外国文学》2008年第2期。

② Jennifer O'Meara, "New Spaces of Possibility: Adaptation as Cultural Process", *Literature/Film Quarterly*, 41.3 (2013): 239-248, p. 241.

第十二章　元叙事危机背景下的后现代文学理论建构

——麦克黑尔与哈钦的后现代诗学之比较

自20世纪90年代以来，后现代研究风光不再，围绕它开展的学术会议逐渐失去吸引力，倒是各种宣称后现代主义已然终结的论断引发更多的热议。但就在最近几年，后现代研究似乎又迎来了转机。先是美国著名文学刊物《二十世纪的文学》（*Twentieth-Century Literature*）分别于2007年第3期和2011年第3期上出版了两期后现代主义专刊，接着另一文学理论研究的重要阵地《叙事学》又在2013年第1期刊发由我国学者王宁先生和麦克黑尔教授合作主编的后现代研究专号，这都堪称近十年来最热闹的后现代研究盛事。然而我们怀疑，这些新的研究成果是否真的标志着后现代研究进入了复兴阶段，还是仅仅为后现代主义的最终离去谱写的挽歌？

面对这种境况，我们禁不住对20世纪80、90年代的后现代研究巅峰时刻投去怀恋的目光。数不清的理论大师和具有里程碑意义的研究著作在那期间不断涌现。布莱恩·麦克黑尔（Brian McHale）和琳达·哈钦（Linda Hutcheon）无疑是其中最突出的代表。前者凭借《后现代主义小说》（*Postmodernist Fiction*，1987，下文简称*PF*）和《建构后现代主义》（*Constructing Postmodernism*，1992，下文简称*CP*）两部曲成为“在后现代小说和理论研究方面最敏锐、风趣和清醒的作者"①，后者则以《后现代主义诗学》（1988）和《后现代主义的政治》（1989）两部姊妹篇"为后现代主义的理论和话语提供了一幅权威、可靠的研究路线图"②。无论是从研究的深度、广度还是系统性上来看，这四部几乎同时出现的著作都堪称后现代研究领域最具影响力的经典之作。下面本文将以麦克黑尔的《建构后现代主义》为聚焦点，兼顾《后现代主义小说》中的主要内容，同时通过与哈钦的相关理论做对比，以此来重点讨论麦克黑尔近些年持续关注的一个关键命题，即在元叙事的合法性遭遇信任危机的背景下，我们应当如何建构关于后现代主义的理论？笔者认为，对这一问题的探讨，不但有利于澄清我们有关后现代主义的理论认识，也有利于我们对其他一般理论问题的理解。

一　后现代主义与元叙事的合法化危机

利奥塔在《后现代状况》一书中把后现代知识的典型特征界定为"对元叙事的不信任"③。按照他的观点，所谓元叙事（或宏大叙事）是指一种讲故事的模式，它试图通过阶级解放、宗教救赎或知识启蒙等"大叙事"来为世界上的所有事物提供一套理论框架。这种叙事是目的论的——认为历史的最终目的就是走向自由、平等与正义，通过末日审判、阶级革命或对自然的征服等，人类终将消灭剥削、罪恶与不平等；同时它也是总体化的和基础主义的——它位于任何其他叙事之上，对它们进行组织和解释；它相信自己掌握了绝对标准，拥有唯一正确的知识，所有的小叙事或局部叙事都需通过对它的回应和确证

① Douglas Keesey, "Constructing Postmodernism by Brian McHale (Book Review)", *Critique*, 4 (1993), p. 268.

② Brian McHale, "Postmodernism, or the Anxiety of Master Narratives", *Diacritics*, 22. 1 (1992): 17 –33, p. 17.

③ Jean-Francois Lyotard, *The Postmodern Condition: A Report on Knowledge*, Minneapolis: U of Minnesota P, 1984, p. xxiv.

获取意义和合法性。然而在后现代时期，这种元叙事本身的合法化基础却遭遇质疑、动摇和分解。后现代时期知识的合法化进程是复数的、地方性的和偶然的，我们不再需要一个总体化的权威——上帝、黑格尔或马克思——来为我们的判断设定唯一标准。

由于元叙事的总体化和目的论特征，它也不可避免地成为一种排他的、独断的话语霸权。它以普遍、客观和绝对为借口，压制地方性、偶然性和相对价值的表达，最终带来的非但不可能是彻底的解放，反倒可能是可怕的知识垄断与政治极权。正是出于对这种潜在后果的忌惮，后现代主义才定下了麦克黑尔所说的“最高指示”——“不要总体化；禁止宏大叙事”[①]。由于后现代主义从根本上就是反对元叙事的，那么任何有关它的研究也都不应重复元叙事模式，即是说，任何人都不应该，也不可能站在一个绝对制高点上对后现代主义的“本质”做出唯一正确的解释。然而人们出于认识后现代的目的，又不可能总是停留在种种局部的、碎片化的知识之上，总是难免要从总体上对之加以界定和描述，否则将永远无法克服后现代主义所呈现的神秘模糊表象。由此便产生了一个棘手的问题：我们如何才能“安全地”使用元叙事模式研究后现代主义，同时又不至于滑入基础主义、本质主义和总体化的泥淖？

面对这一问题，通常人们有两种选择。有的人深知元叙事的弊端，也知道离不开它，于是只好尽可能地遮遮掩掩，让自己看上去像是与它撇清了关系一样。这正是哈钦选择的策略，我们将在下文详述。还有人试图干脆放弃任何叙事模式，以免给元叙事的渗透留下可乘之机。麦克黑尔认为两种选择皆非上策。前者会让自己顾此失彼、左支右绌，最后彻底沦为元叙事的俘虏。后者则等同于放弃了对后现代主义的认知努力。麦克黑尔建议我们还可以有更好选择：“我们可以故意把元叙事‘减弱’或‘降格’处理，而不是放弃它。”[②] 他的意思是说，

① Brian McHale, “Postmodernism, or the Anxiety of Master Narratives”, p. 17.

② Brian McHale, “Postmodernism, or the Anxiety of Master Narratives”, pp. 31 – 32.

我们所有人都自愿放弃对真理的垄断权，每个人可以继续讲述自己的“元叙事”，但同时也要允许别人讲述他们的“元叙事”，这样我们就可以得到复数的“元叙事”。这既可以保证我们在各自视角下得到一个有关后现代主义的弱总体性认识，同时还可以避免知识垄断和话语霸权，促进多元对话交流。在麦克黑尔看来，这是在元叙事危机背景下，我们有可能建构任何一种后现代主义理论的基本前提。

二 作为话语制品的后现代主义

要想建构关于后现代主义的文学理论，我们必须首先要考虑一个问题：究竟什么是后现代主义？它与现代主义到底是何关系？最常见的观点是把它看成现代主义的某种继任者兼反叛者，与现代主义之间存在某种“断裂”，认为它是现代主义发展到某个时刻后，其中的某些要素发生了质的突破的结果。麦克黑尔称这种论点为“突破的神话”（myth of breakthrough），其代表人物包括詹克斯（Charles Jencks）、希金斯（Dick Higgins）、福柯（Michael Foucault）和詹姆逊（F. Jameson）等。但人们在试图找出这个突破发生的时间节点时却众说纷纭，詹克斯认为是1972年，希金斯更赞成1958年，詹姆逊说是1973年，而麦克黑尔认为1966年也可考虑。[①] 实际上，我们几乎在20世纪60年代至70年代的每个年份里都能找到一些具有里程碑意义的时间，很难说哪起事件为最终实现所谓的后现代突破起到了决定性作用。于是又有人提出现代向后现代的转变“不是突然爆发的，而是逐渐过渡的——后现代主义的出现经历了一段时间”[②]。比如狄考文（Marianne Dekoven）认为1957—1973年就是这个过渡期。这种说法虽然在学理上更加严

① See Brian McHale, “1966 Nervous Breakdown; or, When Did Postmodernism Begin?” *Modern Language Quarterly*, 69.3 (2008): 400-413; Brian McHale, “Break, Period, Interregnum”, *Twentieth-Century Literature*, 57.3 (2011): 328-340, p.329.

② Brian McHale, “Break, Period, Interregnum”, *Twentieth-Century Literature*, 57.3 (2011): 328-340, p.391.

谨，却又容易遮蔽某些个别事件的特殊意义。①

实际上不只是后现代主义，恐怕任何一种涉及历史分期的文学概念都面临相似问题，比如文艺复兴、古典主义、浪漫主义和现代主义等，它们个个都没有清晰的边界。因此麦克黑尔认为，我们必须认识到后现代主义其实只是一个话语建构，“没有一个客观存在于世上的后现代主义，就好比从未有过文艺复兴或浪漫主义这样的事物一样。它们都是文学史的虚构，是由当今读者、作者或文学史家通过回溯历史而建构出来的人工话语制品”②。理论无须“符合”实践或“反映”事实，我们也就可能以多种方式对之加以“描述”或“虚构”。至少从理论上来讲，任何人都可以建构出自己的后现代主义诗学，并且可以从“现实”中“发现”足够的证据来支持自己的主张。并且由于后现代主义并非一个实体性存在物，那么也就不存在一个可以对各种不同的话语建构进行比照的客观标准，它们之间是公平竞争的关系。

按照建构主义的观点，任何看似客观的事实依据其实都已预先经过理论的精心过滤筛选。理论并非对事实的反映或再现，甚至很难说它们究竟孰先孰后出现。但理论的虚构性并不影响它的效用和可信度。麦克黑尔认为，虽然我们丧失了可以作为理论的基础的、认识论意义上的后现代主义，但我们不必感到惋惜，因为“即便在我们所有不同的描述版本之下有可能存在某个‘世界’，它终究也是无法抵达的。我们全部拥有的就是这些关于它的‘说法’，但这并不要紧。因为不

① 近些年来关于后现代主义在哪一年终结的问题同样争论不休。有人认为是1987年，以保罗·德·曼的政治丑闻爆发为节点，参见 Geoffrey Harpham，“Ethics”，in Frank Lentricchia and Thomas McLaughlin，ed.，*Critical Terms for Literary Study*，Chicago：The U of Chicago P，1995，p. 389；有人认为是20世纪90年代，以数字技术的兴起为诱因，参见 Alan Kirby，*Digimodernism：How New Technologies Dismantle the Postmodern and Reconfigure Our Culture*，New York：Continuum，2009，pp. 1 – 15；还有人认为是2002年，以“9·11”恐怖袭击为标志，Marshall Gregory.“Redefining Ethical Criticism：The Old vs. the New”，*Journal of Literary Theory*，2（2010），p. 276，这种争议同样也说明了后现代主义边界的模糊性。

② Brian McHale，*Postmodernist Fiction*，New York：Methuen，Inc.，1987，p. 4.

管怎么说，只有这些‘说法’才对我们真正有用。”[①]

三　后现代主义诗学建构的标准

如上所述，后现代主义只是一种非实体性存在的话语建构，这就意味着这种建构可以是多元的、复数的、非同一性的，并且没有一个绝对标准可以测量各自的“真值”。“它们谁也不比别人更多一分真实或少一分虚构，因为它们都只是虚构。”[②] 不过麦克黑尔强调，承认所有的理论建构之间并无终极对错之分，这并不等于承认它们没有高低优劣。他在前后两部著作中多次提到对不同理论建构的评价标准。[③] 这些标准大致包括如下几个方面：

首先是自我一致性（self-consistency）和内在融贯性（internal coherence）。好的理论建构不应该有前后矛盾和逻辑不连贯之处。虽然不再需要为某个外在的客观事实负责，但至少应该做到自圆其说。其次是适度的研究范围（appropriateness of scope）。好的理论建构不能包罗万象，不应把全部的后现代文化和理论现象囊括殆尽，也不能视野过窄。成功的后现代主义诗学既能够作用于足够宽泛的实践领域，又不至于大到没有边界。第三条标准是理论的实效性（productiveness），这一点或许是麦克黑尔最强调的。从前文我们已不难看出他的实用主义理论底色：不同理论建构之间的区别不在于谁对谁错，而在于谁更有用。这里的实效性至少包含两层意思：一是更具可操作性，比如能够给文本批评带来更多的洞见和更精致合理的解释等；二是更有“话题性”，可以引发更多人与之展开批评、对话和反驳，继而产生更过理论话语。反响寥寥的理论不是好的理论。第四条标准是趣味性，其实它已经内含在第三条标准之中了，有趣味的理论更能引起别人的关

① Brian McHale, *Constructing Postmodernism*, London: Routledge, 1992, pp. 4 – 5.

② Brian McHale, *Postmodernist Fiction*, p. 4.

③ Brian McHale, *Constructing Postmodernism*, p. 26,

注，继而带来实效性。

麦克黑尔认为，能够符合这几条标准的理论建构就是好的，而他也很自信自己的后现代主义诗学是好的典范。早在《后现代主义小说》中他就表示："我自然相信我讲述的后现代主义的故事是一种更好的建构。我已使它具有内在的融贯性；我相信它的范围适当，既非宽泛到对事物不加区别，也非狭窄到毫无用处。同时我也希望它将被证明是有效的和有趣的。"[①] 那么事实果真如此吗？下面我们将用麦克黑尔所设定的这几条标准，对他本人的后现代主义诗学进行逐条检验。

首先，麦克黑尔的诗学建构在内在融贯性和自我一致性方面并非无可挑剔。比如他虽然一方面坚持反本质主义的立场，强调后现代主义的非实体性存在，却还是难免透漏出本质主义的语气：现代主义诗学是由认识论问题主导的，后现代主义诗学是由本体论问题主导的，两者之间是一种前后相继而又彼此对立的关系。他甚至在几位代表性作家——贝克特、罗伯—格里耶、纳博科夫、品钦和库弗——那里找到了清晰的演进历程，"（他们）历经了从现代主义诗学向后现代主义诗学转变的整个过程，他们在不同阶段的成功作品突出显示了一种主导如何向另一种主导跨越的轨迹。"[②] 在认识到这一"误导性的进步叙事"的不足之后，麦克黑尔在《建构后现代主义》中对其做了修正，认为"现代主义与后现代主义并非前后相继的两个阶段，两者之间并非代表着美学形式从低级向高级演进的必然过程。它们只是两种不同的当代实践，同样是'高级的'或'进步的'，任何作家都可以从中自由选择。"[③] 虽然这一修正可以让麦克黑尔少受一些批评，却也基本等于宣布自己最初所建构的理论模式的失效。

其次，与哈钦和詹姆逊等人相当宏大的理论建构相比，麦克黑尔为自己的后现代主义诗学设定了一个很小的研究范围，但其适度性也

① Brian McHale, *Postmodernist Fiction*, p. 5.

② Brian McHale, *Postmodernist Fiction*, p. 11.

③ Brian McHale, *Constructing Postmodernism*, p. 208.

值得商榷。他将自己的理论界定为一种“描述性诗学”[①]，“它的目标仅仅局限于建构一种有关后现代小说的诗学”[②]，并且谨慎地表示他在小说领域建构的“现代主义与后现代主义之间的区别……不可推广至所有文化领域”[③]。起初他也打算把研究范围扩展到小说以外，但是通过对后现代诗歌的研究，他发现他的小说分析模式并不适合于诗歌，因为在那里很难找到所谓的认识论主导与本体论主导之间的范式转换，而只是“一堆较为松散的、不甚黏合的、体现后现代主义诗歌的特征”[④]。麦克黑尔由此认为，后现代诗歌的例子表明，不可能有一种可以含括所有文学和文化领域的总体化的、同一性的后现代主义诗学，因为不同领域的后现代主义在时间上存在不同步性，在主旨上存在异质性，它们不可能都是同样一种詹姆逊所谓的“晚期资本主义社会的文化逻辑”。即便在研究后现代小说时，麦克黑尔也只关注其狭义上的诗学特征，即写作技巧和修辞策略等。他拒绝从历史和社会的角度出发，把文学创作的变化与更广阔的“外部”因素联系起来，并且辩驳称自己的“解释性方案完全内在于文学史的动态变化，不以任何系统的方式回应更大的历史发展”[⑤]。显然，麦克黑尔在这里坚定地选择了形式主义的研究路线，虽然他始终认为这是确保其诗学有效性的前提，但其弊端也不容小觑。对此我们将在下文结合哈钦的后现代诗学一并讨论。

再次，麦克黑尔的后现代诗学在实效性上的表现确实毋庸置疑。

---

① Brian McHale, *Postmodernist Fiction*, p. xi.

② Brian McHale and Adriana Neagu, “Literature and the Postmodern: A Conversation with Brian McHale”, *Kritikos: An International and Interdisciplinary Journal of Postmodern Cultural Sound, Text and Image*, 3 (2006), http://garnet.acns.fsu.edu/~nr03/neagu%20and%20mchale.htm. Accessed: 20/06/2013.

③ 布莱恩·麦克黑尔：《后现代主义曾为何物》，胡全生译，《上海交通大学学报》2009年第1期。

④ 布莱恩·麦克黑尔：《后现代主义曾为何物》，胡全生译，《上海交通大学学报》2009年第1期。

⑤ Brian McHale and Adriana Neagu, “Literature and the Postmodern: A Conversation with Brian McHale”.

他对后现代小说在文本形式方面进行了精致概括，提出了一大批有开创性的概念和分析方法，有效弥补了其他同时代的理论家重主题、轻形式的缺陷。以詹姆逊和哈钦为代表的后现代研究者更关注后现代主义的哲学主题和思想内容，比如它对逻各斯中心主义的挑战、对主流意识形态的颠覆、对历史的质疑等，却容易忽略作家们借以实现这些内容的形式策略。在《后现代主义小说》中，麦克黑尔曾试图“开列一份唯一的清单，囊括所有的后现代写作策略，以及一份像百科全书一般详尽的后现代文本汇编”[①]。显然这是一个不可能完成的目标，因为后现代主义的非实体性也注定了它的不可穷尽性，但由麦克黑尔总结并命名的诸多后现代写作的形式特征还是具有很大的价值。正如有评论者所言：“对于那些以晦涩难懂著称的后现代文本，麦克黑尔为我们提供了一套密切相关且卓有成效的阅读方法。”[②] 虽然《后现代主义小说》曾因缺乏具体的文本分析而屡遭诟病，但他在《建构后现代主义》中用大量的批评实践做了弥补。他对品钦的《万有引力之虹》以及艾柯的《福柯的钟摆》等著名文本的分析堪称经典。此外，麦克黑尔的后现代诗学也引发了足够多的批评反响，恐怕没有几位后现代主义诗学的研究者会不把他的理论纳入视野。

最后，趣味性是麦克黑尔所列的几个标准中最值得商榷的一个。虽然他多次强调好的理论应当有趣，但对于如何才能有趣却语焉不详。他似乎暗示“趣味性”是“好”理论的某种自身属性，仅从语义和修辞的角度来考虑就可以实现；只要理论建构的足够精致细腻、具有足够的可操作性、能够给研究者带来知识启发，它就自然会有趣。然而笔者以为，某种理论能否引起读者的兴趣，并不仅取决于自身，关键在于它与读者之间是否具有某种恰当的话语关系，这种关系包括众多

① Brian McHale, *Constructing Postmodernism*, p. 2.

② Ernst van Alphen, “The Heterotopian Space of the Discussions on Postmodernism”, *Poetics Today*, 10.4 (1989): 819 – 839, p. 823.

语用方面的因素，比如文化的、历史的、社会的、阶级的和意识形态的因素等。理论的总体模式是否能与读者的地方化知识产生某种交集才是趣味性产生的关键。对那些喜欢分析后现代小说的形式特征的人来说，麦克黑尔的后现代诗学自然饶有趣味。但对那些更想了解后现代主义的文化内涵的人来说，则可能感到它空泛乏味。

总之，麦克黑尔提出的这几条标准可以被用来考察一种后现代理论建构在各方面的建树，却若用于评价不同的理论孰优孰劣则难以奏效。由于否认了后现代主义的实体性存在，有关后现代理论的价值判断也就失去了客观依据，只是成为主观感受的表达。从其自己设定的标准来看，麦克黑尔的理论建构或许是更高级的，但换一个标准则又未必。

四　哈钦与宏大叙事焦虑

1992 年，麦克黑尔在《区分符号》（*Diacritics*）上发表长篇书评《后现代主义，或对宏大叙事的焦虑》，对哈钦此前出版的《后现代主义诗学》和《后现代主义的政治》做了细致分析。[①] 该文与《建构后现代主义》恰在同一年问世，并且在很大程度上也可以被看成对后者的补充和注解。

哈钦与麦克黑尔对后现代主义诗学的理解完全不同。她反对后者只把兴趣放在后现代主义的形式和审美特点上[②]，而是把后现代主义诗学理解为“一个灵活的观念结构，它可以同时包含和构成后现代文化以及我们的那些与之相关和相邻的话语”[③]，“（它）包含和构成我们

---

① 实际上该文还与詹姆逊的《后现代主义，或晚期资本主义社会的文化逻辑》一书做了对比分析，但由于和本文关系不是很大，在此不做讨论。

② Linda Hutcheon, “Once Again, from the Top: More Pomo Promo”, *Comparative Literature*, 36.1 (1995): 164 – 172, p. 171.

③ Linda Hutcheon, *A Poetics of Postmodernism: History, Theory, Fiction*, New York: Routledge, 1988, p. ix.

的写作方式和思考写作的方式的公分母。”[①] 也就是说，哈钦的后现代诗学更接近一种“文化诗学”，试图把整个的文化领域——建筑、文学、电影和绘画等——以及理论话语纳入视野。她在《后现代主义诗学》中的基本思路是：以一类特殊的后现代主义建筑——实际上是后现代建筑理论，主要以詹克斯、文丘里和波多盖西等人的思想为代表——为模型，归结出后现代建筑的三个主要特点，分别是“根本上的矛盾性，坚定不移的历史性，不可避免的政治性”[②]。它们被哈钦复合在一起构成后现代主义的“同谋式批判”这一矛盾叙述；然后从后现代小说中找出一种与之非常相似的写作类型，即历史书写元小说（historiographic metafiction），并把它当作后现代主义的“标本”；进而把这类小说的文化内涵与表达策略与后结构主义有关再现、主体、身份、性别、权力、差异和话语等方面的理论主张联系起来，最终建构出一套规模宏大、包罗万象的后现代主义诗学理论。

显然在麦克黑尔看来，哈钦的理论建构在范围上过于宽泛了。她很容易抹杀理论话语和创作实践之间的差异。当然有人会说后现代主义本身就不承认理论文本与文学文本之间有什么不同，它们同样都是话语建构。但至少在常识层面上，大部分读者肯定还是更愿意把理论看作关于作品的“元话语”。如前所述，后现代主义与宏大叙事的不相容性困扰着每一位试图建构后现代理论的人。麦克黑尔认为，这种困扰在哈钦身上已体现为一种典型的焦虑：“对其他话语的焦虑，它们会在后现代主义研究的竞技场上与她争夺权威和受关注度。”[③] 也正是为了缓解这一焦虑，哈钦才打算把自己放在一个更有优势的元—元话语（meta-metadiscourse）的位置上，尽可能把目力所及的各种理论纳入自己的叙述视野，“通过把它们降格为她的话语对象以达到先发

① Linda Hutcheon, *A Poetics of Postmodernism*: *History*, *Theory*, *Fiction*, p. 144.

② Linda Hutcheon, *A Poetics of Postmodernism*: *History*, *Theory*, *Fiction*, p. 4.

③ Brian McHale, “Postmodernism, or the Anxiety of Master Narratives”, p. 18.

制人、控制竞争的目的。”[①] 但这也让哈钦陷入悖论：一方面，她已认识到元叙事的不合法性，没人能够站在一个绝对制高点上讲述唯一正确的故事；另一方面，她也意识到元叙事的不可逃避性，“不管如何宣称对元叙事的不信任，元叙事依然一如既往”[②]，福柯、德里达、利奥塔和拉康等人都没有完全摆脱它。她既渴望讲出最权威和全面的后现代理论，又不想重蹈元叙事的故辙。麦克黑尔认为，正是为了解决这种悖论，哈钦选择了一个并不高明的策略——转嫁批评，即“把自己的话语筑基于一个邻近领域的话语之上，以便获得一种借来的合法性，同时还可以（或只是一厢情愿）把元叙事的罪名转嫁给那个领域”[③]。于是我们不断看到哈钦把她从后现代主义建筑领域观察到的观念、术语、策略和范畴转译到自己的理论中去，并且明确强调“这种建筑的特点也是整个后现代主义的特点”[④]。詹克斯的“双重编码”（double coding）和文丘里的“非传统地运用传统”[⑤] 也成为理解历史书写元小说的关键所在。

正如麦克黑尔所指出的，哈钦的这种做法带有明显的缺陷。由于她所关注的仅仅是以詹克斯等人为代表的少数人的后现代建筑理论，这导致她对后现代主义的界定非常狭隘。后现代主义与历史书写元小说成了两个几乎可以互换的概念，而其他一些被很多人公认的后现代小说，比如元小说、超小说和赛博朋克等，却被她排除在后现代主义范围之外。哈钦的后现代主义诗学最适用于解读历史书写元小说，却无法有效应对其他类型的后现代文本。而她对不同历史书写元小说——乃至对其他类型的后现代文化产品——的解读，在方法和结论上都几乎千篇一律，无非就是它们与传统美学惯例、意识形态和话语形式之间既

---

① Brian McHale, “Postmodernism, or the Anxiety of Master Narratives”, p. 18.

② Linda Hutcheon, “Once Again, from the Top: More Pomo Promo”, p. 172.

③ Brian McHale, “Postmodernism, or the Anxiety of Master Narratives”, p. 19.

④ Linda Hutcheon, *A Poetics of Postmodernism: History, Theory, Fiction*, p. 22.

⑤ ［美］文丘里：《建筑的复杂性与矛盾性》，周卜颐译，中国水利水电出版社 2006 年版，第 42 页。

使用又滥用、既肯定又反讽、既重复又戏仿的“同谋式批判”（complicitous critique）的关系而已。

总之，在麦克黑尔看来，哈钦试图克服宏大叙事焦虑的做法是不成功的。既然宏大叙事在所难免，那么无论我们如何遮遮掩掩也是无济于事的。“与其让那种想要逃避元叙事和转嫁批评的愿望来塑造，甚至是扭曲我们的话语，还不如试着讲述一个尽可能好的故事，这个故事可以让我们尽可能丰富的理解研究对象，同时还能引发尽可能活跃的批评细读、争议、反驳以及相反的故事等。”①

五　要“诗学”还是要“问题学”？

按照《牛津文学术语词典》中的解释，“诗学”的意思是：“诗或者整体文学的一般原则，或关于这些原则的理论研究。作为一种理论的诗学针对的是诗歌（或文学整体）的标志性特征，包括它的语言、形式、体裁和创作方式等。”② 由于“诗”也可以泛指文学，因此“诗学”自然也就成了文学理论的别称。很明显，从这个定义上来看，麦克黑尔的后现代主义诗学与之更符合。然而我们知道，近半个多世纪以来，“诗学”的外延有了极大地扩展，不但可以包括狭义上的文学理论，还可以冲破传统边界，跨入文化、社会和政治研究的广阔领域，成为文化诗学、社会诗学和政治诗学等。今天的诗学已不再等同于文学理论，而是等同于大写的“理论”（Theory）。哈钦的后现代诗学显然更应该被划入这种“理论”的范畴，它是“一个开放的、不断变化的理论结构，用来梳理我们的文化知识和批评程序。它不是结构主义意义上的诗学，而是将超越文学话语的研究、去研究文化实践和理论”③。

---

① Brian McHale, *Constructing Postmodernism*, p. 6.

② Chris Baldick, *Oxford Concise Dictionary of Literary Terms*, Shanghai: Shanghai Foreign Language Education Press, 2000, p. 172.

③ Linda Hutcheon, *A Poetics of Postmodernism: History, Theory, Fiction*, p. 14.

其实，这种“理论”意义上的“诗学”更接近亚里士多德所说的“诗学”的本意。他的《诗学》不但有关于悲剧的形式分析，还包括大量文艺社会学方面的内容。如何用好的艺术有效陶冶和教化观众，进而创造更完善的公共生活和城邦政治，这才是亚里士多德思考的重心。不过，麦克黑尔对这样的追求不感兴趣，他宣称自己“无意为文学理论作贡献”[①]。虽然他没有明确表达对“理论”的抵制，但至少认为现今的“理论”生产早已过剩，且多数大而无当，无助于增进我们对具体小说文本的分析和解释。很多人都对麦克黑尔放弃社会、历史和政治视角的做法提出批评[②]，但麦克黑尔本人却始终坚持认为这是其诗学建构的有效前提[③]。他坚持把目光聚焦于文学内部，用一种近乎新批评式的文本细读法梳理出现代主义的认识论问题与后现代主义的本体论问题之间的交织和变化。他在《建构后现代主义》中所做的每一篇文本分析都堪称经典，然而完全拒绝对文学外部因素的考量也会遮蔽他的视线。毕竟后现代主义的产生绝非仅是文学系统内部的事情，它肯定也受到了来自文化、历史和社会因素的影响。麦克黑尔曾认为埃克（Kathy Acker）在《无意义的帝国》（*Empire of the Senseless*，1988）中对吉布森（William Gibson）的《神经浪游者》（*Neuromancer*，1984）的戏仿“毫无文学意义”[④]，但如果他能够像哈钦那样把后现代文本与经典文本之间的戏仿关系纳入更广阔的社会语境加以考量的话，恐怕就会得出不一样的结论。

---

① Brian McHale, *Postmodernist Fiction*, p. xi.

② 参见 Thomas Docherty, “*Postmodernist Fiction* by Brian McHale and *What Fiction Means* by Bent Nordhiem (Book Review)”, *The Review of English Studies*, Nov. (1989): 597 - 598; Douglas Keesey, “Constructing Postmodernism by Brian McHale (Book Review)”, *Critique*, 4 (1993), p. 268; Jerry A. Varsava, “Constructing Postmodernism (Book Review)”, *Ariel: A Review of International English Literature*, 3 (1994): 135 - 137; Istvan Csicsery-Ronay, “An Elaborate Suggestion”, *Science Fiction Studies*, 3 (1993): 457 - 464。

③ Brian McHale and Adriana Neagu, “Literature and the Postmodern: A Conversation with Brian McHale”.

④ Brian McHale, *Constructing Postmodernism*, p. 234.

与麦克黑尔不同，哈钦不仅关注文学，还关注建筑、摄影、绘画和音乐等，并且还从更宏大的视角出发，把文艺看作整个社会文化变迁的一部分，其中知识和意义的生产与社会语境之间相互制约的关系是她尤其感兴趣的话题。她曾说：

> 审视“表述”（enunciation）的条件、行为和本质，看看话语生产了哪种效果，以及如何生产的，并且仔细考察施加在这种生产上的制度的、历史的、政治的和社会的限定性条件，以及引发并吸纳文学生产的那些话语和文化系统，这些将肯定是朝着构建后现代主义的诗学迈出的重要一步。①

在哈钦看来，后现代主义几乎表现在当今所有文化生产部门，其总体特征是在形式、内容和意识形态上的自我意识、自我矛盾和自我拆解。就好像它每当说出一句话后，便立即要为自己的话加上引号一样。引号的作用可能是强化也可能是反讽，但这恰恰是后现代主义的标志性特征，即对含混和悖论的“毫不含混”的偏好。它不会给出矛盾解决方案，而更愿意让人们反思矛盾产生的语境和惯例。她认为：

> 后现代主义首要考虑的是将我们的生活之道的主导特征去自然化；去指出那些被我们不假思索地经验为“自然的”实体（这甚至可能包括资本主义、父权文化和自由人文主义等）事实上都是“文化的”，是我们自己制造的，而非给定的。②

在哈钦看来，后现代主义既没有现实主义的那份单纯幼稚，也抛弃了现代主义那种执着的否定性。它并未简单接受或拒绝来自过去的

① Linda Hutcheon, *A Poetics of Postmodernism: History, Theory, Fiction*, p. 86.
② Linda Hutcheon, *The Politics of Postmodernism*, New York: Routledge, 1989, p. 2.

遗产，不管是美学的、文化的还是政治上的，因为它知道作为“迟来者”的自己已注定是它们的孩子。它能做的最好选择或许就是在接受它们的同时，避免把它们看似无疑的确定性和合理性也一并继承下来。这就是后现代主义的“问题学”（problematics）。哈钦说：“或许我们在这里谈的不是什么‘诗学’，而是‘问题学’，由各种各样的后现代话语造成的一系列问题和基本议题。这些议题在以前并没什么问题，但现在却的确有问题。”[①] 这些问题包括：什么是文学/艺术？是作家天才的创造物，还是需要创作者与接受者在特定语境下的合作？文学与生活、虚构与事实、历史与小说、现实与再现之间真的界限分明吗？艺术是自律还是他律？它的媒介是中立的吗？发挥作用的到底是语言还是话语？谁的话语？是构造事实的话语还是关于事实的话语？艺术可以与政治无关吗？它能逃脱了现行体制的束缚，玩世不恭地自我游戏，或者站在体制之外对它进行批判吗？如此等等。哈钦认为，后现代主义只是提出了这些问题，但它固有的矛盾性却不可能给出答案，它只是通过制造问题来为人们找寻答案创造条件。[②]

结　语

在对麦克黑尔和哈钦的后现代主义诗学作上述比较分析之后，我们无法得出哪种更高明的简单结论。因为恰如麦克黑尔所说的，任何一种关于后现代主义的理论都不过是一种话语建构，本就没有高低对错之分，最重要的是谁的建构更有用、更有吸引力。在吸引力上，两者的后现代诗学可谓不分彼此，都是后现代理论教科书中当仁不让的典范。在有用性上，两者也各有所长。笔者非常赞同奥尔芬对两人的

---

① Linda Hutcheon, *A Poetics of Postmodernism*: *History*, *Theory*, *Fiction*, p. 224.

② 值得一提的是，卡勒也把“对常识的批评、对被认定为自然的观念的批评”视为“理论”的根本特征之一，可谓与哈钦的“问题学”一说不谋而合。参见 Jonathan Culler, *Literary Theory*: *A Very Short Introduction*, Oxford: Oxford UP, 1997, p. 15。

评价，即哈钦更多地把后现代主义解读为后结构主义精神、策略和旨趣在文学和文化实践上的具体表现，她让我们知道了“后现代主义说什么、想什么和做什么”，而麦克黑尔的重心则是对后现代主义的实践策略的研究，即“它是如何做到它想做的事情的”[①]。也就是说，两者之间存在很好的互补关系而不是相互排斥，他们可以让我们从内部到外部、从形式到内容对后现代主义有更全面的认识。

① Ernst van Alphen，“The Heterotopian Space of the Discussions on Postmodernism”，p. 826.

第十三章　后现代主义的终结与文学研究的伦理学转向

——兼论后现代思潮退却的原因

肇始自20世纪60年代的后现代主义全面冲击了整个西方世界的社会文化结构，深刻影响了人们的生活方式和思维方式，迫使人们以全新的视角去反思各种习以为常的传统、习俗、权威和制度化的事物，被誉为西方社会“启蒙运动之后最深刻的一次精神革命、思想革命和生活革命”[①]。似乎在一夜之间，“后现代”成了可以被随意嫁接到各个文化知识领域的万能思想，各种旧有观念均被冠之以“后”的头衔，以全新面貌示人，例如后人类主义、后女权主义、后殖民主义、后马克思主义等。在不到半个世纪的时间内，无论是在创作实践还是理论批评方面，后现代主义都创造了极为辉煌的成就，出现了一大批彪炳史册的大师级人物。但自从20世纪90年代以来，后现代主义却迅速坠入低谷，各种有关后现代已然终结的话题逐渐被人们热议，很多人开始欢呼后现代的死讯，并且试图找出谁才是后现代真正的“终结者”，谁又有可能成为它的接任者。本文将主要从后现代主义“终结”的内在根源和外在诱因两方面来对这个问题展开讨论。

① 高宣扬：《后现代论》，中国人民大学出版社2005年版，第2页。

一　后现代主义衰退的内在根源

可能谁也不会料到，在20世纪80年代还盛极一时的后现代主义会那么快地被人抛弃。虽然各种典型的后现代文本依然被源源不断地生产出来，与后现代相关的各种理论著述也还层出不穷，但毋庸置疑的是，它们均已经与当前的主流文化实践脱节了。正如英国文化理论家阿兰·科比（Alan Kirby）所注意到的那样：

> 你只需到外面的文化市场去看一下，买几本最近五年出版的小说、看一场21世纪的电影、听一些最新的音乐——尤其是只需坐在那里看一周电视——就会发现几乎找不到后现代主义的影子了。同样，你还可以去参加一场学术会议，坐听十几场报告也不见有人再提及理论，或是提及福柯、德里达和鲍德里亚等人。在学术界，这种理论上的无力感、过时感和不相干感均证明：后现代主义已成明日黄花。①

以小说为例，英国后现代作家马丁·艾米斯（Martin Amis）曾经凭借《钱》（1984）和《伦敦原野》（1989）两部代表作享誉文坛，但他在2003年推出的不能不算优秀的新作《黄狗》却遭到读者冷遇。另一位后现代作家布雷特·埃利斯（Bret Ellis）在2005的新作《月球公园》也没能重现其代表作《美国精神病人》（1991）的辉煌。

人们不禁要问，后现代主义究竟是怎么了？这个曾经的时代宠儿为何风光不再？要知道，此前的后现代小说大多可都是雅俗共赏的，比如约翰·福尔斯（John Fowles）的《法国中尉的女人》、翁贝尔托·艾柯（Umberto Eco）的《玫瑰之名》以及唐纳德·巴塞尔姆

---

① 阿兰·科比：《后现代主义的死亡及余波》，陈后亮译，《文化艺术研究》2012年第1期。

（Donald Barthelme）的《白雪公主后传》等，它们不但在评论家眼里是难得的佳作，而且在受到普通读者的欢迎。《玫瑰之名》在不到20年间甚至被翻译成40余种语言、创造了近1600万册的销售奇迹。

（一）批判与同谋并存的内在张力

琳达·哈钦（Linda Hutcheon）曾经深刻揭示出后现代小说取得成功的原因，她认为，后现代小说的聪明之处就在于，它从曲高和寡的现代主义小说那里吸取了足够的教训，它既不再沉溺于唯我主义式的文字表演，也没有回归简单再现现实世界的传统写作模式。[①] 众所周知，自唯美主义之后，现代主义就是一种拒斥庸俗审美趣味的先锋运动。它对大众和市场有着近乎本能的排斥和憎恶。为了表达它对市侩中产阶级趣味的不满，它常故意把自己变得聒噪、丑陋、放浪和富有攻击性。它试图通过挑战成熟的美学惯例来嘲弄虚伪的资产阶级文化道德规范。现代主义天生就是取悦少数人的精英艺术，它毫不在意大众的不接受，也不畏惧死亡，甚至认为自杀是表达它与这个庸俗社会的不合作态度的最佳方式。然而时过境迁，自20世纪50年代之后，现代主义非但没有实现以自杀来唤醒和改造社会的企图，自己反而被社会收编接管了。先锋艺术非但不再令人感觉怪异和反感，却反被奉为经典，既进入了博物馆也打开了文化市场，成为生产商业利润的工具。

于是，后现代作家们不再陶醉于展示异化自我精神的文字迷宫，而是更关注于个人对来自社会的种种权力话语和符号代码所做出的回应。受福柯启发，后现代作家们已经认识到，所有再现的文化形式——不管是文学的还是非文学的，也不管是高雅的还是通俗的——都深深根植于意识形态之中，它们无法切断与社会经济和政治机构之间的牵连。一切貌似理所当然的常识、真理或事实其实都是由特定人以特定方式加以再现的结果。再现是我们获得和理解日常生活经验的

① Linda Hutcheon, *A Poetics of Postmodernism: History, Theory, Fiction*, New York: Routledge, 1988, pp. 51–52.

必然中介，没有再现就没有事实。更重要的是，再现总是涉及众多复杂关系和要素，比如什么人、按照何种方式、以何种媒介、在哪些框架内、向什么人再现什么东西等。在现实主义再现传统中，人们往往只注意再现的内容却忽视剩余要素和关系。现代主义虽用激进的反再现方式让人们注意到了这些剩余要素，但其代价却承受不起。极端的形式实验让现代小说变成高度自闭的语言迷宫，切断了它与外部世界的任何联系，并逐渐由自恋走向颓废和消亡。[①] 相比之下，成功的后现代主义往往兼具现实主义和现代主义的部分特征，同时又扬弃了各自的局限。它既不像现实主义那般天真，也不像现代主义那样反叛，而是学会了在练达中储备天真，在顺从中表达反抗，这正是哈钦所谓的后现代主义的“双重编码”（double coding）或“同谋式批判”（complicitous critique）[②]，其具体策略包括充分利用反讽和戏仿等修辞手法所特有的语义含混功能，既使用又歪曲其批判对象的文化符码，进而达到批判和质疑的效果。

换句话说，后现代主义之所以能取得成功，原因在于这种矛盾特征可以使它在艺术形式上能够给读者以既熟悉又陌生之感，同时在内容上又关注现实，有着强烈的伦理和政治关切，是一种“负责任的”艺术。虽然表面看上去后现代作家们很不关心现实，甚至拒绝语言的客观指涉性，但从本质上来看，他们却有极强的责任意识，渴望通过文字来揭露现实秩序的建构性和不公正性，将大众从符合统治阶级利益的意识形态迷惑下唤醒。“它以一种颠覆和解构的文本……来表现在科技的专制与控制之下人类的生存状态，形象地表现了现代文明中人类社会中的人性异化和精神分裂，并以彻底的解构精神来表达自己对于科技文明发展所触及的环境伦理、生命伦理和政治伦理的关注。”[③] 不可否认的

① 陈后亮：《元小说中的自我再现艺术——兼论琳达·哈钦的自恋叙事理论》，《国外文学》2011 年第 3 期。

② Linda Hutcheon, *A Poetics of Postmodernism: History, Theory, Fiction*, p. 200.

③ 蒙柱环：《论美国后现代主义科幻小说》，《山东外语教学》2008 年第 1 期。

是，后现代主义并非铁板一块的同质体，而是具有一定的矛盾性和异质性。霍尔·福斯特曾把后现代主义区分为“反抗的后现代主义”（postmodernism of resistance）和“反应的后现代主义”（postmodernism of reaction）两种[①]，前者基本保留了现代主义先锋派的批判锋芒，后者则更多表现出与商业资本主义体制媾和的愿望。两种特征始终并存，构成后现代主义内在的张力。

（二）批判视角的丧失

公正地来讲，至少在20世纪90年代之前，批判和反抗的冲动在这种张力中所占的比重更大一些，但此后随着后现代主义逐渐进入大学教科书并取得“正统”和“经典”席位，它也慢慢沦为一种彻底的文字表演。商业资本主义再一次展示了它收编一切造反者的强大力量，悄悄摘除了后现代主义反抗的引信。正像詹明信所看到的那样，后现代分子们终于耐不住寂寞，纷纷变得和现存资本主义体制沆瀣一气。这个体制不再被看成是不正义的，反倒成了需要维护的。即使他们刻意摆出一副批判的面孔，也不过是沽名钓誉、哗众取宠。与此前的现代主义先锋小说相比，许多后现代小说也有着同样晦涩艰深的形式、夸张渲染的情欲描写、肮脏鄙俗的心理刻画，以及明目张胆的发泄对社会现实的不满。但奇怪的是，今天的多数观众却不再为之感到反感和震惊。詹明信认为，其最根本的原因就在于“后现代的文化整体早已被既存的社会体制所吸纳，跟当前西方世界的正统文化融成一体了”[②]。身处这样的氛围中，后现代作家几乎不可能继续从事严肃的现实批判性写作。詹明信悲观地说：

在不同的情况中，我们都隐隐感到不论是以局部实践领域为

① Hal Foster, *The Anti-Aesthetic: Essays on Postmodern Culture*, Port Townsend: Bay Press, 1983, p. xii.

② ［美］詹明信：《晚期资本主义的文化逻辑》，张旭东主编，生活·读书·新知三联书店1997年版，第429页。

> 策略基地的反文化形式，或者是明目张胆地干预政治的创作形式，其反抗力量都难免被重新吸纳，而一切干预的形式都不免在不知不觉间被解除武装，取消了抗衡的实力。[①]

于是，典型的“批判与同谋”并存的后现代创作模式被抛弃，虚无主义、怀疑主义和犬儒主义风气盛行开来。作品中越来越多地充斥着漫无目的的戏仿、故作精明的反讽、单调乏味的拼贴、干瘪扁平的人物等。其解构一切的姿态似乎让自己看上去仍有革命先锋的样子，但由于毫无建设性规划，它也充其量只能成为破坏者而非革命者：

> 后现代主义愚蠢的地方在于，它一方面声称自身是艺术之巅，另一方面却又拒绝所有可赋予艺术以分量的价值。它打算效力于某些重要事件，但实际上除了那些让人费解的自言自语之外，没有产生任何意义，……后现代主义注定要被扔进历史的垃圾桶。[②]

二　后现代主义衰退的外在诱因

哈钦在接受笔者访谈时曾说：“一旦某种事物存在的时间已经足够长，并把自己确立为某种‘经典化的’东西——比如在学校中被研究和教授——那么注定会产生对它的反叛以及对新事物的期待。”[③] 所谓熟则生厌、盛极而衰，说的也正是这个道理。不过，后现代主义作为影响了近两代人的文化思潮不会自行了断，除了自身存在的弊端，一定还有某些外在因素加速了它的消解。参照格雷戈里等学者

---

① ［美］詹明信：《晚期资本主义的文化逻辑》，张旭东主编，生活·读书·新知三联书店1997年版，第505—506页。

② Katherine Evans, *The Stuckist*: *The First Remodernist Art Group*, London: Victoria Press, 2000, p. 8.

③ 陈后亮：《后现代主义的制度化与后现代研究新趋势：琳达·哈钦访谈录》，《外国文学研究》2012年第5期。

的研究，[①] 这些外在因素主要包括以下三个方面：

（一）理论大师的离世以及德·曼的政治丑闻

自20世纪80年代以来，以保罗·德·曼（Paul de Man）、罗兰·巴特（Roland Barthes）、拉康（Jacques Lacan）、福柯（Michel Foucault）和阿尔都塞（Louis Althusser）等为代表的理论大师们相继离世，后现代阵营失去了一大批最具理论创造力和生命力的思想领袖。这对文学创作层面的影响也巨大，因为有相当一部分后现代作家根本就是以理论作为自己的创作观念的，有些人甚至刻意按照解构主义的文本理论来量身设计自己的作品，以便赢得批评家的关注。既然理论生产已日薄西山，文学创作本身亦难逃厄运。更糟糕的是，在德·曼去世4年后爆出的有关他在第二次世界大战期间曾与纳粹集团合作的政治丑闻给后现代主义抹上了一层很不光彩的形象。1987年，比利时学生奥特文·格瑞夫（Ortwin de Graef）在研究德·曼的早期生活和著作时，意外发现了他在第二次世界大战期间曾为一家纳粹报纸撰写过大量文章，其中有不少赤裸的反犹太言论。这一发现震惊西方各界，包括《纽约时报》在内的各大媒体均以头版进行报道，并在后现代主义的支持者和反对者之间引发激烈争议。

作为德·曼的挚友兼后现代主义的精神领袖，德里达（Jacques Derrida）自然要为他极力辩护。德里达声称，德·曼并没有完全支持纳粹的政治立场，他与那家报纸的合作于1942年就终止了，此后也再无任何支持纳粹的言行。从整体来看，德·曼的学术思想还是很有价值的，所以我们"不应该仅仅以那一小段插曲作为标准来评判和谴责德·曼本人及其著作"[②]。反对者则指出，第二次世界大战结束后，许多与德·曼犯下同样错误的人都被送上军事法庭接受了审判，而他却

① Marshall Gregory, "Redefining Ethical Criticism: The Old vs. the New", *Journal of Literary Theory*, 2 (2010): 273 - 301, pp. 274 - 280.

② Jacques Derrida, "Like the Sound of the Sea Deep Within a Shell: Paul de Man's War", *Critical Inquiry*, 1 (1988): 590 - 652, p. 597.

把自己的罪行隐藏起来直至去世，因此德·曼的个人品质值得质疑。而随后媒体又公布出有关德·曼的更多丑闻：他当初移民美国时，还曾抛妻弃子，让她们在阿根廷挣扎于贫困无依的死亡线上，自己却在尚未离婚的情况下另娶妻子，因此德·曼就是个彻底的伪君子。恰如杰弗里·麦尔曼（Jeffrey Melman）所说："我们有理由把整个解构主义视为一场要为第二次世界大战期间的通敌政治寻求赦免的巨大工程。"[①] 或许正是由于自己有这么多不为人知的污点，他才那么迫切地推行其解构修辞策略，不厌其烦地劝诫人们放弃对正确文本意义的探寻，认为"文本不是一个可以被理所当然地看成是具有某种明确意义的统一体，因此就不存在通过阅读对于作为某种'纯自然客体'的意义的'提取'"[②]。

格雷戈里指出："对一种观念的历史——或者更准确的说，对位于后结构主义以及更普遍的后现代主义中心的一整套观念的历史——而言，德·曼的倒台是一个关键转折点。"[③] 后现代主义一贯主张批评与和写作均不应与现实世界的伦理秩序发生直接关系，甚至宣称"文本之外，别无他物"，其不容置疑的语气往往让普通读者不知如何应对。现在人们终于明白了，不管是文学创作还是理论批评，都不可能真正与现实无关。

（二）伦理批评的回归

最近二十年来，以韦恩·布思（W. Booth）和玛莎·纳斯鲍姆（Martha Nussbaum）为代表的一大批有着强烈伦理批评意识的理论家们迅速占据后现代大师让出的学术话语空间。众所周知，后现代主义有着浓厚的反人文主义情结。传统人文主义以康德的道德哲学为基石，把人设想为具有某种永恒属性和伦理意识的自由个体，是一切价值和意义的源泉。它相信虽然每个人具体的生活经验不同，但我们都具有

---

① 转引自 D. Lehman，"Paul de Man：The Plot Thickens"，*New York Times*，1992－5－24，p. 10。

② 马新国主编：《西方文论史》，高等教育出版社 2002 年版，第 499 页。

③ Marshall Gregory，"Redefining Ethical Criticism：The Old vs. the New"，p. 276.

某种独特而又相通的本质，它们都是普遍人性的一部分。人的个性有可能随时空的变化有所发展，但不可能有根本改变。康德把审美活动视为人类走向道德和文明的中介，是形成文化—道德之人的必要手段。受其影响，传统人文主义非常重视文学的伦理教化功能，认为文学浸透着“世界上已被知道和已被想到的最好的东西”[①]，可以传播普遍人类价值并哺育人性，让人成为“更好的人”。但在经历现代以来的一系列文化和社会灾难之后，后现代主义者们不再对这种观念保持迷恋。

阿尔都塞指出：“当‘新生的’资产阶级在18世纪传播关于平等、自由和理性的人道主义意识形态时，它把自身的权利说成是所有人的权利要求；它力图通过这种方式把所有人争取到自己一边，而实际上它解放人的目的无非是为了剥削人。”[②] 福柯也说：“我相信不存在独立自主、无处不在的普遍形式的主体。我对那样一种主体观持怀疑甚至敌对态度。正相反，我认为主体是在被奴役和支配中建立起来的，……是建立在一系列的特定文化氛围中的规则、样式和虚构的基础之上。”[③] 也即是说，传统人性观完全是被资产阶级意识形态虚构出来的产物，所谓的自由道德主体也不过是一个话语规则的产物。以这个虚假前提为基础搭建起来的其他一切伦理命题也就都不在值得信赖。传统人文主义在让文学承担过多的伦理功能之时，实际上却陷它于不义，使文学成了维护统治秩序的帮凶。于是我们看到有相当多的后现代文学为了不必再承担伦理职责而欢呼不已，它们用无休止的符号表演代替了对真理、自由、公正、平等和民主等伦理价值的追寻，或将它们的内核掏空，逐个还原为意义已死的能指符号，把读者的注意力完全吸引到文本层面。不符合语法规则的句子、胡乱堆砌的生词、犹

① Matthew Arnold, “The Function of Criticism at the Present Time”, in Matthew Arnold, *Essays in Criticism*, London: MaCmillan and Com., 1865, p. 1.

② 参见 Louis Althusser, “Marxism and Humanism”, http://www.marxists.org/reference/-archive/althusser/1964/marxism-humanism.htm [2013-05-6]。

③ [法] 米歇尔·福柯：《权力的眼睛——福柯访谈录》，严锋译，上海人民出版社1997年版，第19页。

如报菜名式的名称罗列，以及意义模糊的双关语等，似乎把读者带入语言符号的狂欢现场。

客观来说，后现代主义对传统人文主义的批判具有一定的进步意义，它的确让人们注意到了后者的虚伪和佞妄之处，但若由此彻底抛弃文学的伦理职责却是反应过激了。毕竟人终究还是要面临现实生活，不可能永远躲进语言的游戏，更何况文学也永远不可能真正摆脱客观世界。不可否认的是，虽然人们明知道文学都是虚构的，与现实世界不能完全对应，但人们阅读文学却绝非仅仅为了消遣。有谁能完全肯定自己从未在文学中寻找自己日常生活的灵感呢？我们总是不自觉地把生活中的情境与小说情境相对照，有时甚至会效仿小说主人公的某些做法，这既是出于人的模仿天性，也是出于现实需要。试想又有多少读者真正能够从下面取自巴塞尔姆的《白雪公主后传》中的这段后现代文本中找到乐趣或生活启示？

> ……足够距离干裂　以无形的善良的普渡之手安抚众生，冲刷运动　镜子　换个轮流然后说“谢谢你”众目睽睽坚定温柔的向上一瞥　爱德华从来不额外　浓度漂白产品滚动　舌头　孩子　笔直朝前方　破碎的外层面向着　天然气　经历一种齐整的放置于你无法企及和更高出的界定……①

在这种情形下，要求文学重新回归其伦理位置的声音便越来越响亮。伦理批评的奠基人之一、美国哲学家纳斯鲍姆认为，作家的使命就是要用恰当的艺术形式传达出自己对生活的细微体悟，引发读者在阅读过程中产生情感共鸣，并与作者一道探寻那些对共建人类群体的美好生活至关重要的伦理价值。她呼吁道：“我设想在将来……我们有关文学的探讨会日益回归实践层面的考量——回归那些伦理的和社

① ［美］唐纳德·巴塞尔姆：《白雪公主后传》，虞建华译，上海译文出版社2005年版，第24页。

会的问题，正是这些问题给了文学在我们生活中的重要地位。在这样一个未来，文学理论会和伦理学一起共同探究与‘人应该如何生活’相关的问题。”[①] 生态系统的严重破坏、持续恶化的全球经济危机、动荡不安的地缘政治结构、狭隘民族主义的再度崛起，以及不断扩大的社会结构矛盾等，这些现实问题迫切需要作家和读者共同面对，因为这关系到全人类在21世纪乃至更遥远的未来的切身福祉，而仅仅有后现代主义破坏一切价值的虚无主义精神显然不能让我们解答这些问题。于是正如纳斯鲍姆所看到的：“人们正迫切地以极大热情、从很多角度讨论有关正义、富足、社会分配、道德现实主义和相对主义、理性的本质、个人的概念、关于情感与欲望、运气在人生中的作用以及很多其他问题。”[②] 以解构、拼贴和语言狂欢为主的后现代美学原则被逐渐抛弃，而那些兼顾艺术虚构和现实的伦理需求的艺术观念开始深入人心。

（三）后“9·11”时代的社会氛围

除了上述两方面因素，2001年爆发的“9·11”恐怖袭击以及随后开始的全球反恐战争给后现代主义造成的危机也不容小觑。伊格尔顿曾经敏锐地觉察到：“随着新式的全球资本主义叙事以及所谓反恐战争的开始，人们曾熟悉的后现代主义的思维方式很有可能正在走向终结。”[③] 而格雷戈里则说得更直接：“对许多人来说，9·11事件让后现代主义显得肤浅、卑劣和玩世不恭。”[④] 这场袭击给整个美国社会带来巨大创伤，同时还改变了许多旧有观念。包括作家在内，人们纷纷追问导致这场悲剧的深层原因，到底是谁的错误，是狭隘的民族主义还是全球资本主义自由民主体系？或者还有其他原因？作家们进而也开始反思：文学到底有什么作用？它是否应该承担一定的伦理职能？

---

① Martha Nussbaum, *Love's Knowledge: Essays on Philosophy and Literature*, Oxford: Oxford UP, 1990, p. 168.

② Martha Nussbaum, *Love's Knowledge: Essays on Philosophy and Literature*, p. 169.

③ Terry Eagleton, *After Theory*, New York: Basic Books, 2004, p. 221.

④ Marshall Gregory, "Redefining Ethical Criticism: The Old vs. the New", p. 276.

当失去亲人的无辜民众渴望正义的审判之时，当充满困惑的他们对生活失去信心时，作家能否提供帮助？在这样的社会氛围下，如果作家再去玩弄一些后现代的形式技巧，其命运可想而知。他一定会遭到公众彻底的唾弃和冷遇。同样我们也不难理解，为何像唐·德里罗（Don DeLillo）这样标准的后现代作家也会转而创作出像《天秤星座》和《坠落的人》这样极具现实针对性的后9·11题材小说。在这里我们看到的是："作家融对历史、现实与未来的关注于重大历史事件，通过文学文本的形式在后现代语境中突出后'9·11'前后美国社会承受的心理创伤，及其导致的美国中产阶级保守主义意识的焦虑和担忧表明了作家的道德重任。"①

结　语

哈钦于1988年发表她的成名作《后现代主义诗学》之时，后现代主义正处于巅峰时刻。那时的后现代主义在她看来还是"当今文化中将事情问题化的一股力量；它对常识性的或'天经地义的'观念提出质疑（或指出其中的问题）"②。虽然后现代主义只是提出问题而没有给出解决办法，但它至少对未来出现更积极的变革实践储备了条件，这也是哈钦始终坚持为后现代主义作辩护的原因。然而在20多年后，当哈钦应邀为其著作的中译本作序时，她却也不得不对自己此前的立场做出反思："在后现代世界里，不允许把坚定的道德或政治价值观建立在任何坚实、单一真理的基础之上，一切谋求变化的理想都会遭到嘲讽或质疑，在这样一个世界里，怎样才能（以坚定的道德或政治价值观）达到积极的目的？"③ 显然，哈钦已意识到，一味地质疑和解

---

① 张加生：《从德里罗"9·11"小说看美国社会心理创伤》，《当代外国文学》2012年第3期。

② Linda Hutcheon, *A Poetics of Postmodernism*: *History*, *Theory*, *Fiction*, p. xi.

③ ［加拿大］琳达·哈钦：《后现代主义诗学：历史·理论·小说》，李杨、李锋译，南京大学出版社2009年版，第3页。

构旧秩序的价值基础还不够，后现代主义要想真正实现其政治潜能，就必须对读者在现实世界里的伦理需求报以更多关切。

需要指出的是，要求文学有更多的伦理关切，这绝不意味着要求文学重新回归道德教条主义，甚至退化为道德理念的宣传工具，而是要求它承认文学与现实之间的紧密关联，尊重读者的伦理需求，用复杂和细腻的语言展示作家对人生、对社会问题的思索。作为一种主导文化范式的后现代主义已经终结了，但后现代主义的话语策略、艺术形式和意识形态批判却已成为我们宝贵的文学遗产。在经历后现代主义的洗礼后，不了解福柯和德里达似乎便很难成为真正优秀的理论家，不熟悉文类混杂、语言狂欢和拼贴并置这些后现代写作技巧似乎也很难真正看懂当今欧美文坛光怪陆离的创作模式。在那些公认的最具伦理关切的后9·11小说中，我们经常可以看到对后现代手法的熟练运用。比如在乔纳桑·萨·福尔（J. S. Foer）的《特别响，非常近》中就穿插了一些刻意设计的空白或半空白页，一些经过处理的照片，就像是从楼顶上坠落的尸体等。所有这些技巧不再是花哨的表演，而是恰当表达出作者因“9·11”事件所造成的无法言说的伤痛和思考。至少在短期内，这也应该能够代表未来小说创作的主方向。

第十四章　后现代主义的理论内涵及其当下状况

——兼谈后—后现代主义的诸种理论幻象

冷战前后的二三十年间，后现代主义无疑是最炙手可热的一个词汇。虽然很少有人能够真正说得清楚它究竟指的是什么——一种艺术潮流？文化观念？社会状况？知识范式？抑或兼而有之的一个历史分期？——但似乎所有人都在谈论后现代主义。从高居庙堂的学者政客到街头流行音乐歌手，甚至酒吧里的服务生都会把“后现代”挂在嘴边，作为最时髦的语言符号。而且不只是在后现代主义的滥觞之地美国如此，它还随着北美地区的文化霸权优势逐渐蔓延播撒至世界其他地区，成为全球性的文化潮流。不过时过境迁，随着新千年的到来，后现代主义也和它之前所有曾名噪一时的“主义”一样，在经历过并不算长久的繁盛期之后逐渐陷入沉寂。

约塞·洛佩兹（José López）和盖瑞·波特（Garry Potter）在其合作编写的《后现代主义之后》（*After Postmodernism*）导言部分写道：“在公元2000年，有关作为一种知识现象的后现代主义的一个最显著事实是：它正在衰退！它仍旧在挣扎，它的好的和坏的影响也仍在继续，但后现代主义已经不再流行了。”[①] 当代最著名的后现代文学理论

① José López and Garry Potter, “After Postmodernism: The New Millennium”, in José López and Garry Potter, eds., *After Postmodernism: An Introduction to Critical Realism*, London: The Athlone Press, 2001, p. 4.

家之一布莱恩·麦克黑尔（Brian McHale）也在几年前指出："在20世纪70年代中期至20世纪90年代中期，后现代主义似乎还是一个用于界定当代文化的必不可少的术语，今天却看上去越来越不相关了。"[①] 几乎所有人都觉得后现代主义已经失去昨日荣光，各种谈论后现代主义的终结，以及如何埋葬它的言论又成为最近几十年的热点话题。而且很多人几乎以不容置疑的语气宣称后现代主义已经死了，现在的工作重点应该是分析它死后将会有哪些新的"主义"取而代之。于是形形色色的"后—后现代主义"（post-postmodernism）理论假说便急不可耐地冒出来。然而事实果真如此吗？历史上那些曾经被反复断言已经过时了的东西真的就像一个被推翻的王朝一样彻底退出历史舞台了吗？浪漫主义、现实主义以及现代主义这些早就作古了的东西不是仍然顽强地活在当下的文化和艺术创作实践中吗？后现代主义肯定也是大致如此，但区别在于它要比之前的所有"主义"都具有更大的语义模糊性，因为后现代主义的繁盛期恰好与人类历史上最发达的学术生产和传播阶段相重合，前所未有的话语密度在加速后现代主义话题发酵的同时也制造出大量的含混和歧义。如果说现实主义、浪漫主义和现代主义都有一个相对明确、统一的定义域，主要与文学艺术领域有关的话，那么后现代主义则远超出这个边界，含纳了几乎所有文化部门。所有人都在谈论后现代主义，但实际上又有可能各有所指。因此，当我们都在争论后现代主义是否终结的时候，仍有必要厘清它究竟是什么？我们的后现代话语到底涉及哪些方面？如此才能更清楚地反思后现代主义在当下究竟处于一个什么样的状况，它是继续存在还是已然消逝，抑或演化出某种新的"主义"？

事实上，在后现代话题早已沉寂的今天，我们反倒拥有了仔细审视它的更具优势的视角。史蒂文·康纳（Steven Connor）在1987年初

---

① Brian McHale, *The Cambridge Introduction to Postmodernism*, Cambridge: Cambridge UP, 2015, p. 3.

版的《后现代主义与文化》开篇部分还慨叹"认识同时代的事物是困难的"，因为"在试图理解处于现在阶段的同时代的自我过程中，不存在安全距离的观察点……我们处于并且属于我们试图分析的阶段，我们处于并且属于我们分析它所用的结构"①，但在今天我们已经不必再像康纳那样受观察距离太近的限制。一个有趣的现象是，就在2000年以来，西方学界又出现了一个短暂的后现代主义研究回暖迹象，多家著名出版社都推出最新版的后现代专题导读或论文集，比如康纳主编的《剑桥后现代主义伴读》（*The Cambridge Companion to Postmodernism*，Cambridge University Press，2004）、麦克黑尔撰写的《剑桥后现代主义导论》（*The Cambridge Introduction to Postmodernism*，Cambridge University Press，2015），斯图尔特·西姆（Stuart Sim）主编的《劳特里奇后现代主义伴读》（*The Routledge Companion to Postmodernism*，Routledge）也在2011年推出第三版。正如麦克黑尔所说："三十年过去了，我们终于与后现代主义的巅峰时代有了足够的时间距离，能够从根本上回顾这一时代及其产品，以便对后现代主义进行全面导读。"② 本文也正是试图利用这种时间距离带给我们的这种"后见之明"，首先重新审视过去若干年来围绕后现代主义的一个基础性问题，即什么是后现代主义，进而回答第二个热点话题，即后现代主义是否已经终结。对第一个问题的不同回答决定了我们对第二个问题的看法。最后本文再对当下十分热闹的各种后—后现代主义理论假说进行整体考察，反思它们究竟是一种后现代之后的继任者，还是一种人为制造的理论幻象。当然，一切回答还有从第一个最基本的问题开始，即什么是后现代主义。

一　什么是后现代主义

在后现代主义的终结说甚至都已经成为陈词滥调的情形下，如今

① ［英］史蒂文·康纳：《后现代主义文化》，严忠志译，商务印书馆2004年版，第9、11页。

② Brian McHale, *The Cambridge Introduction to Postmodernism*, p. 6.

再来讨论什么是后现代主义的问题似乎显得太过时，让人提不起兴趣。然而一个概念的过时并不意味着我们就可以弃之不理，任由那些误解和分歧堆积成历史的灰尘，永远躺在过气术语的废物堆里。事实上，有关后现代是否终结的争议正是源自围绕这个概念的差异化理解。所有人都知道厘清这个概念的重要性，几乎每一部重要的后现代主义研究专著都要从梳理它的概念演化史和思想谱系开始[①]。然而让人沮丧的是，我们发现至今仍然找不出一个确切的有关后现代主义为何物的统一界定，甚至当我们越是试图查阅更多的资料文献，就会像阿列克斯·卡利尼科斯（Alex Callinicos）一样感到“越来越恼火”[②]。在常识层面上，几乎大家都认可它是一个不必深究的文化观念，但在学理层面上，它又是一个极其狡猾、难以捉摸的魅影，甚至即便那些公认的后现代主义理论大家，比如利奥塔、查尔斯·詹克斯、麦克黑尔、琳达·哈钦、詹姆逊、伊格尔顿等人给它下的定义也会让人感觉“相互不一致，有内在矛盾，并且/或者让人绝望地模糊不清”[③]。试举几例：

> “在我看来，‘后现代主义’是一个自相矛盾的现象，既使用又误用、既确立又颠覆它所质疑的概念，无论是在建筑、文学、绘画、雕塑、电影、录像、舞蹈、电视、音乐、哲学、美学理论、精神分析、语言学还是在历史编写领域，均无一例外。……我想称之为的‘后现代主义’具有下列基本特点：矛盾性、坚定不移的历史性、不可避免的政治性。”（哈钦）[④]
>
> “后现代主义一词通常是指一种当代文化形式……一种文化

① 比如沃尔夫冈·韦尔施在《我们的后现代的现代》（洪天富译，商务印书馆2004年版）的第13—61页、佩里·安德森在《后现代性的起源》（紫辰、合章译，中国社会科学出版社2008年版）第一章绪论部分都曾做过考察。

② Alex Callinicos, *Against Postmodernism: A Marxist Critique*, Cambridge: Polity Press, 1989, p. 2.

③ Alex Callinicos, *Against Postmodernism: A Marxist Critique*, p. 2.

④ ［加拿大］琳达·哈钦：《后现代主义诗学：历史·理论·小说》，李杨、李锋译，南京大学出版社2009年版，第4—5页。

风格，它以一种无深度的、无中心的、无根据的、自我反思的、游戏的、模拟的、折中主义的、多元主义的艺术反映这个时代性变化的某些方面，这种艺术模糊了‘高雅’和‘大众’文化之间，以及艺术和日常经验之间的界限。”（伊格尔顿）①

“后现代主义既是一场大众文化运动，也是一场思想运动，是当代西方社会的社会学特征之一，是一种玄奥复杂的思维方式。”（米勒德·J. 艾利克森）②

“没有一个客观存在于世上的后现代主义，就好比从未有过文艺复兴或浪漫主义这样的事物一样。它们都是文学史的虚构，是由当今读者、作者或文学史家通过回溯历史而建构出来的人工话语制品。”（麦克黑尔）③

如果我们可以穷尽所有理论家有关后现代主义的定义，并从中进行概念的分析和梳理，那么一定会和西姆一样得出这样的结论，即“没有人能确切地说出后现代主义的意义究竟是什么”④，因为给后现代主义下一个简单、没有争议的定义完全是不可能的。究其原因，或许就像西蒙·马尔帕斯（Simon Malpas）所说的，“这种想要清楚准确地识别和界定事物的愿望本身就是后现代主义力图挑战的理性的关键要素之一”⑤，任何一个简单的定义不仅会忽视后现代主义的复杂性，还有可能破坏那些后现代主义最基本的信条。

既然如此，本文也无意去再给后现代主义下一个新的定义，因为这显然也并不能有助于增加我们对后现代主义的认识，反倒会更添一份混乱。但对现有主要的后现代主义定义做一些简单归类却十分有必

---

① ［英］特里·伊格尔顿：《后现代主义的幻象》，华明译，商务印书馆 2005 年版，第 vii 页。

② ［美］米勒德·J. 艾利克森：《后现代主义的承诺与危险》，叶丽贤、苏欲晓译，北京大学出版社 2006 年版，第 3 页。

③ Brian McHale, *Postmodernist Fiction*, New York: Methuen, Inc., 1987, p. 4.

④ Stuart Sim, *The Routledge Companion to Postmodernism*, London: Routledge, 2011, p. vii.

⑤ Simon Malpas, *The Postmodern*, London: Routledge, 2005, p. 4.

要，因为我们能够看出，虽然众多理论家在细节上有很多分歧，但在整体上却又有诸多可以相互通约的特征。在本文看来，在过去数十年来有关后现代主义的界定大致可以分为以下几种：

首先，后现代主义最常被视为是文学、建筑、音乐、电影、美术等各艺术门类流行的、由多种后现代技巧构成的一种整体美学风格，其常见表现就是元小说、反讽、戏仿、拼贴、语言游戏、狂欢化、互文性、黑色幽默等手法。这些技法并非为后现代首创或独有，从更大的时空范围来看，几乎任何一种所谓的后现代技巧都可以在历史上的他处找到先行者。只是在第二次世界大战以后伴随巨大的社会历史条件的变化，这些艺术形式在美国特殊的社会文化氛围下发生爆炸式的聚合反应，成为一种具有鲜明特色的主导美学风格，即后现代主义。而且这种美学风格还溢出艺术领域蔓延至所有文化部门，成为一种具有时代特征的文化主导。有关后现代主义的历史分期以及它与现代主义先锋派之间的关系问题历来是理论家们争议的焦点。虽然曾有很多理论家言之凿凿地把后现代主义的诞辰和忌日分别精确到1960—2001年的具体某一天、以某一个事件为标志，但其明显夸张和戏谑的语气又显示出他们不过是想以后见的便利凸显某些历史事件的标志性历史意义。不过人们大体上公认后现代主义的萌芽抬升期是20世纪60年代，成熟期是20世纪70年代，巅峰期是20世纪80年代，衰退期是20世纪90年代。关于后现代主义与之前的现代主义之间的关系问题，有人认为是纯粹的断裂和反叛，也有人认为这是一种误解，正如韦尔施所指出的，“断言‘后现代’是一个特有的和新的时代，它把现代远远甩在后面，而且将要另起炉灶，这个论点只不过是对后现代的最无意义的误解。……后现代虽然告别了现代的某些特征，但是保持和继续发展现代的其他的特征。”[①] 麦克黑尔也强调后现代主义和现代主

① 参见［德］韦尔施《我们的后现代的现代》，洪天富译，商务印书馆2004年版，第三版前言第9页。

义一样，它们都不是凭空出现的，而是与之前的时代既有断裂也有连续。后现代主义从第二次世界大战之后的先锋派那里获得了很多遗产，它虽然不是先锋派的直接传人，却从后者那里继承了创作的工具箱，可以任由自己使用、挪用、改造和强化，既包括知识态度，也包括技巧手法，因此它是“现代主义 2.0 版”①。

其次，后现代主义也常被认为是一场文化政治运动。如果说第一种界定重点在于后现代主义的美学形式，那么这一种则更侧重于它背后的政治冲动和革命潜能。很多马克思主义理论家都把后现代主义视为 20 世纪 60 年代西方社会革命失败后的产物，最典型的当然要数伊格尔顿，他说：“后现代主义有着许多源头……然而，不管有多少源头，后现代主义实乃政治失败之子也。”② 佩里·安德森也认为后现代的美学转向“与更大的经济变化或任何内在的美学逻辑没有太大关系，倒是与时代的政治历史有更直接关系”③ 面对失败，许多左派革命知识分子迅速向右转。既然眼前没有现实的办法去打破资本主义体制和结构，那么就可能产生这样一种想法，即或许结构和体制本身并没有我们想象的那么严密和稳固，或许它也一直在以某种方式进行着自我解构。在伊格尔顿看来，这种政治撤退根本就是对不负责任的享乐主义和无政府主义的热情崇拜。后现代主义者们表面上是在谈论政治，但他们实际上对真正的政治实践毫无兴趣。后现代艺术家不再是这个时代疏离于社会的不守规矩的边缘人群，也不再是反对庸俗资产阶级文化的斗士，相反，他们不过是当代商品化游戏中的一个演员而已。如果说现代主义表现了个人英雄主义绝望的胜利，那么后现代主义则表现了消费社会的胜利，表现了艺术被降格为富裕社会的商品的景象。艺术生产在后现代社会已成为一种在时尚和大众文化驱动下的

---

① Brian McHale, *The Cambridge Introduction to Postmodernism*, p. 21.

② 伊格尔顿：《后现代主义者们来自何方?》，载于［美］艾伦·伍德、保罗·福斯特主编《保卫历史——马克思主义与后现代主义》，社会科学文献出版社 2009 年版，第 28 页。

③ 安德森：《后现代性的起源》，中国社会科学出版社 2008 年版，第 83 页。

彻底的商业活动。它不仅不再与商品文化保持批判的距离，反而自甘堕落与之调情嬉戏。不过，后现代主义究竟是在玩弄艺术形式以逃避政治，还是打算通过形式革命进而间接实现革命规划，这倒是值得商榷的问题。由于后现代文化往往表现出让人又爱又恨的多面性，所以很多批评家便喜欢对之做出区分，比如斯蒂芬·贝斯特和道格拉斯·科尔纳便把后现代主义区分为“对抗的后现代主义”和“游戏的后现代主义”两种，前者“强烈反对现存的社会与文化……寻求新形式的抵抗、斗争和社会变化。在此意义上，它在认真地从事批判、斗争和反抗方面与现代主义有着连续性”，后者则是“完全冷嘲热讽的、戏谑的和折中主义的，它提倡一种多元论的‘怎么都行’和过分的相对主义及主观主义。”① 安德烈亚斯·胡伊森也认为：“20 世纪 60 年代的后现代主义与 70 年代以及 80 年代初的后现代主义之间存在历史上的区别。……20 世纪 60 年代和 70 年代的后现代主义都拒绝或批评一种现代主义观念。为了反对过去几十年里系统化的高雅现代主义，60 年代的后现代主义试图重新恢复欧洲先锋派的遗产并给予它一种美国形式……到 20 世纪 70 年代，60 年代的先锋派后现代主义也耗尽了潜能，即使它的某些姿态完好无损地延续到下一个十年。”② 韦尔施则区分了“混乱的后现代主义和准确的后现代主义”，前者以“随意性、大杂烩、不惜一切代价偏离标准为特点”，因此是“多么地偏狭和多么地叫人讨厌”，后者则是“名副其实的和有效力的后现代主义。它不沉溺于大杂烩的热闹场面，也不听从于微不足道和任意的混乱特许，而是真正支持多元性，并且通过遵循一种区别的规定维护和发展这种多元性。”③

最后，后现代主义也被视为一种文化逻辑。最典型的当然要数詹

---

① ［美］斯蒂芬·贝斯特、道格拉斯·科尔纳：《后现代转向》，陈刚等译，南京大学出版社 2002 年版，第 32—33 页。

② ［美］安德烈亚斯·胡伊森：《大分野之后：现代主义、大众文化、后现代主义》，周韵译，南京大学出版社 2010 年版，第 197 页。

③ ［德］韦尔施：《我们的后现代的现代》，洪天富译，商务印书馆 2004 年版，第 3—5 页。

姆逊的观点。作为西方马克思主义学派最具代表性的人物，詹姆逊反对把后现代主义仅仅视为一种艺术风格，而是认为应该从资本主义社会的历史发展阶段来去整体理解它，他说：

> 它并不只是用来描述一种特定风格的另一个话语。至少在我的用法里，它也是一个时期的概念，其作用是把文化上的新的形式特点的出现联系到一种新型的社会生活和新的经济秩序的出现——即往往委婉地称谓的现代化、后工业或消费社会、媒体或大观社会、或跨国资本主义。①

也就是说，对后现代主义的讨论不能仅仅局限于美学领域，而应该把它与当今资本主义社会发展的新阶段联系起来。他认为，西方社会自20世纪60年代以来开始进入后现代阶段，它与此前阶段在社会和文化组织上都有着根本断裂。受经济学家曼德尔影响，詹姆逊也相信这个资本主义的新阶段并没有溢出马克思早期的分析，它事实上是一种更纯粹、更发达、更充分实现了的资本主义形式。晚期资本主义把商品化的力量扩展到几乎所有社会和个人的生活领域，渗透到了所有知识和信息领域，也渗透到了主体的无意识领域。詹姆逊建议人们："不要把'后现代主义'当作文艺或文化的风格来看待，……相反，我们必须视'后现代主义'为文化的主导形式。"② 参照资本主义在早、中、晚期的不同发展阶段，詹姆逊也为它们分别找到了对应的主导文化形式。与早期自由竞争资本主义对应的是现实主义，与中期垄断资本主义对应的是现代主义，而与晚期资本主义相对应的则是后现代主义。因此，后现代主义不仅是一种新的美学风格，而且更是一种

---

① ［美］詹明信：《晚期资本主义的文化逻辑》，张旭东主编，生活·读书·新知三联书店1997年版，第399页。

② ［美］詹明信：《晚期资本主义的文化逻辑》，张旭东主编，生活·读书·新知三联书店1997年版，第427页。

典型的晚期资本主义主导文化形态。这种文化主导侵蚀了各种艺术形式的现代主义风格，开创了新的意识和经验形式，使之凌驾于旧的现代主义形式之上。后现代主义并没有完全遮蔽那些处于非主导地位的文化形式，它只是取得了霸权性的控制地位。在詹姆逊看来，后现代主义文化主要表现为以下一些特征：1. 缺乏意义和深度；2. 高雅文化与大众文化之间界限消失；3. 情感的消逝与精神分裂式的感受；4. 历史感的退化与怀旧病；5. 逃避政治行为，对现实缺乏批判等。需要指出的是，詹姆逊并没有陷入庸俗的经济决定论，而是在借鉴阿多诺、卢卡奇和本雅明等新马克思主义理论家的基础上，以一种更加辩证、复杂的模式来看待经济和文化之间的关系。他并不关注文化产品如何在内容上表达来自经济的影响，比如它们对现存经济制度或统治秩序的合法化等，而是更关注它们的表达形式或美学风格。在他看来，每一个阶段的生产方式都会产生不同的社会矛盾或难以解决的问题，它们都会深刻影响生活在其中的人们对世界和自我的经验，形成不同的心理结构，并以无意识的方式表现在文化或艺术生产上，而后者不过是试图解决那些矛盾而想象出来的乌托邦方案。

除了上述三种看法，还有第四种观点显得尤为特别，即从根本上否认后现代主义的客观存在，认为它不过是一个理论创造物、一个术语而已。佩里·安德森在对后现代主义这个术语进行历史的回溯考察后发现，20 世纪 70 年代以前人们对后现代主义的界定大多是“术语的即兴运用或巧合”“临时借用的前缀”“属于相机行事”①。科尔纳和贝斯特也指出：“专有名词‘后现代’常常是一个占位符号或者符号学标志，用于指称那些值得我们批评注意的新现象”，“标记那些理论家不能说明或者懒于说明的新事物。”② 卡利尼克斯认为：“后现代主义最好被视为一种表征”“后现代性……缺少一个社会世界的所指

---

① 安德森：《后现代性的起源》，中国社会科学出版社 2008 年版，第 14 页。

② ［美］斯蒂芬·贝斯特、道格拉斯·科尔纳：《后现代转向》，陈刚等译，南京大学出版社 2004 年版，第 27、28 页。

对象。”“后现代性不过是一个修辞建构……让人感兴趣的地方主要在于它是知识界当前氛围的一个表征。”“后现代主义就像是一个浮动的能指，知识分子们用它来寻求表达其政治幻灭及其对消费取向的生活方式的向往……与后现代主义相关的讨论所涉及的与其说是世界，不如说表达了特定一代人的末日感。”① 拉瑞·麦克卡夫里（Larry McCaffrey）认为：“后现代主义并非一个统一的运动，而是一个术语，其最有用的地方在于充作一个一般能指符号而非一个有稳定意义的符号。”② 20 世纪 60 年代以后，人们都明显感受到“在我们文化的重要领域……出现了前所未有的变化”③，这既包括那些明显易于识别的美学技巧，也包括让人难以清楚描述的风格特征，于是人们便统统冠以“后现代”的前缀称谓。

如果说最初的“后现代主义”一词还确有所指，就是指那些“新事物”，“在不同艺术中、在文化实践的不同领域”出现的“不同种类的后现代主义”，即那些“已经完成或正在经历超出现代主义的特殊运动形式”④。但随着理论热的兴起，人们有关后现代主义话题的讨论似乎超过了对那些事物本身的兴趣。康纳在 1997 年时就指出，“现代所表示的与其说是具体理论可能具有的艺术和文化现象的种类，不如说它是自身的理论类型……后现代主义与其说是一种关于世界的假说，不如说是一门学科，在一些领域几乎是当之无愧的职业选择……它已经成为我们强烈的、无法减弱的反思性名称，成为我们对那种反思性进行反思的方式。”⑤ 也就是说，所有有关后现代主义的讨论不过是知识分子们在危机状况下证明自身存在合法性的一种话语形式，理论既是“危机的表现形式”，也是“管理和利用危机的手段”，“学术机构

---

① Alex Callinicos, *Against Postmodernism: A Marxist Critique*, pp. 6, 9, 9, 171.

② Larry McCaffery, *Postmodern Fiction: A Bio-Bibliographical Guide*, New York: Greenwood Press, 1986, p. xi.

③ ［美］安德烈亚斯·胡伊森：《大分野之后：现代主义、大众文化、后现代主义》，周韵译，南京大学出版社 2010 年版，第 190 页。

④ ［英］史蒂文·康纳：《后现代主义文化》，严忠志译，商务印书馆 2004 年版，第 3 页。

⑤ ［英］史蒂文·康纳：《后现代主义文化》，严忠志译，商务印书馆 2004 年版，第 3 页。

在失去力量的同时也在建构、集中和重新分配那些力量”，“批评界关于后现代主义的争论本身就构成了后现代主义”[①]。他在2013年时仍旧延续此论，认为“后现代主义不仅用于指代社会和文化中演化出来的新态度和实践方式，也指代谈论这些事物的典型话语。”[②] 麦克黑尔在《后现代主义小说》一书中还主要把后现代主义局限于小说等艺术领域的创作技巧，但到了《建构后现代主义》一书中则纠正之前的观点，越来越认识到后现代主义或许只是学者们的一个理论创造。他在2015年再次重申，巅峰时期后现代主义的特点正是“理论话语弥漫扩散进入学术界内外的艺术和人文领域”[③]，理论自身就是“一个后现代现象，并且理论的成功和增殖本身就是后现代主义的一个表征。”[④] 这不仅是指后结构主义和解构主义等理论属于后现代主义，而且是说所有的理论话语都成为后现代主义的一部分。

我们可以这样说，后现代主义并未有多少创造是真正的“从无到有”，它们不过是把所有古往今来的艺术技巧和手法拿来为我所用并发挥到极致，使之在20世纪60年代开始成为一种主导风格或范式。从20世纪70年代开始，批评家们逐渐把之前被随意运用的“后现代主义”一词固定下来，作为一个新的文化或美学范畴，用来笼统地指代这些新事物。但从20世纪80年代开始，有关后现代主义的理论话语严重增殖，导致后现代主义这一能指符号与其所指物之间本来就十分脆弱模糊的语义关系被撕裂，人们对后现代话题的讨论本身取代所谓的后现代艺术现象或文化创造。而到了20世纪90年代之后，严重膨胀的理论话语则进一步喧宾夺主，不管有没有“后现代主义”，这种漫无边际的谈论和话语方式本身就成为典型的后现代现象。所以詹姆逊也建议“把这些‘理论话语’也归入后现代主义现象

---

① ［英］史蒂文·康纳：《后现代主义文化》，严忠志译，商务印书馆2004年版，第27、28页。

② Steven Connor, “Introduction”, in Steven Connor ed., *The Cambridge Companion to Postmodernism*, Cambridge: Cambridge UP, 2004, p. 4.

③ Brian McHale, *The Cambridge Introduction to Postmodernism*, p. 65.

④ Brian McHale, *The Cambridge Introduction to Postmodernism*, p. 69.

之列”①。

本文总结了后现代主义的上述四个内涵，绝不等于认为只有这四种。正如我们在前文所说的，几乎有多少个理论家就有多少种不同的界定。我国著名理论家高宣扬先生在其《后现代论》中就曾概括出其中不同的“后现代”，包括“作为一个历史范畴的‘后现代’”“作为一个社会范畴的‘后现代’”“作为一个文化范畴的‘后现代’”“作为一种心态和思维模式的‘后现代’”“作为一种生活方式的‘后现代’”“作为一种表达方式和论述策略的‘后现代’”以及“作为一种‘去正当化’程序的后现代”等②。不过由于汉语表达的模糊性，读者或许容易感到困惑，高先生在文中所说的后现代究竟对应于英语中的“postmodernism”还是“postmodernity”。虽然高先生的著作标题英文翻译是“On Postmodernism”，但我们可以看得出其文中的“后现代”还是在三层语义之间有滑动的倾向。恐怕这也正是“后现代”在高先生文中具有如此宽泛定义域的主要原因，因为它似乎含括了英文中的三个术语。虽然拉曼·塞尔登（Raman Selden）也曾指出在英文语境下这三个单词“往往被互换使用”，但他也不忘随即指出，“postmodern”和“postmodernity”更适用于指代战后总体社会发展状况，而“postmodernism”则限定于“文化和艺术领域的发展”③。本文延续这一习惯，关注的主要是文学和文化意义上的后现代主义，而不是社会学和历史学意义上的后现代或后现代性。其实，通过上述梳理我们可以发现，真正想弄清楚什么是后现代主义是不可能的，也没有太大意义，就像我们要想精确把握任何一个文学术语背后的真实含义一样。真正重要的意义在于厘清我们有关后现代主义的几种谈论方式。只有这样才能帮助我们思考后现代主义是否终结的话题，即当人们宣称它

---

① ［美］詹明信：《晚期资本主义的文化逻辑》，张旭东主编，生活·读书·新知三联书店 1997 年版，第 399 页。

② 参见高宣扬《后现代论》，中国人民大学出版社 2005 年版，第 19—95 页。

③ Raman Selden，Peter Widdowson and Peter Brooker，*A Reader's Guide to Contemporary Literary Theory*，Beijing：Foreign Language Teaching and Research Press，2004，p. 201.

已经终结了的时候，究竟指的是哪种意义上的后现代主义？

二 后现代主义终结了吗？

自20世纪90年代以来，以各种或惋惜或欢庆的语气宣告后现代主义终结的论调不断传来。哈钦在她的《后现代主义的政治》第二版后记里面不无伤感地写道："我们干脆说出来吧：后现代主义已经完了。"[①]"后现代主义已经过去了，尽管它的话语策略和意识形态批判——和现代主义一样——依旧存在于21世纪的当今世界。"[②] 麦克黑尔则把后现代主义的终结日确定在"9·11"恐怖袭击日，他说："后现代主义是何时终结的？肯定不是在1989年12月31日，也不是2000年1月1日。即便如此，就在2001年9月11日这一天，人们跨越了某种文化门槛，这种感觉却十分强烈和普遍。如果说人类关系在1989年11月前后随着冷战时代的突然结束而发生了变化，那么或许在2001年9月前后又变回去了。"[③] 类似的言论还有很多，可谓众说纷纭。虽然人们对后现代主义具体终结于什么时间没有统一认识，但大部分人都不怀疑它已经成为过去。克里斯提安·莫拉鲁（Christian Moraru）评论说："后现代主义的好日子已经是一段过去的光辉岁月，当我们解答有关何为后现代主义的问题时，记住这一点很重要，同时用过去时谈论后现代主义，以便描绘后现代主义的后果。"[④] 事实上，麦克黑尔在2015年出版的《劳特里奇后现代主义导论》一书中，凡是提到后现代主义的地方就都是用过去式写的。其用意十分明显：后现代主义已经一去不复返。但事实果真如此吗？正如我们在第一节所讨论的，当我们迫不及待或者随声附和宣称后现代主义已经死亡的时候，我

---

① Linda Hutcheon, *The Politics of Postmodernism*, New York: Routledge, 2002, p. 165.

② Linda Hutcheon, *The Politics of Postmodernism*, p. 181.

③ Brian McHale, *The Cambridge Introduction to Postmodernism*, p. 175.

④ Christian Moraru, "Introduction to Focus: Thirteen Ways of Passing Postmodernism", *American Book Review*, 34.4 (2013): 3-4, p. 3.

们究竟指的是何种意义上的后现代主义？是那种艺术风格还是文化范式？是理论话语还是文化政治运动？抑或者说所有被"后现代主义"这个术语所指涉的一切都已经终结了？这还需要我们作进一步分析。

首先，如果说后现代主义指的是以那些典型的先锋实验技巧为标志的美学风格，那么它的终结说就是站不住脚的。正如那种认为后现代主义是现代主义终结之后的继任者的观点也是错误的一样，安德森早就指出："作为一系列明显艺术实践的后现代主义——更不必说处于文化主导地位了——大都是臆造。实际上，归因于后现代主义的每一种美学手法或特征……大都可以在现代主义中找到。"[①] 只要我们不把目光仅仅局限在1960年至20世纪80年代的美国就可以发现，几乎所有的后现代技巧都可以在更早的历史时期或者美国之外的其他地方找到先驱。比如所谓的元小说技巧在中国古典小说，尤其是话本小说中屡见不鲜；18世纪英国的《项狄传》更是几乎运用了所有的后现代小说技巧。几乎没有哪种貌似新颖的实验手法完全是由后现代主义者所创造。他们只是对它们进行了一种综合性的运用和加工，以达到一种貌似突破性的效果。即便在后现代主义的全盛期，那些现实主义、浪漫主义和现代主义的艺术手法和艺术趣味也依然存在，甚至有学者指出，后现代主义从未像很多人认为的那样成为20世纪60—80年代的美学主导。科尔纳和贝斯特认为："（后现代话语）在20世纪80年代以前并没有真正兴盛并成为一种支配性的知识和文化权力。"[②] 安德鲁·霍博瑞克（Andrew Hoberek）也指出："即便在其全盛期，后现代主义——尤其是那种充满自我意识的文学实验主义的后现代主义——也并非文学场域的唯一或主导玩家。"[③] 高度实验性的

---

① 安德森：《后现代性的起源》，中国社会科学出版社2008年版，第83页。

② ［美］斯蒂芬·贝斯特、道格拉斯·科尔纳：《后现代转向》，陈刚等译，南京大学出版社2004年版，第10页。

③ Andrew Hoberek, "Introduction: After Postmodernism", *Twentieth Century Literature*, 53.3 (2007): 233-247, p. 236.

后现代主义作品即使是在20世纪70年代也很难找到出版商接受。一个名为Fiction Collective Two的协会组织于1974年在美国成立，正是为了帮助那些实验性作品寻找发表路径。霍博瑞克还转述了文迪·斯坦纳（Wendy Steiner）的观点，认为："美国文学史上的这段时期最好被理解为并非纯粹后现代主义时期，而是盛期实验主义、传统现实主义以及与女性写作和记忆相关的自传式写作共存且频繁互相交融的时期。"[①] 也就是说，后现代主义并未像有些人认为的那样是对现代主义的拒绝、颠覆和突破，它并非从无到有的巨大艺术突破，也非当时的唯一主导风格，而是和以往任何一种艺术运动或审美风格一样，都是在之前的美学基础上慢慢发展而来的，历经从量变到质变的演化过程，并在特殊的社会和历史文化氛围下获得自己的时代标志性风格。随着时代的变化，那些曾经给人强烈新鲜感的实验技巧逐渐固化成为老套的形式，也就失去了对人们的吸引力，逐渐被放置一边沉寂下去，让人们误认为已经被彻底抛弃了，但实际则不然。正如现实主义风格的艺术创造依然顽强地坚持到现在一样，后现代主义的创作技巧和美学风格也肯定会被继承下去，并不断充实着艺术创作的美学工具库。未来或许我们还有可能迎来后现代主义的复兴，正如现实主义和浪漫主义都曾有过复兴一样。但是在一定时期内，是否还会有那种现象级的作为主导审美范式的后现代主义，这倒是个疑问。

其次，如果我们把后现代主义视为一种文化政治运动，那么断言它的终结同样值得商榷。德里亚·法尔肯那（Delia Falconer）曾哀叹那种带有革命精神的先锋实验艺术的消失，只剩下对后现代技巧形式的玩弄，他说："后现代主义的技巧——尤其是詹姆逊所说的那种对文本性的自我意识、反讽、对现实主义之可靠性的怀疑等——实际上在当代电视和电影中已经成为主流，以至于人们早习以为常。" 他认

① Andrew Hoberek, "Introduction: After Postmodernism", p. 236.

为，20 世纪 80 年代及之前的后现代主义更让人怀念，因为那时候的文学作品中有一种特殊的情感结构，即“后现代主义仍被视为不可或缺、欣欣向荣的（资本主义社会）对立之物”，但是自从 20 世纪 80 年代以后，“后现代小说的这种高度严肃的游戏精神已经消失殆尽”，当今的后现代写作技巧不再自视为“对立的”或者“重要的”，“这些技巧赖以获得力量的情感结构已发生深刻变化”，“后现代文化产品的技巧还在兴旺，但作为一种有自我意识的集体实体的后现代主义的对抗性力量早已消退”，“后现代技巧仍在被广泛使用，但其影响力量却大不如前”①。在他看来，虽然形式上的后现代主义依然存在，而且还非常泛滥，但那种把现代主义先锋派的造反精神继承下来的、真正有意义的后现代艺术却已经没有了。

姜敏寿（Minsoo Kang）也持相同看法，他把后现代主义终结的时间定位于 1993 年 6 月 18 日，即以约翰·麦克蒂尔南（John McTiernan）导演、施瓦辛格主演的好莱坞电影《幻影英雄》（*The Last Action Hero*）上映为标志，他认为，它把“自我指涉、反讽、在多层现实中游戏等后现代主义的标准技法”带到了多功能影院，标志着后现代主义已经被大众文化彻底挪用，也就标志着后现代主义的死亡，死因是太过于成功的扩散。② 雷切尔·亚当斯（Rachel Adams）也认为后现代主义就应该被理解为冷战时期占据主导的先锋文学实验，它的所有手法都可被视为对冷战美国的“含纳文化”的“反应或者反抗”，并且随着冷战时代的结束而减弱消退③。在他们看来，后现代主义只有作为资本主义文化的否定性力量才有存在的价值，它的诞生就是为了重

---

① Delia Falconer，“The Challenge of the ‘Post-postmodern’”，该文出自 2008 年召开的澳大利亚写作项目协会第 13 次年会论文集，《创造性与不确定性：澳大利亚写作项目协会第 13 次年会匿名评审论文集》（*The Creativity and Uncertainty Papers*：*the refereed proceedings of the* 13*th conference of the Australian Association of Writing Programs*），2008，pp. 1 – 10，3，4，4，5。

② 转引自 Andrew Hoberek，“Introduction：After Postmodernism”，p. 233。

③ Rachel Adams，“The Ends of America，the Ends of Postmodernism”，*Twentieth Century Literature*，53. 3（2007）：248 – 272，p. 250.

新激活被资本主义的文化体制和商品逻辑收编吸纳了的现代主义先锋艺术，用更加离经叛道的激进艺术实验来打破这种体制，进而为更大规模的社会革命创造条件。

如果说20世纪80年代之前的后现代主义依然在很大程度上保留了这种批判性锋芒的话，那么20世纪90年代以后的后现代艺术却再次像它的现代主义先锋派前辈们一样陷入商品社会的诱人陷阱。虽然表面看上去还是离经叛道，但实际却是哗众取宠的商业推销技巧。后现代艺术都成了文化商品，成为服务于资本主义社会生产商业利润的工具。这也正是我们在前文所提到的有那么多人想要给20世纪80年代前后的后现代主义进行划分的根本原因。后现代理论在20世纪60年代作为资本主义体制的反叛者出现，到了20世纪80年代和90年代却被体制化，传来“最让人厌恶的回响”，肤浅的年青一代过于草率地抛弃了现代化方案，“不可避免地滥用后现代理论本身。”① 在大卫·格里芬、韦尔施等人看来，现在那种坏的、破坏性的、虚假的、享乐主义的后现代主义大行其道，而那种好的、建构性的、真正的、严肃的后现代主义仍需要被努力唤醒并被积极倡导。韦尔施认为“应该把后现代主义理解为一种彻底的多元性的构想并加以捍卫”，“它是一种非常积极的预示未来的幻景”，“更确切的说，后现代主义是20世纪之前的秘传的现代的公开的兑现形式……是激进的现代而不是后—现代……是20世纪现代主义的一种转换形式，它属于现代。”② 也就是说，后现代主义是对现代主义的纠偏，它并不应该放弃启蒙以来现代主义规划的那些正确的成果和目标，而应该更加致力于批判和纠正其错误之处。“迈向一个后现代世界而不是试图回归到前现代的生活方式以逃避现代性带来的焦虑的观念，意味着要吸收现代性的优点并克服它的缺点。”“如果我们把现代阶段所积累的科学知识用于后现代目的，并因而使之服务于整

---

① ［美］斯蒂芬·贝斯特、道格拉斯·科尔纳：《后现代转向》，陈刚等译，南京大学出版社2004年版，第14页。

② ［德］韦尔施：《我们的后现代的现代》，洪天富译，商务印书馆2004年版，第7、9页。

个世界的长远利益，其结果将是难以估量的。"① 从这层意义上来说，后现代主义绝不应该被终结，它的未来使命依旧任重道远。

再次，如果说后现代主义是詹姆逊所说的那种晚期资本主义的文化逻辑，那么它的现状如何呢？麦克黑尔认为，1989 年柏林墙的倒塌不仅预示着冷战时代的结束，也意味着全球后现代文化需要经历重大转向，似乎昭示着"某些事物的终结以及另一些事物的到来"，不过他又指出"1989 年并非标志着历史的终结，也不是后现代主义的结束，它所引入的是一个文化过渡阶段"，"在此期间，冷战时期的二元对立世界观被暂时搁置了，代之以多极的，甚至是无极的世界观，这种世界观既让人困惑，也有风险，同时也充满机遇，其意义和后果远远延伸出地理政治边界。"② "多元而非一元的全球化，在旧的殖民帝国主义或者以西方为中心的文化新殖民主义的中心/边缘结构之外，不同世界地区的文化相互交流文本和思想观念。"③ 与 20 世纪 80 年代相比，全球资本主义现状已经发生巨大变化，那么它的文化逻辑是否也相应发生了巨大转变呢？

事实上，自 20 世纪 80 年代末以来，资本主义又发展到一个新阶段，它非但没有像有些人预期的那样从晚期资本主义进入死亡的倒计时，反倒呈现前所未有的发达状态。尤其是在经历新千年的重大金融危机以后，虽然从表面上看，作为战后资本主义社会的基本组织原则的新自由主义有濒临破产的可能，但实际上它只是临时性地受到一些质疑和调整，美国政府出台的一些大规模经济救助计划并非意味着社会主义性质的政府干预的回头，反倒是为了进一步巩固新自由主义的主导地位。很明显，詹姆逊曾经提到的那些后现代主义作为一种文化逻辑的几个主要特征均未在当前文化消失，而是在包括美国在内的全球范围内得到进一

① ［美］大卫·格里芬：《后现代精神》，王成兵译，中央编译出版社 1997 年版，第 34、35 页。

② Brian McHale, *The Cambridge Introduction to Postmodernism*, pp. 123, 125.

③ Brian McHale, *The Cambridge Introduction to Postmodernism*, p. 124.

步强化和普及扩散。在2016年发表的一次访谈中，詹姆逊指出，“每个人都会从1980年前后发生的事件中识别出某种后现代断裂，并给它各种命名。但我依然会称它为后现代，因为它看上去确实在所有方面都标明了现代的终结，包括通信技术、工业，以及艺术形式等。我不认为后现代已经结束了。如果仅从狭义上来理解后现代主义的话，那么你可以说后现代主义已经完了，因为艺术自20世纪80年代以来的确已在很多方面发生了改变。但我认为你不能说整个历史阶段——我称之为资本主义的第三个阶段——已经终结了，除非你能够指出是什么接替了它。”[①] 霍博瑞克也认为詹姆逊对20世纪80年代的后现代主义所作的那些论断和批评范式在今天“依然和他首次提出时一样有效”[②]。不过，虽然这种文化逻辑没有终结，却已经发生了显著变化。如何描述这种变化，就成为当前所谓后—后现代主义争论的焦点了。

最后一种情况就是作为理论的后现代主义了。事实上，虽然有关理论死亡的传言甚嚣尘上，试图秋后算账的声音也不绝于耳，但在整个20世纪90年代，人们对理论的未来仍抱有乐观态度。凡是宣称理论已终结的人，都只是简单把理论等同于源自法国的、以解构主义为主的宏大理论，即所谓“大写的理论”（Theory）。正如乔纳桑·卡勒（Jonathan Culler）所说，这种大写的理论不同于任何关于某种事物或现象的具体理论，它既没有固定的研究对象——文学、服饰、饮食、语言、体育等一切人类文化和生活实践都可以被拿来研究。它也没有固定的研究方法，哲学、人类学、心理学、语言学、临床医学等皆可拿来为我所用，构成一套“对语言、身份、话语以及生命本身进行反思的、让人兴奋的整体思想”[③]。这套理论在20世纪80年代不止流行于美国，在全世界其他各地也颇受欢迎，最主要原因在于，它在政治实践陷入低谷的

---

① 参见尼克·鲍姆巴赫、戴蒙·扬、珍妮弗·余《重访后现代主义——弗雷德里克·詹姆逊访谈录》，陈后亮译，《国外理论动态》2017年第2期。

② Andrew Hoberek，“Introduction：After Postmodernism”，p. 237.

③ Jonathan Culler，“French Theory Revisited”，*Contemporary French and Francophone Studies*，18. 1（2014）：4 - 13，p. 11.

后革命时期，为人们提供了一套宏大的新思想武器，声称可用来动摇甚至摧毁旧的政治体制赖以维系其统治的文化根基。换句话说，在整个20世纪90年代，理论经历的所谓死亡只是一种幻象。理论没有死，只是变得“更加多样化、传播得更广泛、更加跨学科”。[①] 它已经几乎完全扩散并渗透到文学研究机构，成为人文学者必须掌握的基本素质。20世纪90年代的文学理论教材出版热潮就是理论兴旺的直接证明。[②] 所有这些现象都说明，至少在20世纪90年代末，理论非但没有终结，而且依旧是最受欢迎的学术热点，只不过从内涵上来说，它已经不再是由解构主义一统天下的宏大理论范式，而是分化出新历史主义、后殖民主义、身份研究、酷儿理论等多种更具体的理论流派。用王宁先生的话来说：“西方文论界进入了一个真正的多元共生的时代，这是一个没有主流的时代，一个多种话语相互竞争，并显示出某种‘杂糅共生’之特征和彼此沟通对话的时代。”[③]

通过本节分析我们可以看出，后现代主义绝非一个可以轻易挥手告别的事物。它的“开端”和“终结”一样或许都只是一种人为创造的神话。只有把后现代主义狭义地理解为曾经在1960—1982年盛行于美国的一种文化现象或美学风格，那么才可能说它已经随着时代的变迁而偃旗息鼓了。但如果说它是一些写作技巧、一种文化政治冲动、

---

① Cary Wolfe, “Theory as a Research Programme”, in Jane Elliott and Derek Attridge, eds., *Theory after “Theory”*, London: Routledge, 2011, pp. 34–48, p. 34.

② 比如彼得·巴瑞（Peter Barry）的《文学与文化理论入门》（*Beginning Theory: An Introduction to Literary and Cultural Theory*）、凯斯·格林和吉尔·乐比翰（Keith Green and Jill LeBihan）的《批评理论与实践教科书》（*Critical Theory and Practice: A Course Book*）和卡勒的《文学理论导读》（*Literary Theory: A Very Short Introduction*, 1997）等。另外在20世纪60—80年代出版的几部理论导读，比如维尔福莱德·古尔灵（Wilfred Guerin）等人编著的《文学批评方法手册》（*A Handbook of Critical Approaches to Literature*，初版于20世纪60年代）、拉曼·塞尔登（Roman Selden）的《当代文学理论导读》（*A Reader's Guide to Contemporary Literary Theory*，初版于1985年）、伊格尔顿的《文学理论导论》（*Literary Theory: An Introduction*，初版于1983年）也都在20世纪90年代纷纷推出新版，并且在内容上也都有较大篇幅的增加。

③ 王宁：《“非边缘化”和“重建中心”——后现代主义之后的西方理论与思潮》，《国外文学》1995年第3期。类似观点也可参见王宁《“后理论时代”的理论风云：走向后人文主义》，《文艺理论研究》2013年第6期。

一种文化逻辑或者话语方式，那么就很难说它已经终结，而只是换了一种存在形式。因此，正像康纳所说的“向后现代主义说再见的甜蜜的忧伤或许还得再推迟一段时间到来”①。

三　后—后现代主义的诸种理论幻象

虽然后现代主义的终结仍是一个有待质疑的命题，但自 20 世纪 90 年代以来后现代主义已然不再流行确是不容否认的事实。虽然那些花哨的艺术技巧和美学特征仍旧存在，社会文化也可辨识出诸多后现代主义的典型特征，但人们还是清楚感觉到当前已经是一个大不同于后现代主义鼎盛时期的时代。除了冷战结束、柏林墙倒塌、苏东剧变、信息技术革命、经济全球化、恐怖主义蔓延等众多社会外部事件，还有一个更加简单直接的原因有可能促成了后现代主义的衰退，那就是后现代主义已经流行了太多时间，“对后现代主义的不耐烦，以及急于摆脱它的情绪弥漫在整个 20 世纪 90 年代初期”②。当然，与之前的浪漫主义或者现实主义相比，后现代主义的流行时间并不长，但它在这短短三十年间所带来的“震惊”和“混乱”在频率和强度上肯定远超以往。当它把一切可能的实验游戏都玩遍之后，人们对它的审美疲劳也就随之而来，“今天不容置疑的是，后现代主义的一切最激进的主张都再也不那么有冒犯性；大多数听上去都成了老生常谈有点俗套……甚至连它最热情的追随者都在试着思考如何超越它。”③ 洛佩兹还指出，后现代主义的过时或许只是因为“知识和学术生活有其潮流和热情……一种让人耳目一新的潮流或学派或思想的过时通常意味着另一种新事物肯快就要诞生。”④ 那些在后现代流行期成长起来的艺术家和理论家感

---

① Steven Connor, “Introduction”, in Steven Connor ed., *The Cambridge Companion to Postmodernism*, p. 1.

② Brian McHale, *The Cambridge Introduction to Postmodernism*, p. 126.

③ José López and Garry Potter, “After Postmodernism: The New Millennium”, p. 4.

④ José López and Garry Potter, “After Postmodernism: The New Millennium”, p. 4.

受到的是巨大的影响焦虑，如果他们继续沿着后现代先辈们的路线行进，那么他们注定只能是二流的后现代主义者。因此他们需要尝试一些“新东西”。于是，如何诊断当下的文化状况，从中找出哪些可被视为后现代主义继任者或终结者的角色，便成为当前所谓后—后现代主义研究的热点问题。其中比较有代表性的当属以下几种：

（一）数字现代主义（digimodernism）

这是由英国文化理论家阿兰·科比（Alan Kirby）所提出的一套理论。科比是当前西方后—后现代主义（post-postmodernism）理论阵营中较为活跃的学术新星。他发表在《当今哲学》（*Philosophy Now*）2006 年第 5 期上文章《后现代主义的死亡及其他》（*The Death of Post-modernism and Beyond*）[①] 在理论界反响热烈，让他一举成名。他于 2009 年出版的新书《数字现代主义——新技术如何拆解后现代并重构我们的文化》（*Digimodernism*：*How New Technologies Dismantle the Post-modern and Reconfigure Our Culture*，New York：Continuum，以下简称《数字现代主义》）[②] 则进一步确立了他的学术声望。数字现代主义是科比自创的一个合成词，由“digital”（数字的）和“modernism”（现代主义）两个英文单词拼缀而成，用来形容计算机化（computerization）给整个社会文化造成的影响。正如他自己所解释的：“它指的是数字化与文化和艺术形式的交叉点。最被认可的是，这导致了一种新的文本形式。这种文本有着自己的独特性，但还有更广泛的意蕴，它使数字现代主义成为一个复杂而迥异的现象。我用这个术语来探究数字化的爆发在文本、文化以及艺术方面所产生的余波。”[③] 在《数字现代主义》一书中，科比开篇即讲到了数字技术对当前文化的巨大影响。他说：“在新技术的促生下，数字现代主义于 20 世纪 90 年代后半

① 该文已由笔者翻译并发表在《文化艺术研究》2012 年第 3 期。

② 该书的导论以及第二章的部分内容已由笔者编译发表在《国外理论动态》2011 年第 9 期。

③ 参见 Alan Kirby 发表的博克文章，http：//digimodernism. blogspot. com/2009/08/another-interview-i-gave-long-but-good. html［2011－03－25］。

期最早出现。从那之后，它已经决定性地取代了后现代主义，成为21世纪的新文化范式。它的出现和重要意义要归功于文本的电脑化（computerization of text），后者导致了一种新形式的文本性……”① 数字现代主义的内涵主要包括如下几个方面：“它是电脑化对文化形式的影响；它是由这一进程引发的一系列美学特征，并正从它们的新语境中获得独特风格；它是一次文化转变，一场通信革命，或一种社会组织。然而形容数字现代主义的最直接方式是：它是一种新形式的文本性。”② 科比认为，数字现代主义的出现和重要意义要归功于文本的电脑化所导致的一种新形式的文本性，后者可见于从电视真人秀到好莱坞三维数字动画电影再到网络Web 2.0模式等诸多当代文化产品中。数字现代文化用一本正经的主体态度凸显未经任何加工的显在真实，用无休止的叙事来讲述空洞乏味的故事，并导致整体上反启蒙的文化幼稚化取向。③

（二）元现代主义（metamodernism）④

元现代主义是由两位来自荷兰的青年学者提出来的，他们分别是提莫休斯·佛牟伦（Timotheus Vermeulen）和罗宾·凡·登·埃克（Robin van den Akker）。前者于英国雷丁大学获得影视艺术学博士学位，现在是荷兰内梅亨大学（Radboud University）文化研究系副教授；后者于荷兰鹿特丹大学获得哲学博士学位，现任教于鹿特丹伊拉斯姆斯大学（Erasmus Universitiet Rotterdam），同时兼任TNO信息与通信技术中心研究员。二者近年来一直合作致力于研究21世纪的西方社会文化走势。他们发表在瑞典期刊《美学与文化》（*Journal of Aesthetics & Culture*）

① 阿兰·科比：《数字现代主义导论》，陈后亮译，《国外理论动态》2011年第9期。

② 阿兰·科比：《数字现代主义导论》，陈后亮译，《国外理论动态》2011年第9期。

③ 有关阿兰·科比的数字现代主义的更多讨论，可参阅拙文《数字技术的兴起与后现代主义的终结——阿兰·科比的数字现代主义理论评述》，《北方论丛》2012年第3期。

④ 如果依据英文前缀字面意义，把metamodernism翻译成“元现代”主义较为恰当。但如果从其内涵来看，翻译成“中现代主义”更合适。所以笔者之前曾兼用过这两种译名，本文则将这两种译名统一为“元现代主义”。

2010年第2期上的文章《元现代主义札记》（*Notes on Metamodernism*）[①]一文引发了国外学者的广泛关注。此外，他们两人所主持的元现代主义专题网站（http：www. metamodernism. com）吸引了一大批对相关理论热点感兴趣的研究者参与讨论，成为当下后—后现代主义（post-postmodernism）研究领域颇受关注的学术论坛之一。佛牟伦和埃克所使用的前缀“meta -”是指古希腊语中的“metaxis（μεταξύ）”一词。柏拉图曾经用这个词语表示人类生存的一种结构性特点，即，我们总是被悬搁在不同的极端组成的网中间，比如一与多、善与恶、爱与恨、自由与宿命、灵魂与肉体之间，等等。“metaxis”也就是“在……之间的状态（in-betweenness）”的意思。佛牟伦和埃克注意到，近些年来艺术家们正在日渐抛弃后现代主义的美学法则，比如解构、拼贴和语言游戏等，转而对那些兼顾美学和伦理学考虑的艺术观念产生了兴趣，比如重构、神话，以及柏拉图所说的那种人生悬搁状态等。在他们看来，这些新趋势再也不能用后现代主义的范式来理解了，它们暗示了某种新的情感结构（structure of feeling），其中既有希望和真诚，却又不再对未来或终极价值抱有任何天真信念。他们认为：“［它］的特点是在典型的现代主义的担当精神和后现代主义的超脱精神之间摇摆不定。我们称这种感觉结构为‘元现代主义’。”[②] 基于对当前艺术发展的密切观察，两位论者认为兼顾美学和伦理学考虑的元现代主义正成为文化主导范式。他们认为，元现代主义却既没有像现代主义那样在认识论上的偏执，也没有像后现代主义那样在本体论上的虚无，而是在两者之间找取了一个中间位置，摇摆在现代和后现代之间。这种摇摆并非犹豫不决，而是在两极之间的一种动态协调。佛牟伦和埃克指出：“如果现代主义的世界观可以被简单理解为一种理想主义，而理想又可被表现为狂热和/或者幼稚，并且后现代主义的心态又可被理解为

---

① 该文已由笔者翻译并发表于《国外理论动态》2012年第11期。

② T. 佛牟伦、R. 埃克：《元现代主义札记》，陈后亮译，《国外理论动态》2012年第11期。

漠然和/或者怀疑的话，那么当前一代人的态度——因为它在相当程度上也是固定在一代人身上的态度——就可以被理解为一种练达的幼稚（informed naivety）、一种实用主义的理想主义（pragmatic idealism）。”①

（三）表演主义（performatism）

这是由德裔美国人罗尔·埃舍尔曼（Raoul Eshelman）提出的一套后一后现代主义理论假说。埃舍尔曼于1988年在德国康斯坦兹大学（Konstanz University）获得斯拉夫语言文学博士学位，现任教于慕尼黑路德维格·麦克西米连大学（Ludwig Maximilian University）比较文学系。他主要致力于研究后现代思潮之后的西方艺术界所产生的各种新趋势和新问题。《表演主义，或后现代主义的终结》（*Performatism, or the End of Postmodernism*）是其代表作，被誉为“为后现代主义之后的文化理论提供一套系统理论的第一本书”②。埃舍尔曼注意到，尽管现在仍有不少人对那些宏大的后现代理论陶醉不已，但只要我们稍加留意便不难发现，后现代理论已经与当下的文化实践严重脱节了。例如在加拿大作家扬·马特尔（Yann Martel）的小说《少年Pi的奇幻漂流》（Life of Pi）或由阿兰·鲍（Alan Ball）编剧的好莱坞电影《美国丽人》（American Beauty）这些当代艺术作品中，尽管我们依旧可以发现许多后现代主义遗留下的痕迹，比如反讽、戏仿和拼贴等技法的盛行，但我们不得不承认：“那里有太多的叙事策略和主题无法解释，有太多与我们预期中的后现代范式相偏离的艺术手法。”③ 埃舍尔曼用表演主义来称谓他所观察到的这种新趋势。根据他的解释，“表演主义可以被简单界定为一个新时代。在这个时代里，一种统一的符号观念（a unified concept of sign）和封闭策略（strategies of closure）已开始与那种典

---

① T. 佛牟伦、R. 埃克：《元现代主义札记》，陈后亮译，《国外理论动态》2012年第11期。更多有关元现代主义的理论探讨，可参见拙文《中现代主义：摇摆在现代与后现代之间——后现代主义之后的西方文艺理论动向之一》，《浙江师范大学学报》2011年第6期。

② Linda Hutcheon, *The Politics of Postmodernism*, p. 181.

③ Raoul Eshelman, *Performatism, or the End of Post-modernism*, Aurora: Davies Group, 2008, p. x.

型的后现代主义式的分裂符号观念（the split concept of sign）和越界策略（strategies of boundary transgression）直接对抗并取而代之。”① 这一定义透漏出埃舍尔曼的理论肇始点，即用所谓的一元符号论（monist sign）取代后结构主义的二元符号论（dualist sign）。按照埃舍尔曼的理解，后结构主义认定符号总是晚于事物发生并被附加于事物之上，它是约定俗成的结果，但人们要想理解事物又只能通过符号。因此，符号——更确切地说，是“漂浮的能指”——是获取知识的出发点而非事物本身。这种后结构主义的符号—事物观被埃舍尔曼称为二元符号论，它构成后现代主义的理论基石，并最终被放大成虚无主义的世界观和艺术风格——“文本之外，无物存在”（il n'y a pas de hors texte）。② 艺术品成了语言游戏的迷宫。埃舍尔曼认为，要想真正走出后现代主义的困境，就必须通过一种完全不受后现代主义的解构、扩散和增殖模式影响的新文化机制。“这种机制已经在过去几年间的文化事件中让我们感受到其不断增强的力量，为了最好地理解它，我们可以称之为‘表演主义’。”③ 埃舍尔曼还总结出表演主义的四种美学特征，分别是：首先，表演主义艺术普遍会建构一种特殊的框架，埃舍尔曼称之为“双重框架”（double frame），它包括外层框架（outer frame）和内层框架（inner frame）两层。前者即是作品的边界，它将读者/观众与外部世界的关联切断，使其将注意力集中于作品世界中。后者则是指艺术世界中的一个元初场景，也是这个世界中的元初符号，是其他一切符号行为产生意义的基础。其次，以一元符号论为美学基础，即，不再把符号当成无所依托的漂浮的能指，而是强调将事物整合进符号观念之中，更强调美、统一和封闭性等审美效果。语言符号在这里是

---

① Raoul Eshelman, *Performatism, or the End of Post-modernism*, Aurora: Davies Group, 2008, p. 1.

② Jacques Derrida, *Margins of Philosophy*, trans. Alan Bass, Chicago: The U of Chicago P, 1982, p. 158.

③ Raoul Eshelman, “Performatism, or the End of Postmodernism”, 2011 - 05 - 20. *Anthropoetics*, 6. 2 (2001) . http://www. anthropoetics. ucla. edu.

为主体所用的强有力的工具，而非某种超主体的不受控制的结构。能指的漂移和增殖已被言之有物、言有所为的话语行为替代。表演主义的第三个美学特征表现为对新型主体性的建构。对于其存在的周边环境而言，表演主义的主体往往由于具有更高密度的某种“质”而显得含混（opaque），他也因此总是与环境处于某种张力关系之中。表演主义的最后一个明显特征是在情节的时空安排上。不同于后现代主义，在表演主义作品中又重新出现了可辨别的时空顺序。人物主体被赋予了一定的自主权，可以为了自己的意图架构自己的时空。他们的行为不再是被充满偶然而又完全失控的符号世界所控制。[①]

（四）新现实主义（neo-realism）

如果说前面几种观点着眼的是后现代主义之后的“新事物”，新现实主义强调的却是旧事物的再度崛起。罗伯特·莱伯恩（Robert Rebern）在《后现代主义之后的美国小说》一书中指出，现实主义并未被20世纪60年代以来的后现代主义所取代或超越，它依旧是大部分通俗小说的驱动性力量。大部分后现代主义小说一直倾向于对学术界更有吸引力，而不是普通读者，但过去20年的时间却见证了“现实主义的复苏”，“这是20世纪末以来美国文学最显著的发展变化”[②]。当然并非完全回归严格意义上的现实主义小说传统，而是被后现代主义有关语言及其模仿说的局限性的自我意识所启发了的一种新型的现实主义，雷蒙德·卡佛（Raymond Carver）的极简现实主义小说堪称其代表。作者认为，后现代主义文学在美国并没有文学史上所说的那样重要，它实际上只是一场次要运动。20世纪80年代至90年代的美国小说一方面吸收了学术理论家所理解的那种后现代主义的某些要素，但更应被描述为向现实主义的回归。这种新现实主义与其说是倒退，不如说是现实主义传统的新突破。当

① 更多有关表演主义的讨论，可参阅拙文《埃舍尔曼表演主义理论评介——后现代主义之后的西方文艺理论动向之二》，《青海师范大学学报》2012年第1期。

② Robert Rebern, *Hicks, Tribes and Dirty Realists: American Fiction After Postmodernism*, Lexington: UP of Kentucky, 2001, p. 7.

下现实主义与传统现实主义的最大不同就在于，“以前的现实主义作家认为自己在检视一个特定的阶级或类型或状况，而当前的现实主义者往往都是少数族裔、女性、穷人或处于困境的白人男性，他们搁在以往更通常是现实主义小说中的人物角色，现在却都成了作者。”[①] 麦克卡夫里也指出，现实主义小说自 20 世纪 80 年代以来有逐渐回归的趋势，后现代主义则在逐渐消退，“这并非说实验主义已完全枯竭，但当今作家们明显不再像十几年前那样对创新感兴趣，尤其是那种在自反性、非指涉性作品创作的取向上。”[②] 一方面，在约翰·加德纳（John Gardner）和杰拉德·格拉夫（Gerald Graff）等保守批评家的持续抨击下，支撑了后现代主义好多年的那种实验性创作热情终于开始让步，另一方面年轻作家们也玩腻了那些实验技巧，需要尝试一些新东西，“重新界定现实主义”[③]。于是在 1975 年以来的一批代表性作家中，比如郎·汉森（Ron Hansen）、伊恩·麦克尤恩（Ian McEwan）、托尼·莫里森（Toni Morrison）和雷蒙德·卡佛等人，“我们在他们的作品中发现一种与早期的后现代主义作家非常不同的审美感觉”，麦克卡夫里称之为“实验现实主义”（experimental realism），即“这种小说从根本上来说是现实主义的，但在结构和语言上又发展出一些创新策略，运用不常见的材料等”[④]。“过去十年间，绝大部分重要的小说作品都既非那种明显的、浮夸方式的实验，也并非传统现实主义意义上的再现艺术。”[⑤] 比如莫里森的《所罗门之歌》，虽然看上去非常传统，但也巧妙地融入了很多后现代技巧。

除了上述四种假说，还有吉尔·利波维茨基（Gilles Lipovetsky）的超现代主义（hypermodernism）、罗伯特·塞缪斯（Robert Samuels）

---

① Timothy Adams, “Review: *Hicks, Tribes and Dirty Realists: American Fiction After Postmodernism*”, *South Atlantic Review*, 67.4 (2002): 124 – 127, p. 124.

② Larry McCaffery, *Postmodern Fiction: A Bio – Bibliographical Guide*, p. xxvi.

③ Larry McCaffery, *Postmodern Fiction: A Bio – Bibliographical Guide*, p. xxvi.

④ Larry McCaffery, *Postmodern Fiction: A Bio – Bibliographical Guide*, p. xxvii.

⑤ Larry McCaffery, *Postmodern Fiction: A Bio – Bibliographical Guide*, p. xxvii.

的自动现代主义（automodernism）、尼古拉斯·伯瑞奥德（Nicholas Bourriaud）的别现代主义（altermodernism）、彼得·奥斯鲍恩（Peter Osborne）的后观念主义（post-conceptuallism）① 等，它们都属于当前所谓后—后现代主义理论阵营。但限于篇幅，本文不再一一详述。

总体来看，虽然这些形形色色的后—后现代主义理论术语听上去感觉新颖，却还是带有太多主观痕迹。我们不要忘记，无论是浪漫主义、现实主义还是现代主义或者后现代主义，它们都不是由某一个人提出的术语，而是在事先有大量艺术和文化实践之后，批评家们以回溯性的目光去重新概括命名而得出的。即便我们相信后现代主义果真已经终结，我们正处在后现代主义之后的一个历史阶段的话，那么如此近距离地观察我们所处时代的事物未必能够得出让人信得过的结论。恐怕这也正是这些新的术语自从出现之后的十几年内仍未被广泛传开的原因。而且在经历后现代主义之后，恐怕大部分人早已经对任何可能的“主义”失去了兴趣。人们更期待的可能是那些朴实无华的主张建议，而不是华而不实的宏大理论建构，所以正像麦克黑尔所说的那样，当前所有关于后—后现代主义的新词汇、新概念“毫无疑问都不成熟”②，而且一切号称对后现代主义实现了新的超越和突破的说法也都“不成熟”③。霍博瑞克在对近二十年的美国小说创作进行考察后也指出，“任何想要区分出后—后现代主义趋势的努力都必须从虚构性写作形式中举出一些方面的例子，它们既需要在当代写作中足够普及，又在某些方面背离了后现代主义常规。”④ 他认为，我们从很多方面能够看到后现代主义的延伸影响，比如高雅文学与通俗文学之间的界限进一步弥合。但与之前不同的是，约翰·巴斯和托马斯·品钦等经典后现代作家在挪用通俗文学类型时仍是一种“短暂且自觉清醒的挪

① 笔者曾与他人合作翻译了奥斯鲍恩的《后观念状况，或当今发达资本主义的文化逻辑》一文，参见《国外理论动态》2015 年第 4 期。

② Brian McHale, *The Cambridge Introduction to Postmodernism*, p. 176.

③ Brian McHale, *The Cambridge Introduction to Postmodernism*, p. 177.

④ Andrew Hoberek, “Introduction: After Postmodernism”, p. 238.

用”，当前作家们却干脆“赋予通俗类型以文学地位”，而不是像品钦那样“把通俗文学类型要素纳入一个非现实主义的、破碎的、元话语叙述”[①]。当前的美国小说与之前的后现代主义之间绝不是“彻底断裂”，只有用回看的眼光才会觉得文化巨变表现为显著的范式转换，但实际上其最初都是以逐渐的、不平衡的、递增的过程发生。“如果说美国小说已经进入一个尚未被分类的与第二次世界大战之后那段时期相似的多元时期，那么恰当的反应既非肯定后现代主义的依然相关性，也非断然宣称一个潜在的继任者的到来，而应该对文学形式以及塑造它的历史状况做具体分析。”[②]“如果说当代小说真的是后—后现代主义，也并非证明已经发生某种单一的、显著地、明显可观的文化转变……而是源自一系列不平衡的、试探性的、本地化的转变。它有时还返回到前现代时期，并且回看过去可被理解为对一种新秩序的模仿。而且作为一个必然结果，这些转变不能完全从美学或历史角度理解，而只能从具体美学风格与历史现象的交叉中来理解。”[③]

在很多人看来，当前更恰当的做法不是急于宣告新事物的诞生，而是认真检视后现代主义在当今的新变化。与20世纪80年代相比，20世纪90年代以来最显著的世界变化就是经济、政治、环境以及恐怖主义等问题的全球化。当然，人类社会自古以来就不是被切割成若干独立的小块，而是始终存在相互联系和影响。随着启蒙运动、现代工业革命以及两次世界大战的发生等，全球化趋势不断深化，只是冷战的来临使得全球被割裂为相互对抗的几个阵营，经济和文化的全球化放缓了脚步。美国长期作为西方世界的文化领头羊，人们看到更多的是它对西方其他国家的文化引领，而非它从别的文化受到影响。就在琳达·哈钦1987年的《后现代主义诗学》初版时，她还认为“（后现代主义）描述的亦并不真正是一个国际文化现象，因为它主要出现

① Andrew Hoberek, “Introduction: After Postmodernism”, p. 238.

② Andrew Hoberek, “Introduction: After Postmodernism”, p. 240.

③ Andrew Hoberek, “Introduction: After Postmodernism”, p. 241.

在欧洲和美洲”[①]。哈奇格·托络岩（Khachig Tölölyan）在1990年时也认为“后现代主义主要被视为针对乔伊斯、普鲁斯特、卡夫卡、柯布西耶……的现代主义的一种美国式反应”[②]，“在欧洲文学评论界，尤其在东西德、奥地利和波兰等地，后现代主义直到最近才被主要视为一种实验文学形式，并与欧洲先锋派的概念相互重合”[③]。甚至直到2001年，艾利克森还说：“所谓的后现代主义其实时常是相当欧美化、男性化、英国化、中产化、因此也是伪现代的……”[④]

不过，自从冷战结束后，文化隔绝对抗的局面被打破，尤其是随着跨国资本主义、信息技术以及世界贸易组织等新事物的来临，人类社会迎来前所未有的、真正意义上的全球化时代。不只是经济意义上的全球化，也包括文化、政治和气候上的全球化，人们越来越认识到全球人类命运是紧密联系在一起。如果说冷战结束之后的一段时间内，全球化几乎就是西方化、美国化的代名词，那么随着21世纪的来临，打破美国和西方的文化垄断、迈向真正意义上的全球化趋势越来越明显。后现代主义也随着这股潮流，逾越美国边界在全球蔓延传播，成为真正全球意义上的文化现象。其实，后现代主义倡导的解构精神，打破二元对立，倡导差异，拒绝中心与边缘的二元对立，这本身就与全球化精神是契合的，“后现代转向实质上与全球化以及跨国资本的兴衰关系密切。”[⑤] 所以冷战对立秩序的打破极大推动了后现代主义的发展。

麦克黑尔曾分析了导致后现代主义全球化的几种可能原因，一是

---

① 哈钦：《后现代主义诗学》，第4页。

② Khachig Tölölyan, “The Second Time as Farce: Postmodernism without Consequences”, *American Literary History*, 2.4 (1990): 756-771, p. 758.

③ Khachig Tölölyan, “The Second Time as Farce: Postmodernism without Consequences”, p. 758.

④ ［美］米勒德·J. 艾利克森：《后现代主义的承诺与危险》，叶丽贤、苏欲晓译，北京大学出版社2006年版，第412页。

⑤ ［美］斯蒂芬·贝斯特、道格拉斯·科尔纳：《后现代转向》，陈刚等译，南京大学出版社2004年版，第15页。

经济全球化；二是文化的播散；三是当今世界或许已经达到一种不完全受经济和政治影响的全球美学[1]。无论何种原因所致，文化和经济的全球化已经成为不可忽略的事实。尤其是互联网技术的高度发达使得文化产品得以在全球范围内快速传播，而且不只是像以前那样从欧美文化高地向第三世界溢出，也使得那些所谓的弱势文化能够容易地向欧美传播，正像莫拉鲁所说的，当今历史阶段“无论在方法还是语汇上都再也不只是围绕西方地理政治中心”[2]，全球意识已经成为所有艺术家必须具备的基本意识。亚当斯在 2007 年发表的《美国的终结，后现代主义的终结》一文中就讨论了这种全球意识给美国当代作家带来的巨大影响。他注意到一个所谓“美国文学的全球主义”[3] 的新篇章已经翻开，新一批的年轻作家都在反叛鼎盛期后现代主义在风格和观念上的前提，并回应于不断强化的全球化进程，包括前所未有的世界市场、技术和政府体制的融合、让人诧异的文化融合的创新形式，以及涉及种族、阶级、性别的政治冲突和恐怖主义等。他以经典后现代作家托马斯·品钦的《第四十九号拍卖》（*The Crying of Lot 49*）和当代日裔美国作家山下凯伦（Karen Tei Yamashita）的《橘子回归线》（*Tropic of Orange*）为例，认为两人的区别突出表现在他们各自小说中对洛杉矶的书写，进而比较分析了两位作家对全球化的不同感知。他认为，山下凯伦保持了对后现代主义情节和叙事建构上的复杂度，但不是为了把读者陷入后现代迷宫，而是为了唤起全球化时代人与物之间密切的网状交织感，因为作者清醒意识到美国正在被全球化改变，觉察到了“通过日益深化的经济、文化和人际关系上的互渗而联结为一体的星球”[4]。“如果说后现代主义是被一种恐慌感所主导，它暗示了这些联系或许出自个体的主观臆想，那么全球化时代的文学则表达了一种

---

① Brian McHale, “Afterword: Reconstructing Postmodernism”, *Narrative*, 21. 3 (2013): 357 - 364.

② Christian Moraru, “Introduction to Focus: Thirteen Ways of Passing Postmodernism”, p. 4.

③ Rachel Adams, “The Ends of America, the Ends of Postmodernism”, p. 250.

④ Rachel Adams, “The Ends of America, the Ends of Postmodernism”, p. 268.

共享的群体感知。在这里，处于世界一隅的人们必然被另一地方的事件所影响，不管是好是坏。”后现代主义对去全球地理的感知充满了“冷战分裂和焦虑”，当前的文学则不然，“它从全球文学传统的档案库中搜寻创新形式和策略”。虽然之前的现代主义和后现代主义也都曾经这么做过，但当下文学最大的不同在于“它把这种借鉴置于不同框架内，即由全球化导致的人与文化之间的接触。”① 不过，全球化所带来的后现代主义在全球范围内的蔓延分布，在安德森看来并不一定是积极的，因为“作为一种文化要素，后现代主义出现在平均消费水平非常高、空前富裕的资本主义社会”②，而“曾经属于第三世界的许多地区缺乏彻底的资本主义现代化。在基本上不具备或只是在局部地区存在现代性的最低条件的情况下，后现代性还能有何意义可言?”③ 在这种状况下，恐怕我们就需要认真思考大卫·格里芬的命题了，即如何更好地发挥那些建设性的后现代主义，避免破坏性的后现代主义，在继续完成现代化目标的同时，倾听积极后现代主义的建议，又不陷入后现代虚无主义的游戏。

结 语

科尔纳和贝斯特曾说：“虽然最初的后现代理论家属于20世纪60年代那一代，但该话语在80年代以前并没有真正兴盛并成为一种支配性的知识和文化权力。”④ 当我们由于对那些过于花哨的后现代艺术风格感到腻烦而迫不及待地加入为后现代主义送葬的队伍之中时，还必须认真思考意欲埋葬的究竟是哪种后现代，或许被送走的不过是后现代主义的一种面相，它还有其他好多副保存完好的面相，能够让它顽

---

① Rachel Adams, “The Ends of America, the Ends of Postmodernism”, p. 268.

② 安德森:《后现代性的起源》，中国社会科学出版社2008年版，第128页。

③ 德森:《后现代性的起源》，中国社会科学出版社2008年版，第127页。

④ [美] 斯蒂芬·贝斯特、道格拉斯·科尔纳:《后现代转向》，陈刚等译，南京大学出版社2004年版，第12页。

强地隐藏并活在当下语境。无论人们多么一厢情愿地宣布后现代主义的终结以及后—后现代主义的来临，都不可能真正把它彻底送入历史的废品库。只需要仔细环顾当今世界，并把视野放得足够开阔便不难发现，那些典型的后现代技巧和美学风格并未消失，后现代艺术的那种文化政治冲动也仍在一定范围内继续存在。因此，这些意义上的后现代主义都并未终结。真正终结的是那种在一段时间内（1960—1980）万众瞩目的、在创作和批评领域达到现象级的、作为一场文化运动的后现代主义，已然终结的是人们谈论后现代主义的热情以及艺术家们自我标榜的热情。运动结束了，但运动员和观众们都还在。所以，莫拉鲁才会警告我们，当我们宣告后现代主义的终结时，“我们所谈论的是一场并不彻底的离别，总是随时会有一些让人毫无准备的回访。后现代主义仍旧没死，却已行将就木，就像人们所说的僵尸一样。”① 虽然有那么多人热情的以时代先知的语气诊断各种后—后现代主义的到来，但我们几乎可以肯定地说，即便后现代主义真的彻底终结了，今后也几乎不可能再会产生任何一种具有主导意义的文化范式或美学风格。互联网、智能手机等信息技术的高度发达使得人们可以轻松拥有海量的文化产品可供选择和消费，这样的文化消费状况几乎不可能允许有一种主导性的风格长期占据人们的兴趣中心。21 世纪的文化具有了前所未有的民粹化和去中心化特征，这又何尝不是后现代主义最终大获全胜的一个结果？

---

① Christian Moraru, “Introduction to Focus: Thirteen Ways of Passing Postmodernism”, p. 3.

第十五章　杰弗里·尼伦的后—后现代主义理论评述

——兼及对詹姆逊后现代主义研究的回顾

一　后现代主义与晚期资本主义

众所周知，“经济基础决定上层建筑”是马克思主义的一条基本原理。虽然在被用于分析很多具体的社会文化现象的时候，这一原理常常因为其机械教条的一面而遭受诟病，但总体而言，它还是被大多数有马克思主义背景的理论家和文化研究者坚持下来，只是经过了一些不同程度的修正。其中最经典的例子莫过于詹姆逊在《后现代主义，或晚期资本主义的文化逻辑》（以下简称《后现代主义》）一文中为人们所展示的。詹姆逊的最主要贡献之一就在于“建议人们不再把后现代主义当作文艺或文化的风格来看待”①，而是把它视为在资本主义社会发展到特定阶段——即后工业社会、后福特主义、跨国资本主义、消费社会或信息时代等——之后，它在文化上出现的“主导形式”，或者说“文化逻辑”。虽然后现代主义在建筑、文学、音乐或电影等文化领域的表现五花八门，但归根结底它们都受资本主义社会自

---

① Frederic Jameson, *Postmodernism, Or the Cultural Logic of Late Capitalism*, Durham, NC: Duke UP, 1991, p. 4.

身发展变化的制约。我们在文化和艺术方面的思维方式都间接受到那个隐而不显的文化逻辑的影响。推而广之，不只是后现代主义，包括现实主义和现代主义在内，它们都不仅是一种艺术或美学风格，而是都与它们所处的特定历史阶段紧密相关，都应该被“看成是某一阶段的文化风格，代表某一阶段的文化逻辑”①。

在经济学家曼德尔的影响下，詹姆逊也把资本主义划分为三个发展阶段，它们刚好与文化上的现实主义、现代主义和后现代主义相对应。他说：“如果说现实主义的形势是某市场资本主义的形势，而现代主义的形势是一种超越了民族市场的界限，扩展了的世界资本主义或者说帝国主义的形势的话，那么，后现代主义的形势就必须被看作一种完全不同于老的帝国主义的、跨国资本主义的或者说失去了中心的世界资本主义的形势。”② 也就是说，资本主义在经济上每发展到一个新阶段，它在文化上也就会相应形成一种主导形式。它在经济上的演化逻辑是从崇尚自由竞争的市场资本主义（大约为19世纪末以前）到追求垄断的帝国主义（或福特主义，大约从20世纪初到五六十年代）再到跨国资本主义（或后福特主义，大约从20世纪70年代以后），而在文化上则表现为从现实主义（以巴尔扎克、司汤达和狄更斯等人为代表）到现代主义（以毕加索、乔伊斯、普鲁斯特等为代表）再到后现代主义（以安迪·沃霍尔、约翰·巴斯等为代表）。需要指出的是，詹姆逊并没有陷入庸俗的经济决定论，而是在借鉴阿多诺、卢卡奇和本雅明等新马克思主义理论家的基础上，以一种更加辩证、复杂的模式来看待经济和文化之间的关系。他并不关注文化产品如何在内容上表达来自经济的影响，比如它们对现存经济制度或统治秩序的合法化等，而是更关注它们的表达形式或美学风格。在他看来，

---

① ［美］弗雷德里克·詹姆逊：《后现代主义与文化理论》，唐小兵译，北京大学出版社1997年版，第157页。

② 弗雷德里克·詹明信：《现实主义、现代主义与后现代主义》，载［美］詹明信《晚期资本主义的文化逻辑：詹明信批评理论文选》，张旭东编，陈清侨等译，生活·读书·新知三联书店1997年版，第286页。

每一个阶段的生产方式都会产生不同的社会矛盾或难以解决的问题，它们都会深刻影响生活在其中的人们对世界和自我的经验，形成不同的心理结构，并以无意识的方式表现在文化或艺术生产上，而后者不过是试图解决那些矛盾而想象出来的乌托邦方案。

作为后现代主义理论阵营中最具影响的权威文本之一，詹姆逊的《后现代主义》一文最初发表于1984年。也就是说，詹姆逊的视野仅止于20世纪80年代初期。随着时间的推移，人们想知道的是，在此之后的资本主义又发展到什么阶段？它在文化上所对应的“主导形式”或“文化逻辑”又是什么？显而易见的是，无论是在政治、经济还是科技方面，自20世纪80年代后期以来的资本主义都经历了前所未有的剧烈动荡，比如冷战的结束、网络时代的来临、全球化浪潮的兴起、金融风险加剧等。与之相呼应的则是文化上的巨变，新的文化现象层出不穷。面对这样的状况，理论家们很能否像詹姆逊那样用一种总体化的宏大叙事来把这个时代“理论化”，并找出隐藏于背后的“文化逻辑”？“理论的终结”是一种必然趋势，还是夸大其词的噱头？如果它是真的，那么对栖居于大学里的人文学科教授来说实在是个坏消息，因为“理论的终极”所带来的最直接后果便是“理论家的终结”。恐怕习惯了激扬文字、指点江山的批评理论家们很快就要被扫地出门、另谋生路了。

为了反击这种命运，理论家们在近30年来也做出了巨大努力，他们沿着詹姆逊的方向，尝试从各个角度来对这个新时代进行“理论化”，出现了一些较有代表性的成果，比如司各特·麦克克莱肯（Scott McCracken）的《赛博小说，后人类主义的文化逻辑》（“Cyborg Fictions: The Cultural Logic of Posthumanism”，1997），齐泽克（Slavoj Zizek）的《多元文化主义，或跨国资本主义的文化逻辑?》（“Multiculturalism or the Cultural Logic of Multinational Capitalism?” 1997），马万·克莱迪（Marwan M. Kraidy）的《杂合，或全球化的文化逻辑》（“Hybridity, or the Cultural Logic of Globalization”，2005），以及彼得·奥斯鲍恩（Peter Osborne）的

《后观念状态，或当今发达资本主义的文化逻辑》（“The Postconceptual Condition，Or，the Cultural Logic of High Capitalism Today”，2014）等。上述成果都是发表在期刊上的文章，因篇幅较小，涉及的内容自然不多。相比之下，美国宾州州立大学英文系的文学教授杰弗里·尼伦（Jeffrey Nealon）于2012年出版的专著《后—后现代主义，或准时制生产资本主义的文化逻辑》（*Post-Postmodernism*，*or*，*The Cultural Logic of Just-in-Time Capitalism*，以下简称《后—后现代主义》）算得上是目前在诊断当今资本主义社会的文化逻辑方面最突出的成果了。下面本文就聚焦于这部著作，我们先简单介绍一下它主要内容，进而讨论它的不足之处。

二　后—后现代主义与当今资本主义的新阶段

仅从《后—后现代主义》一书的标题上就可猜出，该书的作者很可能是詹姆逊式的文化研究的忠实追随者。事实的确如此，尼伦采用这个书名就是为了表达向詹姆逊致敬的姿态。在该书“前言”部分，他清楚地表明了自己的意图：“本书在理论和方法上主要从詹姆逊那里寻求借鉴。简言之，本书既想强化詹姆逊把后现代主义理解为一种现象（或由资本主义内部的突变产生的关系域）的做法，同时它还试图重新采用所谓詹姆逊式批判的风格。”[①]（p. xi）和很多人一样，尼伦也感受到自20世纪80年代末以来，资本主义又发展到一个新阶段，它非但没有像有些人预期的那样从晚期资本主义进入死亡的倒计时，反倒呈现前所未有的发达状态。尤其是在经历新千年的重大金融危机以后，虽然从表面上看，作为战后资本主义社会的基本组织原则的新自由主义有濒临破产的可能，但实际上它只是临时性的受到一些质疑

① Jeffrey Nealon，*Post-Postmodernism*，*or*，*The Cultural Logic of Just-in-Time Capitalism*，Stanford：Stanford UP，2012，p. xi. 本章以下引文皆出自同一部著作，页码将在文中直接注明，不再另外加注。

和调整，美国政府出台的一些大规模经济救助计划并非意味着社会主义性质的政府干预的回头，反倒是为了进一步巩固新自由主义的主导地位。在20世纪80年代的美国，市场经济就已经全面渗透到社会经济和文化生活的各个方面，“一切由市场说了算”成了包括文化艺术在内的各个社会部门的指导原则。尽管2008年的金融危机重挫了人们对自由市场的信心，但20世纪80年代的新自由主义经济真理并未被放弃。不管是所谓的保守派还是自由主义者，仍旧都把市场看作保障自由、公正以及平等的基准线。

对于这个资本主义的新阶段，有人称为“发达资本主义”①，而尼伦则为之起了一个颇为怪异的名字——“准时制生产资本主义”（just-in-time capitalism）。所谓“准时制生产”，原本是指20世纪50年代由丰田汽车公司等日本企业率先推行的一套生产运营模式。不同于强调大规模生产标准化产品的福特模式，准时制生产强调的是最大限度的消除在生产和运营环节一切不必要的浪费，以追求最大的生产效率和利润，这也就意味着精减雇员和企业瘦身等后果。这种新的生产模式为丰田公司带来可观的利润增长，并迅速被推广到美国乃至全世界，成为全球化时代最主要的生产和管理模式。在尼伦看来，这也就是当今发达资本主义的经济状况。它其实并非对此前的生产组织方式的彻底放弃，相反却是一种强化升级，其目的都是最大可能的获取利润。

詹姆逊把文化上的后现代主义对应于经济上的晚期资本主义。沿着这一逻辑，尼伦则把准时制生产资本主义时代的文化逻辑称为“后—后现代主义”。正如准时制生产资本主义是对晚期资本主义的强化一样，后—后现代主义也是对后现代主义的强化。他说：

> 后—后现代主义并非彻底战胜了后现代主义。相反，它标志

① Peter Osborne, “The Postconceptual Condition, Or, the Cultural Logic of High Capitalism Today”, *Radical Philosophy*, 184.2 (2014): 19-27, p.19.

> 着在后现代主义内部发生的强化和突变（当然，后现代主义本身也是现代主义的某些内部倾向的历史性变异和强化）。“后—”这个前缀并非标志着后现代主义已经在理论的商场里过了保质期，而是标志着后现代主义已然发生突变，超过了某个临界点，在外形和机制上已经变成不一样的事物了。但不管怎样，它与它之前曾经所是的样子并不存在绝对差异。（ix）

资本主义在经济和文化上都发生了变化，然而批评家们却仍未找到新的方案来回应它。有的人仍旧习惯于用旧的——不管曾经多么激进的——先锋话语来分析它，比如德里达在20世纪80年代以后的著作中所表现的。还有的人则试图建构新的理论，比如罗尔·埃舍尔曼（Raoul Eshelman）的表演主义（performatism），提莫休斯·佛牟伦（Timotheus Vermeulen）和罗宾·凡·登·埃克（Robin van den Akker）的元现代主义（metamodernism），阿兰·科比（Alan Kirby）的数字现代主义（digimodernism），罗伯特·塞缪斯（Robert Samuels）的“自动现代主义”（automodernism），等等。但无论其中的哪一种理论，都似乎差强人意，均无法找回“理论”在其辉煌时代曾有的那种犀利姿态。以至于有关“理论的终结”的话题屡屡被人们提起。尼伦认为，既然今天的资本主义是对此前阶段的强化，那么“理论”就绝不应该被终结，相反，它还大有用武之地，只是我们需要反思在新的历史条件下继续做理论的方式，而不能仅专注于发明某种新的理论来诊断当下。尼伦坚信，要想更好地把当下“理论化”，我们就必须坚持詹姆逊的辩证的总体化原则。他说：

> 如果当今世界上的一切事物都存在于同一个层面上，那么有些初看上去确实并无多少共同点的事物可能必须在某些方式上被相互联系起来，比如在文化领域和经济领域之间，或者在先锋诗歌和市区摩天大楼之间等。或者更准确一点来说，我们应该能够找出那些与文化现象X或Y的逻辑有关的说法和效果（比如当代

> 文学是开放式结尾的、以过程为导向的、并不受限于统一的意义等），并把这些文化符码辩证地转化为经济学的符码（比如说全球资本主义是开放式结尾的、以过程为导向的、并不受限于统一的意义等）。(22)

实际上，尼伦在此所说的“符码转换”（transcode 或 overcode）就是从经济学的角度发掘对表层文化现象起决定作用的深层规律。这显然继承了詹姆逊的方法，但如何像詹姆逊那样辩证地充分考虑到这种决定关系的复杂性，进而避免陷入简单机械的经济决定论，这是尼伦没有解决好的一个问题。

三　向拉斯维加斯臣服

詹姆逊曾把20世纪60年代视为一个重要的历史分期。与之类似，尼伦也把20世纪80年代看作一个重要的时间节点。需要说明的是，詹姆逊所说的20世纪60年代并非指确切的年代学意义上的整十年，而是泛指在文化、经济和政治意义上的20世纪60年代，涵盖了从20世纪50年代到70年代的重要标志性事件。同样，尼伦的20世纪80年代也可以拓展到20世纪70年代末至20世纪90年代甚至是21世纪10年代初之间的宽广时间段。无论从哪个方面上来讲，这段时间与20世纪60年代相比都具有较为明显的转折意义。在政治上，20世纪60年代有激进的反战和民权运动，20世纪80年代却是里根执政期间“道德多数派”（moral majority）的上升。在文化艺术上，激进的先锋实验所释放的反叛能量被日益公司化的文化市场所含纳。总之，两个年代之间的社会状况已经大不相同。詹姆逊在发表《后现代主义》一文的时候，主要就是批判了很多人没有看到这种变化，仍习惯于用20世纪60年代的现代主义的反叛叙事模式来思考20世纪80年代已经发展变化到后现代主义阶段的文化现象。然而到了今天，又有太多的理论家无视20世纪80年代以来的社会变化，把后现代主义的思维模式奉为圭臬。尼伦对此提出了批评："我们今天生活的世界已经大不同于20世纪80年代中前期，虽然它的余波仍在我们周边回响，但很明显的是当今'文化主导'的经济要素已经不再是那个特定品牌的'后现代主义'或'晚期资本主义'。"（15）让我们的理论跟上时代步伐的办法就是认真研究今天的世界在政治、经济和文化上与20世纪80年代的差别，"去建构一套语汇，用来谈论'新经济'（后福特主义、全球化、市场经济的核心地位、反恐战争的新监控手段等）以及它们与当前文化生产的复杂关系。"（15）而尼伦的"后—后现代主义"正是建构这么一套语汇的尝试。

仿照当年文丘里把赌城拉斯维加斯奉为后现代建筑文化的"样板工程"，尼伦也把这座城市当成了自己的重点分析范例。在尼伦眼中，它就是美国经济从后福特主义向新经济转变的代表。在福特主义生产模式下，资本的未来取决于对产品或生产过程的创新。在后福特主义模式下，资本的未来则取决于对新服务或雇员的"殖民"，但在新经济模式下，资本的未来取决于资本自身的市场未来，或对股票及其他投机手段的未来价值的博弈。（26）对金融资本的风险运营成为获利的关键，换句话说，资本主义的未来不再有赖于从商品或服务中榨取剩余价值，而有赖于直接从钱生出钱，即通过对预期未来收益的压赌而获利。尼伦认为，资本主义的发展已经从此前的"拓展模式"（expansion）更换到当前的"强化模式"（intensification），后者突破了马克思的经济学原理，资本无须经过生产、交换和消费等环节，就可以直接生出更多附加值来了。

无论是在文丘里还是詹姆逊那里，拉斯维加斯都曾被作为后现代课堂里的示范教材，让我们从中学到很多关于后现代的知识。但到了今天，尼伦却感到我们已经不可能再像当年的文丘里那样喊出"向拉斯维加斯学习"的口号了，"因为'学习'蕴含着'批判距离'和'理性判断'的意思，似乎我们有可以决定是认可、接受还是拒绝的自由。在今天，更恰当的说法应该是'向拉斯维加斯臣服'。"（29）

在詹姆逊等后现代理论家眼中，批判距离的丧失更多只存在于文化实践中，是像沃霍尔这样的艺术家们心甘情愿的跳入市场洪流的结果，理论家的任务就是尽可能守住文化批判的制高点，用历史的、辩证的、总体化的方法保持其文化批判功能。但到了尼伦这里，批判距离的彻底丧失已经是基本事实，不仅是在艺术实践领域，包括解构主义和马克思主义在内的整个哲学批判传统都已经无法维系原有的姿态。

解构主义的方法曾经在文化批判的活动中发挥过巨大能量，它尤其擅长颠覆为西方意识形态奠定基础的逻格斯中心主义，并为一切总体化的意识除魅。尼伦认为，解构的方法在过去之所以有效，就是因为逻格斯中心主义无处不在地渗透在西方意识形态中，中心/边缘、主人/属下、男人/女人、帝国/殖民地……这样的二元思维模式构成基本认知思维模式。然而到了当今的后—后现代主义阶段，解构的方法已经不再有效了，因为“后—后现代主义已不再是确切的逻各斯中心主义的了，它再也不要求或寻求那种整体一致性或总体性，相反，今天最先进的资本主义欢迎并鼓励个性、差异以及对新产品和新市场的开放。”（118）他还指出：“今天超级灵活和高级的金融资本实际上已经对解构免疫了，因为这些灵活、流动的经济规划已不再渴望或产生二元的总体化效果。”（121）“发达的全球金融资本就是解构主义的最强化状态。”（124）也就是说，解构已经不再适合被当作批评或诠释的方法，无法为我们提供从现实逃离出去的出口，它已经变成我们活生生的现实。既失去了解构的利器，也没有了批判距离的便利，理论家又当如何维系自己的工作呢？

四　理论的未来

自新批评兴起以来，文学研究开始在西方大学的专业设置上占据举足轻重的地位。虽然它并不能像经济学或物理学那样为社会带来明显的效益，但人们坚信它的最大功用恰在于它的非直接功用性。到了20世纪80年代的理论热潮期，文学研究更成为整个人文学科的王者，几乎每一位著名的文学理论家同时都在哲学、社会学、政治学等其他领域发挥着巨大影响力。人们相信，文学或语言学模式适用于解释人类的一切活动，或者反过来说，整个人类世界就是一个可以用文学研究的方法去解读的巨大文本。与此同时，哲学、政治、经济、神话以及社会学等非传统视角也被运用到文学研究中，人们希望它们能带给我们更新的意义解读工具。

对新批评以及之前的传统文学批评家来说，文学研究的中心话题就是作品或文本之中的意义。而对新批评之后的理论家来说，他们更关注的是意义如何被生产、加工、传播和接受的过程。但无论哪种情况，意义都是人们关注的焦点，不管这意义是隐藏在文本之中还是文本之外。然而尼伦认为，理论的未来出路就在于放弃这种对意义的迷恋，因为在人们争夺各种意义的解释权的同时，文学原本蕴含的巨大能量并未得到有效释放。在今天这个准时制生产的环境下，如果我们再像新批评以及之前的一切自由人文主义者那样重提所谓文学研究的"无用之用"或"半自治性"已经有害而无益了，高等教育的投资者和捐助方越来越没有耐心容忍这样低效率的学科继续存在下去。另一方面，如果我们还想维持20世纪80年代那种与主流社会不合作的文化批判姿态也已不可能，因为文化生产已经完全和新自由主义的经济逻辑重合，一切都已沦为新自由主义的俘虏，不再有世外飞地，也不再有批判距离。左派批评家们莫再以为可以用批评话语抵制文化主导并带来政治进步，因为在被强化了的新自由主义全球资本主义时代，这已经不再可能。"即便我们能够在理论中确定某种天真的、对主导经济律令的抵抗，这也不一定就能带来任何政治进步效果。"(179)

需要强调的是，尼伦在这里并非站在道德批判的角度上抨击文学研究和新自由主义的这种结合。在他看来，与新自由主义结合非但不意味着理论的死亡，而恰恰意味着它走向未来的力量。他说："在这样一个历史节点上，文学的'工具性'力量恰恰在于强化和拓展作为一种有力的文化干预或分析形式的'诗学'观念，这种力量不是来自它与主导文化之间的批判距离，而是它与当今社会经济力量之间的交织。”（154）尼伦认为，无论是强调文学研究的特殊人文价值（比如可以塑造灵魂、培养“更好的人”等）还是强调文学教育的实用性（比如提高人们的文字表达能力），都不足以拯救文学系日渐凋零的命运。文学系要想继续存在并很好地发展下去，那么它必须学会当前准时制生产的文化逻辑，即把效率放在第一位。尼伦在这里还提出了一个很生动的比喻：文学系好比是一个投资人，他应该为自己设计一个最佳投资组合，一份投资在文学研究的人文价值上，一份投资在文学教育的实用技能上，剩下最大的一份则投在那些能够训练学生的创新思维的交叉学科上。他说：“现如今，创新意味着用新奇的、生产性的‘新’方式把现有事物联系起来；人文学科就是（或者应该是）培养这么一种变化了的创新实践的关键实验室。它可以给我们提供一种分析现今状况的诠释学，提供一种制图工具，可以回应和诊断当今的后—后现代主义状况。”（194）

五　尼伦的后—后现代主义理论的不足

毫无疑问，尼伦非常希望读者能够把自己的《后—后现代主义》当作詹姆逊的经典之作的后续篇章来对待。他计划借鉴詹姆逊辩证的总体化方法，从非道德主义的立场出发，去探究自20世纪80年代以来的文化生产与社会经济生活出现的新状况，以及两者之间的关联，并通过分析不同文化领域的新状况来揭示这个新时代的文化逻辑。然而正如瑞达克斯（Jameson Redux）所评价的，尼伦为自己设定的目标让人“望而生畏”，但完成的效果却“让人沮丧”。[1] 虽然比起詹姆逊的文章来，这部长达227页的著作在篇幅上大了许多，但在分析和总结问题的能力上却

① Jameson Redux，“Review of Jeffrey T. Nealon's *Post-Postmodernism*：*or*，*The Cultural Logic of Just-in-Time Capitalism*”，*Los Angeles Review of Books*，April 13，2013. http：//lareviewofbooks. org/review/jameson-redux-jeffrey-t-nealons-post-postmodernism-or-the-cultural-logic-of-just-in-time-capitalism.

远逊于后者。他也尽可能多地提到了后—后现代主义时代的文化实践的例子，比如在电影上有 Ridley Scott 于2000 年出品的电影《角斗士》，在建筑上有拉斯维加斯的凯撒宫赌场酒店，在音乐上则有今天对 20 世纪 60 年代摇滚乐的怀旧风等，但在很多时候他却无法让人信服的证明在所有这些文化实践背后隐含的公共的文化逻辑。詹姆逊对后现代主义的历史分期严格借鉴了曼德尔的经济学模式。相比之下，尼伦对后—后现代主义的界定却比较模糊，用“准时制生产”来称谓资本主义的当前阶段也十分勉强。他似乎并不确定这个所谓的“后—后现代主义”与之前的“后现代主义”有什么关系。在他的描述中，两者之间的转折点似乎在 20 世纪 80 年代、20 世纪 90 年代，甚至是 2008 年的金融危机之间飘忽不定。

其实正如达比（Helen Darby）和康斯坦提诺（Lee Konstantinou）两位评论者都指出的那样，尼伦真正关心的并非描述资本主义在新阶段的文化逻辑，而是在资本主义已然彻底吸纳了它所有的对立面、知识分子也已经基本被俘虏的情况下，人文学科应该如何继续存在下去的问题。[①] 作为一名在理论研究方面卓有成就的文学教授，尼伦自然非常关心自己的职业未来。他认为，现在的问题绝不在于理论是否应该继续存在，而在于如何继续做理论。他坚信理论没有终结，被终结的只是那种曾经风靡一时的做理论的方式，即把阐释文本放在首位，并且认为阅读（尤其是以解构的方式阅读）文学本身就是一种批判的政治姿态、可以带来积极的政治意义的做法。尼伦号召人们放弃这样的理论研究，“不再把文学视为‘意义的容器’，而是当作‘以不同方式思考当下的工具’”（88），但在如何实现这一点上，尼伦却又语焉不详，只是粗略的表示文学研究应该变得更有用，应该帮助人们培养创新思维能力等。在读完他的这部著作后，我们不能不说，它给我们带来的启发远不如标题那么吸引人。

① See Helen Darby, “Review of *Post-Postmodernism, or the Cultural Logic of Just-in-Time Capitalism*”, *Textual Practice*, 4 (2013): 735 – 737. Lee Konstantinou, “Periodizing the Present”, *Contemporary Literature*, 54. 2 (2013): 411 – 423.

第十六章　什么是伦理学转向?

自从唯美主义率先把道德视角从文学实践中剔除出去之后，形式主义之风在西方文学界盛行了近一个多世纪，在 20 世纪 60、70 年代更是达到极致。受后现代主义影响，文学创作在很多作家那里成了精神分裂式的文字表演，而阅读和批评也仅仅是为了在语言的欢乐宫中寻求快感。越来越走向精英化、专业化和私人化的文学批评逐渐被驱逐至公共生活的边缘，成为可有可无的东西，这一点从文学院在当今大学院系设置中的尴尬处境上可以看出。文学研究早已从“最富于教化作用的事业”[①] 演变成最不能吸引学生的冷门专业。

正是在这种背景下，伦理批评才要重标文学活动中的伦理之维。自 20 世纪 80 年代以来，所谓“后现代主义的终结”以及“伦理学转向”（the turn to ethics 或 ethical turn）成为北美文学批评界最引人瞩目的现象。以权威期刊《新文学史》于 1983 年发表《文学与道德哲学专刊》为起点，此后《文学与哲学》《文体》《今日诗学》以及《现代语言学会会刊》等名刊也相继发表大量伦理批评方面的专题讨论文章，包括韦恩·布斯（Wayne Booth）、希利斯·米勒（J. Hillis Miller）、玛莎·纳斯鲍姆（Martha Nussbaum）和劳伦斯·布伊尔（Lawrence Buell）等在内的重量级批评家也陆续出版著述加入伦理批评的

① ［英］特雷·伊格尔顿：《二十世纪西方文学理论》，伍晓明译，北京大学出版社 2007 年版，第 30 页。

行列。可以看出，很多批评家不再继续膜拜宣称“文本之外，无物存在”的解构主义精神，他们关注的焦点不再是语言、文本和符号，而是把目光重新投向现实世界。人们再次认识到，文学活动不可能与现实断绝联系。各种环境问题、生态问题、社会矛盾以及恐怖主义等现实问题迫切需要作家、批评家和读者共同面对，因为它们关系到全人类在未来社会的切身福祉，而单纯依靠破坏一切价值的后现代虚无主义精神显然不能让我们解答这些问题。于是继“语言学转向”和“后结构转向”之后，伦理学转向成为北美批评界又一次显著的重心位移。可以说，经过近30多年的发展，伦理批评已经重回文学批评的话语中心，成为21世纪以来最重要的研究热点之一。

一　伦理学转向与自由人文主义的伦理批评传统

虽然我们现在已说不清楚谁是最先使用“伦理学转向”这一说法的人，但它毫无疑问已成为近30多年文学批评领域的关键词之一。[①]与此前的“语言学转向”和“后结构转向”这些说法有所不同，“伦理学转向”一词容易让人产生误解，人们会误认为以前的文学批评从未或很少关注伦理问题，就像在“语言学转向”之前人们很少关注语言一样。实则不然。早在19世纪末20世纪初，由阿诺德（M. Arnold）、瑞查兹（I. A. Richards）、燕卜逊（W. Empson）和艾略特（T. S. Eliot）等英国批评家以牛津和剑桥大学为根据地发起的自由人文主义批评（liberal humanism）在实质上就是一种伦理批评，他们的基本信念是：所有人都共享某种共同的本质，而好的文学具有普遍和永恒的价值，可

① 在近30年出版的著作中，仅在标题中使用“伦理学转向”或“道德转向”等类似说法的著作就有很多，例如：*The Turn to Ethics*（M. Garber, B. Hanssen, and R. L. Walkowitz, eds., New York: Routledge, 2000）；*Mapping the Ethical Turn: A Reader in Ethics, Culture, and Literary Theory*（Todd F. Davis and K. Womack, eds., Charlottesville: U of Virginia P, 2001）；*Ethics and Aesthetics: The Moral Turn of Postmodernism*（G. Hoffman and A. Hornung, eds, Heidelberg: Winter, 1996），等等。期刊文章则更多，此处不再过多罗列。

以对读者产生积极影响；我们选择读哪些作品、怎样读以及如何评价，这些都关乎个人以及整个社会的健康未来；批评家负有重要的道德使命，他们是传递文明圣火的使者，通过筛选、审查和细读那些构成“伟大的传统”的文学经典，便可以“传播温文尔雅的社会行为举止、正确的趣味习惯和共同的文化标准”。正是在这些人的推动下，现代文学批评才得以确立，并且从“一门适合于妇女、工人和那些希望向殖民地人民炫耀自己的人的学科”逐渐变成大学教育中最重要的学问，“不仅是一门值得研究的学科，而且是最富于教化作用的事业，是社会形成的精神本质”[①]。可以说，现代文学批评从诞生之日起就与伦理问题密切相关，它被视为解决社会问题的一剂良药，从伦理道德角度出发来研究和评价文学作品也就成为最具合法性的批评路径。

客观来说，虽然自由人文主义批评有着强烈的道德使命感，但它却坚决反对把道德标准简单运用到文学批评上，更反对把文学化简成道德理念的宣传品，而是强调文学批评的科学性和超验性，用阿诺德的话来说就是“超然无执地喜欢让思想在任何主题上自由游戏、不为他图”。它相信文学研究可以而且必须摆脱道德意识形态的影响，“如其所是地对待客体对象”[②]，就是要用具体、可感、丰富和细腻的语言来默默展示那些对民族和社会至关重要的纯粹品质，而不是要把它们用于任何现实功利性目的。所有这些信念在英美新批评学派那里得到最大限度的贯彻发挥，表现在他们对“意图谬误”和“感受谬误”的厌弃，以及对文学“内部研究”和“外部研究”之别的谨慎维持。

然而，新批评从一开始就潜伏着危机，它从未像自己宣称的那样能够真正在“内部研究”与“外部研究”之间划出边界，更不能真正切断文学与伦理之间的关系。事实上，几乎每一位新批评者对社会都

---

① ［英］特雷·伊格尔顿：《二十世纪西方文学理论》，伍晓明译，北京大学出版社2007年版，第16、28、30页。

② Arnold, Matthew, “The Function of Criticism at the Present Time”, in Matthew Arnold, *Essays in Criticism*, London: MaCmillan and Com., 1865, p. 17.

抱有强烈的现实关切。例如，瑞恰兹在其《实用批评》的开头即明确了这种批评的三个目的：

> 首先，向那些对当前文化状况感兴趣的人介绍一种新的文献材料，不管他是批评家、哲学家、心理学家抑或仅仅是心存好奇的普通人；其次，向那些希望能够自己弄清楚他们关于诗歌（以及其他相关体裁）的想法和感受，以及为何会对它们产生好恶的人们提供一种新的工具；第三，准备一种更有效的教学方法，以更好拓展我们对读到和听到的作品进行理解和鉴别的能力。[①]

正如伊格斯顿（R. Eaglestone）所说，我们在这段话中可以清晰地察觉出瑞查兹在文化、伦理、价值评判以及教学方法等多方面的考虑，这些显然都不属于文学“内部研究”[②]。而这些关切也绝不仅限于瑞恰兹一人，而是普遍见于其他新批评者当中。也就是说，伦理批评并未被新批评驱逐出文学研究的王国，反倒是经过改头换面混入新批评内部，以一种更不易被发现的身份延续了下来。也正是由于这一原因，很多人并不认同当前所谓“伦理学转向”一说，而是更倾向于使用“伦理批评的复兴”这种说法[③]，因为伦理批评并非始生之物，它只是在一段时间内被暂时压制，并时刻准备卷土重来。

二　后现代主义对传统伦理批评的挑战

从 20 世纪 60 年代开始到 80 年代，这 20 多年时间堪称后现代主

---

① I. A. Richards, *Practical Criticism: A Study of Literary Judgment*, London: Kegan Paul, Trench, Trubner & Co. Ltd., 1930, p. 3.

② Robert Eaglestone, *Ethical Criticism: Reading After Levinas*, Edinburgh: Edinburgh UP, 1997, p. 18.

③ 参见 Michael Eskin, “On Literature and Ethics”, *Poetics Today*, 4 (2004): 558 – 562；刘英《回归抑或转向：后现代语境下的美国文学伦理学批评》，《南开学报》2006 年第 5 期。

义的黄金时代，各种“后学”如雨后春笋般层出不穷，强烈冲击了整个西方世界的社会文化结构，深刻改变了人们的思维方式和生活方式，迫使人们以全新视角去检验和质疑一切被习以为常的文化、经验和制度等，这其中自然包括自由人文主义的伦理批评传统。由此，伦理批评开始进入布斯所感慨的一段“艰难时世”[①]，在这段时间，恐怕没有什么比“伦理”和“道德”这样的词汇更易引起批评家的厌恶，因为这些东西早被人们揭穿为虚伪的文化建构物，它们不过是处于主导地位的阶级、性别或种族的“权力意志”的意识形态伪装，用詹姆逊（F. Jameson）的话来说：“我们当今时代的任何伦理问题，不管它以何种面目出现，都可以被看作一种标志，它表明了人们意图用［好和坏这样的］二元主义的神话来化简、神秘化，甚至是替换那些本该更加复杂、矛盾和辩证的政治判断。”[②]

后现代主义用以挑战自由人文主义的一大利器便是其反基础主义（anti-foundationalism）的策略。按照罗蒂（R. Rorty）的理解，所谓基础主义，就是自古希腊以来的思想家们一直努力寻找，却又不断更换的一套观念，“这套观念可被用于证明或批评个人行为和生活以及社会习俗和制度，还可为人们提供一个进行个人道德思考和社会政治思考的框架。”[③] 基础主义者试图为知识找到一个不容置疑的坚实基础：柏拉图找到理念，神学家找到上帝，人文主义者找到人，理性主义者找到理性，黑格尔找到绝对精神，语言论者找到语言，如此等等，它们都分别构成各自知识体系的“阿基米德点”。本质主义、客观主义、绝对主义以及逻各斯中心主义都不过是基础主义的不同表现和称谓。而自由人文主义的伦理批评所信奉的“普遍人性”和“永恒价值”不过是基础主义制造出的衍生物。

---

① Wayne C. Booth, *The Company We Keep*: *An Ethics of Fiction*, Berkeley: U of California P, 1988, p. 25.

② Fredric Jameson, *Fables of Aggression*, London: Verso, 2008, p. 56.

③ ［美］罗蒂：《哲学与自然之境》，李幼蒸译，生活·读书·新知三联书店 1987 年版，第11 页。

基础主义者相信，道德只有一种绝对正确的标准，伦理之争就是围绕它来进行的。而反基础主义者则认为“一切认知与伦理系统都是历史的、文化的和偶然的”[①]，任何道德体系都不过是对各自生活经验的不同描述、规约或建构，没有任何一种道德理论更符合生活的本来面目或者是天经地义的，所谓更好的道德不过是更符合解释主体的当下语境的、更合适的重新描述。事实上，“实在界的大部分根本无关乎我们对它的描述，人类的自我是由语汇的使用所创造出来的，而不是被语汇适切或不适切地表现出来，……任何事物都可以用重新描述使其变得看起来是好的或是坏的、重要的或不重要的、有用的或无用的。”[②] 反基础主义者并不认为自己比他人更接近道德真理，也否认自己可以有这样的特权。对他而言，没有任何价值中立的基准可以用来衡量一种道德，回应一种道德立场的唯一途径就是提出另一种道德立场。我们没有一个终极标准可以对各种道德做出孰优孰劣的评价，正好比我们不能用统一标准来比较不同文明的优劣一样。

从古希腊的智者派，到近代的尼采，再到 20 世纪的维特根斯坦、福柯、库恩和德里达等，我们可以在他们当中发现一条贯穿至今的反基础主义思想脉络，而女权主义、解构主义、新历史主义和后殖民主义等都是对反基础主义批评方法的具体运用。它们的共同策略是：“去证明基础主义理论用以对抗历史、惯例和局部实践的那些标准、规范和原则在任何情况下都不过是历史、惯例和局部实践的一种功能或延伸。”[③] 也就是说，基础主义者认为道德是有客观评价标准的，他们对作品的评价也是客观公正的，至少是更合理的。反基础主义者则根本否认这种可能。后者相信，伦理批评者解读作品的方式和角度取决于他所处的社会历史语境，该语境由各种被他和其他社会成员共享

---

① Thomas W. Clark, “Humanism and Postmodernism: A Reconciliation”, *The Humanist*, 1 (1993): 18–23, p. 19.

② ［美］罗蒂：《哲学与自然之镜》，李幼蒸译，生活·读书·新知三联书店 1987 年版，第 16 页。

③ Stanley Fish, “Consequences”, in W. J. T. Mitchell ed., *Against Theory: Literary Studies and the New Pragmatism*, Chicago: The U of Chicago P, 1985: 106–131, p. 19.

的信仰、观念、利益关切、主观假设和工具范畴等因素汇编而成，它近似于罗蒂所谓的“终极语汇”，它是“每个人都随身携带着的一组语词，来为他们的行动、他们的信仰和他们的生命提供理据”①。由于思想本身亦不过是对语言的运用，所以真理、意义和价值都不可能超越特定的解释语境而存在，也就根本不存在未经解释的道德经验或本来面目。不管批评家如何努力探寻作品中的道德内涵，所获得的答案也不能告诉我们有关道德本质的任何知识，因为这种本质根本就不存在。

而传统伦理批评者往往看不到这一点，他们坚信只有一种衡量作品好坏的道德标准，并且自信已经掌握了这一标准，他们忽视，或者完全拒绝接受后现代主义者对主体的批判，也就看不到人性、主体以及道德等观念的社会历史建构性。他们看似用最普遍公正的态度对待了文学中的道德事件，但实际上不过是从自己的视角做出的主观判断，这些道德事件中原有的特殊性和差异性也往往被所谓的普遍性和绝对性所遮蔽，于是主观片面性便成为传统伦理批评的一大缺陷。他们总是试图“在小说中发掘出道德规范和普遍价值的稳定基础”②，但事实上他们“所发掘出的不过是他们预先置入的东西”③。被某些人视为道德的东西，很可能在另一些人看来就是不道德的，时间、空间和具体情境都是影响判断的因素。因此，真正的伦理批评必须认识到：“不同历史时期的文学有其固定的属于特定历史的伦理环境，对文学的理解必须让文学回归属于它的伦理环境和伦理语境，这是理解文学的一个前提。”④

三　后现代主义的终结与伦理学转向

如果说来自后现代主义的冲击让传统伦理批评陷入沉寂的话，那

---

① ［美］罗蒂：《哲学与自然之境》，李幼蒸译，生活·读书·新知三联书店1987年版，第105页。

② Christina Kotte, *Ethical Dimensions in British Historiographic Metafiction: Julian Barnes, Graham Swift, Penelope Lively*, Trier: WVT Wissenschaftlicher Verlag Trier, 2001, p. 62.

③ ［德］伽达默尔：《诠释学Ⅰ：真理与方法》，洪汉鼎译，商务印书馆2007年版，第451页。

④ 聂珍钊：《文学论理学批评：基本理论与术语》，《外国文学研究》2010年第1期。

么从20世纪80年代开始的所谓“后现代主义的终结”又为伦理批评的复兴提供了机遇。[①] 虽然说伦理学转向的发生有着十分复杂的社会因素，比如近三十年来日渐加深的社会矛盾、保守势力在西方社会的再度崛起、民族主义复兴、传统价值观念重新得到重视等，但后现代主义的终结无疑是其中一个非常重要的直接因素。

德·曼（Paul de Man）去世4年后爆出的政治丑闻被很多人视为后现代主义走向终结的关键转折点。[②] 哈普海姆（G. Harpham）略带嘲讽地说：“自从大约1987年9月1日起，文学理论的性质发生了变化。”[③] 这一事件引发人们激烈争论包括解构主义在内的整个后现代理论的伦理问题。后现代主义一向主张文学批评与现实世界之间没有直接关联，甚至宣称“文本之外，别无他物”，其不容置疑的语气往往让人无以应对。而现在人们终于明白了，不管是文学创作还是批评，都不可能真正与现实无关。我们甚至有理由把德·曼的整个解构批评活动解读为对其亲纳粹言论的辩护。或许正是要为自己不为人知的道德污点做辩解，他才那么迫切地推行其解构修辞策略，不厌其烦地劝诫人们放弃对正确文本意义的探寻。难道他的意思是说他当年为纳粹撰写的文章都是没有任何实际意义的吗?

不可否认，后现代主义对传统伦理批评的否定具有一定积极意义，其独特的解魅化和问题化策略让人们注意到了后者的虚妄之处。就像帕克（David Parker）所承认的，后现代主义的最大功劳就是让我们明白了传统伦理批评“把那些具有历史偶然性和文化相对性的价值观念错误地再现为普遍永恒之物”[④]。这也算得上是一种巨大的知识进步，

---

① 有关后现代主义终结的原因，目前仍众说纷纭，有人甚至把伦理批评的复兴视为导致后现代终结的因素之一，本文对此持保留意见，但不展开讨论，而重在探究后现代主义的终结为伦理批评的复兴所准备的条件。

② Marshall Gregory, “Redefining Ethical Criticism: The Old vs. the New”, *Journal of Literary Theory*, 2 (2010): 273 – 301.

③ Geoffrey Harpham, “Ethics”, in F. Lentricchia and T. McLaughlin, ed., *Critical Terms for Literary Study*, Chicago: The U of Chicago P, 1995, pp. 387 – 405, 389.

④ David Parker, *Ethics*, *Theory and the Novel*, Cambridge: Cambridge UP, 1994, p. 29.

最起码我们很难再像以往那样完全处于一种政治和理论的双重无意识状态下从事文学批评活动。不过别忘了，后现代主义也只不过是一种假设，如果对其建构主义和反基础主义的主张太过教条，则又等于回到了基础主义和本质主义的老路。事实上，虽然后现代主义者在理论上都是价值相对论者，但在生活实践中却极少有人会真的善恶不分，他们对正义和非正义之间的界限也从来都持毫不含混的态度。虽然后现代主义可以帮助伦理批评摆脱基础主义的困扰、认识到“我”的评判标准的或然性，但也有可能让我们走向基础主义的另一个极端，即道德相对主义。比如费什（Stanley Fish）曾说：“一切问题都不过是修辞问题。”[①] 这就等于说，包括道德在内的一切问题都可以被还原为语言问题。“你”之所以更正确，只是因为“你”比“我”更善于措辞而已，而不是因为你把握了更多的道德真理。这的确是十分危险的道德相对主义的表现。沿着这一逻辑，它有可能让我们丧失在事物之间进行价值判断的能力，“没有对错、什么都行”这样的价值虚无主义便会弥漫开来。

虽然伦理和道德的观念已被后现代主义批判的体无完肤，但人们终究还是发现它们对生活的不可或缺性。亚里士多德把人的本质界定为“理性的动物”和“政治的动物”，但其实人更是“伦理的动物”。在自然界中，恐怕只有人类才有道德观念，并且所有的文化群体都用伦理道德来规范、指引和评价成员之间的交往，以便形成一种更好的公众生活。我们都渴望得到认可、接纳、尊重，以及公正的评价和对待等，我们不能因为具体道德规范的文化建构性而否认它对群体生活的基础性作用。路德恩（Robert Louden）说：“道德的绝对重要性源自其无处不在性。……只要是我们能够有一定自主权的人类生活的所有方面，无不与道德间接相关。道德的这种基础性的重要地位并非因

---

① Stanley Fish, “Rhetoric”, in F. Lentricchia and T. McLaughlin, ed., *Critical Terms for Literary Study*, Chicago: The U of Chicago P, 1995, p. 13.

为它‘高于’其他事物之上，而是因为它几乎位于任何其他事物的周围、下方或内部。”[1]

在这种情形下，要求文学批评重新回归其伦理位置的声音便越来越响亮。吉布森（Andrew Gibson）号召道：“现在该是回到利维斯的时候了。”[2] 麦克金（Colin McGinn）则声称要“保护那些跃然纸上的鲜活的道德思想，抵御相对主义和形式主义对当今文学研究的伤害”[3]。类似的言论还有很多，以至于费伦（James Phelan）认为当前的伦理学转向“完全是对解构主义—形式主义的反抗。”[4] 在很多人看来，伦理学转向就是文学批评的自我救赎，它要求批评家重新衡量文学批评在维护和促进社会伦理秩序方面的积极作用，“……日益回归实践层面的考量——回归那些伦理的和社会的问题，……和伦理学一起共同探究与‘人应该如何生活’相关的问题。”[5] 有太多的现实问题迫切需要作家和读者共同面对，它们关系到全人类在21世纪乃至更遥远未来的切身福祉，而仅仅有后现代主义破坏一切价值的虚无主义精神显然不能让我们解答这些问题。

四　伦理学转向的两种路径

伦理批评要想实现真正回归，它就不得不面临一个问题，即应该如何对待后现代主义的遗产。而恰恰在这个问题上，伦理学转向在不同的批评家那里表现出了两种路径。

---

① Robert B. Louden, *Morality and Moral Theory: A Reappraisal and Reaffirmation*, New York: Oxford UP, 1992, p. 80.

② Andrew Gibson, *Postmodernity, Ethics and the Novel: From Leavis to Levinas*, London: Routledge, 1999, p. 1.

③ Colin McGinn, *Ethics, Evil and Fiction*, Oxford: Clarendon Press, 1997, pp. 173 – 174.

④ James Phelan, "Sethe's Choice: Beloved and the Ethics of Reading", in T. F. Davis and K. Womack, eds., *Mapping the Ethical Turn: A Reader in Ethics, Culture, and Literary Theory*, Charlottesville: UP of Virginia, 2001, pp. 93 – 109, p. 101.

⑤ Martha Nussbaum, *Love's Knowledge: Essays on Philosophy and Literature*, Oxford: Oxford UP, 1990, p. 168.

第一种路径以纳斯鲍姆、布斯和格瑞格里等为代表，他们更侧重对文学作品的伦理内容的阅读和批评，并且更尊重传统伦理批评的基本观念和假定，比如把文学当作道德教科书，“可以通过任何哲学论文所不具备的方式让我们看到和感受善恶”[①]；把作家和批评家假想成公众的道德导师，“当我们作为读者认真跟随他们，我们自身也就参与到伦理行为中，而我们的阅读也就成为有价值的伦理行为”[②]；把文学虚构世界看作现实世界的平行对应物，可以“为读者提供一种替代经验”（surrogate experience）[③] 以弥补现实生活经验的不足，因为“我们的生活从来都不够丰富。如果没有小说，我们的经历便太局限、太狭隘，而文学则可以延伸它，让我们可以反思和感受到或许原本距离我们的感觉太过遥远的事物。”[④] 格瑞格里把这种伦理批评的目的概括为三个：第一，协助读者理解潜在的文学效果，帮他们更好地接受文学在思想力、感受力和判断力等方面对他们的塑造；第二，帮助读者理解文学再现的内部世界和外部世界的道德标准；第三，对作品进行价值判断，并做出批评性的推介。[⑤] 这种伦理批评方法的优点是容易被普通读者接受，更符合公众期待的文学批评的功能定位，有助于恢复文学批评在公共生活中曾有的地位和影响。但其缺点在于忽略语言在文学再现过程中的中介作用，对文学作品的文本特征重视不够，时常有道德还原主义（moral reductivism）和教条主义的嫌疑。

第二种路径则以曾经的解构批评家希利斯·米勒为代表。他更好地继承了后现代主义的遗产，认为解构主义绝非在宣扬道德相对主义，

---

① Colin McGinn, *Ethics*, *Evil and Fiction*, p. 176.

② Martha Nussbaum, “Exactly and Responsibly: A Defense of Ethical Criticism”, *Philosophy and Literature*, 22 (1998): 343 – 365, p. 343.

③ Daniel Schwarz, “A Humanistic Ethics of Reading”, in T. F. Davis and K. Womack, eds., *Mapping the Ethical Turn*: *A Reader in Ethics*, *Culture*, *and Literary Theory*, Charlottesville: U of Virginia P, 2001, pp. 3 – 15, p. 5.

④ Martha Nussbaum, *Love's Knowledge*: *Essays on Philosophy and Literature*, p. 81.

⑤ Marshall Gregory, “Ethical Criticism: What It Is and Why It Matters”, *Style*, 2 (1998): 194 – 220, pp. 206 – 207.

它只是对传统伦理批评对待文本的方式感到不满，“只有我们的大学依然对解构主义提出的质疑保持开放姿态，传统人文批评的职责和使命才能得到更好履行”[1]。与一般伦理批评只对文学所再现的伦理内容感兴趣不同，米勒把批评的重心放到了莫瑞西（Lee Morrissey）所谓的“阅读的伦理”[2] 上，即文本和读者在阅读活动中相互遭遇时发生的各种伦理可能。他相信：“在阅读活动本身之中即存在一个必要的伦理时刻，这个时刻既非认知的，也非政治的、社会的，或人际之间的，而恰恰唯独属于伦理的。”[3] 他遵循着解构传统，依然把文学作品首先视为一个语言制品，而语言又绝非一个中立的透明中介。经过语言的折射，文本中的“伦理内容”与它意欲再现的现实之间必然存在“含混”和“差异”，它们顽固地拒绝被读者和批评家同化。米勒把阅读视为一种伦理责任，这不是说读者必须虚心聆听教诲，而是说读者必须“耐心、谨慎、一丝不苟地阅读，同时带着一个基本假定，即正在被阅读的文本可能会说出与读者的期待或现有常规认识完全不同的东西”[4]。纳斯鲍姆和布斯等人复活了维多利亚时期的批评隐喻，即把文学比作读者的老师或朋友，两者之间要么是老师对学生的伦理引导，要么是朋友之间的“共导”（coduction）。[5] 布依尔甚至把这一隐喻的复兴称为当前伦理学转向“最显著的创新”[6]。而米勒更愿意用后现代主义的他者概念，即作品和读者之间是他者关系，它拒绝被读者的伦理期待所同化，而总是在质疑和挑战他的伦理预测，进而去反思这种预测得以形成的各种历史的、个人的、文化的，以及意识形态的土壤。

---

① J. Hillis Miller, “Presidential Address 1986: The Triumph of Theory, the Resistance to Reading and the Question of the Material Base”, *PMLA*, 102.3 (1987): 281-291, p.290.

② Lee Morrissey, “Eve’s Otherness and the New Ethical Criticism”, *New Literary History*, 32 (2001): 327-345, p.330.

③ J. Hillis Miller, *The Ethics of Reading*, New York: Columbia UP, 1987, p.1.

④ J. Hillis Miller, “Presidential Address 1986”, p.284.

⑤ Wayne C. Booth, *The Company We Keep: An Ethics of Fiction*, Berkeley: U of California P, 1988, p.72.

⑥ Lawrence Buell, “Introduction: In Pursuit of Ethics”, *PMLA*, 114.1 (1999): 7-19, p.13.

米勒看重的不是“求同”，而是“存异”。对他来说，伦理不能被理解成某种具体化了的行为规范，而是一种尊重彼此差异的对话过程，能否达成共识并不重要，因为共识往往意味着压制对话和取消差异。

五　伦理批评与道德批评

柏拉图作为西方文学批评的奠基人，其实也是道德批评的坚定倡导者，并且为此后数千年的文学批评定下基调，即文学批评的最根本目的是服务于现实道德秩序，批评家要对文学做出价值评判和必要的道德审查，让文学更好地有益于人生和社会。正是出于此种原因，批评家也经常扮演既有秩序的维护者形象，道德批评被涂上一层浓厚的保守主义色彩。难怪自19世纪唯美主义运动兴起之后，它开始遭到人们延续近一个半世纪的猛烈抨击。人们所讨厌的并非仅仅是其单调乏味的道德说教以及感性肤浅的印象式批评方法，更讨厌其潜在的保守政治倾向。直至今天的伦理批评再度崛起，很多人仍然本能地把它与那种简单粗暴的传统道德批评联系到一起。事实情况也的确经常如此，伦理批评在很多人那里并没有展示出灵活生动的一面，而是变得“臃肿、拖沓、啰唆、浅薄、教条、自以为是”[①]，不但在解决现实道德困惑方面未见成效，反倒经常重蹈传统道德批评的覆辙：批评家很少对自己的道德立场、批评视角、范畴和方法进行反思，而是使用相当朴素的“前理论”时代的批评方法，用非常情绪化的语言对作品中的道德内容大加褒贬，或从中整理出某些道德公式，或对作品进行价值分级。总体来看，他们对“伦理”的理解比较狭隘，只是把它等同于对人的行为进行约束和判断的一系列标准，是众多由好/坏、善/恶、对/错等二元对立项构成的价值结构。他们往往更关注道德在私人层面上的表现，比如某个人的行为如何能够影响他人的道德情操等，却很少

① Marshall Gregory, “Redefining Ethical Criticism: The Old vs. the New”, p. 273.

把关注的话题延伸到自由、平等和正义这些具有更广阔伦理内涵的话题上。于是正如有人所批评的："名义上是以文学伦理学批评在分析作家和作品，实际上得出的却是道德批评的结论"[1]。因此，伦理批评要想在今天真正成为一种充满活力的批评方法，就需要超越这种对"伦理"的狭隘认识。

事实上，要想完全厘清"伦理"和"道德"的异同关系的确十分困难。虽然我们都知道它们不尽相同，但不管是在日常生活还是在一般性的学术研究中，我们都是凭一种语言直觉而随手拈来或互换使用。数千年的混用早已让两者之间的差异变得极难辨别。用谷歌搜索英文单词"伦理"和"道德"，可以查阅到数十种对之进行区分的方法，但都各执一端、莫衷一是。不过相比之下，布斯的相关见解对我们颇有启发。他指出，英语"ethics"一词源自古希腊语"ethos（精神气质)"，本意为"某个群体或个人的全部德性之和"。德性必须是稳定的和连续的，它们通过行为主体在生活中的各种习惯性行为选择上表现出来。在古希腊人的哲学观念中，"德性"（virtue）并不仅指"诚实""善良"或"正直"等这些品质，也涵盖一切与人的力量、素质、能力和行为习惯等相关的方面。我们把这一伦理的内涵扩展到伦理批评方面，可以得到的启示是：只要是文学能够对人的所有这些方面产生影响和改变，那么我们都可以称之为伦理效果。布斯由此提出："任何旨在揭示叙事性故事的德性与个人和社会德性之间的关系的行为，或任何旨在揭示它们如何相互影响各自的'精神气质'——即全部德性之和——的行为，都称得上是伦理批评。"[2] 这即是说，伦理批评绝不应仅关注文学可以带给读者那些直接或间接的道德启示，它还应关注共同存在于世界之中的作者、文本和读者之间的一切互动关系，包括知识的、道德的、经济的、审美的，甚至政治的关系等。

---

① 修树新、刘建军：《文学伦理学批评的现状和走向》，《外国文学研究》2008 年第 4 期。

② Wayne C. Booth, *The Company We Keep: An Ethics of Fiction*, Berkeley: U of California P, 1988, p. 11.

如此一来，伦理批评的边界便可以得到极大拓展。它不仅包括狭义上的道德批评，也可以把女性批评、解构批评、生态批评、后殖民批评、读者批评、马克思主义批评，甚至是宣称与道德批评势不两立的唯美主义批评等都包含进来，因为所有这些批评在最终目的上都与伦理批评存在同一性，即它们都是为了以某种方式影响读者的“德性”，让他在能力、素质和行为等各方面产生改变。任何一种批评其实都是在或明或暗地向读者推荐某一类型的作家、作品或阅读方式，它们的潜台词都是“以某种阅读方式阅读某些作品对读者是好的”，只不过它们对“好”的具体内涵理解不同：是保守的还是激进的？是个人主义的还是集体主义的？是禁欲的还是享乐的？是宗教的还是无神论的？是极权的还是自由的？如此等等。如果我们不再把伦理批评化简为狭隘的道德批评，而是让它扩展到生态、正义、性别、阶级和种族这些更广阔的议题上，伦理批评一定可以成为一种更具建设性的批评事业。

六 伦理批评与政治批评

伦理批评与政治批评的关系同样值得反思。英语中的“politics”源自古希腊语“politikos”，其词根是“polis”；后者的本意为“城邦”，是古希腊时期最基本的公共组织机构。从“polis”引申出“polites”一词，意为“公民”，继而再衍生出“politikos”，意为“一切适合于城邦、公民以及公民权责的事物”，这正是“政治”最早的含义。[①] 伊格尔顿把它恰当地概括为“我们把自己的社会生活组织在一起的方式，及其所涉及的种种权力关系”[②]。它几乎涵盖我们生活的所有方面，因为作为社会中的一员，我们根本不可能生活在没有政治的环境里，一切社会关系都涉及权力关系，而这也正是亚里士多德认为

① Andrew Heywood, *Politics*, New York: Palgrave Macmillan, 2002, pp. 10 – 15.

② ［英］特雷·伊格尔顿：《二十世纪西方文学理论》，伍晓明译，北京大学出版社2007年版，第196页。

"人是政治的动物"的本意。

从古希腊一直到17世纪的启蒙运动，大部分的哲学家都认为伦理与政治从来都是不可分割的，它们都是人作为社会性生物的必然内涵，是为了规范公共生活中的人伦关系所必需的制度设计。任何群体要实现和谐秩序，仅仅讲道德是不够的，更要讲自由、公平与正义。同样，伦理批评要想实现服务于社会人生的最终目的，也必须关注这些狭义道德之外的重要公共话题。事实上，伦理批评的复兴恰恰与女权主义、后殖民主义、新历史主义和新马克思主义等批评方法的影响分不开，正是由于它们对隐藏于性别、种族、阶级和历史之中的不平等关系的揭示才让人们认识到，如何有益于构建和谐的伦理关系才是文学批评的真正使命，但这种和谐显然不能仅仅构筑于道德规范之上，它还需要自由、公平与正义等政治因素作为基石。它们对这些政治议题的关切其实也都是伦理关切，只不过它们用权力、话语、差异、结构、边缘和中心等文化政治范畴取代了简单的善、恶、好、坏等道德范畴。有些东西之所以要受到批判，比如性别歧视和种族迫害等，不仅仅因为它们在政治上是错误的，更因为它们在伦理上也是错误的。

伊格尔顿在对近两百余年的文学批评做系统考察后得出的结论是：一切批评活动都是具有政治性的，即便像新批评这样宣称只关注字面东西的纯粹批评其实也不过是一种学术神话。任何批评都或明或暗地与政治和意识形态密切相关，"有意或无意地帮助和加强了它的种种假定"[①]。不过，我们不应因此而谴责批评活动的不纯洁，因为我们根本不可能超越于政治和权力之上，真正应受谴责的是那些对自己的政治属性浑然不觉或刻意掩饰的文学批评活动，以及那种"在将自己的学说作为据说是'技术的'、'自明的'、'科学的'或'普遍'真理而提供出来之时的那种盲目性"[②]。

---

① ［英］特雷·伊格尔顿：《二十世纪西方文学理论》，伍晓明译，北京大学出版社2007年版，第197页。

② ［英］特雷·伊格尔顿：《二十世纪西方文学理论》，伍晓明译，北京大学出版社2007年版，第197页。

伦理批评要想彻底超越道德批评的狭隘性，它就需要摆脱后者往往只谈论道德、不谈政治的弊端，否则它还有可能像后者一样在不知不觉中沦为现实的保守同谋。当然我们在此所说的政治是广义上的。我们也不是要求伦理批评像某些后现代批评一样只谈政治、不谈道德，以免丧失对现实问题的实际关照和行动能力。我们只是想提醒伦理批评者，伦理和政治从来都是密切交织在一起的，它们甚至可以说是一个问题的两个表现方面。任何一种批评都是伦理的，因为它们都是为了让读者在各自理解的层面上变得“更好”；任何一种批评也都是政治的，因为它们都想按照各自理解的维度塑造读者，进而塑造社会。

结　语

众所周知，文学批评在今天的公共生活中扮演的角色已非常微不足道。造成这一后果的因素有很多，其中既有社会方面的问题，也有文学研究本身的问题。不过，文学批评的日益学院化、精英化和私人化却也是不可否认的重要原因。批评家在痴迷于一个个晦涩抽象的专业话题的同时，却也忘记了文学研究应该有的现实伦理关切。公众很少能够参与到文学讨论中去，文学也很少再像往常那样能够成为公共话题。在这种情况下，伦理批评的复兴也是应了时代之需。伦理批评要求文学研究必须关注读者的现实伦理需求，能够帮助解决他们的现实困境，这对恢复文学的公共职能具有一定的积极作用。不过，如果伦理批评仍不能摆脱传统道德批评固有的理论缺陷以及说教性的话语方式，那么文学批评就依然难以真正成为对公众有益的交流活动。伦理批评者还需要认识到，文学的真正价值并不在于它可以很神奇地让普通人在道德上变得更完美，文学批评的作用也不仅在于给公众带来道德启示。如果批评家能够弱化自己的精英姿态，尊重读者的现实需求和知识立场，热情邀请读者一起参与对文学的公共伦理价值的探讨，让文学批评再次成为代表多元价值的多种声音进行公平对话协商的开放公共领域，那么文学批评一定能更好地发挥其有益于公众的全部潜能，“成为一座同时通向正义的图景和实践这幅图景的桥梁”[1]。

---

① ［美］纳斯鲍姆:《诗性正义——文学想象与公共生活》，丁晓东译，北京大学出版社 2010 年版，第 26 页。

第十七章　伦理认同、文学想象与公共生活

——评纳斯鲍姆的伦理批评思想

自20世纪末以来，文学批评中的伦理学转向日益成为一股热潮，持续不断地涌现出一大批耀眼的学术明星，理论著述更是让人应接不暇。人们似乎已经摆脱了后结构主义所带来的对道德传统的质疑和挖苦，试图恢复伦理批评在重建人类生活中的重要作用。几乎与此同时，在哲学领域中由玛莎·纳斯鲍姆（Martha Nussbaum，1947—　）所引导的文学转向也在显著发生。作为美国当代最著名的哲学家和公共知识分子之一，纳斯鲍姆曾被美国《外交政策》列入“世界百名杰出知识分子”，2003年又被《新政治家》评为全球最具影响的十二位思想家之一，现任芝加哥大学法学院、神学院和哲学系合聘的弗伦德法学与伦理学杰出教授。她著作等身，学术兴趣广泛，擅长在文学、法学、伦理学、女性学、教育学和古典学等众多领域自由穿梭，且总能“在不同框架语境内思考一个命题，或阅读一部作品，并提出可靠且有见地的新思想”[1]。

虽然纳斯鲍姆的学术研究具有鲜明的跨学科性，但文学阅读和批评总是她切入法学、伦理、教育等更广泛议题的基本路径。她非常强

---

① David Gorman，Kenneth Womack，“Introduction：Cultivating Humanity with Martha Nussbaum”，*Interdisciplinary Literary Studies*，19.2（2017）：145 - 148，p. 146.

调文学阅读作为一种不可或缺的思考途径的重要性。在她看来，对包括思想家在内的每个人而言，“我们应当如何生活”都是一个最值得思考的命题。究竟什么样的生活最值得追求？人与人之间应该如何建立最有益的公共秩序？文学对于我们解答这些难题有什么启发？正如特里西亚·代克（Tricia Van Dyk）所指出的，“纳斯鲍姆并非认为一切哲学问题——甚至人类应当如何生活的问题——都可以从小说中得到最好回答，也并不认为所有小说都是有益的，她只是让人信服地指出，小说可以完成单靠抽象的道德信条和哲学例证或生活本身不能完成的工作。”①

纳斯鲍姆的成名作是其伦理批评三部曲，分别是《善的脆弱性——古希腊悲剧和哲学中的运气与伦理》（*The Fragility of Goodness*：*Luck and Ethics in Greek Tragedy and Philosophy*，1986）、《爱的知识——哲学与文学论文集》（*Love's Knowledge*：*Essays on Philosophy and Literature*，1990）以及《诗性正义——文学想象与公共生活》（*Poetic Justice*：*The Literary Imagination and Public Life*，1995）等著作，它们奠定了她在伦理批评领域的重要地位，与韦恩·布思和希利斯·米勒一同被公认为引领西方文学理论界的伦理学转向的三驾马车②。21 世纪以来，她又出版了《无关利益：民主为何需要人文学科?》（*Not for Profit*：*Why Democracy Needs the Humanities*，2010）和《政治情感：爱为何关乎正义?》（*Political Emotions*：*Why Love Matters for Justice*，2013）两部新作，继续为文学和人文研究正名，大声呼吁把人文教育纳入正义社会建设规划的关键议程。

纳斯鲍姆作为跨学科批评家，其思想在整个人文和社会科学领域都有广泛影响。国际著名杂志《跨学科文学研究》（*Interdisciplinary Literary Studies*）在 2017 年第 2 期出版专刊，集中讨论纳斯鲍姆学术思

---

① Tricia Van Dyk，“Not Just Cause and Effect：Resituating Martha Nussbaum's Defense of Novels as Moral Philosophy in a Hermeneutical Framework”，*Interdisciplinary Literary Studies*，19.2（2017）：204 - 219，p. 208.

② ［英］朱利安·沃尔弗雷斯：《21 世纪批评述介》，张琼、张冲译，南京大学出版社 2009 年版，第 142 页。

想对文学批评的意义。但相比之下，国内学界对她的关注仍主要集中于哲学、政治学和伦理学领域，尤其是她的诗学正义观，且多以批评性的意见为主。国内学者大多既肯定她把诗性正义作为理性正义之补充的积极意义，也对其脱离实践的理想化色彩多有批评。[①] 整体来看，我们对纳斯鲍姆的伦理批评思想关注还不够。而如果没有对其文学伦理批评思想的系统分析，则很难对其学术思想的核心旨归——诗性正义——做出客观评价。因此，本文将试图从三个议题为切入点，对其伦理批评思想做出整体描述：第一，文学如何可以成为道德哲学的补充；第二，小说阅读如何通过情感反应来唤起读者的伦理认同；第三，文学想象是否可以促进公共生活的完善。这三个议题共同构成纳斯鲍姆的伦理批评思想的主体。

一 作为道德哲学之补充的文学

国内文学伦理学批评倡导者聂珍钊先生曾指出："欧洲的文学从荷马史诗开始就可以证明，文学的性质是伦理的。"[②] 翻阅欧洲文学史可以看到，几乎所有伟大的作家，比如托尔斯泰、亨利·詹姆斯、狄更斯、康拉德、托马斯·曼、莫里森和劳伦斯等人，无不把幸福与悲痛、情爱与罪恶、复仇与惩罚等这些与人类生活密切相关的伦理命题作为自己的创作主题。即便是以玩弄文字游戏著称的后现代作家，其实从根本上仍没有彻底放弃对伦理问题的探索。无论是在东方还是西方，文学在历史上都曾长期被视为最高尚且有效的道德教化工具，尤其那些被精心挑选出来的经典作品，更被视为能够哺育心灵、让

① 参见刘锋杰《努斯鲍姆"诗性正义"观及其争议辨析》，《河北学刊》2017 年第 5 期；刘阳《诗性正义的理论矛盾与应用限度——与玛莎·努斯鲍姆教授商榷》，《探索与争鸣》2016 年第 12 期；杨豹、肖红春《正义的实现仅仅依靠理性吗？——探讨努斯鲍姆的诗性正义》，《华中科技大学学报》2012 年第 5 期；王国豫、荆珊《从诗性正义到能力正义——努斯鲍姆正义理论探究》，《伦理学研究》2016 年第 1 期。

② 聂珍钊：《文学伦理学批评：基本理论与术语》，《外国文学研究》2010 年第 1 期。

人变得更完美的精神食粮。人们可以从文学作品中寻找道德楷模，学会弃恶扬善。

在17—18世纪的西方城市公共生活领域，文学也曾经发挥着至关重要的联结公共话语的职能。人们在阅读经验的分享过程中构建协商理性。然而自20世纪以来——哈贝马斯甚至要把时间提前到18世纪——随着商品和市场逻辑在全球范围内攻城略地，功利主义思维逐渐占据主导地位，那些能够在短期内带来物质效益的活动越来越受推崇，得到持续不断的投入。相反，那些看上去不能立即产生现实回报的活动却受到冷落，尤其是文学阅读。它似乎充其量只是人们在闲暇时间打磨时光、寻找一点乐趣的精神零食。过多的投入有害无益，反倒会削弱人们在现实生活中的经济竞争力。以文学为主的人文教育在现代大学乃至整个社会领域的日益边缘化正是其尴尬现状的真实反映，表现为经费削减、招生规模缩小、在公共事务上失去话语权等。有感于这种"世界范围内的教育危机"，纳斯鲍姆指出："如果这一趋势继续下去，世界各国将很快生产出一代又一代有用的机器，而非能够独立思考、批判传统并能理解他人疾苦和成就的完整公民。"① 可以说，纳斯鲍姆全部著作的一个核心命题，就是认为文学对于民主社会是无价的，因为它能够培养人们相互之间的同情和理解。自亚里士多德之后，文学对社会的这种积极功能就被大大低估乃至忽视了。她的工作正是要复活亚里士多德的道德哲学传统，她和后者一样，始终把人类的幸福和美好品格放在至关重要的位置。正如汉娜·麦莉托娅（Hanna Meretoja）所指出的："纳斯鲍姆和亚里士多德站在一边，认为艺术可以培养我们赋予事物以价值的能力，以及关心他者的能力，不仅关心自我，也关心他者的疾苦和愿望。"② 正因如此，纳斯鲍姆才被

① Martha Nussbaum, *Not For Profit: Why Democracy Needs the Humanities*, Princeton: Princeton UP, 2010, p. 2.

② Hanna Meretoja, "A Sense of History—a Sense of the Possible: Nussbaum and Hermeneutics on the Ethical Potential of Literature", in Hanna Meretoja & etc. eds., *Value Inquiry Book Series*, Vol. 278, Boston: Brill Rodopi, 2015: 25 – 46, p. 36.

哈普汉姆视为后启蒙主义时代西方哲学界的一个另类，认为她试图通过复古来给当下哲学带来创新，“大部分人在思考启蒙主义时都会视自己为反启蒙或后启蒙主义者，纳斯鲍姆却大胆宣告自己是前启蒙主义的亚里士多德追随者”[①]。除此以外，哈普汉姆认为亚当·斯密的《道德情操论》、F. R. 利维斯和莱昂纳尔·特里林等传统人文主义者的文学教育观，以及韦恩·布斯的小说伦理学等也都是纳斯鲍姆重要的思想源头，他们共同塑造了纳氏最基本的伦理批评观，即“文学关注的是人类世界，而非仅是文本或虚构世界；文学与生活的关系从本质上来说是道德关系，只是表现不一；审美活动并非自治于生活世界之外；文学创造并反映了人际之间的‘共同体’；文学把思想和情感统一起来；最伟大的文学在本质上都倡导自由和民主精神，即便它们在现代世界发挥着世俗宗教的责任”[②]。

纳斯鲍姆认为文学中总是蕴含着极为丰富的道德内涵，作家往往都是基于自己直接或间接的伦理体验，用独特的语言叙事表达某些道德感悟，以求给读者的现实生活带来启发和教诲。[③] 读者在阅读过程中虽然知道文学都是虚构的，与现实世界不能完全对应，但总免不了要从文学中寻找自己日常生活的灵感。我们总是不自觉地把生活中的情境与小说情境相对照，有时甚至会效仿小说人物的某些做法，这既是出于人的模仿天性，也是出于现实需要。不过，虽然文学的伦理功能显而易见，它却很少得到伦理学家的认可，道德哲学也几乎从未把文学作品纳入自己的考察范围。自柏拉图以降，文学与哲学之间一直保持着严格的屏障，柏拉图否认诗具有任何的理性认知功能，认为诗人只是凭借感官经验去模仿个别事物的外观，或是凭借神灵附体的迷狂而胡言乱语。由于诗人会以虚构的谎言亵渎神明和英雄，同时还会

---

① Geoffrey Harpham, “The Hunger of Martha Nussbaum”, *Representations*, 77. 1 (2002): 52－81, p. 57.

② Geoffrey Harpham, “The Hunger of Martha Nussbaum”, p. 58.

③ Martha Nussbaum, “Exactly and Responsibly: A Defense of Ethical Criticism”, *Philosophy and Literature*, 22 (1998): 343－365, p. 343.

通过模仿人性中的低劣部分来取悦民众，所以柏拉图的理想国不欢迎诗人。虽然此后的亚里士多德竭力证明文学也具有理性的认知功能，强调艺术模仿也可以使事物呈现一般的、典型的和本质的特征，但总的来讲，哲学还是对文学抱有深刻敌意。

伦理学家常把道德哲学的源头追溯至古希腊的赫拉克利特、德谟克利特、苏格拉底和智者派等思想家，柏拉图和亚里士多德的著作更是被视为伦理研究的“圣经”，然而像荷马和索福克勒斯等诗人的文学作品却被排斥在外。尽管它们同样有着极为丰富的伦理内涵，却至多被当成进行哲学思辨所必需的道德基础对待。纳斯鲍姆曾说起过自己的一段求学经历。1969 年她在哈佛大学攻读哲学硕士学位时，曾打算以古希腊的史诗和悲剧为研究起点，但自己的研究计划却不被当时的学术惯例接纳，有人甚至建议她转到文学院继续研究才更合适。康德主义或功利主义道德哲学垄断着当时的主流学术话语，两者都反对把文学纳入哲学视野。而那时候仍由新批评把持的文学院同样也不欢迎一切“非文学的”研究路径，文学批评被视为与一切伦理的和实用的考量不相关。纳斯鲍姆对此非常不满，在对古希腊哲学进行深入研究后，她指出：“在柏拉图之前，在对人类实践问题‘哲学式的’和‘文学式的’讨论之间是没有区别的。”把哲学当成“严肃的追求真理的写作方式”，而把文学当成“一种主要以娱乐为目的的写作方式”，这种做法对古希腊人来说是实在没有必要，[①] 因为古希腊人把文学家与哲学家共同视为“在人类生活的重大问题上寻求智慧的人”[②]，他们探讨的其实是同一个命题，即“我们应该怎样生活”，他们只是从不同角度、用不同的写作方式给出了不同回答，各有所长却殊途同归。至少在公元前 4 世纪之前，诗人一直被奉为最重要的伦理导师，而有

① ［美］纳斯鲍姆：《善的脆弱性——古希腊悲剧和哲学中的运气与伦理》，徐向东、陆萌译，译林出版社 2007 年版，第 163 页。

② ［美］纳斯鲍姆：《善的脆弱性——古希腊悲剧和哲学中的运气与伦理》，徐向东、陆萌译，译林出版社 2007 年版，第 165 页。

一些被视为哲学家的人本身即是诗人，比如色洛芬尼和巴门尼德等人。当时的城邦公民去观赏戏剧并非仅仅出于娱乐目的，而是各自带着对生活的不同理解和困惑，与演员、剧作家以及其他观众一起参与对人生的探讨，并对某些与群体福祉密切相关的伦理价值进行集体反思和检验。也正是因为这些，古希腊的城邦政府才会用发放津贴的方式鼓励民众观看演出。

然而自从柏拉图之后，文学与哲学之间的间隙日渐加深，道德哲学家们普遍不再重视文学中的伦理内涵，也不再把以想象和修辞见长的文学语言当作讨论真理的可靠途径，而是越来越向自然科学靠拢。在研究方法上，他们力求做到抽象、冷静、客观和准确，以便得出"一套简洁的、可被编成法典的道德公式（或选择公式的程序），可以被任何行为主体运用于某个情境并带来合理、确定的行动指南"①。于是哲学变得越来越晦涩、枯燥和乏味，这在康德、洛克和笛卡尔等人的著作中表现得尤为明显，他们所得出的那些道德律令也因太过抽象笼统而失去对普通人的指导作用，进而演变为大而无当的屠龙之技。对于普通人而言，康德的《实践理性批判》可能远比不上狄更斯和詹姆斯等人的小说更有启发，因为生活的精彩之处就在于它时时充满变数，它要求我们在不同情况下随机应变，做出合情合理的选择。选择的"恰当性"可能远比"正确性"更重要。哲学上的那些道德律令只是给人们的现实行为提供了可供参考的一般条件，而非充分条件，不可能精确应对现实生活情境。相比之下，文学作品却用其独特的叙事特征能够更好地描述出生活的复杂、细腻之处。纳斯鲍姆认为："某些人生道理只能用叙事艺术家特有的语言和形式才能恰当和准确地表达出来。考虑到生活中的某些元素，小说家的艺术语言就像长着翅膀的机敏生灵，能够敏锐感受到被迟钝的日常语言或枯燥乏味的理论话语忽视的地方。"②

① R. Halwani, "Literary Ethics", *Journal of Aesthetic Education*, 3 (1998): 19-32, p. 20.

② Martha Nussbaum, *Love's Knowledge: Essays on Philosophy and Literature*, Oxford: Oxford UP, 1990, p. 5.

有感于此，纳斯鲍姆坚定地要在文学与哲学之间搭起一座桥梁。她于1986年出版的成名作《善的脆弱性》，其突出特点便是把索福克勒斯和欧里庇得斯等古希腊文学家与柏拉图和亚里士多德等哲学家放在同等重要的位置上，视他们为探索人类幸福本质的同路人，各有所长也各有其短。在1990年出版的《爱的知识》中，她更是进一步把查尔斯·狄更斯、亨利·詹姆斯、塞缪尔·贝克特以及马塞尔·普罗斯特等小说家纳入进来，他们的文学作品因为被当作探讨现代伦理命题的有效途径。

纳斯鲍姆试图发掘并恢复文学作为道德哲学有益补充的古老传统，提升文学对建设人类美好生活的重要意义。这对倡导文学作品不过是“语言的牢笼”“语言游戏的欢乐宫”的后现代主义来说，是一种有利的反驳。文学阅读不仅仅是享乐主义的行为，更是有益于搭建人与人之间的心灵桥梁，构建和谐美好的人类幸福生活。但在另一方面，纳斯鲍姆的主张也有其显而易见的缺陷。正如杰西·凯林（Jesse Kalin）所指出的，“声称文学对道德哲学有价值是一回事，但若因此而给予它……一种特殊的认识论地位就是另一回事了。因为潜伏在这一主张之后的价值和感知观念本身都是未被理解透彻的”[①]。对于纳斯鲍姆的主张，我们可以提出的几个简单疑问就是：如何选择作品？由谁来选？是否所有作品都可以发挥同样的伦理功能？读者的现实语境以及头脑中的价值预设如何影响阅读效果？阅读好的文学作品一定能产生正面效果吗？对这些问题，纳斯鲍姆显然是语焉不详的。我们也将在下文继续讨论。

纳斯鲍姆批评现行的学术惯例让哲学家忘记了哲学研究的真正使命应该是引领更美好的生活，给公众提供一种更完善的伦理参照，而非生产出一大堆舍我其谁的排他性的抽象定义和结论。她并不否认哲

① Jesse Kalin, “Knowing Novels: Nussbaum on Fiction and Moral Theory”, *Ethics*, 103.1 (1992): 135－151, p.143.

学在完善公共生活方面亦有突出贡献，也绝非建议用詹姆斯和普罗斯特等人的小说来取代柏拉图和康德等人的哲学著作，她只是不满意把文学完全排除在哲学大门之外的传统做法。她说："我只是提出一个小小的建议，即我们应当添加对某些伟大小说的研究，以便确定我们公正地对待了一切可供选择的善的构想。"[①] 理由是，若没有文学的帮助，我们单纯依靠道德哲学将无法充分表述出一种有力的伦理构想，而这是我们必须探究的命题。

二　阅读过程中的情感回应与伦理认同

自启蒙运动以来，以康德为代表的道德哲学成为西方正统伦理思想。康德把纯粹理性视为人类道德活动的基础，认为人的理性在道德实践领域完全是一种不受任何外在因素影响的自发力量，一切真正的善行都必须是自发自觉的，必须以善良自身为目的，这就是善良意志。人的善良意志自身为自己立法并自觉守法，这就是道德自律，它表现为需要无条件服从的"我应该……"的绝对命令，而非"如果……就……"的假言命令。[②] 然而不可否认的是，这种道德哲学所设想的绝对命令往往都是一些过于抽象和一般的原则公式，没有考虑到人们在具体现实情境中面临的复杂性，没有把"我们究竟应当如何生活"的问题合情合理地充分考虑，因此也就不能保证总能指导人们做出恰当选择。这就好比仅仅掌握交通规则和驾驶技术并不能保证我们可以妥善处理路面突发状况一样，我们还需要结合具体情况灵活应对。纳斯鲍姆对康德的道德哲学传统多有不满，其根源正在于此。与之相反，纳斯鲍姆认为她最青睐的亚里士多德却有不同的伦理思考路径，后者把"人究竟该如何生活"的问题当作其思

---

① Martha Nussbaum, "Reply to Richard Wollheim, Patrick Gardiner, and Hilary Putnam", *New Literary History*, 15.1 (1983): 201－208, p.204.

② 赵敦华：《西方哲学简史》，北京大学出版社2001年版，第280—281页。

想原点。[1]

受康德影响，传统道德哲学严重忽视情感在道德活动中的作用，它在潜意识中把每个道德行为主体设想为冷静，甚至冷酷的理性人，但过分依赖心中的绝对命令则很可能会让人失去对具体复杂情境的判断力，就好比一位建筑师若只使用直尺便很难准确测量不规则物体的尺寸一样。“讲求理论的人骄傲于他们的理智能力，自信掌握了解决实际问题的技巧，但对理论的倾注却会让人对那些情感和想象的具体反应不敏感，这种情况时有发生。”[2] 纳斯鲍姆相信，情感与理智非但不是对立的，反倒会有益于理性的认知。具体的生活情境总是充满无数的多变因素，我们终生都有可能不会遭遇两个完全一致的情境，因此也就不能完全仿照书本或者他人的经验。而且完全抛弃情感反倒会让我们的理性判断不切实际。纳斯鲍姆认为，我们所能做的就是增加生活阅历，不断锐化我们对现实情境多变性的感知力，进而学会做出恰当伦理抉择。然而我们每个人的生活世界总是有限的，不可能在短时间内积累足够的直接经验。在这种情况下，阅读文学作品便不失为获取间接生活经验的好选择。她说：“我们的生活从来都不够丰富。如果没有小说，我们的经历便太局限、太狭隘，而文学则可以延伸它，让我们可以反思和感受到或许原本距离我们的感觉太过遥远的事物。”[3] 而对纳斯鲍姆有着重要影响的美国批评家特里林（Lionel Trilling）则说得更为直接：“我认为小说是进行道德想象的尤为有用的代

---

① 当然，很多人并不认可纳斯鲍姆对康德的批判。比如杰西·凯林便认为康德并非如纳斯鲍姆所说那样轻视，甚至忽略“人应当如何生活”的问题。相反，这个问题也同样贯穿在他的所有著作中。在康德看来，一个人要想生活得好，就必须活得有尊严且活在道德的疆界中。为此，道德知识就是至关重要的。凯林甚至认为，纳斯鲍姆与康德和穆勒等人相比并无高明之处，“我们应当如何生活”，“我们为什么要有道德”，“我有哪些义务”，等等，这些都可以作为道德哲学的思考起点。“哪一个也不比另一个更优越、更基础，而任何一个也都倾向于包含其他几个，因此，纳斯鲍姆并不能说她的出发点比别人更高明。” Jesse Kalin，“Knowing Novels：Nussbaum on Fiction and Moral Theory”，p. 145.

② Martha Nussbaum，*Love's Knowledge*：*Essays on Philosophy and Literature*，p. 81.

③ Martha Nussbaum，*Love's Knowledge*：*Essays on Philosophy and Literature*，p. 81.

理，它是一种最能直接向我们揭示社会生活的复杂性、困难性和趣味性的文学形式，并最能教导我们有关人性的多样性和矛盾性。”[①]

纳斯鲍姆常把人生比作一个大舞台，它每天都上演着各种故事，但每个人却没有在台下做准备的时间，也没有台词和剧本，只能依靠自己的临场发挥才能扮演好自己的角色。我们总免不了经常对自己的角色任务不知所措，但我们在阅读更具戏剧化的小说时，却可以成为比故事人物更清醒睿智的旁观者，能够观察到他们的困境与出路。哲学家往往在其著作中以师长的口吻要求我们谦卑地聆听他们的训诫，而小说家却会像朋友一样以讲故事的方式邀请读者一起参与精神探索之旅，其中既有感情的投入又有理性的认知。在面对他者时，康德教导人们首先要考虑“我们有哪些道德义务”，功利主义哲学关心“如何最大化利用他人”，而文学则引导人们学会“把他人真正当作人，而非仅是对象的能力”[②]。小说带给我们的不是一条条枯燥的道德公式，而是众多鲜活的伦理活动范例。伟大的故事从不告诉我们在何种情况下必须或应该怎么做，而只是示范给我们可以怎么做、会产生何种可能后果。纳斯鲍姆指出，“如果我们很好地阅读，我们对小说人物的关注本身就是一种典型的道德关注，……人物的情感、被搅动的理智、他们的道德意识因此也就在足够的细读中变成我们自身的冒险。通过认同于他们，并允许我们自身感受到惊奇，我们也就能够在自己的生活冒险中有更灵敏的反应，更愿意看到和触及到生活”[③]。

在纳斯鲍姆的理论体系中，怜悯（compassion）是一个核心范畴。简单来说，它指的就是视他人之疾苦为己所不忍之事，“把他人纳入自己的关切范围”，它依靠的是“（对他人的）同情以及对相似可能性的判断”。而同情（empathy）则意味着“把自己想象性地置入他人立场”[④]，

---

① 转引自 Martha Nussbaum, *Love's Knowledge: Essays on Philosophy and Literature*, p. 45。

② Martha Nussbaum, *Not For Profit: Why Democracy Needs the Humanities*, p. 6.

③ Martha Nussbaum, *Love's Knowledge: Essays on Philosophy and Literature*, p. 162.

④ Martha Nussbaum, *Upheavals of Thought: the Intelligence of the Emotions*, Cambridge, Cambridge UP, 2001, pp. 336, 342.

即平常所谓的换位思考，将心比心。对纳斯鲍姆来说，怜悯之心是良好公民素养的重要构成要素，它可以增强人与人之间休戚与共的凝聚力。而文学——尤其是她推崇的现实主义小说，比如狄更斯的《艰难时世》、拉尔夫·埃利森的《看不见的人》、约翰·斯坦贝克的《愤怒的葡萄》、理查德·怀特的《土生子》等——能够有助于培养这种能力，“锻炼想象的肌肉，使人们能够暂时进入另一个人的世界，从外人的视角看待那个世界所发生的事件的意义”①。她尤其推崇以狄更斯的《艰难时世》为代表的经典现实主义小说，认为它能够增加读者（假定中产阶级）对工人阶级的理解，“使我们接受了我们自身阶级之外的其他社会阶级成员的平等人性”②。埃利森的《看不见的人》，斯坦贝克的《愤怒的葡萄》、赖特的《土生子》等现代小说也都是她赞赏的作品，认为它们都可以“锻炼想象的肌肉，使人们能够暂时进入另一个人的世界，从外人的视角看待那个世界所发生的事件的意义”③。她进而还写道，

> （这些小说）描绘了在具体社会情境下感受到的一直存在的人类需求和渴望的形式。毫无疑问，这些情境常常与读者自身的情境非常不同。如果认识到这一点，那么可以说，小说从总体上建构了一位与小说的角色拥有某些共同的希望、恐惧和普遍人类关怀的虚拟读者，并且，因为这些共同的希望，这位虚拟读者和这些角色建立了认同与同情的联系；当然，这位虚拟的读者仍然处于别处，需要让他熟悉小说角色的具体情境。通过这种方式，文本与它想象读者之间的互动结构本身让读者看到，社会与环境特征的易变性如何影响我们实现共同的希望与期待……④

---

① Martha Nussbaum, *Upheavals of Thought*: *the Intelligence of the Emotions*, p. 431.

② ［美］纳斯鲍姆：《诗性正义——文学想象与公共生活》，丁晓东译，北京大学出版社2010年版，第56页。

③ Martha Nussbaum, *Upheavals of Thought*, p. 431.

④ ［美］纳斯鲍姆：《诗性正义——文学想象与公共生活》，丁晓东译，北京大学出版社2010年版，第19页。

亚当·斯密在其名著《道德情操论》中曾认为，同情与怜悯是人与生俱来的情感能力，即便是非常自私的人也不可能对他人的不幸遭遇完全无动于衷。虽然我们不能切身体会他人的感受，但是“我们可以通过想象把自己置入他人的境遇，想象自己正在经历同样的苦难，我们便好像进入了他人的身体，在某种程度上成为与他同样的人，并由此理解他的感受，甚至可以得出相近的感受，只是在程度上会弱一些。”[①] 纳斯鲍姆也继承了斯密的这种同情伦理观。她认为，读者要想真正有效地从小说中受益，就应该全身心地认同于故事中的某个人物，让自己“扮演”他/她的角色，亲身体验故事中的伦理困境，理解每种伦理抉择的必要性和相应后果，进而锻炼自身在现实生活中的行为能力。伟大的作家都有着极为细腻的笔触，能够周到地考虑恰当伦理行为的环境因素，“他们把大量相关的细节呈现给我们，但同时又与我们交谈，他们让我们想象自己的情境与故事情境之间有哪些可能的关联，让我们认同于故事人物和/或者情境，由此感知有哪些相同和相异之处。他们还用这种方式表明，许多道德关联都是可能被推而广之的：学习梅吉（指亨利·詹姆斯的小说《金碗》中的女主人公——译者注）的情境有助于我们理解自身”[②]。

三　文学想象与公共生活

毋庸置疑的是，文学在普通人的日常生活中发挥着非常重要的伦理示范作用，很多人可能终生不会直接阅读法律、哲学或政治学著作，也不了解任何书面化的伦理行为准则或公共生活规范，却很少有人从未阅读过文学作品，即便是文盲也可以通过戏剧或口传文学来获取间接阅读经验。聂珍钊先生也曾指出：“文学的根本目的不在于为人类

① A. Smith, *The Theory of Moral Sentiments*, São Paulo: Metalibri, 2006, p. 4.

② Martha Nussbaum, *Love's Knowledge: Essays on Philosophy and Literature*, p. 95.

提供娱乐，而在于为人类提供从伦理角度认识社会和生活的道德范例，为人类的物质生活和精神生活提供道德指引，为人类的自我完善提供道德经验。”[①] 文学阅读经验对普通人的日常生活有着非常大的影响，对其伦理困境的解决有重要启示作用，但这种作用却时常被人忽视，尤其是被那些设计公共生活的伦理学家、法学家以及公共政策制定者们所忽视。这在纳斯鲍姆看来非常不合理，对她来说，文学绝不是仅被用来填补空闲时间的装饰品，它有足够的潜力为我们的公共生活带来更多益处，“不只是在我们的家里或者学校里塑造我们孩子的洞识，而且也在我们关于公共政策和发展研究的学习中，在我们的政府办公室和法庭中，甚至在我们的法学院中——只要是公共想象可以被塑造与培育的地方——作为一种公共理性教育的必需部分。”[②] 为了替文学赢回它在公共生活中的应有位置，纳斯鲍姆在《诗性正义》一书中详细论证了叙事文学如何有助于在读者心中培育“一种生动的公共推理观念，一种人文主义的而不是伪科学的观念”，以及“这种观念有可能会给公共领域带来哪些益处”[③]。

纳斯鲍姆认为文学阅读能够培养我们换位思考的能力，即“能够设身处地的想象与自己不同的他人，能够成为他的故事的理智的读者，能够理解处在那个位置上的人会有的情感，愿望和欲求”[④]。这意味着承认其他人类主体的存在，承认他们也都是拥有思想、情感、有灵魂，这种能力并非与生俱来，而是在与父母亲人的生活交往中逐渐习得的，后天的教育和环境还需要对它构成良好地培育。纳斯鲍姆并不认为所有的文学作品都可有益于增进这种能力，不好的作品甚至有相反效果，会让人们变得更加自私自利，自以为是。但对于哪些作品是好的，哪

① 聂珍钊：《文学伦理学批评与道德批评》，《外国文学研究》2006 年第 2 期。

② ［美］纳斯鲍姆：《诗性正义——文学想象与公共生活》，丁晓东译，北京大学出版社 2010 年版，第 13 页。

③ ［美］纳斯鲍姆：《诗性正义——文学想象与公共生活》，丁晓东译，北京大学出版社 2010 年版，第 10 页。

④ Martha Nussbaum, *Not For Profit: Why Democracy Needs the Humanities*, pp. 95 – 96.

些是坏的，应该由谁来判断，判断的依据是什么？纳斯鲍姆在这些问题上显然又给道德审查主义预留了后门。

针对文学如何在公共生活中发挥伦理功能这一核心议题，纳斯鲍姆对三种较为常见的误解提出了批评：其一，受传统道德哲学和伦理批评方法影响，很多人误认为，只有那些能够被剥离出清晰的道德公式的文学作品才具有实际伦理功能，即，文学作品必须可以直接启示读者在类似情境下的伦理抉择；其二，正像柏拉图所担心的那样，有不少人认为文学从根本上就是一种非理性的艺术，它很容易让读者陷入兴奋、狂热、哀伤与忧思等人性的脆弱情绪而不能自拔、丧失理智，进而失去对现实抉择的理性判断力；其三，很多人认为，即便文学如纳斯鲍姆所说的那样，可以有益于读者的情感培养，但这种好处也仅局限于远离政治、经济和法律等公共事物的私人生活方面，无法延伸至阶级、民族和国家等宏大议题。于是文学始终被很多人视为一种次要的、可有可无的东西，这在大学院系设置中的文学院的卑微处境上可以看出。纳斯鲍姆认为，这三种误解其实都源自同样一种理性主义的思维偏见，它在与公共生活相关的政治、经济和法律等诸多政策制定领域表现为一种经济学功利主义或成本——收益模式[①]，它要求人们处处以理性而非情感来看待世界，用精确的数学计算能力把一切事物之间的质的差异转化为可公度的量的差异，进而得出简便易行的行为解决方案。它假定最大化人类幸福的总量应该是个人和社会行为的唯一正确目标，个人选择的最终目的要么是自身利益满足的最大化，要么是整个群体幸福的最大化。这种经济学功利主义在潜意识中把人视为期待满足的享乐容器，彼此之间只有容量多少的差别而无质的差异。它只注意到一种非常抽象和概括化的人，而非有着不同情感需求和价值考量的鲜活个体。于是，在大多数以谋求社会福祉为目的的经

① ［美］纳斯鲍姆：《诗性正义——文学想象与公共生活》，丁晓东译，北京大学出版社 2010 年版，第 14 页。

济学或政治学著作中，下层人民的卑微生活经常典型的以阶级群像或统计数字的形式出现，其冷静客观的口吻让人怀疑它们找寻的现实对策会有多少具体的伦理关怀。

纳斯鲍姆认为，奉行经济学功利主义的公共理性由于只偏好那些能够被量化统计的东西，因此它就是盲目的，不会注意到现实生活的质的丰富性，不会注意人们内心深处的爱、希望与恐惧，也不会考虑究竟哪些东西才能让不同人的生活显示出不同意义。它试图为人们带来最大限度的幸福满足，却往往不能理解每个单独个体的痛苦和需求。所有这些经济学功利主义的弱点也恰恰是文学，尤其是小说能够发挥作用的地方，因为“小说的抽象讨论总是从一个个具体的人类生命开始，并总是表达了那个生命内心丰富世界的一部分”[①]。“它信奉每个人的独立性，信奉从质到量的不可化简性；它感知到发生在世界上每个人身上的事情都非常重要；它信奉不以外部孤立的视角去看待生命中的事情，就像是看待蚂蚁和机器零件的活动，而是以内在的视角，带着人们赋予自身的多种意义去看待他们。比起其他的叙述体裁，小说甚至更信奉内心世界的丰富性，信奉在具体的文本中体验一个生命所有历程的道德相关性。”[②]

通过讲述有趣的故事，小说让读者认同于故事人物角色，唤起他们的情感反应，去关心故事人物命运，进而激发读者的道德想象，这是小说叙事吸引读者的根本方式。读者常常发现自己随着情节发展而变得担忧、恐惧、欣喜和兴奋等，这些情绪是否果真如很多人害怕的那样会损害读者在现实生活中的理性抉择能力吗？良好的道德判断真的与情感和想象无关吗？纳斯鲍姆的回答是否定的。在对亚里士多德的哲学著作进行深入研究后，她指出，亚里士多德从未像后来的道德

---

① ［美］纳斯鲍姆：《诗性正义——文学想象与公共生活》，丁晓东译，北京大学出版社 2010 年版，第 49 页。

② ［美］纳斯鲍姆：《诗性正义——文学想象与公共生活》，丁晓东译，北京大学出版社 2010 年版，第 54 页。

哲学家们那样把理智与情感对立起来，而是认为真正的善举必须在内心不发生情感冲突的前提下才能实现，理智需要在情感的帮助下才能做出充分正确的选择，情感可以扮演认知的角色，而认知也必须运用情感因素才能形成恰当知识："亚里士多德用相当确切的口吻告诉我们，拥有实践智慧的人，不管是在公共生活还是在私人生活中，都会在自我和他人那里培育情感和想象的能力，并且谨慎做到不过分依赖于一种可能会窒息或阻碍情感反应的技术的，或纯粹理智的理论。他们会通过文学和历史著作来培育情感和想象，教会人们恰当反应的时机与程度。"①

在纳斯鲍姆看来，文学阅读有益于形成完善的伦理立场，这是一种要求我们在自我关注的同时也要关注那些过着完全不同生活的人们的善的立场，而这种立场正是构建更公正的公共理性的必要基础，"除非人们有能力通过想象进入遥远的他者的世界，并且激起这种参与的情感，否则一种公正的尊重人类尊严的伦理将不会融入真实的人群中。"② 小说让我们关注众多个体的困难和疾苦，它虽然不能直接告诉我们解决问题的方案，却能告诉我们应该注意的问题，帮助我们在制定政策时判断哪种选择能更好感应到不同人的需求。

需要指出的是，正像纳斯鲍姆没有建议用文学取代哲学一样，她也并非号召人们用文学阅读来替代法律和经济学等社会科学在解决公共事务方面的作用，她只是呼吁人们在寻求科学的解决路径的同时，不应排斥文学想象的辅助功能。文学阅读可以拓展我们的经验世界，使我们能够以更具人性化的态度去寻找更好地解决方案，以更富同情心的姿态去关注他人。她坚信："小说阅读并不能提供给我们关于社会正义的全部故事，但是它能够成为一座同时通向正义图景和实践这

① ［美］纳斯鲍姆：《诗性正义——文学想象与公共生活》，丁晓东译，北京大学出版社 2010 年版，第 82 页。

② ［美］纳斯鲍姆：《诗性正义——文学想象与公共生活》，丁晓东译，北京大学出版社 2010 年版，第 7 页。

幅图景的桥梁。”①

结　语

作为实用主义批评的重要代表，伦理批评在西方文学批评史上曾长期占据绝对重要的地位，特别是自19世纪以来，在马修·阿诺德、利维斯和瑞查兹等人文主义者的推动下，文学批评成了一项最崇高的事业，“它不仅是最有价值的理性活动，而且最关乎我们的未来命运”。② 通过细读那些构成民族文学“伟大的传统”的文学经典，可以“传播温文尔雅的社会行为举止、正确的趣味习惯和共同的文化标准”③。人们相信文学可以告诉我们生活的真理，传播普遍伦理价值，可以让人成为“更好的人”。它对改善人类的生活品质至关重要，绝非可有可无。文学研究者就是传递文明圣火的使者，文学研究的目的是向普通读者阐明作品中的伦理价值，拉近他们之间的距离，释放作品蕴含的丰富道德能量。

然而，由于大多数传统伦理批评家在具体的批评实践中无法做到把伦理视角与美学视角很好地结合起来，导致伦理批评在多数情况下沦为一种肤浅的道德教条，把故事人物的行为化简为直接的道德样板，或者从中抽离出简单的道德教条加以鼓吹。于是文学研究越来越偏离它应有的轨迹，甚至成为让人反感的道德宣传活动，由此招致唯美主义和形式主义运动的强烈反叛。从新批评一直到解构主义，前赴后继出现的各种批评理论无不把伦理视角视为与文学研究不相关的“谬误”加以抵制。伦理批评也一度成为人人厌恶的老俗套遭到抛弃。但

---

① ［美］纳斯鲍姆：《诗性正义——文学想象与公共生活》，丁晓东译，北京大学出版社2010年版，第26页。

② 转引自A. Bacon，“English Literature Becomes a University Subject：King's College，London as Pioneer”，*Victorian Studies*，29.4（1986）：591－612，p.594。

③ ［英］特雷·伊格尔顿：《二十世纪西方文学理论》，伍晓明译，北京大学出版社2007年版，第16页。

自从20世纪80年代以来，在西方文学批评界盛行了大半个世纪的形式主义之风开始减弱，人们重新认识到，文学活动不可能，也从未真正离开人们的道德实践。被严重破坏的生态系统、继续恶化的全球经济危机、持续动荡的地缘政治结构、狭隘民族主义的重新崛起，以及不断扩大的社会结构矛盾等，这些现实问题迫切需要作家和读者共同面对，因为这关系到全人类在21世纪乃至更遥远未来的切身福祉，而仅仅关注文学的文本特征、执迷于“文字之外别无他物”的后结构主义信条显然不能让我们解答这些问题。于是正如纳斯鲍姆所看到的：“人们正迫切地以极大热情、从很多角度讨论有关正义、富足、社会分配、道德现实主义和相对主义、理性的本质、个人的概念、关于情感与欲望、运气在人生中的作用以及很多其他问题。”① 这也正是纳斯鲍姆的伦理批评思想出现的历史背景。

纳斯鲍姆强调，作家的使命就是要用恰当的艺术形式传达出自己对生活的细微体悟，引发读者在阅读过程中产生情感共鸣，并与作者一道探寻那些对共建人类群体的美好生活至关重要的伦理价值。她呼吁说：“我设想在将来……我们有关文学的探讨会日益回归实践层面的考量——回归那些伦理的和社会的问题，正是这些问题给了文学在我们生活中的重要地位。在这样一个未来，文学理论会和伦理学一起共同探究与‘人应该如何生活’相关的问题。”② 纳斯鲍姆要求文学有更多的伦理关切，这绝不意味着要让文学重新回归道德教条主义，甚至退化为道德理念的宣传工具，而是要求它承认文学与现实之间的紧密关联，尊重读者的伦理需求，用复杂和细腻的语言展示作家对人生、对社会问题的思索。对她来说，文学创作和阅读都不应仅仅是私人活动，它们都关切着整个人类群体的幸福生活。文学创作的目的不应仅满足美学表现方面的考虑，

---

① ［美］纳斯鲍姆：《诗性正义——文学想象与公共生活》，丁晓东译，北京大学出版社2010年版，第169页。

② ［美］纳斯鲍姆：《诗性正义——文学想象与公共生活》，丁晓东译，北京大学出版社2010年版，第168页。

更应表达出作者对更美好生活的建设性构想。阅读也不是为了享乐，而是在人与人之间创建更好生活的过程中发挥着重要作用，“它以一种特殊方式把读者带到一起，构造出一种特殊群体：在这样一个群体中，每一位个体的想象、思想和情感都被视为拥有道德价值并得到尊重。”①

纳斯鲍姆的伦理批评思想是西方文学批评领域发生“伦理学转向”的关键标志之一，其贡献已得到学界公认。当然，我们也不能忽视其理论建构方面的众多缺陷，比如她过分侧重文学的伦理功能却很少关注其语言文本特征；她把作家视为读者的道德导师，想当然地认为艺术家比普通人有更丰富的道德经验和更深刻的伦理关切；她没有注意到读者的复杂身份，把他/她们设想为有着共同阶级、性别、种族和文化等背景因素的同质化集体；此外她还从总体上假定阅读小说（尤其是由她选定的、以詹姆斯和狄更斯等人的作品为代表的英美现实主义小说）总会产生积极地效果等。

毋庸置疑，纳斯鲍姆让人们注意到文学在人与人之间的同情与怜悯所具有的巨大伦理潜能，然而我们也必须看到其观点中的片面性。虽然她也经历过理论热的熏陶，但似乎没有足够吸纳来自后结构主义、新历史主义、文化研究，特别是诠释学等批评理论的启示。② 她与20世纪60年代之前的形式主义和新批评者一样，在分析读者与文本之间的阅读活动时，仍顽固地忽视社会语境的影响，以至于有人批评她的文学思想“太偏向心理问题、太标准化且非历史”。③ 她似乎认为，无

① ［美］纳斯鲍姆：《诗性正义——文学想象与公共生活》，丁晓东译，北京大学出版社2010年版，第48页。

② 笔者曾就“如何对待后现代主义的遗产”这一问题归纳出了两条不同的伦理批评路径。第一种路径以纳斯鲍姆、布斯和格瑞格里等为代表，“他们更侧重对文学作品的伦理内容的阅读和批评，并且更尊重传统伦理批评的基本观念和假定”，第二种路径则以曾经的解构批评家希利斯·米勒为代表，“他更好地继承了后现代主义的遗产，认为解构主义绝非是在宣扬道德相对主义，它只是对传统伦理批评对待文本的方式感到不满”。参见拙文《伦理学转向》，《外国文学》2014年第4期。

③ Hanna Meretoja，“A Sense of History—a Sense of the Possible：Nussbaum and Hermeneutics on the Ethical Potential of Literature”，p. 43.

论读者处于什么样的社会历史语境下，也无论他与作品人物在政治、经济、种族、性别等立场上有多么大的差异，只要他愿意倾心尽力地深入文本，便总有达成同情理解的可能。这种看法未免太理想主义了。哈普汉姆讽刺其为“前批评时代的老古董”，其理论基础是一种“最‘原始’的读者反应观，相信读者与虚构人物之间的认同”①。我们能否理解他人，并不取决于我们是否真正愿意换位思考并认同他人，而取决于处于当下历史语境方位中的读者能否与文本故事语境中的人物形成某种对话或融合。用麦莉托娅的话来说，“想象他人的视角并非仅仅是一个心理认同过程，而是一个想象另一种历史经验的过程，而文学的潜能便是培育我们去感知历史和社会条件如何联系于不同的经验模式的能力。”② 当她假定读者总能或者应该与虚构人物达成同情的时候，其实就是假定了只有一种正确的理解途径，也就是自信于她自己的文本解读，正如她在阐释狄更斯等人的经典作品时所做的那样。但事实上不同读者在不同语境下完全有可能得出不同看法。比如关于詹姆斯的《金碗》，批评家哈特就与纳斯鲍姆产生分歧。他说：“我同意她的观点，即，它有一些重要的道德观点要告诉我们，道德哲学家可以从中学到一些东西。但我不同意的是《金碗》到底在说些什么：它到底讲了什么故事，以及我们可以从中获得哪些道德教育。”③ 同样，詹姆斯的小说在梅岑看来也远不像她说的那样充满“平等思想、仁爱精神以及道德责任”，而是“排他性的精英主义，以及道德上的迟钝麻木”④。可见，真正的伦理批评不应该是自诩权威的批评家向读者传达作品中的某种道德训诫，而是引导读者就作品中开放的道德内

① Geoffrey Harpham, “The Hunger of Martha Nussbaum”, p. 59.

② Hanna Meretoja, “A Sense of History—a Sense of the Possible: Nussbaum and Hermeneutics on the Ethical Potential of Literature”, p. 31.

③ W. A. Hart, “Martha Nussbaum and *The GoldenBowl*”, *Essays in Criticism*, 57. 3 (2007): 195 - 216, p. 196.

④ Rohan Maitzen, “Martha Nussbaum and the Moral Life of *Middlemarch*”, *Philosophy and Literature*, 30. 1 (2006): 190 - 207, p. 191.

涵进行协商，以得出一种更关切读者现实语境的地方化知识。这才与纳斯鲍姆地批评思想背后主张的民主思想更相符。

纳斯鲍姆反复告诉人们经典文学作品蕴含着丰富的道德知识，能够有助于人们加深彼此的理解和同情，但问题是如何才能确保这种只是总是有益的？小说或许会对读者做出有益的改变，让他变得更富有同情心，对他人的不幸更敏感，但并不能保证这种效果总能够发生。小说总是虚拟的，它和其他一切艺术产品一样，在虚拟世界得到伦理教化未必能够直接移植到现实世界。这和历史上一切试图用审美来替代监狱和宗教对人进行改造的企图一样不切实际。玛丽·比尔德（Mary Beard）曾在《泰晤士报文学副刊》上撰文称纳斯鲍姆的主张是一种“本科生风格的政治乐观主义”，“她对世界文化的解读简单狭隘、过于自信且非历史”[①]。这种批评虽然过于尖锐，却也并非全无道理。毕竟在经历过理论热的洗礼之后，人们对于文学、作者、读者和世界之间的复杂互动关系不该有如此简单化的认识。

更严重的是，如果假定审美活动和道德升华之间有必然因果联系，则几乎不可避免地会导向道德审查主义，事实上这也正是纳斯鲍姆的一个重大缺陷。经典现实主义小说在她那里总是得到优先选择，而有些作家则备受忽视。如她所说：“那些对人类及其困境缺乏关爱的作家，我想我是很容易就会厌烦的。有些蛮走红的作家，像托马斯·品钦，在我看来是冷冰冰的、难以接近的。”[②] 如果说托马斯·品钦以及其他后现代作家是“对人类及其困境缺乏关爱的作家”，我想肯定很多人会不赞同。难道关爱人类生活只能以现实主义小说方式再现吗？实际上，后现代作家绝非不关注人生，他们甚至要比现实主义作家更深刻、更痛楚地体验到了生活，只是他们早已经拥有了后现代的启蒙知识，看透了现实主义的虚假面相，也勘破了那些不断维系不公正现

① 转引自 Geoffrey Harpham，“The Hunger of Martha Nussbaum”，p. 54。

② 范昀、玛莎·努斯鲍姆：《艺术、理论及社会正义——美国芝加哥大学教授玛莎·努斯鲍姆访谈》，《文艺理论研究》2014 年第 5 期。

实秩序的虚假规则和道德体系，并以或戏谑或反讽，或激进或放纵的方式向它们发起质疑和挑战。[①] 这未尝不是对读者的另一种积极启示。文学的真正价值并不在于它可以很神奇地让普通人在道德上变得更完美，文学批评的作用也不仅在于给公众带来道德启示。确如纳斯鲍姆所言："小说阅读并不能提供给我们关于社会正义的全部故事。"[②] 它的真正功能应当在于复活一种早已消解的公共话语模式，让文学阅读和批评再次成为代表多元价值的多种声音进行对话协商的公共开放领域，在此值得商谈的不单是那些被理想化的道德价值，还有对构建真正美好的人类幸福生活必不可少的公平、正义、平等、自由等公共话题。只有如此，文学阅读才真正能够如她所说的那样，"成为一座同时通向正义的图景和实践这幅图景的桥梁"[③]。

① 笔者曾对后现代文学的积极文化—伦理内涵进行过辩护。笔者认为，虽然确有一部分后现代作家擅长以戏仿和反讽手法玩弄文字游戏，但也有很多后现代作家有着积极的社会关切。他们用貌似荒诞的反再现手法"引导人们去反思话语和权力在再现我们的生活并构造我们对生活的认识方面所发挥的作用，进而也就为更积极的社会政治实践孕育着可能性"。参见陈后亮《后现代主义与再现的危机——兼论后现代文学的创作特点与文化意义》，《国外文学》2014 年第 1 期。

② ［美］纳斯鲍姆：《诗性正义——文学想象与公共生活》，丁晓东译，北京大学出版社 2010 年版，第 26 页。

③ ［美］纳斯鲍姆：《诗性正义——文学想象与公共生活》，丁晓东译，北京大学出版社 2010 年版，第 26 页。

第十八章　小说修辞·阅读的伦理·批评多元主义

——再论韦恩·布斯的文学伦理批评

韦恩·布斯（Wayne Booth，1921—2005）与玛莎·纳斯鲍姆（Martha Nussbaum）和希利斯·米勒（J. Hillis Miller）一起，被公认为西方文学批评实现“伦理学转向”的关键人物。[①] 作为芝加哥学派的代表性理论家，他在小说修辞和叙事学领域的辉煌成就为他赢得广泛赞誉。同时他还克服了这一学派在研究小说形式与阅读接受之间的关系时常有的形式主义弊端，[②] 把形式技巧与伦理分析相结合，重点关注读者在阅读活动之中的经验过程（而非阅读之后的道德后果），进而建构出一种注重理据的伦理批评模式，去描述（而非武断地评价）文学文本是以何种方式影响了读者的伦理价值观。与很多伦理批评家经常难以摆脱道德教条主义不同，布斯的伦理批评力求做到精确客观，既不使用晦涩的术语，也不妄下独断的结论，而是尽量以有说服力的证据为基础，通过细致入微的文本修辞探究，最终得出负责任的价值判断，

---

① ［英］朱利安·沃尔弗雷斯：《21 世纪批评述介》，张琼、张冲译，南京大学出版社 2009 年版，第 142 页。

② 在克莱恩（R. S. Crane）等老一代芝加哥学派的批评家那里，阅读快感往往被视为贮藏在文本之中的某种“潜能”，静待读者把它发掘出来并转化为“动能”，而读者则被想象为一个无差别的抽象群体——“我们”。但在布斯这里，这个“我们”被分解为不同社会处境下的真实个体——“我”，阅读快感也被还原为“我”与文本“相遇”的每一个当下的生动感人的阅读体验。

同时避免道德审查倾向。

近些年来，随着文学伦理批评在国内成为热点话题，布斯的学说也逐渐引起人们关注。[1] 但总体来看，国内学界对他的了解还主要局限在修辞学方面，我们对他在反讽、隐喻和隐含的作者等方面的贡献已非常熟悉，但对其伦理批评思想的认识仍有待深入，甚至还存在不少误识。下面本文将细致梳理布斯在伦理批评方面的创见，同时对其理论展开批评性反思。

一 重新定位伦理批评

布斯的《我们所交的朋友：小说伦理学》被认为是伦理批评领域的里程碑式著作。在该书的前言部分，布斯明确了他的两个写作意图：一是"全面恢复我们从伦理角度谈论故事的常识性倾向在知识上的合法性"；二是"重新定位伦理批评，不再是对稳固作品的平淡乏味地好恶判断，而是把它转变为关于我们朋友品质的流畅交谈"[2]。自古希腊以降的漫长岁月里，伦理批评曾一直被视为当仁不让的主导批评模式，几乎每一位负责任的批评家都不否认文学作品的道德价值是衡量其艺术高低的必要，甚至首要因素。但自从19世纪以来，随着唯美主义的兴起，伦理批评的合法性逐渐遭到质疑。很多人反对从道德角度评价艺术价值，认为那是不懂欣赏的表现，会破坏审美自治性。不过

---

① 虽然国内伦理批评界对布斯的著作时有引述，但对其批评思想的深入研究并不多见。江守义虽触及了布斯的伦理批评，但主要探讨的还是布斯的修辞学理论。参见江守义《伦理保守主义与多元主义——论布斯的修辞学批评》，《文艺研究》2012年第7期。程锡麟和汪建峰均较为详细的讨论了布斯的伦理批评思想，但两人均以肯定性评价为主，未能对其自由人文主义的理论渊源做出批评性反思，而且后者认为"布斯已接受了后现代主义、后结构主义思潮以及读者反应批评理论的影响"，这一说法值得商榷。参见程锡麟《析布斯的小说伦理学》，《四川大学学报》2000年第1期；汪建峰《布斯的伦理修辞与当代西方伦理批评》，《福建师范大学学报》2012年第2期。

② Wayne C. Booth, *The Company We Keep: An Ethics of Fiction*, Berkeley: U of California P, 1988, p. x.

从20世纪中期开始，要求恢复道德关切在文学批评活动中的合法地位的呼声又日渐高涨，但由于很多伦理批评家仍旧囿于传统道德批评的习惯做法，动辄使用简单偏激的语言给一些作品贴上道德标签，很难赢得人们对伦理批评的信赖和尊重。因此布斯认为，伦理批评要想真正回归大众视野，重新成为一种被广泛接受的批评模式，它就必须摆脱传统道德批评惯用的喊口号、贴标签的做法。像约翰·加德纳（John Gardner，1933—1982）那样粗暴地评价作品的优劣，甚至公然提倡道德审查，只会加深人们对伦理批评的误解。[①]

布斯非常反对当时在批评界很常见的两种偏见：一是认为伦理判断完全由个人好恶决定，不过是主观看法而已；二是认为伦理判断与真正的文学批评无关。布斯反驳说："不管我们是从广义还是狭义上界定这个有争议的术语，伦理批评对任何文学来说都是相关的，而且只要负责任地运用，这种批评可以成为一种真正的理性探究形式。"[②]他还指出："我们的抉择并非是否要进行伦理批评，而是是否要做好伦理批评——是否要在我们的理论中承认伦理批评，从而为一场更为有效、更负责任的伦理对话奠定基础。"[③] 问题是怎样才算"负责任地运用"伦理批评呢？在布斯看来，以往多数伦理批评家都有一个错误习惯，那就是都喜欢通过读者在行为方面的读后效果（after-effects）来判断作品的道德价值。由于这种读后效果根本不可能得到经验数据的证明，我们无法统计出某部作品究竟让多少读者、在多大程度上变得更好或是更坏，于是很多人便干脆否认经验证实的必要性，导致其批评判断流于教条主义，看似言之凿凿，实则缺乏凭据，而且在不少

① 加德纳的《论道德小说》一书曾引发巨大争议。虽然他在书中尽力避免露骨的道德审查倾向，但还是走在了其危险的边缘。比如他声称："如果艺术误把善良当成了恶魔从而摧毁了善良，这样的艺术就是伪艺术，是一个错误，应该受到谴责。"参见 John Gardner，*On Moral Fiction*，New York：Basic Books，1978，p. 15。

② Wayne C. Booth，"Why Ethical Criticism Can Never Be Simple"，*Style*，1998（2）：351－364，p. 351.

③ ［美］韦恩·布斯：《修辞的复兴》，穆雷等译，译林出版社2009年版，第181页。以下出自同一文献的引文将直接随文标出页码，不再另外作注。

关键问题上含糊其词。

为了克服上述弊端，布斯呼吁人们改变批评策略，“把我们对读后效果的关注转移到作者和读者在阅读或倾听作品期间所追求或获得的经验品质上来。”[①] 即，我们不再追问读完这部作品之后能否让我变得更好，而是考虑我们能否准确地描述我在放下书本以前与它的关系。可以说，布斯所思考的核心问题就是如何发展出一种理性的伦理批评话语，它可以让人们“负责任地谈论艺术作品以何种方式对我们产生影响，无论这些影响是好还是坏”。（p. 181）他希望我们在面对一部作品时，不要简单评价它在道德价值上的好坏，而是理性地审视它所蕴含的潜在价值是如何被传导，并影响读者的。我们关心的不再是它的好坏问题，而是读者、隐含作者、叙述人以及读者之间的关系，包括“我应该信任他吗?”“我愿意成为这个讲故事的人希望我成为的那样的人吗?”“我会接纳作者进入我真正的朋友圈子吗?”如此等等。此外我们还要关心这些关系是如何被实现的，作者使用了哪些叙述和修辞方式来引导读者对故事中的伦理价值做出接受或拒绝等反应。简言之，布斯力图把伦理批评从庸俗的道德主义者手中解救出来，把它从枯燥、独断、缺乏理性的道德教条转变为生动、理性、负责任的伦理探究，恢复其在文学批评中的重要地位。

二　布斯的伦理批评关键词

在对伦理批评的目的以及策略进行重新定位后，布斯还重新界定了一些基本的批评概念，同时提出了一些独具特色的理论术语，它们共同构成布斯的伦理批评关键词，在其理论体系内具有核心位置。与

---

① Wayne C. Booth, “‘The Way I Loved George Eliot’: Friendship with Books as a Neglected Critical Metaphor”, *The Kenyon Review*, 1980（2）: 4 – 27, p. 5. 另外，约翰斯顿认为布斯实际上是呼应了同时发生在伦理学领域的“从规约性伦理学（prescriptive ethics）向描述性伦理学（descriptive ethics）的转向”。参见 Monica Johnstone, “Wayne Booth and the Ethics of Fiction”, in Frederik Antczak, ed., *Rhetoric and Pluralism: Legacies of Wayne Booth*, Columbus: Ohio State UP, 1995, p. 59。

那些喜欢使用生僻字眼克服表达的焦虑的理论家不同，布斯的理论术语大都清晰明了。对他来说，使用最简单的词语，并经过审慎理性的思考，更易于表达复杂的道理。

（一）精神气质·品格·伦理

在布斯看来，伦理批评的复兴之路异常艰难的一个重要原因在于，绝大多数人对“伦理”和“道德”的理解都太狭隘，仍然把它们视为约束人类行为的道德准则或者判定是非对错的价值标准，但实际上它们的内涵要宽泛得多。布斯指出，英语“ethics”一词源自古希腊语“ethos”（精神气质），本意为“某个群体或个人的全部德性（virtue）之和”，它和“品格”基本上是同义词。对古希腊人来说，德性并不仅指“善良”“诚实”或“正直”等美德，也涵盖一切与人的力量、能力、素质和行为习惯等相关的方面。而且德性必须是稳定和连续的，它们通过行为主体在生活中的各种习惯性的行为选择上表现出来。布斯认为，要想让伦理批评克服道德教条主义，就必须摆脱“伦理的（或道德的）即等于正确的”这样的简单思维模式。批评家应该关心的问题“不是去考察某个故事的某些方面是否会败坏道德，而应该是它对听众的精神气质或品格的总体影响”[①]。只要是文学能够影响和改变人的品格，那么我们都可以称之为伦理效果。由此一来，伦理批评的外延就被布斯极大地拓展开了，“任何旨在揭示叙事性故事的德性与个人和社会德性之间的关系的行为，或任何旨在揭示它们如何相互影响各自的‘精神气质’——即全部德性之和——的行为，都称得上是伦理批评。”[②] 这即是说，伦理批评不应只关注文学可以带给人们哪些直接或间接的道德启示，还应关注共同存在于世界之中的作者、文本和读者之间的一切互动关系，包括道德的、知识的、审美的，甚至政治的关系等。这正是为什么布斯认为20世纪几乎虽有批评——不管

① Wayne C. Booth, “Why Ethical Criticism Can Never Be Simple”, p. 353.

② Wayne C. Booth, *The Company We Keep: An Ethics of Fiction*, p. 11.

是性别批评、新马克思主义、后殖民批评、后现代主义，甚至是非常厌恶道德视角的形式主义、新批评和唯美主义等——都属于广义伦理批评的主要原因。

（二）阅读的伦理·理解·逾解

所谓“阅读的伦理”（ethics of reading）就是“读者对故事的责任”①。布斯是作者意图的坚定维护者，他强调：“我们所说的大部分文学作品不但有潜在的伦理意图，而且明白无误地就是要唤起伦理回应。”② 即便是唯美主义、荒诞派，以及后现代小说也依然隐含着作者关于如何生活，以及相信世界该是怎样的价值判断。对于大部分作家来说，误读或忽视这些意图或许会让他们很失望。在布斯眼中，除了那种纯粹出于商业动机而粗制滥造的文学垃圾，一切严肃故事都是有说教性的，讲故事的人总是希望带给读者某种伦理启示，不存在纯文学与说教文学的严格区分。不过与此同时，布斯又强调作者意图并不足以保证产生伦理效果，后者更取决于故事能否被读者按照所期望的方式阅读接受，“（理想中的）有道德的读者会对作者和文本负责任”③。

布斯把阅读比作朋友之间的倾心交谈，说者有真诚讲述的义务，听者有不刻意曲解的责任。斯坦利·费什（Stanley Fish）的读者反映论和特里·伊格尔顿（Terry Eagleton）的新马克思主义批评都认为作品价值不在自身，要么取决于读者，要么取决于外在的制度语境。布斯极不赞成这两种看法。把两枚外形相似、质量等同的鸡蛋放在一起，一枚是生的，另一枚是熟的，从表面上很难看出差别。但如果让母鸡对它们进行孵化，结果必然迥异。这个例子说明，作品的价值由内外两方面因素同时决定，既离不开内因（作者意图），也离不开外在条件（读者的阅读）。布斯倡导的是“兼顾阅读的伦

① Wayne C. Booth, *The Company We Keep: An Ethics of Fiction*, p. 9.

② Wayne C. Booth, “Why Ethical Criticism Can Never Be Simple”, p. 357.

③ Wayne C. Booth, *The Company We Keep: An Ethics of Fiction*, p. 10.

理以及作品本身的伦理价值”[1]。他既反对像费什或米勒那样过分夸大前者，似乎阅读行为本身就具有伦理价值，也反对常见的道德批评家只顾讨论作品对读者的单向伦理影响。真正负责任的读者不应完全听命于作品的伦理训导，而是以自己固有的伦理观念与之形成“批判性的监督，即逾解（overstanding）”[2]，懂得“如何在吸收故事的同时又不被故事吸收，如何将伦理抵抗与伦理尊重结合起来”[3]。也就是说，读者要想产生正确的伦理效果，除了作品本身的伦理意图，“（读者）也同样需要对其阅读行为的伦理品质负责”[4]。

（三）批评多元主义·共导

传统道德批评之所以容易遭人非议，一个很重要的原因就是批评家们囿于道德基础主义，认为世界上存在唯一正确的价值基础和道德标准，并且自认为已经掌握了它们，能够对作品中的伦理价值或他人的看法做出客观裁决。其结果往往是不同的批评家各执一词、相互攻击，他们既看不到对方的长处，也看不到自己的短处，彼此之间只有“盲目的争斗”，却缺乏“有理有据的道德探究”（p. 248）。布斯认为，如果每个人都相信自己是对的，至少比别人更接近真理，那么必然导致唯我主义或者相对主义，即干脆否认任何人有比别人更可靠的价值判断。为了解决这些问题，布斯提出了“批评多元主义”（critical pluralism）的主张。他认为，无论是从伦理还是审美的角度来看，任何一部文学作品的价值都是多元的，可以带给不同的读者多元化的好处，而任何一种批评方法也不可能做到面面俱到，因此“只有在（文学批评的）原则、方法、目的，以及主题等方面发展出一种批评多元主义，才能减少在伦理问题上的无谓争吵”[5]。过去的伦理批评家们总试

① Wayne C. Booth, *The Company We Keep: An Ethics of Fiction*, p. 10.

② Wayne C. Booth, “The Ethics of Teaching Literature”, *College English*, 1998 (1): 41-55, p. 52.

③ Wayne C. Booth, “The Ethics of Teaching Literature”, p. 54.

④ Wayne C. Booth, *The Company We Keep: An Ethics of Fiction*, p. 10.

⑤ Wayne C. Booth, “Why Ethical Criticism Can Never Be Simple”, p. 355.

图找出唯一正确的批评道路、道德原则或是价值判断，布斯则呼吁人们“全方位地包容多元性”（p. 189）。

为了避免批评多元主义沦为一种简单的折中主义，布斯还别出心裁地提出了“共导”（coduction）的概念。这是布斯独创的一个词汇，由“co -”（共同）和“ - duction”（引导、得出、产生）拼缀而成，而后者也是“induction”（归纳）和“deduction”（演绎）共有的词根，这意味着“共导”是一种既不同于“归纳”也不同于“演绎”，但又兼具两者部分特征的道德探究形式，它要求人们在民主、理性的氛围下相互沟通商讨，共同朝着真理迈进。事实上，能否达成共识或得到真理并不重要，重要的是人们可以相互检验真知与盲见。如果伦理批评家不想再给人留下教条主义或独断论者的印象，那么他必须不断反思和检验自己的方法，用良好的推理替代无根由的偏见，与其他批评家相互商榷和比较，因为“任何一个单独的个体，不论他多么杰出，都不可能通过个人探究得出关于故事的值得信赖的道德判断。这种判断根本无法由私人可行的严格演绎或归纳推理得以证明”。（p. 254）

（四）以书为友

严格来说，以书为友并不是一个理论术语，但它绝对算得上是布斯伦理批评思想中的一个核心隐喻。早在19世纪以前，把书籍（尤其是文学名著）比作人类的朋友是一个非常深入人心的比喻，但随着现代社会的发展改变了读者的阅读环境，再加上由现代主义和后现代主义引发的文学自身的美学革命，很多人发现文学越来越难以成为我们真正的朋友了。异化的主题、晦涩的文字、复杂的技巧，以及支离破碎的情节，这些特点让普通读者很难再从文学阅读中获得亲密的情感交流体验，于是把小说文本比作“语言的牢笼”（詹姆逊）或是“语言的欢乐宫”（巴斯）成为时髦的说法。文学抛弃了读者朋友，只是自顾自地尽情表演，终于难免导致所谓的“文学的枯竭”。而读者在探索未知人生的道路上也缺少了值得信赖的文学挚友的陪伴，成为一个孤独的迷失个体。在19世纪以前形成的那个对稳定社会价值规范起到关键作用的读者群体或阅读文化也随着消失。正是在这样的背景下，布斯才决心复活以书为友的经典比喻，恢复文学在读者的私人生活和公共生活中的纽带作用。

不过，布斯对以书为友的理解要比人们的传统观念复杂得多。他深受亚里士多德在《尼各马可伦理学》中所表述的友情观的影响，认为真正的友情乃是一种相互关心和照顾的伦理奉献，但这种奉献不是为了任何单方面的自私愉悦或好处，而是为了互相增进彼此的幸福（well-being），让对方在品格上尽可能变得完美，成为他“最好的自己”。在亚里士多德看来，最好的友情意味着彼此共享兴趣和理想，能够相互促进品格的完善，并在这种相互促进中分享愉悦。他说：“完善的友爱是好人和在德性上相似的人之间的友爱。因为首先，他们相互间都因对方自身之故而希望他好，而他们自身也都是好人。那些因朋友自身之故而希望他好的人才是真正的朋友。因为，他们爱朋友是因其自身，而不是由于偶性。”[①] 这有点类似中国人所说的君子之交。

当然，以书为友绝不意味着与所有的书为友，正如我们在现实生活中也必定是选择地结交朋友一样。任何文学（即便是所谓的虚假文学、垃圾文学）都至少在表面上向读者伸出“友谊”之手，宣称能够给他带来某些好处，但我们不应贸然接受对方的馈赠，而应做好甄别。以亚里士多德所说的完美友情为最高标准，布斯把我们的文学朋友划分为三种类型：一是提供感性愉悦的朋友，二是有某种用处的朋友，三是可以和我们结成“德行之谊”（friendship of virtue）的朋友。[②] 毫无疑问，布斯最推崇的是第三类朋友，这样的朋友可能不会给予我们廉价的快感和实际用途，却可以对我们的品格形成塑造。布斯认为，我们选择读什么样的书如同选择交什么样的朋友，它意味着我们愿意倾听，甚至接受由它提供的生活模式或价值设想，并愿意在相互探讨

① ［古希腊］亚里士多德：《尼各马可伦理学》，廖申白译，商务印书馆 2003 年版，第 233 页。

② Wayne C. Booth, “‘The Way I Loved George Eliot’: Friendship with Books as a Neglected Critical Metaphor”, pp. 7 – 9.

中共同朝着那个设想一起努力。把文学比作读者的朋友，那么原本枯燥的伦理批评也就分解为一系列饶有趣味的话题：

> 这位自称的朋友所提供的生活模式是否真能由两位朋友共同追求？这是否是一个虐待狂予以一个潜在受虐者的馈赠？或是引诱者予以受诱者、强奸犯予以受害者、剥削者予以被剥削者？这是朋友、爱人、父母、预言家、密友、同谋、奸细、暴君、理疗师、谄媚者、马屁精？抑或是助手、仆人、野蛮人、放高利贷者、敲诈者？（p. 175）

值得补充的是，布斯所说的“友情”不单指读者与文本（实际上主要是隐含的作者）之间的“私人”关系，还包括读者、作者、批评家之间的全方位互动。和传统的自由人文主义批评家一样，布斯也认为文学阅读承担着非常重要的公共职能，它不仅是读者私人的闲暇娱乐，更是所有人为了这个文化群体的美好未来集体协商的共同努力，也正是由于这个原因，他才强调“阅读之后的交谈要比单纯的讲故事或读故事更有益”[1]。我们在阅读中完善品格，在交谈中分享经验，进而分享我们共同的情感和价值基础，最终获得对我们这个共同文化群体身份的确证和肯认。

三　小说修辞、隐含的作者与道德定位

如前文所述，布斯伦理批评的一大特点就是把关注的重心从读后效果转到阅读过程中来。他复活了亚里士多德的修辞学理论，摆脱了芝加哥学派重诗学、轻修辞学的弊端。我们知道，以克莱恩为首的芝

---

① Wayne C. Booth，“Literary Criticism and the Pursuit of Character”，*Literature and Medicine*，2001 (2)：97－108，p. 107.

加哥学派具有浓厚的形式主义特色，尤其擅长对故事情节和意义进行极为复杂的结构分析，文本的接受效果和语境往往被忽视。但在布斯看来，我们不应仅关注文本自身，更应该思考它是如何发挥其价值传播作用的。可以说，他在《我们所交的朋友》一书中的重要考量就是深化人们对文学伦理功能的理解，让人们看到文学是怎样通过修辞影响了读者，而我们又为什么需要严肃对待文学作为社会伦理价值传播者的作用。

绝大多数的伦理批评家都坚信文学具有不可替代的道德教化作用。用童话、语言、戏剧和小说等文学形式对接受者进行道德教化要远比单纯的说教有效得多。而每一位严肃的批评家也有责任对文学作品的道德价值做出评价。布斯对于这些基本认识也持赞同意见，但与众不同之处在于，他坚决反对仅仅从表面内容上来判定文学作品的道德价值。他说："任何一个故事都不能以它是否描绘了某种特定的暴力行为或语言来判定它是好是坏。故事的好坏全在于整个故事中细节呈现的位置和方式。"（p. 257）也就是说，作者讲述了什么内容并非最重要的，最重要的是他以什么方式把故事呈现给读者，或者说作者有没有通过故事的叙述者或隐含的作者为读者提供一种有帮助的道德定位，即"引导听众在听故事时应该站在什么角度和立场的道德线索"（p. 257）。我们不会因为莎士比亚在《麦克白》的舞台演出中表现了骇人的血腥场面而贬低它的价值，更不会因为《圣经》中对耶稣受难场景的细致描绘而怀疑它的道德意图，因为它们都知道如何避免让观众或读者成为猥琐的旁观者，懂得怎样引导他们站在一个恰当的立场上成为严肃的道德探究者。因此布斯强调，我们应该谴责的是那些"只呈现恶行却任凭观众在进行道德判断时全然无助的作品"（p. 258）。

那么作者该如何实现这种道德定位呢？一个最常见，也是最简单的办法就是给故事中的某个人物或行为贴上道德标签，或者让坏人在故事结束的最后一刻得到报应，但这种直白的方式或许只能对幼稚的读者起作用，却难以引发读者进行严肃的道德思考。布斯认为，呈现道德定位的最好途径就是通过恰当的修辞，由隐含的作者来完成。

很多现代理论家对修辞多有误解，认为修辞就是人们为了说服他人而运用的语言技巧，里面不过是些夸张的措辞和虚假的陈述。布斯从亚里士多德的修辞理论出发，坚决反对这种浅薄的偏见。布斯指出："修辞就是作者（运用各种技巧）控制读者的手段"[①]，而修辞学就是"劝说的艺术，但它不是那种表面上一开始就暴露一切去劝说的艺术"（p. 45）。布斯补充强调的几点值得注意：首先，讲故事的人为了达到好的说服效果，必须认真考虑自己的修辞立场，过度依赖主题的"学究式立场"或忽视接受方的"表演者的立场"都不可取；其次，修辞不仅是叙述技巧和手段，它也是一种道德选择，讲故事者不应该为了让人相信而在修辞手法上不加选择；最后，良好的修辞也不以说服读者为目的，而是鼓励读者加入到相互劝说的行为中去，相互质询彼此的价值观念，在理性的交往中共同展开道德探究。（pp. 39－47）

最能集中体现布斯的小说修辞观的当属他提出的经典概念"隐含的作者"。在布斯看来，作者绝不可能像传统现实主义者认为的那样能够在作品中隐身，所谓的叙述客观性根本不可能实现，"因为作者的声音不论公开也好，隐蔽也罢，总会与我们相伴"（p. 146）。不管是采用直接还是间接叙述方式，所有的作者都必定以隐含的方式出现在小说中，有时候他会把自己戏剧化，借助可靠的叙述者来传达自己的观点，有时候也可以非戏剧化的方式借助不可靠叙述者之口向读者传达一种欺骗性的价值态度。布斯说："作者的评判总会在作品中出现——作者无法选择是否采用修辞来增强效果，他唯一的选择就是使用何种修辞。"（p. 142）作者通过修辞手法，借助隐含的作者来调节叙述距离，从而引导读者对人物产生同情或是厌恶等情感反应。很多批评者常指责简·奥斯汀在《爱玛》中的叙述方式，认为作者似乎不懂得怎样更好地运用它们，最多只是在无意识的状态下偶尔妙笔生花。

① Wayne C. Booth, *The Rhetoric of Fiction*, Chicago: The U of Chicago P, 1983, p. xiii.

然而布斯通过自己的细致分析后认为奥斯汀乃是“一位真正精通叙事修辞的大师”（p. 17），她能够通过精确熟练的叙述方式来控制读者的感情距离，“既展示（主人公）的缺点，又获得同情”（p. 18）。在作者引导下，读者一方面嘲笑女主人公犯下的过错和受到的惩罚，另一方面又对她保持理解和同情，由此乐意看见她在最后改过自新并赢得幸福。

总体而言，布斯认为负责任的作者应该尽可能选择可靠的叙述者来充当隐含的作者，它可以成为读者值得信赖的朋友和向导，“通过引导我们的智力、道德和感情的发展来加强效果”（p. 27）。相反，如果像纳博科夫那样在《洛丽塔》中让一位不可靠的叙事者担当隐含作者，则会对欠缺经验的年轻读者构成伦理误导。

四　自由人文主义的影响及其缺陷

恰如安采克（F. Antczak）所总结的那样，布斯伦理批评的一个独到之处就是“把描述与评价结合起来”[①]。在布斯笔下，我们很少看到对某个文本的武断评价，更多的是他在细腻地审视作者运用了哪些叙事手法来建构与读者的修辞关系，说服读者接纳作品成为自己的朋友，并就它所提供的世界中的价值观念和伦理秩序展开商讨。我们在文学中发现的那些价值观是怎样作用于我们的？它们是怎样强化或弱化、肯定或挑战我们原有价值秩序的？对布斯来说，只有这些问题才有可能建立在理性基础上进行讨论。它们远比单纯评判文本中的道德内容并进行道德审查要有意义得多。

不过，布斯的理论仍然存在诸多缺陷。其中最主要的就是他在一些基本的理论前提和价值设想上仍未完全摆脱自由人文主义批评

① Frederik Antczak, “Learning to Read Martin Luther King's ‘Pilgrimage to Nonviolence’: Wayne Booth, Character, and the Ethical Criticism of Public Address”, in Frederik Antczak, ed., *Rhetoric and Pluralism: Legacies of Wayne Booth*, Columbus: Ohio State UP, 1995, p. 156.

的影响。[①] 比如他虽然认识到我们根本不可能证明是否某些作品对任何语境中的读者都有好处，但仍旧相信“某些种类的故事……在自身之中含有一种伦理教谕，这几乎使它们确定可以对任何能够理解这些故事的读者有（道德）提升作用”[②]。这表明他对所谓的“永恒的价值”依然抱有怀恋。当他把某些作家和作品比作“虐待狂”“引诱者”“强奸犯”“野蛮人”或“敲诈者”时，这透露出他想对文学进行道德审查的抑制不住的冲动。他把文学经典比作我们最好的朋友，这让我们想起利维斯和阿诺德等人对经典的热情赞颂。虽然后结构主义早已把自由人文主义的人性观攻击得遍体鳞伤，布斯也还是相信“人类的主要思想倾向是……认同真理而非查找错误，是接纳以及被接纳”[③]，这说明他仍未放弃自由人文主义的基本信念：每一位有教养的公民都有与人理性沟通的意愿，乐意倾听不同的观点并相互学习；人文教育的主要目的就是培育必要的理解能力和情感能力，保证沟通行为的实现，而这种教育的核心内容就是文学教育。

对布斯来说，通过阅读文学经典可以培养一种在理性控制下的情感生活，能够帮助我们学会控制某些情感经验。现实生活中的我们经常面对偏激的情感力量的威胁，它们更渴望剧烈的情感宣泄而不是理性的对话，然而阅读伟大的文学可以训练我们学会摆脱这种威胁。在这里，道德判断与自然同情心结合起来得出的情感体验有助于我们发现自身存在的伟大的感情秩序，进而强化甚至塑造我们的道德存在。也就是说，阅读经典是一个对自我的社会身份以及社会群体的价值秩序进行不断的再发现和再确认的过程。在布斯看来，身份就是我们生活于其中的社会群体对我们进行塑造的产物，这个过程的结果就是我们有了道德信念和价值系统，它们构成我们的生活基础。自我就是通

① 关于自由人文主义批评的基本理论假定，可参阅拙文《自由人文主义批评论略》，《学术界》2012 年第 9 期。

② Wayne C. Booth，“Literary Criticism and the Pursuit of Character”，p. 103.

③ Wayne C. Booth，*Modern Dogma and the Rhetoric of Assent*，Chicago：The U of Chicago P，1974，p. xvi.

过认同于那些信念和价值而获得的身份，一旦确立以后，它就变得牢不可破。

我们从这里可以看出，布斯对伦理道德的理解并未超越自由人文主义的观念，即伦理主要被看作一个由群体共享的核心道德观念组成的价值系统，它被理性赋予了一个先验的存在地位，能够调节和规范群体成员的个体经验。为了维系自我身份，保护它的心理连贯性和完整性，同时抵御那些被公认为有害或不道德的经验的威胁，我们必须全力保护好这个价值系统，使其不受质疑。因此恰如戴维斯（W. A. Davis）所指出的，布斯所理解的理性永远只是反思性的，而非批判性的行为。[1] 通过这种反思理性，我们发现了塑造和调控我们的日常经验的常识原则（或价值系统），并且这种发现总是伴随着不断自我肯认的愉悦。布斯的批评多元主义被确立的前提即在于此：只要我们的主张都是理性的，即我们都不否认一个先在的共有价值基础，那么我们的各种表面分歧都可以通过沟通对话来达到一种多元共生的状态；然而一旦有人试图对这个基础本身的合法性提出质疑，那么他就有可能被贴上非理性的标签，从而遭到压制、遮蔽，甚至被排除出这个多元大家庭。这也正是戴维斯认为布斯的批评多元主义从根本上阻碍了马克思主义所说的意识形态批评发生的主要原因。

布斯的自由人文主义情结同样还体现在他期望通过伦理批评实现的社会构想上。与布斯志同道合的挚友格雷戈里（M. W. Gregory）曾说过：

> 对布斯和我来说，伦理批评绝不局限于探讨文学经验的实用效果或影响后果问题。在我们看来，文学影响不过是我们所探究的一个更大问题的一小部分。这个更大的问题就是：从总体上来看，有哪些影响可以对我们施加作用，以便从根本上塑造了我们

① Walter A. Davis, “The Pleasure of His Company”, *Pedagogy*, 2007 (1): 61 – 79, pp. 66 – 67.

的品格或精神气质?①

他们宣扬，美好人生的目的，以及一切人文教育的主要目的，不过是人性的繁荣。这种繁荣不局限于在物质方面的成就或舒适程度，而是意味着一个人获得了过一种完满人生所需要的知识、技能和观念。这样的人生是自主的、充盈的和理性的，他对自己负责任，对社会守道德，而真正建构在理性基础上的伦理批评将是促进实现这种人生的有效工具。作为一位有深厚人文涵养的学者，布斯希望所有人都能够成为朋友，在静静的夜晚相互聚在一起，共同阅读、思考和交谈文学经典。但正像鲍尔（B. Bawer）所评价的那样，这样的提议显然“高尚但却空洞”②。布斯和大多数自由人文主义者一样，听不到世界是嘈杂的，也看不到现实生活中的阶级、种族和性别问题，对解决这些问题既没有兴趣也无能为力。

---

① Marshall W. Gregory, “The Unbroken Continuum: Booth/Gregory on Teaching and Ethical Criticism”, *Pedagogy*, 2007 (1): 49 – 60, p. 57.

② Bruce Bawer, “Ethical Culture”, *The American Scholar*, 1989 (4): 610 – 615, p. 614.

后　记

本书是我主持的2018年度国家社科基金一般项目“‘后理论’背景下的当代西方文论热点研究”（编号18BWW001）的最终结项成果。在此，我要向那些在本课题立项和结项鉴定过程中给予我帮助的匿名评审专家们表示衷心感谢！本研究仍然存在诸多不足，感谢您们的包容和鼓励！

本书大部分章节的主体内容都曾经在国内外期刊上发表过，包括《文学评论》（第3章）、《文艺理论研究》（第5章）、《外国文学研究》（第6、10、17章）、《外国文学》（第9、16章）、《国外文学》（第2、4章）、《当代外国文学》（第7章）、《外语教学理论与实践》（第8章）、《四川大学学报》（第1、14、18章）、《山东外语教学》（第13章）、*Neohelicon*（第12章）等。部分文章还得到《新华文摘》《高等学校文科学术文摘》《社会科学文摘》转载，在此，我要向所有这些刊物表示诚挚感谢！感谢他们为我的研究成果提供了发表平台。在收入本书的时候，所有论文都经过了一定幅度的修改和拓展，补充了不少新材料以及在发表过程中受篇幅限制被删减的内容。

本书也是我在西方文论研究方面所出版的第二本专著。在此我要特别感谢我的导师、山东大学终身教授曾繁仁先生。没有曾老师的培养，我不可能踏入西方文学理论研究的大门。另外本书下篇所主要涉及的伦理批评研究，也都是我跟随聂珍钊先生做博士后研究受到他的启发的产物，衷心感谢聂老师多年来对我的栽培和鼓励。还有太多其他我想要感谢的老师、朋友和亲人，感谢他们在学术和生活中给予我的各种关心和帮助！他们的名字在这里虽然没有一一提及，但他们给予我的温暖，我将铭记在心。

在本书付梓之际，我所申报的“二十世纪末以来西方文学批评界的后批判转向研究”也获得 2022 年度国家社科基金一般项目立项，该项目将是本书的延续。